AMANDA QUICK
Liebe wider Willen

Buch

Kaum ist der Fremde in ihr neu eröffnetes Geschäft gestürmt, ahnt die Antiquitätenhändlerin Lavinia Lake, dass er ihr nichts als Ärger bereiten wird. Sie glaubt ihm nicht, dass eine Schmugglerbande ihr Geschäft als heimlichen Treffpunkt benutzt. Sie glaubt ihm auch nicht, ein Privatdetektiv zu sein, der sie vor den Verbrechern retten wollte und deshalb ihren Laden in Trümmern legte. Wie charmant er sich auch um sie bemüht, Lavinia ist fest davon überzeugt, dass Tobias March ihren Ruin verschuldet hat. Ihrer Existenzgrundlage beraubt, muss Lavinia das geliebte Rom verlassen und in ihre Heimat England zurückkehren. Sie hat nur eins im Sinn: sich an Tobias March zu rächen. Allerdings hätte sie nie damit gerechnet, ihm zufällig bei der Jagd nach demselben Mörder wieder zu begegnen. Und noch weniger hätte sie sich träumen lassen, dass die Hitze ihrer Auseinandersetzungen Funken schlägt – Funken, die ihr Herz in glühender Leidenschaft entflammen lassen, so übermächtig wie die Gefahr, in der sie sich befindet …

Autorin

Amanda Quick ist das Pseudonym der erfolgreichen, vielfach preisgekrönten Autorin Jayne Ann Krentz.

Von Amanda Quick ist bereits erschienen

Heißes Versprechen (35453) – Verstohlene Küsse (35257) – Liebe ohne Skrupel (35328) – Im Sturm erobert (35093) – Geliebte Rebellin (35103) – Verhext (35085) – Entfesselt (42666)

AMANDA QUICK
Liebe wider Willen

Roman

Aus dem Amerikanischen
von Elke Iheukumere

BLANVALET

Die Originalausgabe erschien 2001 unter dem Titel
»Slightly Shady« bei Bantam Books,
an imprint of The Bantam Dell Publishing Group,
a division of Random House Inc., New York.

Umwelthinweis:
Alle bedruckten Materialien dieses Taschenbuches
sind chlorfrei und umweltschonend.

Blanvalet Taschenbücher erscheinen im
Goldmann Verlag, einem Unternehmen der
Verlagsgruppe Random House.

Taschenbuchausgabe Oktober 2002
Copyright © der Originalausgabe 2001 by Jayne A. Krentz
Copyright © der deutschsprachigen Ausgabe 2002
by Wilhelm Goldmann Verlag, München,
in der Verlagsgruppe Random House GmbH
Umschlaggestaltung: Design Team München
Umschlagillustration: Lina Levy/via Agt. Schlück
Satz: DTP Service Apel, Hannover
Druck: Elsnerdruck, Berlin
Verlagsnummer: 35677
MD · Herstellung: Heidrun Nawrot
Made in Germany
ISBN 3-442-35677-6
www.blanvalet-verlag.de

1 3 5 7 9 10 8 6 4 2

Prolog

Die Augen des Eindringlings blitzten kalt. Er hob seine kräftige Hand und wischte damit eine weitere Reihe Vasen aus dem Regal. Die zerbrechlichen Objekte fielen auf den Boden und zerbrachen in tausend Scherben. Er ging weiter zu einer Reihe kleiner Statuen.

»Ich rate Ihnen, sich mit dem Packen zu beeilen, Mrs Lake«, sagte er, während er seine ganze Aufmerksamkeit den zerbrechlichen Pans, Aphroditen und Satyrn aus Ton schenkte. »Die Kutsche wird in fünfzehn Minuten abfahren, und ich verspreche Ihnen, dass Sie und Ihre Nichte darin sitzen werden, mit oder ohne Gepäck.«

Lavinia sah ihm vom Fuß der Treppe aus zu, hilflos und nicht in der Lage, die Zerstörung ihrer Waren aufzuhalten. »Sie haben kein Recht, so etwas zu tun. Sie ruinieren mich.«

»Ganz im Gegenteil, Madam. Ich rette Ihren Hals.« Mit dem Stiefel stieß er eine große Urne um, die auf etruskische Art verziert war. »Obwohl ich dafür keinerlei Dank erwarte, möchte ich sagen.«

Lavinia zuckte zusammen, als die Urne beim Aufprall auf den Boden in tausend Stücke zerbrach. Sie wusste, es war zwecklos, den Verrückten zur Vernunft zu bringen. Er hatte die Absicht, alle Waren im Laden zu zerstören, und sie konnte ihn nicht aufhalten. Man hatte ihr schon sehr früh im Leben beigebracht, zu erkennen, wann es an der Zeit war, einen taktischen Rückzug zu machen. Aber sie hatte nie gelernt, Rückschläge mit Gelassenheit zu akzeptieren.

»Wenn wir in England wären, würde ich Sie verhaften lassen, Mr March.«

»Ah, aber wir sind nicht in England, nicht wahr, Mrs Lake?« Tobias March packte einen lebensgroßen Zenturio aus Stein an seinem Schild und schob ihn nach vorn. Der Römer fiel auf sein Schwert. »Wir sind hier in Italien, und Sie haben keine andere Möglichkeit, als das zu tun, was ich Ihnen befehle.«

Es hatte keinen Zweck, ihm zu widersprechen. Jeder Augenblick, den sie hier unten verbrachte und versuchte, mit Tobias March zu argumentieren, war verlorene Zeit, die sie besser mit Packen verbringen sollte. Doch sie konnte den Gedanken nicht ertragen, dieses Schlachtfeld kampflos zu verlassen.

»Bastarde«, brachte sie zwischen zusammengebissenen Zähnen hervor.

»Nicht im gesetzlichen Sinne.« Er stieß eine weitere Reihe von Vasen aus rotem Ton auf den Boden. »Aber ich verstehe, was Sie sagen wollen.«

»Es ist offensichtlich, dass Sie kein Gentleman sind, Tobias March.«

»Über diesen Punkt werde ich mich mit Ihnen nicht streiten.« Er trat eine hüfthohe nackte Venus um. »Aber Sie sind auch keine Lady, nicht wahr?«

Sie zuckte zusammen, als die Statue zerbrach. Die Statuen der nackten Venus waren bei ihrer Kundschaft sehr beliebt.

»Wie können Sie es wagen? Dass meine Nichte und ich hier in Rom gestrandet sind und gezwungen waren, für einige Monate ein Geschäft zu eröffnen, um unseren Unterhalt zu verdienen, ist kein Grund, uns zu beleidigen.«

»Genug.« Er wirbelte herum und sah sie an. Im Licht der Laterne war sein Gesicht kälter als das einer steinernen Statue. »Seien Sie dankbar dafür, dass ich Sie nur für ein ahnungsloses Opfer des Verbrechers halte, den ich verfolge, und nicht für ein Mitglied seiner Bande von Dieben und Mördern.«

»Sie behaupten, dass die Verbrecher mein Geschäft dazu benutzt haben, ihre Botschaften zu verbreiten. Ehrlich gesagt, Mr March, wenn ich mir Ihr rüdes Benehmen ansehe, so neige ich nicht dazu, ein einziges Wort von dem zu glauben, was Sie mir erzählt haben.«

Er zog ein zusammengefaltetes Blatt Papier aus seiner Tasche. »Streiten Sie ab, dass diese Nachricht in einer Ihrer Vasen versteckt war?«

Sie warf einen Blick auf das belastende Papier. Erst vor wenigen Augenblicken hatte sie benommen zugesehen, wie er eine hübsche griechische Vase zerbrochen hatte. Eine Botschaft, die aussah wie der Bericht eines Verbrechers an seinen kriminellen Arbeitgeber, war darin versteckt gewesen. Etwas über einen Handel mit Piraten, der erfolgreich abgeschlossen worden war, hatte in der Notiz gestanden.

Lavinia hob das Kinn. »Es ist ganz sicher nicht mein Fehler, dass einer meiner Kunden eine persönliche Nachricht in eine der Vasen gesteckt hat.«

»Nicht nur ein Kunde, Mrs Lake. Die Verbrecher haben Ihren Laden jetzt schon seit einigen Wochen benutzt, um miteinander in Verbindung zu bleiben.«

»Und woher wollen Sie das wissen, Sir?«

»Ich habe seit beinahe einem ganzen Monat dieses Haus und auch Sie persönlich überwacht.«

Ihre Augen weiteten sich, sie war ehrlich erschrocken über diese Bemerkung, die er so ganz nebenbei gemacht hatte und die sie fürchterlich wütend machte.

»Sie haben den letzten Monat damit verbracht, mich zu *bespitzeln*?«

»Am Anfang meiner Untersuchungen habe ich angenommen, dass Sie zu dem Verbrecherring von Carlisle hier in Rom gehören. Erst nach eingehenden Recherchen bin ich zu dem Schluss gekommen, dass Sie nichts von den Machenschaften einiger ihrer so genannten Kunden wissen.«

»Das ist ja unerhört.«

Er warf ihr einen spöttischen Blick zu. »Wollen Sie etwa behaupten, Sie wussten doch Bescheid?«

»So etwas habe ich nie behauptet.« Sie hörte selbst, wie ihre Stimme immer schriller wurde, und sie konnte nichts dagegen tun. Sie war noch nie zuvor in ihrem Leben so wütend und gleichzeitig verängstigt gewesen. »Ich habe geglaubt, dass alle meine Kunden sich ernsthaft für Antiquitäten interessieren.«

»Ach, wirklich?« Tobias warf einen Blick auf die wolkigen grünen Glasgefäße, die ordentlich aufgereiht auf dem obersten Brett des Regals standen. Seinem Lächeln fehlte jegliche Wärme. »Und wie ernst kann man Sie nehmen, Mrs Lake?«

Sie erstarrte. »Was wollen Sie damit sagen, Sir?«

»Ich will damit überhaupt nichts sagen. Ich stelle nur fest, dass die meisten Ihrer Waren billige Nachahmungen sind. Es gibt hier nur sehr wenig, was wirklich antik ist.«

»Woher wissen Sie das?«, fuhr sie ihn an. »Behaupten Sie bloß nicht, dass Sie ein Experte für Antiquitäten sind, Sir. Ich werde mich von einer solch frechen Behauptung nicht beeindrucken lassen. Sie können nicht von sich behaupten, dass Sie irgendein Fachwissen haben, nicht nach dem, was Sie in meinem Laden angerichtet haben.«

»Sie haben Recht, Mrs Lake. Ich bin kein Experte für griechische und römische Antiquitäten. Ich bin ganz einfach nur ein Geschäftsmann.«

»Unsinn. Warum sollte ein einfacher Geschäftsmann den ganzen Weg bis hierher nach Rom kommen, um einen Verbrecher namens Carlisle zu verfolgen?«

»Ich bin hier auf die Bitte einer meiner Kunden, der mich gebeten hat, Nachforschungen über das Schicksal eines Mannes mit Namen Bennett Ruckland anzustellen.«

»Und was ist mit diesem Mr Ruckland passiert?«

Tobias sah sie an. »Er wurde hier in Rom umgebracht. Mein Kunde glaubt, dass er zu viel über eine Geheimorganisation, die Carlisle kontrolliert, gewusst hat.«

»Das soll mal einer glauben!«

»Auf jeden Fall ist es meine Geschichte, und meine Geschichte ist heute Abend die einzige, die wichtig ist.« Er warf einen weiteren Tontopf auf den Boden. »Sie haben nur noch zehn Minuten Zeit, Mrs Lake.«

Es war hoffnungslos. Lavinia nahm ihre Röcke in die Hand und lief die Treppe hinauf. Doch auf der Hälfte der Treppe blieb sie plötzlich stehen, als sei ihr ein Gedanke gekommen.

»Nachforschungen über einen Mord für einen Kunden anzustellen – mir scheint, das ist ein eigenartiger Beruf«, meinte sie.

Er zerschmetterte eine kleine Öllampe. »Nicht eigenartiger, als falsche Antiquitäten zu verkaufen.«

Lavinia war schrecklich wütend. »Ich habe Ihnen gesagt, diese Antiquitäten sind nicht falsch, Sir. Es sind Reproduktionen, die man als Souvenir kauft.«

»Nennen Sie es, wie Sie wollen. In meinen Augen sehen sie aus wie Imitationen.«

Sie lächelte ein wenig. »Aber wie Sie schon sagten, Sir, Sie sind kein Experte für seltene Kunstgegenstände, nicht wahr? Sie sind ganz einfach ein schlichter Geschäftsmann.«

»Sie haben noch höchstens acht Minuten Zeit, Mrs Lake.« Sie berührte den silbernen Anhänger, den sie um ihren Hals trug, so wie sie es oft tat, wenn ihre Nerven über Gebühr beansprucht wurden. »Ich kann mich nicht entscheiden, ob Sie ein abscheulicher Bösewicht sind oder ganz einfach nur ein Verrückter«, flüsterte sie.

Er warf ihr einen kurzen, eisigen Blick zu und schien belustigt. »Macht das denn einen großen Unterschied?«

»Nein.«

Die Situation war wirklich unmöglich. Sie hatte keine andere Wahl, als ihm das Feld zu überlassen.

Mit einem leisen Ausruf, der eine Mischung aus Frustration und Ärger war, wirbelte sie herum und lief die Treppe hinauf. Als sie das kleine Zimmer erreichte, das von einer Laterne erhellt wurde, entdeckte sie, dass Emeline die Zeit, die ihnen gegeben worden war, gut genutzt hatte. Zwei mittelgroße und ein sehr großer Koffer standen offen in dem Zimmer. Zwei kleinere Koffer waren bereits bis zum Bersten gefüllt.

»Gott sei Dank bist du endlich da.« Emelines Stimme klang gedämpft, weil sie mit dem Kopf im Schrank steckte. »Wieso hast du nur so lange gebraucht?«

»Ich habe versucht, March davon zu überzeugen, dass er kein Recht hat, uns mitten in der Nacht auf die Straße zu setzen.«

»Er setzt uns doch gar nicht auf die Straße.« Emeline reckte sich und trat einen Schritt von dem Schrank zurück, in ihren Armen hielt sie eine kleine antike Vase. »Er hat eine Kutsche und zwei bewaffnete Männer bereitgestellt, die uns sicher aus Rom heraus und den ganzen Weg bis nach England begleiten sollen. Das ist wirklich sehr großzügig von ihm.«

»Unsinn. Er ist alles andere als großzügig. Er spielt irgendein geheimes Spielchen, das sage ich dir, und er will uns aus dem Weg haben.«

Emeline wickelte die Vase in ein dickes Wollkleid. »Er glaubt, dass du in ernsthafter Gefahr bist, dass Carlisle irgendetwas Übles plant.«

»Unsinn. Wir haben nur das Wort von Mr March, dass dieser Carlisle hier in Rom sein Unwesen treibt.« Lavinia öffnete einen Schrank. Ein sehr gut aussehender, recht ordentlich ausgestatteter Apollo sah sie daraus an. »Ich für meinen Teil habe nicht die Absicht, alles zu glauben, was dieser Mann uns erzählt. Er möchte uns wegen seiner eigenen dunklen Ziele aus diesen Räumen hier weghaben.«

»Ich bin davon überzeugt, dass er uns die Wahrheit gesagt hat.« Emeline stopfte die verpackte Vase in den dritten Koffer. »Ich glaube, er hat Recht, und wir sind in Gefahr.«

»Wenn wirklich eine niederträchtige Bande in diese Sache verwickelt ist, dann wäre ich nicht überrascht, wenn sich herausstellen würde, dass Tobias March ihr Anführer ist. Er behauptet, nur ein einfacher Geschäftsmann zu sein, doch er hat etwas wirklich Teuflisches an sich.«

»Du lässt deine Vorstellungskraft nur von deiner schlechten Laune beeinflussen, Lavinia. Du weißt doch, dass du nie sehr klar denkst, wenn du deiner Phantasie die Zügel schießen lässt.«

Das Geräusch zerberstender Tongefäße klang bis nach oben. »Dieser verflixte Mann«, murmelte Lavinia.

Emeline hielt inne mit dem Packen und legte den Kopf ein wenig schief, um zu lauschen. »Er hat ganz sicher die Absicht, es so aussehen zu lassen, als seien wir die Opfer von Vandalen und Dieben geworden, nicht wahr?«

»Er hat etwas davon gesagt, dass er den Laden zerstören wolle, damit Carlisle nicht annimmt, dass man ihn entdeckt hat.« Lavinia kämpfte mit dem Apollo und versuchte, ihn aus dem Schrank herauszuzerren. »Aber ich glaube, das ist nur eine weitere Lüge. Der Mann genießt, was er da unten anrichtet, wenn du mich fragst. Er ist wirklich verrückt.«

»Das glaube ich nicht.« Emeline ging zum Schrank, um eine weitere Vase zu holen. »Aber ich gebe zu, es war gut, die teuren Antiquitäten hier oben zu verstauen, um sie vor Dieben zu schützen.«

»Das einzig Positive an der ganzen Sache.« Lavinia schlang die Arme um die Brust des Apollos und hob ihn aus dem Schrank. »Mir läuft ein Schauer über den Rücken, wenn ich daran denke, was hätte geschehen können, wenn wir sie zusammen mit den Kopien unten ausgestellt hätten. March hätte sie zweifellos auch zerstört.«

»Wenn du mich fragst, das meiste Glück haben wir gehabt, als Mr March sich entschieden hat, dass wir keine Mitglieder in Carlisles Bande von Halsabschneidern sind.« Emeline wickelte eine kleine Vase in ein Handtuch und legte sie in den Koffer. »Ich zittere, wenn ich daran denke, was er mit uns gemacht hätte, wenn er geglaubt hätte, dass wir uns mit der Bande zusammengeschlossen hätten und nicht nur unschuldige Betrogene sind.«

»Er hätte kaum Schlimmeres tun können, als unsere einzige Einkommensquelle zu ruinieren und uns aus unserem Zuhause zu werfen.«

Emeline blickte zu den alten Mauern, die sie umgaben, und schnaufte dann verächtlich. »Du kannst diesen unangenehmen kleinen Raum wohl kaum ein Zuhause nennen. Ich werde ihn keinen Augenblick vermissen.«

»Du wirst ihn ganz sicher vermissen, wenn wir erst einmal ohne einen Penny in London sind und dort gezwungen werden, auf der Straße zu leben.«

»So weit wird es nicht kommen.« Emeline klopfte auf die in ein Handtuch eingewickelte Vase, die sie in der Hand hielt. »Wir werden diese Antiquitäten verkaufen, wenn wir erst einmal in England angekommen sind. Alte Vasen und Statuen zu sammeln, ist im Augenblick groß in Mode, das weißt du doch. Mit dem Geld, das wir für diese Sachen bekommen, können wir ein Haus mieten.«

»Aber nicht lange. Wir können von Glück sagen, wenn wir in der Lage sind, uns vom Verkauf dieser Sachen sechs Monate über Wasser zu halten. Wenn erst einmal die letzte Antiquität verkauft ist, dann stehen wir mit leeren Händen da.«

»Dir wird schon etwas einfallen, Lavinia. Das tut es doch immer. Es war ein brillanter Einfall, hier in Rom ins Antiquitätengeschäft einzusteigen, nachdem unser Arbeitgeber mit dem vielen Geld durchgebrannt war.«

Es gelang Lavinia mit äußerster Willenskraft, nicht vor Wut aufzuschreien. Emelines grenzenloses Vertrauen in ihre Fähigkeit, aus jeder noch so verzweifelten Lage einen Ausweg zu finden, machte sie verrückt.

»Hilf mir bitte mit diesem Apollo hier«, bat sie.

Emeline warf einen zweifelnden Blick auf die große nackte Statue, die Lavinia durch den Raum zu tragen versuchte. »Der wird den größten Teil des Platzes im letzten Koffer einnehmen. Vielleicht sollten wir ihn hier lassen und stattdessen einige dieser Vasen einpacken.«

»Dieser Apollo ist ein paar Dutzend Vasen wert.« Lavinia blieb stehen und atmete schwer vor Erschöpfung, dann fasste sie die Statue anders an. »Er ist das wertvollste Stück, das wir überhaupt haben. Wir müssen ihn mitnehmen.«

»Wenn wir ihn in den Koffer legen, dann haben wir keinen Platz mehr für deine Bücher«, meinte Emeline mit sanfter Stimme.

Ein Gefühl des Unbehagens beschlich Lavinia. Sie blieb abrupt stehen und blickte auf das Regal voller Gedichtbände, die sie aus England mitgebracht hatte. Der Gedanke, sie zurückzulassen, war beinahe unerträglich.

»Die kann ich ersetzen.« Sie umfasste die Statue fester. »Irgendwann einmal.«

Emeline zögerte und betrachtete Lavinias Gesicht. »Bist du auch ganz sicher? Ich weiß, was sie dir bedeuten.«

»Apollo ist wichtiger.«

»Also gut.« Emeline stand auf, um Apollo an den Beinen zu fassen.

Auf der Treppe hörte man schwere Schritte. Tobias March erschien an der Tür. Er warf einen Blick auf die Koffer, und dann sah er zu Lavinia und Emeline.

»Sie müssen jetzt sofort losfahren«, sagte er. »Ich kann das Risiko nicht eingehen, dass Sie auch nur noch zehn Minuten hier bleiben.«

Lavinia hätte ihm liebend gerne eine der Vasen an den Kopf geworfen. »Ich werde Apollo nicht zurücklassen. Er kann uns vor einem Leben im Bordell bewahren, wenn wir in London sind.«

Emeline verzog das Gesicht. »Wirklich, Lavinia, du sollst nicht immer so übertreiben.«

»Das ist die Wahrheit«, fuhr Lavinia auf.

»Geben Sie mir diese verdammte Statue.« Tobias kam auf sie zu. Er nahm die Skulptur in seine Arme. »Ich werde sie für Sie in den Koffer legen.«

Emeline lächelte ihn freundlich an. »Danke. Sie ist sehr schwer.«

Lavinia schnaufte verächtlich. »Du sollst dich nicht bei ihm bedanken, Emeline. Er ist der Grund für all unsere Schwierigkeiten in dieser Nacht.«

»Es ist mir immer ein Vergnügen, Ihnen zu Diensten zu sein«, meinte Tobias spöttisch. Er quetschte die Statue in den Koffer. »Sonst noch etwas?«

»Ja«, antwortete Lavinia sofort. »Diese Urne neben der Tür. Es ist ein außergewöhnlich gutes Stück.«

»Sie wird nicht in den Koffer passen.« Tobias griff nach dem Deckel und sah sie an. »Sie müssen zwischen dem Apollo und der Urne wählen. Sie können nicht beides mitnehmen.«

Lavinia zog in plötzlichem Misstrauen die Augen zusammen. »Sie haben die Absicht, die Urne für sich selbst zu behalten, nicht wahr? Sie haben vor, mir meine Urne zu stehlen.«

»Ich versichere Ihnen, Mrs Lake, ich habe keinerlei Interesse an dieser verdammten Urne. Wollen Sie die Urne oder den Apollo? Wählen Sie. Jetzt sofort.«

»Den Apollo«, murmelte sie.

Emeline kam angelaufen und stopfte ein Nachthemd und einige Schuhe um den Apollo herum in den Koffer. »Ich glaube, wir sind jetzt fertig, Mr March.«

»Ja, wirklich.« Lavinia bedachte ihn mit einem stahlharten Lächeln. »Ganz fertig. Ich kann nur hoffen, dass ich eines Tages die Gelegenheit haben werde, Sie für die Arbeit dieser Nacht zu entschädigen, Mr March.«

Er knallte den Deckel des Koffers zu. »Soll das eine Drohung sein, Mrs Lake?«

»Das können Sie nehmen, wie Sie wollen, Sir.« Sie nahm ihre Tasche in eine und ihren Reisemantel in die andere Hand. »Komm, Emeline, lass uns gehen, ehe sich Mr March noch entscheidet, das Haus vor unseren Augen in Brand zu setzen.«

»Es ist nicht nötig, so feindselig zu sein.« Emeline griff nach ihrem eigenen Mantel und einer Haube. »Ich finde, dass sich Mr March unter diesen Umständen mit bewundernswerter Zurückhaltung verhält.«

Tobias senkte ein wenig den Kopf. »Ich weiß Ihre Unterstützung zu schätzen, Miss Emeline.«

»Sie müssen sich wegen Lavinias Bemerkungen keinerlei Gedanken machen, Sir«, meinte Emeline. »Sie wird immer ein wenig unhöflich, wenn sie unter Druck steht.«

Tobias richtete den Blick seiner kalten Augen noch einmal auf Lavinia. »Das habe ich bemerkt.«

»Ich hoffe, Sie werden es ihr nicht übel nehmen«, sprach Emeline weiter. »Zusätzlich zu all unseren Schwierigkeiten heute Abend sind wir gezwungen, ihre Gedichtbände zurückzulassen. Das ist für sie ein großes Unglück. Sie liebt Gedichte sehr, müssen Sie wissen.«

»Oh, um Himmels willen.« Lavinia legte den Mantel um ihre Schultern und ging mit festem Schritt zur Tür. »Ich weigere mich, auch nur einen Augenblick länger dieser lächerlichen Unterhaltung zuzuhören. Eines ist ganz sicher, ich kann es kaum noch erwarten, aus Ihrer unangenehmen Gesellschaft wegzukommen, Mr March.«

»Sie verletzen mich, Mrs Lake.«

»Bei weitem nicht so sehr, wie ich mir das wünsche.«

Sie blieb an der Treppe noch einmal stehen und sah zu ihm zurück. Er sah gar nicht verletzt aus. Mit Leichtigkeit nahm er den schweren Koffer und trug ihn hinaus.

»Ich persönlich freue mich darauf, wieder nach Hause zu fahren.« Emeline lief zur Treppe. »Italien ist für einen Besuch recht angenehm, aber ich habe London vermisst.«

»Das habe ich auch.« Lavinia riss den Blick von den breiten Schultern von Tobias March los und ging mit festem Schritt zur Treppe. »Diese ganze Sache war eine vollkommene Katastrophe. Wessen Idee war es überhaupt, als Begleiterinnen dieser entsetzlichen Mrs Underwood nach Rom zu fahren?« Emeline räusperte sich. »Deine, glaube ich.«

»Wenn ich beim nächsten Mal etwas so Bizarres vorschlage, dann wirst du hoffentlich so nett sein, mir mit meiner Riechflasche unter der Nase zu wedeln, bis ich wieder bei Sinnen bin.«

»Zweifellos schien der Gedanke damals sehr brillant zu sein«, ertönte die Stimme von Tobias March hinter ihr.

»Das war er wirklich«, murmelte Emeline vor sich hin. »»Denke doch nur, wie wundervoll es sein wird, diese Jahreszeit in Rom zu verbringen‹, sagte Lavinia damals. ›Umgeben von all diesen wundervoll inspirierenden Antiquitäten. Und das alles auf Kosten von Mrs Underwood‹, hat sie behauptet. ›Wir werden in großem Stil von Menschen mit Rang und Geschmack unterhalten werden‹, hat sie gesagt.«

»Das reicht, Emeline«, fuhr Lavinia sie an. »Du weißt sehr gut, dass es eine lehrreiche Erfahrung gewesen ist.«

»Auf mehr als nur eine Art, könnte ich mir vorstellen«, stimmte ihr Tobias ein wenig zu schnell zu. »Wenn man dem Klatsch glauben kann, den ich über die Partys von Mrs Underwood gehört habe. Ist es wirklich wahr, dass sie zu Orgien ausgeartet sind?«

Lavinia biss die Zähne zusammen. »Ich gebe zu, es gab einen oder zwei Vorfälle, die ein wenig unglücklich waren.«

»Die Orgien waren ziemlich unangenehm«, stimmte Emeline zu. »Lavinia und ich waren gezwungen, uns in unseren Schlafzimmern einzuschließen, bis sie zu Ende waren. Aber meiner Meinung nach wurden die Dinge erst richtig schlimm, als wir eines Morgens aufwachten und feststellten, dass Mrs Underwood mit ihrem Grafen durchgebrannt war. Danach saßen wir mittellos in einem fremden Land fest.«

»Aber immerhin«, lenkte Lavinia entschlossen ein, »ist es uns gelungen, wieder auf die Beine zu kommen, und es ging uns auch recht gut, bis Sie, Mr March, sich entschieden, sich in unsere persönlichen Angelegenheiten einzumischen.«

»Glauben Sie mir, Mrs Lake, niemand bedauert diese Notwendigkeit mehr als ich«, meinte Tobias.

Sie blieb am Fuß der Treppe stehen und warf einen letzten Blick auf die zerbrochenen Tonvasen und Statuen. Er hat alles zerstört, dachte sie. Nicht eine einzige Vase war noch heil geblieben. In weniger als einer Stunde hatte er das Geschäft ruiniert, zu dessen Aufbau sie vier Monate gebraucht hatte. »Es ist völlig unvorstellbar, dass Ihr Bedauern genauso groß ist wie das meine, Mr March.« Sie umfasste ihre Tasche fester und ging dann durch den Schutt bis zur Tür. »In der Tat, Sir, Sie tragen die alleinige Schuld an dieser Katastrophe.«

Es war noch nicht hell, als Tobias endlich hörte, wie sich die Tür des Ladens öffnete. Er wartete auf der dunklen Treppe, mit der Pistole in der Hand.

Ein Mann, der eine Laterne in der Hand hielt, die nur ein schwaches Licht warf, erschien aus dem Hinterzimmer. Er blieb stehen, als er das Durcheinander sah.

»Verdammte Hölle.«

Er stellte die Laterne auf den Ladentisch und kam schnell durch den Raum, um die zerbrochenen Überreste einer großen Vase zu untersuchen.

»Verdammte Hölle«, murmelte er noch einmal. Er wandte sich um und betrachtete die zerstörten Gegenstände. »Verdammte, verdammte Hölle!«

Tobias trat auf die nächste Treppenstufe. »Suchen Sie etwas, Carlisle?«

Carlisle erstarrte. In dem schwachen, flackernden Licht der Laterne war sein Gesicht eine Maske des Bösen. »Wer sind Sie?«

»Sie kennen mich nicht. Ein Freund von Bennett Ruckland hat mich ausgeschickt, um Sie zu finden.«

»Ruckland. Ja, natürlich. Ich hätte damit rechnen müssen.«

Carlisle bewegte sich mit unglaublicher Schnelligkeit. Er hob die Hand, in der er eine Pistole verborgen gehalten hatte, und drückte ab, ohne eine Sekunde zu zögern.

Tobias war bereit. Er drückte genauso schnell ab.

Der Knall der Pistole klang merkwürdig. Er wusste sofort, dass die Pistole eine Fehlzündung hatte. Er steckte die

Hand in die Tasche und griff nach der anderen Pistole, aber es war schon zu spät.

Carlisle hatte geschossen.

Tobias fühlte, wie sein linkes Bein nachgab. Die Wucht des Geschosses warf ihn auf die Seite. Er ließ die Pistole fallen und hielt sich am Treppengeländer fest. Irgendwie gelang es ihm zu verhindern, dass er kopfüber die Treppe hinunterfiel. Carlisle bereitete sich darauf vor, die zweite Pistole abzufeuern.

Tobias versuchte, die Treppe hinaufzukriechen. Irgendetwas mit seinem linken Bein stimmte nicht. Er konnte es nicht richtig bewegen. Er drehte sich auf den Bauch und zog sich die Treppe hinauf, dabei benutzte er die Hände und sein rechtes Bein in einer krebsartigen Bewegung. Sein Fuß glitt auf etwas Feuchtem aus. Er wusste, dass es Blut war, das aus seiner Hüfte floss.

Unten bewegte sich Carlisle vorsichtig zum Fuß der Treppe. Tobias wusste, dass er noch nicht ein zweites Mal abgedrückt hatte, weil er ihn im Schatten nicht deutlich sehen konnte.

Die Dunkelheit war seine einzige Hoffnung.

Er schaffte es bis zum Treppenabsatz und fiel dann durch die Tür in das unbeleuchtete Zimmer. Seine Hand berührte die schwere Urne, die Lavinia zurückgelassen hatte.

»Nichts ist so ärgerlich wie eine Pistole, die eine Fehlzündung hat, nicht wahr?«, fragte Carlisle freundlich. »Und dann auch noch die zweite Pistole fallen zu lassen. Ungeschickt. Sehr ungeschickt.«

Er kam die Treppe herauf, schneller und selbstsicherer jetzt. Tobias packte die Urne, legte sie auf die Seite und versuchte, nur ganz flach zu atmen. Der Schmerz in seinem linken Bein war unerträglich.

»Hat der Mann, der Sie hinter mir hergeschickt hat, Ihnen

auch gesagt, dass Sie wahrscheinlich nicht lebend nach England zurückkehren würden?«, fragte Carlisle, der die Hälfte der Treppe bereits hinaufgekommen war. »Hat er Ihnen nicht gesagt, dass ich früher ein Mitglied des Blue Chamber war? Wissen Sie überhaupt, was das bedeutet, mein Freund?« Ich habe nur eine Chance, sagte Tobias sich. Er musste den richtigen Augenblick abwarten.

»Ich weiß ja nicht, wie viel er Ihnen bezahlt hat, um mich zu finden, aber wie hoch auch immer die Summe war, sie war nicht hoch genug. Sie waren ein Dummkopf, diesem Handel zuzustimmen.« Carlisle hatte den Treppenabsatz beinahe erreicht. In seiner Stimme lag eine sehnsüchtige Erregung. »Es wird Sie Ihr Leben kosten.«

Tobias schob die große Urne mit letzter Kraft ein Stück vor. Das plumpe Gefäß polterte auf die Treppe zu.

»Was ist das?« Carlisle blieb erstarrt auf der obersten Treppenstufe stehen. »Was ist das für ein Lärm?«

Die Urne krachte gegen seine Beine. Carlisle schrie auf. Tobias hörte, wie er versuchte, sich an die Wand zu klammern, um den Halt nicht zu verlieren, doch es war vergebens.

Es gab eine Reihe dumpfer, polternder Geräusche, als Carlisle die Treppe hinunterfiel. Seine Schreie hörten plötzlich auf, als er beinahe unten angekommen war.

Tobias zog das Laken vom Bett, riss einen langen Streifen davon ab und verband sein linkes Bein. Ihm wurde schwindlig, als er sich hochzog.

Er schwankte, und beinahe wäre er ohnmächtig geworden, als er ungefähr die Hälfte der Treppe hinuntergegangen war, doch es gelang ihm, auf den Beinen zu bleiben. Carlisle lag am Fuß der Treppe, sein Kopf war in einem unnatürlichen Winkel verdreht. Die Scherben der Urne lagen um ihn herum.

»Sie hat den Apollo gewählt, musst du wissen«, flüsterte Tobias dem toten Mann zu. »Im Nachhinein war das eindeutig die richtige Entscheidung. Die Lady hat eine ausgezeichnete Vorahnung.«

1. Kapitel

Der nervöse kleine Mann, der ihm das Tagebuch verkauft hatte, hatte ihn davor gewarnt, dass Erpressung ein gefährliches Geschäft war. Einige der Informationen im Tagebuch des Kammerdieners könnten einen Mann das Leben kosten. Aber sie konnten ihn auch sehr reich machen, dachte Holton Felix.

Seit Jahren hatte er seinen Lebensunterhalt in den Spielhöllen verdient. Er kannte das Risiko sehr gut, und schon vor langer Zeit hatte er gelernt, dass es keine Belohnung für diejenigen gab, denen es an Entschlusskraft und Nerven mangelte.

Ich bin kein Dummkopf, sagte er sich, als er die Feder in die Tinte tauchte und sich daranmachte, seine Nachricht zu beenden. Er hatte nicht vor, sein Geld lange mit Erpressung zu verdienen. Er würde damit aufhören, sobald er genug zusammenhatte, um seine drängendsten Schulden zu bezahlen.

Aber das Tagebuch würde er behalten, überlegte er. Die Geheimnisse, die es enthielt, könnten sich als sehr nützlich erweisen, wenn er sich wieder einmal in Schwierigkeiten befand.

Das Klopfen an der Tür erschreckte ihn. Er starrte auf die letzte Zeile der Drohung, die er gerade geschrieben hatte. Ein Tintenklecks unterstrich das Wort *bedauerlich*. Der Anblick des ruinierten Satzes irritierte ihn. Er war stolz auf seine schlagfertigen und schlauen Nachrichten. Er hatte hart daran gearbeitet, jede Botschaft genau auf den passenden

Empfänger abzustimmen. Er hätte ein berühmter Schriftsteller werden können, vielleicht ein weiterer Byron, wenn die Umstände ihn nicht dazu gezwungen hätten, seinen Lebensunterhalt in den Spielhöllen zu verdienen.

Wut stieg in ihm auf. Alles wäre so viel leichter gewesen, wenn das Leben nicht so ungerecht wäre. Wenn sein Vater nicht in einem Duell nach einem Streit über ein Kartenspiel umgekommen wäre, wenn seine verzweifelte und hoffnungslose Mutter nicht am Fieber gestorben wäre, als er gerade einmal sechzehn Jahre alt war, wer weiß, was er dann alles hätte erreichen können? Wer weiß, wie hoch er hätte steigen können, hätte er einige der Vorteile gehabt, die andere Männer hatten?

Stattdessen war er dazu gezwungen, zu Erpessungen zu greifen. Doch eines Tages würde er endlich die Stellung erreichen, die ihm gebührte, das schwor er sich. Eines Tages ... Wieder klopfte es an der Tür. Einer seiner Gläubiger, zweifellos. Er hatte in jeder Spielhölle der Stadt seine Schuldscheine hinterlassen.

Er zerknüllte den Brief in seiner Faust und stand auf. Er ging durch den Raum zum Fenster, schob die Gardine zur Seite und blickte hinaus. Niemand war dort. Wer auch immer vor einem Augenblick geklopft hatte, hatte den Versuch aufgegeben, ihn zu sprechen. Aber auf der Treppe schien ein Paket zu liegen.

Er öffnete die Tür und bückte sich, um das Paket aufzuheben. Er erhaschte nur einen Blick auf einen schweren Mantel, als eine Gestalt aus dem Schatten trat.

Der Schürhaken traf seinen Kopf mit tödlicher Macht. Für Holton Felix endete die Welt in einem Augenblick, und alle seine ausstehenden Schulden wurden in diesem Augenblick getilgt.

2. Kapitel

Der Geruch des Todes war unverkennbar. Lavinia stockte der Atem an der Schwelle des durch ein Feuer erhellten Zimmers, schnell griff sie nach einem Taschentuch. Das war in ihrem Plan für den heutigen Abend nicht vorgesehen. Sie drückte das bestickte Leinentuch auf ihre Nase und kämpfte gegen den Wunsch an, sich umzudrehen und wegzulaufen.

Der Körper von Holton Felix lag auf dem Boden vor dem Kamin. Zuerst konnte sie keine Anzeichen einer Verletzung entdecken. Sie fragte sich, ob sein Herz wohl versagt hatte. Doch dann erkannte sie, dass etwas mit der Form seines Kopfes nicht stimmte.

Offensichtlich war eines der anderen Opfer von Felix' Erpressungen schon vor ihr hier gewesen. Felix war kein besonders kluger Schurke gewesen, rief sie sich ins Gedächtnis. Immerhin war es ihr gelungen, seine Identität festzustellen, kurz nachdem sie sein erstes Erpresserschreiben bekommen hatte, und sie war absolut unerfahren darin, private Erkundigungen einzuziehen.

Als sie erst einmal seine Adresse herausgefunden hatte, hatte sie mit einigen der Hausmädchen und Köchinnen gesprochen, die in der Nachbarschaft wohnten. Zufrieden mit der Nachricht, dass Felix die Angewohnheit besaß, die Nächte in den Spielhöllen zu verbringen, war sie heute Abend hierher gekommen, um seine Wohnung zu durchsuchen. Sie hatte gehofft, das Tagebuch zu finden, von dem er berichtet hatte.

Sie sah sich unsicher in dem kleinen Zimmer um. Das Feuer brannte noch immer fröhlich im Kamin, doch sie fühlte, wie ihr der kalte Schweiß über den Rücken rann. Was sollte sie jetzt tun? War der Mörder mit Felix' Tod zufrieden gewesen, oder hatte er sich die Zeit genommen, den Besitz des Halunken zu durchsuchen, um das Tagebuch zu finden?

Es gab nur eine Möglichkeit, die Antwort auf ihre Fragen herauszufinden, überlegte sie. Sie musste das Zimmer von Felix durchsuchen, wie sie es ursprünglich geplant hatte.

Sie zwang sich dazu, sich zu bewegen. Sie brauchte ihre ganze Willenskraft, die unsichtbare Mauer der Furcht zu durchbrechen, die über dieser höllischen Szenerie lag. Das flackernde Licht der ersterbenden Flammen warf geisterhafte Schatten auf die Wände. Sie versuchte, nicht zu der Stelle zu sehen, an der der Körper lag.

Sie atmete so flach wie möglich und überlegte, wo sie ihre Suche beginnen sollte. Felix hatte seine Unterkunft nur sehr spärlich möbliert. Angesichts seiner Vorliebe für Spielhöllen sollte sie das eigentlich nicht überraschen. Zweifellos war er gezwungen gewesen, ab und zu einen Kerzenständer oder einen Tisch zu verkaufen, um seine Schulden zu begleichen. Die Diener, die sie ausgefragt hatte, hatten ihr berichtet, dass Felix ständig in Geldschwierigkeiten steckte. Einer oder zwei von ihnen hatten sogar angedeutet, dass er ein skrupelloser Opportunist war, dem jedes Mittel recht war, um an Geld zu kommen.

Erpressung war sehr wahrscheinlich nur eines von mehreren unangenehmen Mitteln gewesen, die Felix in seiner Karriere als Spieler eingesetzt hatte. Doch offensichtlich war es eine aussichtslose Strategie gewesen.

Sie sah zu dem Schreibtisch am Fenster und entschied sich, dort mit ihrer Suche anzufangen, obwohl sie annahm, dass der Mörder bereits die Schubladen durchsucht hatte. Ganz sicher hätte sie das an seiner Stelle getan.

Sie ging vorsichtig um Felix' Körper herum und hielt sich so weit von ihm fern wie nur möglich, dann beeilte sie sich, an ihr Ziel zu kommen. Die Oberfläche des Schreibtisches wies das übliche Durcheinander auf, einschließlich eines Taschenmessers und eines Tintenfasses. Auch Sand stand dort, der über die Schriftstücke gestreut wurde, und ein kleiner Metallteller für Siegelwachs.

Sie beugte sich vor, um die erste Schublade zu öffnen. Doch dann erstarrte sie, und eine Vorahnung erfasste sie, so dass sich die kleinen Härchen in ihrem Nacken sträubten.

Das leise, doch unmissverständliche Geräusch von Schritten ertönte auf dem Holzfußboden hinter ihr. Angst erfasste sie und nahm ihr den Atem. Ihr Herz schlug so schnell, dass sie sich fragte, ob sie wohl zum ersten Mal in ihrem Leben ohnmächtig werden würde.

Der Mörder war noch in diesem Zimmer.

Eines war sicher: Sie konnte sich den Luxus nicht leisten, ohnmächtig zu werden.

Sie starrte einen entsetzten Augenblick lang auf den Schreibtisch und suchte nach einer Waffe, mit der sie sich verteidigen konnte. Sie streckte die Hand aus. Ihre Finger schlossen sich um den Griff des Taschenmessers. Es sah winzig und zerbrechlich aus. Doch etwas anderes hatte sie nicht.

Sie umklammerte das kleine Messer, dann wirbelte sie herum, um sich dem Mörder zu stellen. Sie entdeckte ihn sofort, er stand in der dunklen Tür, die zum Schlafzimmer führte. Sie konnte seine Umrisse erkennen, doch sein Gesicht lag im Schatten.

Er machte keine Anstalten, auf sie zuzukommen. Stattdessen blieb er stehen, eine Schulter lässig gegen den Türrahmen gelehnt, die Arme vor der Brust verschränkt.

»Wissen Sie, Mrs Lake«, sagte Tobias March, »ich hatte das Gefühl, dass wir uns eines Tages noch einmal treffen würden. Aber wer hätte ahnen können, dass es unter solch interessanten Umständen geschehen würde?«

Sie musste zwei Mal schlucken, ehe sie sprechen konnte. Als sie dann endlich ein paar verständliche Worte herausbringen konnte, klang ihre Stimme dünn und zittrig.

»Haben Sie diesen Mann umgebracht?«

Tobias blickte auf die Leiche. »Nein. Ich bin nach dem Mörder hier angekommen, genau wie Sie. Ich glaube, Felix wurde auf der Treppe zur Haustür umgebracht. Der Mörder muss ihn zurück in dieses Zimmer gezerrt haben.«

Diese Neuigkeit trug nicht dazu bei, sie zu beruhigen. »Was tun Sie hier?«

»Die gleiche Frage wollte ich Ihnen auch gerade stellen.« Er betrachtete sie mit einem nachdenklichen Blick. »Aber ich habe eine Ahnung, dass ich die Antwort bereits kenne. Sie sind offensichtlich eines der Opfer von Felix' Erpressungen, nicht wahr?«

Für einen Augenblick war ihre Wut größer als ihre Furcht. »Diese entsetzliche Kreatur hat mir in dieser Woche zwei Nachrichten geschickt. Die erste kam am Montag an. Sie wurde an meiner Küchentür abgegeben. Ich konnte meinen Augen nicht trauen, als ich seine lächerliche Forderung las. Er wollte hundert Pfund. Können Sie sich das vorstellen? Hundert Pfund, um mir sein Schweigen zu erkaufen. Dieser Kerl hatte vielleicht Nerven.«

»Worüber wollte er denn schweigen?« Tobias sah sie eindringlich an. »Haben Sie noch mehr Dummheiten gemacht, seit wir uns zum letzten Mal getroffen haben?«

»Wie können Sie es wagen, Sir. Das Ganze ist nur Ihre Schuld, Ihre Schuld ganz allein.«

»Meine Schuld?«

»Jawohl, Mr March. Ich mache Sie für diese ganze Sache verantwortlich.« Sie deutete mit der Spitze des Taschenmessers auf die Leiche. »Dieser entsetzliche Mann hat versucht, mich mit dieser Geschichte in Rom zu erpressen. Er hat damit gedroht, alles aufzudecken.«

»Ach, wirklich?« Tobias reckte sich mit einer eigenartig steifen Bewegung. »Also, das ist wirklich äußerst interessant. Was genau hat er denn gewusst?«

»Ich habe Ihnen doch gerade gesagt, er wusste alles. Er hat damit gedroht, überall bekannt zu machen, dass ich einen Laden in Rom besessen habe, der von einer Bande Unholde benutzt wurde. Er hat angedeutet, dass ich eine Komplizin ihrer Pläne gewesen sei und dass ich diesen Halunken erlaubt hätte, meinen Laden dazu zu benutzen, ihre Nachrichten auszutauschen. Er ging sogar so weit anzudeuten, dass ich sehr wahrscheinlich die Geliebte des Anführers der Bande gewesen sei.«

»War das alles, was er in seiner Nachricht geschrieben hat?«

»Alles? Genügt das denn nicht? Mr March, trotz all ihrer Bemühungen haben meine Nichte und ich es geschafft, Ihren Angriff auf unser Geschäft in Rom zu überstehen. Knapp.«

Er senkte den Kopf ein wenig. »Ich habe mir gedacht, dass Sie wieder auf die Füße kommen würden. Sie kann man nicht so leicht brechen.«

Sie ignorierte seine Bemerkung. »In der Tat laufen die Dinge im Augenblick sogar sehr gut. Ich hoffe, Emeline eine Saison lang wirkliches Gesellschaftsleben bieten zu können. Mit ein wenig Glück könnte sie sogar einen passenden Gentleman kennen lernen, der sie so versorgen kann, wie ich es gerne sehen würde. Das ist eine sehr delikate Zeit, wenn Sie verstehen, was ich meine. Ich kann nicht zulassen, dass Emelines Name auch nur durch den geringsten Klatsch beschmutzt wird.«

»Ich verstehe.«

»Wenn Felix auch nur angedeutet hätte, dass sie einmal in unlautere Geschäfte verwickelt gewesen wäre, hätte er unabsehbaren Schaden anrichten können.«

»Ich nehme an, das Gerücht, sie sei die Nichte der ehemaligen Geliebten eines berüchtigten Anführers einer Verbrecherbande, würde Ihren Plan komplizieren, Emeline in den gesellschaftlichen Trubel einzuführen.«

»Ihn *komplizieren*? Es würde alles ruinieren. Das ist alles so unfair. Emeline und ich hatten mit diesen Halunken nichts zu tun, auch nicht mit dem Mann, den Sie Carlisle genannt haben. Ich verstehe nicht, wie ein Mensch, der auch nur ein geringes Maß an kultiviertem Zartgefühl besitzt, zu dem Schluss kommen könnte, dass meine Nichte und ich uns mit Dieben und Mördern abgegeben haben könnten.«

»Ich bin zu diesem Schluss nur eine ganz kurze Zeit gekommen, am Anfang der ganzen Affäre, wenn Sie sich recht erinnern.«

»Bei Ihnen finde ich das nicht besonders überraschend«, erklärte sie grimmig. »Ich sprach ja auch von Menschen, die kultiviertes Feingefühl besitzen. Sie gehören wohl kaum zu dieser Gruppe, Sir.«

»Und Holton Felix wohl auch nicht.« Tobias blickte auf den leblosen Körper. »Aber ich denke, es ist besser, diese Diskussion über meinen Mangel an Feingefühl auf ein anderes Mal zu verschieben, wenn wir die Muße haben, uns in Einzelheiten über meine Fehler zu unterhalten. Im Augenblick haben wir andere Probleme. Ich nehme an, wir sind aus dem gleichen Grund hier.«

»Ich weiß nicht, aus welchem Grund Sie hier sind, Mr March, aber ich bin gekommen, um nach einem gewissen Tagebuch zu suchen, das einmal dem Kammerdiener von Mr Carlisle gehört hat. Der Mann, von dem Sie behaupten, er sei der Anführer einer Bande von Kriminellen in Rom gewesen.« Sie hielt inne und runzelte die Stirn. »Was wissen Sie überhaupt über diese ganze Sache?«

»Sie kennen doch das alte Sprichwort: ›Für seinen Kammerdiener ist kein Mann ein Held.‹ Wie es scheint, hat der treue Diener von Carlisle heimlich die verdammenswertesten Geheimnisse seines Herrn aufgeschrieben. Nach dem Tod von Carlisle …«

»Carlisle ist tot?«

»Ziemlich tot. Wie ich schon sagte, damals hat der Kammerdiener das Tagebuch verkauft, damit er seine Reise zurück nach England bezahlen konnte. Er wurde umgebracht, offensichtlich von einem Straßenräuber, noch ehe er aus Rom heraus war. Offenbar wurde das Tagebuch danach noch zwei Mal verkauft. In beiden Fällen sind die Besitzer tödlichen Unfällen zum Opfer gefallen.« Er deutete mit dem Kopf auf Felix' Leiche. »Und jetzt gibt es einen dritten Toten, der in Verbindung mit diesem verdammten Ding steht.«

Lavinia schluckte. »Du liebe Güte.«

»In der Tat.« Tobias verließ die Tür und ging auf den Schreibtisch zu.

Lavinia beobachtete ihn unsicher. Es lag etwas Eigenartiges in der Art, wie er sich bewegte, dachte sie, ein leichtes, aber doch bemerkbares Humpeln in seinem Gang. Sie hätte schwören können, dass es das noch nicht gegeben hatte, als sie ihn das letzte Mal gesehen hatte.

»Wie kommt es, dass Sie so viel über dieses Tagebuch wissen?«, fragte sie.

»Ich bin diesem verdammten Ding schon einige Wochen auf der Spur. Über den ganzen Kontinent bin ich ihm gefolgt. Ich bin erst vor einigen Tagen in England angekommen.«

»Warum sind Sie denn so dahinter her?«

Tobias zog eine der Schubladen auf. »Ich vermute, dass es Informationen enthält, die meinem Klienten einige Fragen beantworten könnten.«

»Was für Fragen sind das denn?«

»Fragen nach Hochverrat und Mord.«

»*Hochverrat?*«

»Während des Krieges.« Er öffnete noch eine zweite Schublade und suchte in den Papieren. »Wir haben jetzt wirklich nicht die Zeit, uns Einzelheiten zu widmen. Ich werde Ihnen das später erklären.«

»Behaupten Sie etwa, dass Sie in Rom versagt haben, Mr March? Nach allem, was Sie uns in dieser schrecklichen Nacht angetan haben, haben Sie doch hoffentlich die ganze Sache nicht vermasselt? Was ist eigentlich mit diesem Carlisle passiert? Sie haben behauptet, dass er in unserem Geschäft auftauchen würde, um die Botschaft von seinem Günstling abzuholen.«

»Carlisle kam, nachdem Sie weg waren.«

»Und?«

»Er ist gestolpert und die Treppe hinuntergefallen.«

Sie riss ungläubig die Augen auf. »Er ist gestolpert und gefallen?«

»Solche Unfälle geschehen nun einmal, Mrs Lake. Eine Treppe kann sehr gefährlich sein.«

»Bah. Ich habe es gewusst. Sie haben die Sache vermasselt, nachdem Emeline und ich in dieser Nacht abgereist sind, nicht wahr?«

»Es hat einige Komplikationen gegeben.«

»Das ist offensichtlich.« Aus irgendeinem Grund, trotz dieser entsetzlichen Situation, in der sie sich im Augenblick befanden, fühlte sie eine perverse Schadenfreude dabei, ihn für die ganze Sache verantwortlich zu machen. »Ich hätte die Wahrheit ahnen müssen, gleich nachdem ich den ersten Erpresserbrief von Holton Felix bekommen habe. Immerhin waren die Dinge bis zu diesem Augenblick ganz glatt verlaufen. Ich hätte wissen müssen, dass Sie dafür verantwortlich sind, wenn es Probleme gibt.«

»Verdammt, Mrs Lake, jetzt ist nicht die Zeit, mir eine Strafpredigt zu halten. Sie haben ja keine Ahnung, worum es eigentlich geht.«

»Geben Sie es zu, Sir. Dieses Problem mit dem Tagebuch des Kammerdieners ist ganz allein Ihr Fehler. Wenn Sie die Situation in Rom anständig geregelt hätten, dann wären wir beide heute Abend nicht hier.«

Er wurde ganz still. In dem unheimlichen Licht des Feuers sahen seine Augen gefährlich aus. »Ich versichere Ihnen, die Schlange, die diese Bande von Vipern in Italien kontrolliert hat, ist tot. Leider war das jedoch nicht das Ende der Angelegenheit. Mein Klient wünscht, dass die ganze Sache abgeschlossen wird. Er hat mich angestellt, um dafür zu sorgen, und das werde ich auch tun.«

Sie erstarrte. »Verstehe.«

»Carlisle war eine Zeit lang Mitglied einer kriminellen Vereinigung, die als Blue Chamber bekannt ist. Die Bande hatte ihre Fühler in ganz England und Europa ausgestreckt. Viele Jahre lang wurde diese Organisation von einem Mann geleitet, der sich Azure nannte.«

Lavinias Hals wurde ganz trocken. Aus einem unerklärlichen Grund fühlte sie, dass er ihr die Wahrheit sagte. »Wie theatralisch.«

»Azure war der uneingeschränkte Kopf der Organisation. Aber nach allem, was wir feststellen konnten, ist er vor ungefähr einem Jahr gestorben. Das Blue Chamber befindet sich seit seinem Tod im Chaos. Azure hatte zwei mächtige Offiziere, Carlisle und einen anderen Mann, dessen Identität ein Geheimnis geblieben ist.«

»Azure und Carlisle leben beide nicht mehr, also nehme ich an, dass Ihr Klient die Identität des dritten Mannes herausfinden möchte?«

»Jawohl. Das Tagebuch enthält diese Information vielleicht. Mit ein wenig Glück wird es uns verraten, wer Azure war, und es wird auch noch einige andere Fragen beantworten. Verstehen Sie jetzt, warum es so gefährlich ist?«

»In der Tat.«

Tobias griff nach einem Stapel Papieren. »Warum machen Sie sich nicht nützlich, anstatt einfach nur hier herumzustehen?«

»Nützlich?«

»Ich hatte nicht die Gelegenheit, das Schlafzimmer zu durchsuchen, ehe Sie gekommen sind. Nehmen Sie sich eine Kerze und sehen Sie nach. Ich werde hier weitermachen.«

Ihr erster Gedanke war, ihm zu sagen, dass er in den Hades verschwinden könnte. Doch dann ging ihr auf, dass er Recht hatte. Sie waren beide hinter der gleichen Sache her, wie es schien. Die Vorteile, die Aufgabe miteinander zu teilen, indem sie Felix' Wohnung durchsuchten, war offensichtlich. Zusätzlich gab es noch einen anderen, zwingenden Grund, seinem Befehl zu folgen. Wenn sie das Schlafzimmer durchsuchte, würde sie nicht ständig die blutige Leiche ansehen müssen.

Sie griff nach einer Kerze. »Ihnen ist doch sicher klar, dass derjenige, wer auch immer es war, der Mr Felix umgebracht hat, das Tagebuch gefunden und es mitgenommen hat?«

»Wenn das so ist, dann haben sich unsere Probleme noch vergrößert.« Er warf ihr einen kalten Blick zu. »Einen Schritt nach dem anderen, Mrs Lake. Lassen Sie uns zuerst einmal feststellen, ob wir dieses verdammte Tagebuch finden können. Das würde die Angelegenheit ziemlich erleichtern.«

Er hat Recht, überlegte sie. March war irritierend, provozierend und machte sie äußerst wütend, doch er hatte Recht. Eine Katastrophe nach der anderen. Das war die einzige Möglichkeit, in dieser Sache vorzugehen. Und es war sowieso ihre Art, durchs Leben zu gehen.

Sie eilte in das kleine Zimmer neben dem Wohnzimmer. Auf dem kleinen Tisch neben dem Bett lag ein Buch. Eine prickelnde Erregung erfasste sie. Vielleicht war ihr das Glück ja doch hold.

Sie ging durch den Raum, um im Licht der Kerzenflamme den Titel des Buches zu lesen. *Die Erziehung einer Lady.* Da noch immer die geringe Möglichkeit bestand, dass der lederne Einband ein handgeschriebenes Tagebuch verbarg, öffnete Lavinia das Buch und blätterte die Seiten durch. Enttäuschung ertränkte den kleinen Hoffnungsschimmer. Das Buch war ein vor kurzem veröffentlichter Roman, kein persönliches Tagebuch.

Sie legte das Buch auf den Tisch zurück und ging zur Waschschüssel hinüber. Es dauerte nur einen Augenblick, die kleinen Schubladen in der Kommode zu durchsuchen. Sie enthielten genau die Dinge, die man an einem solchen Ort erwartet hätte: einen Kamm und eine Bürste, Rasierzeug und eine Zahnbürste.

Als Nächstes versuchte sie es mit dem Schrank. Er enthielt eine Anzahl teuer aussehender Leinenhemden und drei modische Röcke. Offensichtlich hatte Felix, wenn es am Spieltisch gut gelaufen war, seine Gewinne für modische Kleidung ausgegeben. Vielleicht sah er die teure Kleidung als eine geschäftliche Investition an.

»Haben Sie etwas gefunden?«, rief Tobias leise aus dem Nebenraum.

»Nein«, antwortete sie. »Sie?«
»Nichts.«

Sie hörte, wie er ein schweres Möbelstück beiseite rückte. Vielleicht den Schreibtisch. Er suchte wirklich gründlich. Sie öffnete die Schubladen in dem Schrank und entdeckte eine Auswahl an Krawatten und Unterwäsche eines Gentleman. Schnell schlug sie die Schranktüren wieder zu und wandte sich um, um sich in dem spärlich möblierten Zimmer umzusehen. Ihre Verzweiflung wuchs. Was um alles in der Welt sollte sie als Nächstes tun, wenn sie nicht die Unterlagen fand, die Felix dazu gebracht hatten, sie zu erpressen?

Ihr Blick fiel noch einmal auf den Ledereinband des Buches auf dem Nachttisch. Sie hatte keine anderen Bücher in Felix' Wohnung entdeckt. Wäre nicht die *Erziehung einer Lady* gewesen, so würde sie behaupten, dass er sich gar nicht für Literatur interessierte. Dennoch lag dieser Roman neben seinem Bett.

Langsam ging sie durch das Zimmer, um sich das Buch noch einmal anzusehen. Warum interessierte sich ein Spieler für einen Roman, der zweifellos für junge Damen geschrieben worden war?

Sie nahm das Buch noch einmal in die Hand und blätterte die Seiten durch, diesmal hielt sie inne, um hier und da einen Satz zu lesen. Es dauerte nicht lange, bis sie feststellte, dass dieses Buch ganz und gar nicht für die Erziehung junger Ladys geschrieben worden war.

*... ihr elegant gerundeter Po
zitterte vor Erwartung meiner samtenen Peitsche ...*

»Du liebe Güte.« Schnell schlug sie das Buch wieder zu. Ein kleiner Zettel fiel auf den Boden.

»Haben Sie etwas Interessantes gefunden?«, fragte Tobias aus dem Nebenzimmer.

»Das habe ich ganz sicher nicht.«

Sie blickte auf den kleinen Zettel, der vor ihrem Halbschuh gelandet war. Er war von Hand beschrieben. Sie verzog das Gesicht. Vielleicht hatte Felix dieses Buch so sehr genossen, dass er sich Notizen gemacht hatte.

Sie bückte sich, um den Zettel aufzuheben, dann blickte sie auf die Worte, die darauf gekritzelt waren. Es waren keine Notizen über die *Erziehung einer Lady*, sondern eine Adresse. Hazelton Square Nummer vierzehn.

Warum wohl sollte Felix eine Adresse in diesem ganz besonderen Buch aufbewahren?

Sie hörte die leisen, aber verräterischen Schritte von Tobias auf dem Wohnzimmerboden. Schnell steckte sie den Zettel in ihre Tasche und wandte sich zur Tür.

Er erschien in der offenen Tür, vor dem Licht des Feuers hob sich die Silhouette seiner Gestalt ab. »Nun?«

»Ich habe nichts gefunden, das auch nur von weitem einem Tagebuch ähnlich sieht«, erklärte sie mit fester Stimme und, so glaubte sie, auch ganz ehrlich.

»Ich auch nicht.« Er warf einen grimmigen Blick in das Schlafzimmer. »Wir sind zu spät gekommen. Es scheint, dass derjenige, der Felix ermordet hat, so viel Verstand besessen hat, das Tagebuch mitzunehmen.«

»Das ist wohl kaum eine überraschende Wendung der Dinge. Ganz sicher hätte ich das unter diesen Umständen auch getan.«

»Hmm.«

Sie verzog das Gesicht..»Was ist?«

Er sah sie an. »Wie es scheint, müssen wir abwarten, bis der neue Erpresser die ersten Schritte tut.«

»Der *neue* Erpresser?« Der Schock machte sie für ein paar

Sekunden bewegungsunfähig. Sie musste sich bemühen, den Mund zu schließen. »Gütiger Himmel, was sagen Sie da, Sir? Nehmen Sie etwa an, dass Felix' Mörder die Absicht hat, den Erpresser zu spielen?«

»Wenn die Sache Geld verspricht, und ich bin sicher, dass sie das tut, dann müssen wir annehmen, dass die Antwort auf Ihre Frage ein Ja ist.«

»Verdammte Hölle.«

»Ganz genau meine Meinung, aber wir müssen die positive Seite der ganzen Sache sehen, Mrs Lake.«

»Es gelingt mir nicht, dem Ganzen eine positive Seite abzugewinnen.«

Er bedachte sie mit einem freudlosen Lächeln. »Ach, kommen Sie, uns beiden ist es gelungen, unabhängig voneinander Felix aufzuspüren, nicht wahr?«

»Felix war ein unfähiger Dummkopf, der alle möglichen Hinweise hinterlassen hat. Ich hatte kein Problem, den kleinen Kerl, der mir die Erpresserbriefe gebracht hat, zu bestechen. Der Junge hat mir für ein paar Münzen und eine heiße Fleischpastete die Adresse verraten.«

»Sehr klug von Ihnen.« Tobias blickte in den anderen Raum, wo der tote Mann auf dem Teppich vor dem Feuer lag. »Ich glaube nicht, dass derjenige, dem es gelungen ist, Felix umzubringen, so unfähig sein wird. Deshalb sollten wir besser unsere Kräfte vereinen, Madam.«

In ihr klingelte es Alarm. »Wovon reden Sie überhaupt?«

»Ich bin sicher, Sie verstehen, was ich sagen will.« Er richtete seinen Blick wieder auf sie. Eine Augenbraue zog er hoch. »Was auch immer Sie sein mögen, dumm sind Sie nicht.«

So schwand ihre Hoffnung, dass sie beide nach dieser Begegnung wieder getrennte Wege gehen würden.

»Also, sehen Sie«, begann sie entschlossen. »Ich habe

nicht die Absicht, eine Art Partnerschaft mit Ihnen einzugehen, Mr March. Immer, wenn Sie auftauchen, bekomme ich Schwierigkeiten ohne Ende.«

»Wir waren erst zwei Mal gezwungen, eine gewisse Zeit in der Gesellschaft des anderen zu verbringen.«

»Und beide Male stellte es sich als eine Katastrophe heraus. Was Ihre Schuld ist.«

»Das ist Ihre Meinung.« Er machte einen unsicheren Schritt auf sie zu und packte mit der Hand fest ihren Arm. »Aus meiner Sicht der Dinge sind Sie es, die ein sehr bemerkenswertes Talent dafür besitzt, eine Situation über Gebühr hinaus zu komplizieren.«

»Wirklich, Sir, das geht zu weit. Nehmen Sie freundlicherweise die Hände von mir.«

»Ich fürchte, das kann ich nicht, Mrs Lake.« Er führte sie aus dem Zimmer zurück in den hinteren Flur. »Wenn man bedenkt, dass wir beide in diesem Netz gefangen sind, muss ich darauf bestehen, dass wir zusammenarbeiten, um es zu entwirren.«

3. Kapitel

»Ich kann gar nicht glauben, dass du Mr March wiedergetroffen hast. Und dann auch noch unter solch eigenartigen Umständen.« Emeline stellte die Kaffeetasse ab und betrachtete Lavinia über den Frühstückstisch hinweg. »Was für ein erstaunlicher Zufall.«

»Unsinn. Das ist es gar nicht, wenn ich der Geschichte glauben kann.« Lavinia klopfte mit dem Löffel gegen den Tellerrand. »Wenn ich ihm glauben kann, dann hat diese ganze Geschichte mit der Erpressung eine Verbindung zu der Sache in Rom.«

»Glaubt er denn, dass Holton Felix ein Mitglied dieser kriminellen Vereinigung war, diesem Blue Chamber?«

»Nein. Offensichtlich ist Felix mehr oder weniger durch Zufall an dieses Tagebuch gekommen.«

»Und jetzt hat jemand anderes dieses Tagebuch.« Emeline sah nachdenklich vor sich hin. »Wahrscheinlich derjenige, der Felix umgebracht hat. Und Mr March ist noch immer auf seiner Spur. Er ist wirklich recht hartnäckig, nicht wahr?«

»Pah. Er tut das doch nur für Geld. Solange jemand bereit ist, ihn für seine Nachforschungen zu bezahlen, ist es doch in seinem eigenen Interesse, hartnäckig zu sein.« Sie verzog das Gesicht. »Obwohl es mir unverständlich ist, warum sein Klient ihn noch immer für seine Dienste bezahlt, nach seiner erschreckenden Unfähigkeit, die er in Rom an den Tag gelegt hat.«

»Du weißt sehr gut, dass wir ihm dankbar sein müssen für die Art und Weise, wie er seine Nachforschungen in Italien angestellt hat. Jeder andere Mann in seiner Position hätte den Schluss gezogen, dass wir Mitglieder dieser Bande von Halsabschneidern waren, und hätte sich dementsprechend verhalten.«

»Jeder, der sich mit solchen Nachforschungen beschäftigt, wäre ein Dummkopf, wenn er glaubte, dass wir in kriminelle Aktivitäten verstrickt sind.«

»Ja, natürlich«, versuchte Emeline sie zu beruhigen. »Aber man kann sich doch vorstellen, dass ein anderer, weniger intelligenter Mann als Mr March den Schluss gezogen hätte, dass wir Mitglieder dieser Bande sind.«

»Du solltest Tobias March nicht so voreilig irgendwelche positiven Eigenschaften zuschreiben, Emeline. Ich traue ihm nicht.«

»Ja, das kann ich sehen. Warum denn nicht?«

Lavinia breitete beide Hände aus. »Um Himmels willen. Ich habe ihn in der letzten Nacht am Tatort eines Mordes vorgefunden.«

»Er hat dich am gleichen Ort gefunden«, rief ihr Emeline ins Gedächtnis.

»Ja, aber er war vor mir dort. Felix war schon tot, als ich dort ankam. Es könnte genauso gut sein, dass March derjenige war, der ihn umgebracht hat.«

»Oh, das bezweifle ich aber sehr.«

Lavinia starrte sie an. »Wie kannst du das sagen? March hat nicht mit der Information hinter dem Berg gehalten, dass Mr Carlisle die Begegnung in Rom nicht überlebt hat.«

»Du hast mir doch etwas von einem unglücklichen Unfall auf der Treppe erzählt.«

»Das war die Version von March über die Vorgänge damals. Es würde mich nicht im Geringsten überraschen, wenn ich herausfinden würde, dass Carlisles Tod gar kein Unfall war.«

»Nun, das können wir nicht wissen, nicht wahr? Das Wichtigste ist doch, dass der Bösewicht tot ist.«

Lavinia zögerte. »March möchte, dass ich ihm dabei helfe, das Tagebuch zu suchen. Er möchte, dass wir uns gemeinsam bemühen.«

»Das ergibt doch einen Sinn, nicht wahr? Ihr seid beide entschlossen, dieses Tagebuch zu finden, warum also sollt ihr dann keine Partner sein?«

»March hat einen Klienten, der ihn für seine Bemühungen bezahlt. Ich nicht.«

Emeline betrachtete sie über den Rand ihrer Kaffeetasse hinweg. »Vielleicht kannst du mit Mr March verhandeln, dass er dir einen Teil des Geldes abgibt, das sein Klient ihm zahlt. Du hast einen Instinkt dafür entwickelt, mit ihm zu handeln, als wir in Italien waren.«

»Ich habe über diese Sache nachgedacht«, gestand Lavinia zögernd. »Aber der Gedanke einer Partnerschaft mit March verunsichert mich sehr.«

»Wie mir scheint, hast du gar keine andere Wahl. Es wäre ein wenig unangenehm für uns, wenn irgendwelcher Klatsch über unsere Geschäfte in Rom hier in London die Runde machen würde.«

»Du hast eine Gabe, zu untertreiben, Emeline. Es wäre mehr als nur unangenehm. Es würde meine neue Karriere vollkommen zerstören, ganz zu schweigen von deinen Möglichkeiten, die Saison in diesem Jahr zu genießen.«

»Da wir gerade von deiner Karriere sprechen, hast du eigentlich gestern Abend Mr March gegenüber deinen neuen Beruf erwähnt?«

»Natürlich nicht. Warum sollte ich das wohl tun?«

»Ich habe mich nur gefragt, ob du in der intimen Umgebung, in der du dich mit Mr March befunden hast, vielleicht den Wunsch hattest, dich ihm anzuvertrauen.«

»Die Umgebung hatte absolut nichts *Intimes*. Um Himmels willen, Emeline, es lag ein Toter im gleichen Zimmer mit uns.«

»Ja, natürlich.«

»Unter solchen Umständen wird man nicht *intim*.«

»Ich verstehe.«

»Und überhaupt, das Letzte, was ich möchte, ist, auf irgendeine Art intim mit Mr March zu werden.«

»Du sprichst immer lauter, Tante Lavinia. Du weißt doch, was das zu bedeuten hat.«

Lavinia knallte mit aller Kraft die Tasse auf die Untertasse. »Es bedeutet, dass meine Nerven bis zum Äußersten angespannt sind.«

»In der Tat. Aber ich denke, dass du keine andere Wahl hast, als das zu tun, was Mr March vorgeschlagen hat, und dass du dich in der Suche nach dem Tagebuch mit ihm zusammentust.«

»Nichts kann mich davon überzeugen, dass es vernünftig wäre, eine Partnerschaft mit diesem Mann einzugehen.«

»Beruhige dich doch«, bat Emeline sanft. »Du lässt deine persönlichen Gefühle für Mr March dein gesundes Urteilsvermögen beeinflussen.«

»Denke an meine Worte, Tobias March spielt wieder einmal sein eigenes, hinterhältiges Spiel, genau wie beim letzten Mal, als wir das Pech hatten, ihm zu begegnen.«

»Und was für ein Spiel sollte das sein?«, fragte Emeline und zeigte die ersten Anzeichen einer Verärgerung.

Lavinia dachte einen Augenblick lang über diese Frage nach. »Es ist recht gut möglich, dass er aus den gleichen Gründen nach diesem Tagebuch sucht, aus dem Holton Felix es haben wollte. Zum Zwecke der Erpressung.«

Emelines Löffel fiel mit einem Klirren auf die Untertasse. »Du willst doch wohl nicht behaupten, dass Mr March vorhat, ein Erpresser zu werden. Ich weigere mich zu glauben, dass er mit einer Kreatur wie Holton Felix etwas Gemeinsames hat.«

»Wir wissen doch gar nichts über Tobias March.« Lavinia legte beide Hände auf den Tisch und stand auf. »Wer kann schon wissen, was er tun würde, wenn er dieses Tagebuch in seinem Besitz hat?«

Emeline sagte nichts.

Lavinia verschränkte die Hände hinter dem Rücken und begann, um den Tisch herum zu gehen.

Emeline seufzte. »Also gut, ich kann dir keinen Grund dafür nennen, warum du Mr March vertrauen solltest, außer der Tatsache, dass er sich darum gekümmert hat, dass wir nach der Katastrophe in Rom sicher nach England zurückgekommen sind. Das muss ihn damals ein kleines Vermögen gekostet haben.«

»Er wollte uns aus dem Weg haben. Auf alle Fälle bezweifle ich sehr, dass Mr March die Kosten für diese Reise bezahlt hat. Ich bin ganz sicher, er hat die Rechnung dafür an seinen Klienten geschickt.«

»Vielleicht, aber ich bin dennoch davon überzeugt, dass du in der ganzen Sache keine andere Wahl hast. Sicher ist es besser, mit ihm zusammenzuarbeiten, als ihn zu ignorieren. Immerhin erfährst du auf diese Weise, was er herausgefunden hat.«

»Und umgekehrt genauso.«

Emelines Gesicht spannte sich an. Eine für sie ganz uncharakteristische Angst flackerte in ihren Augen auf. »Hast du etwa einen noch schlaueren Plan?«

»Das weiß ich noch nicht.« Lavinia blieb stehen und griff in die Tasche ihres Kleides. Sie holte den Zettel daraus hervor, der aus dem Buch *Erziehung einer Lady* gefallen war. Sie betrachtete die Adresse, die auf dem Zettel stand. »Aber ich habe vor, es herauszufinden.«

»Was hast du denn da?«

»Einen kleinen Hinweis, der vielleicht ins Leere führt.« Sie steckte die Adresse zurück in ihre Tasche. »Doch wenn das der Fall ist, kann ich noch immer über die Vorzüge einer Partnerschaft mit Tobias March nachdenken.«

»Sie hat etwas Wichtiges in diesem Schlafzimmer gefunden.« Tobias stand von dem Stuhl auf und ging um den großen Schreibtisch herum. Er lehnte sich zurück und stützte sich auf beiden Seiten mit den Händen ab. »Ich weiß, dass es so ist. Ich habe es gleich gefühlt. Es lag so etwas in dem außerordentlich unschuldigen Blick ihrer Augen. Ein recht ungewöhnlicher Ausdruck für diese Frau.«

Sein Schwager, Anthony Sinclair, blickte von dem dicken Wälzer auf, der sich mit ägyptischen Antiquitäten befasste. Er räkelte sich lässig und entspannt in dem Stuhl, wie es nur ein gesunder junger Mann von einundzwanzig Jahren tun konnte.

Anthony war im letzten Jahr in seine eigene Wohnung gezogen. Eine Zeit lang hatte Tobias befürchtet, dass es in seinem Haus einsam werden würde. Immerhin lebte Anthony schon bei ihm, seit er ein Kind war, seit seine Schwester Anne Tobias geheiratet hatte. Nachdem Anne gestorben war, hatte Tobias sein Bestes getan, den Jungen großzuziehen. Er hatte sich daran gewöhnt, ihn immer um sich zu haben. Das Haus würde eigenartig leer sein ohne ihn.

Doch zwei Wochen nachdem er in seine eigene Wohnung gezogen war, die nur wenige Häuserblocks entfernt lag, war deutlich geworden, dass Anthony Tobias' Haus noch immer als eine Erweiterung seiner eigenen Wohnung ansah. Er

tauchte sehr oft zu den Mahlzeiten in Tobias' Wohnung auf.
»Ungewöhnlich?«, wiederholte Anthony jetzt.
»Lavinia Lake ist alles andere als unschuldig.«
»Nun, du hast doch gesagt, sie sei eine Witwe.«
»Ich wüsste gern mehr über das Schicksal ihres Mannes«, meinte Tobias. »Ich wäre nicht überrascht, wenn ich erfahren würde, dass er seine letzten Tage gefesselt an ein Bett in einer privaten Anstalt verbracht hat.«
»Du hast heute Morgen sicher schon hundert Mal erklärt, dass du misstrauisch bist, wenn es um Mrs Lake geht«, meinte Anthony sanft. »Wenn du so sicher bist, dass sie gestern Abend einen Hinweis gefunden hat, warum hast du sie dann nicht darauf angesprochen?«
»Weil sie es natürlich verneint hätte. Die Lady hat nicht die Absicht, in dieser Angelegenheit mit mir zusammenzuarbeiten. Ich hätte sie höchstens auf den Kopf stellen und ein paar Mal schütteln können, anders hätte ich nicht beweisen können, dass sie einen Hinweis gefunden hat.«
Anthony sagte nichts mehr. Er saß einfach da und betrachtete Tobias mit einem nachdenklichen Ausdruck.
Tobias biss die Zähne zusammen. »Sag es nicht.«
»Ich fürchte, ich kann nicht anders. Warum hast du die Lady nicht auf den Kopf gestellt und geschüttelt, damit das herausfiel, was auch immer es war, was sie gefunden hat?«
»Verdammte Hölle, wenn du das sagst, dann klingt es so, als wäre es meine Gewohnheit, anständige Frauen auf den Kopf zu stellen.«
Anthony zog die Augenbrauen hoch. »Ich habe dir bei mehr als nur einer Gelegenheit gesagt, dass du ein wenig mehr Feingefühl brauchst, wenn es um Frauen geht. Aber trotzdem benimmst du dich einigermaßen wie ein Gentleman. Mit Ausnahme von Mrs Lake. Wann immer ihr Name fällt, wirst du außergewöhnlich grob.«

»Mrs Lake ist eine wirklich außergewöhnliche Frau«, erklärte Tobias. »Außergewöhnlich willensstark, außergewöhnlich störrisch und außergewöhnlich schwierig. Sie würde jeden gesunden Mann zur Verzweiflung treiben.«

Anthony nickte mit einem Anflug mitleidigen Verständnisses. »Es ist immer wieder so verdammt irritierend, wenn man seine eigenen herausragenden Charakterzüge so deutlich in einem anderen Menschen wiedererkennt, nicht wahr? Ganz besonders, wenn dieser Mensch der Angehörige des schwächeren Geschlechtes ist.«

»Ich warne dich, ich bin nicht in der Stimmung, dir heute Morgen als Quell der Erheiterung zu dienen, Anthony.«

Anthony schloss das Buch, in dem er gelesen hatte, mit einem leisen Laut. »Du bist besessen von dieser Lady, seit den Vorfällen in Rom vor drei Monaten.«

»Besessen ist sehr übertrieben, und das weißt du recht gut.«

»Das glaube ich nicht. Whitby hat mir genau beschrieben, wie du getobt und geschimpft hast, als er dich gesund gepflegt hat nach dem Fieber, das du von deiner Wunde bekommen hast. Er hat gesagt, du hättest während deines Fiebers einige längere, einseitige und höchst unverständliche Unterhaltungen mit Mrs Lake geführt. Seit deiner Rückkehr hast du einen Grund gefunden, ihren Namen wenigstens einmal am Tag zu erwähnen. Ich würde sagen, das kann man schon besessen nennen.«

»Ich war gezwungen, beinahe einen ganzen Monat hinter dieser entsetzlichen Frau in Rom herzulaufen und jede ihrer Bewegungen zu beobachten.« Tobias umklammerte die geschnitzte Kante seines Schreibtisches. »Versuch du einmal, einer Frau über einen solch ausgedehnten Zeitraum zu folgen und dabei jeden Menschen zu registrieren, den sie auf der Straße begrüßt, jeden Einkaufsbummel zu verfolgen.

Und die ganze Zeit über fragst du dich, ob sie mit den Halsabschneidern unter einer Decke steckt oder ob sie selbst Gefahr läuft, dass man ihr den Hals abschneidet. Ich versichere dir, diese Sache kann einem Mann schon ihren Tribut abverlangen.«

»Wie ich schon sagte, du hast eine Besessenheit entwickelt.«

»Besessenheit ist ein viel zu starkes Wort dafür.« Abwesend rieb Tobias seinen linken Oberschenkel. »Sie hinterlässt allerdings einen unauslöschlichen Eindruck, das gestehe ich dir zu.«

»Offensichtlich.« Anthony stützte seinen rechten Fußknöchel auf sein linkes Knie und rückte sorgfältig die Falte seiner modischen Hose zurecht. »Schmerzt dein Bein sehr schlimm heute?«

»Es regnet, falls du das noch nicht bemerkt haben solltest. Es ist immer ein wenig unangenehm, wenn das Wetter feucht wird.«

»Es gibt keinen Grund, mich anzufahren, Tobias.« Anthony grinste. »Spare dir deine schlechte Laune für die Lady auf, die sie verursacht hat. Wenn ihr beide wirklich eine Partnerschaft eingeht, um das Tagebuch zu finden, dann nehme ich an, wirst du noch genügend Gelegenheiten bekommen, deine schlechte Laune an ihr auszulassen.«

»Allein der Gedanke an eine Partnerschaft mit Mrs Lake genügt, um mir einen kalten Schauer über den Rücken laufen zu lassen.« Tobias hielt inne, als es laut an der Tür des Arbeitszimmers klopfte. »Ja, Whitby, was gibt es?«

Die Tür öffnete sich, und die kleine, gepflegte Gestalt des Mannes, der als treuer Butler, Koch, Haushälter und wenn nötig auch als Arzt seinen Dienst tat, erschien. Trotz des ab und zu unsicheren Einkommens des Haushaltes schaffte es Whitby immer, elegant auszusehen. Neben Whitby und Anthony fühlte sich Tobias normalerweise sehr benachteiligt, wenn es um Dinge der Herrenmode und des Stils ging.

»Lord Neville ist hier, um mit Ihnen zu sprechen«, erklärte Whitby in dem besonders Unheil verkündenden Ton, den er immer anschlug, wenn er eine Person von hohem Rang ankündigte.

Tobias wusste, dass Whitby solche Menschen nicht wirklich als höher gestellt ansah, er genoss aber die Gelegenheit, seiner persönlichen Vorliebe für das Melodrama zu frönen. Whitby hatte seinen Beruf verfehlt, es war ihm nicht gelungen, Schauspieler zu werden.

»Schicken Sie ihn rein, Whitby.«

Whitby verschwand von der Tür.

Anthony stand langsam von seinem Stuhl auf.

»Verdammte Hölle«, murmelte Tobias vor sich hin. »Es gefällt mir gar nicht, einem Klienten schlechte Neuigkeiten mitzuteilen. Es verärgert sie immer wieder. Man weiß nie, wann sie sich entscheiden werden, einen nicht länger zu bezahlen.«

»Es ist doch nicht so, als hätte Neville die Auswahl«, antwortete Anthony genauso leise. »Es gibt doch sonst niemanden, an den er sich wenden könnte.«

Ein großer, schwerer Mann von Ende vierzig betrat das Zimmer, er machte sich gar nicht erst die Mühe, seine Ungeduld zu verbergen. Nevilles Reichtum und seine aristokratische Abstammung waren offensichtlich, von seinem adlerartigen Gesicht und der Art, wie er sich benahm, bis hin zu seinem teuren Rock und den glänzenden Stiefeln.

»Guten Tag, Sir. Ich habe Sie nicht so früh erwartet.« Tobias reckte sich und deutete mit der Hand auf einen der Stühle. »Bitte, setzen Sie sich doch.«

Neville kümmerte sich nicht um die Formalitäten. Er sah Tobias ins Gesicht, seine Augen zogen sich zusammen und sahen ihn eindringlich an. »Nun, March? Ich habe Ihre Nachricht bekommen. Was zum Teufel ist gestern Abend passiert? Haben Sie eine Spur des Tagebuches gefunden?«

»Leider war es nicht mehr da, als ich dort ankam«, antwortete Tobias.

Die Art, wie Neville den Mund verzog, machte seine schlechte Laune über diese Neuigkeit überdeutlich.

»Verdammt.« Er zog einen Handschuh aus. Der schwarze Stein in dem schweren Goldring an seiner Hand glänzte, als er sich mit den Fingern durch das Haar fuhr. »Ich hatte gehofft, diese Sache sehr schnell zu erledigen.«

»Ich habe einige nützliche Hinweise gefunden«, sprach Tobias weiter und bemühte sich, professionelle Erfahrung und Selbstvertrauen auszustrahlen. »Ich erwarte, das Tagebuch in nächster Zukunft zu finden.«

»Sie müssen es so bald wie möglich finden. So viel hängt von dieser Sache ab.«

»Das ist mir bewusst.«

»Ja, natürlich ist es das.« Neville ging zu dem Tisch, auf dem der Brandy stand, und griff nach der Karaffe. »Verzeihen Sie mir. Ich weiß, dass wir beide ein Interesse daran haben, dieses verdammte Tagebuch zu finden.« Er hielt inne, mit der Karaffe in der Hand sah er zu Tobias. »Darf ich?«

»Natürlich. Seien Sie mein Gast.« Tobias versuchte beim Anblick der großen Menge von Brandy, die Neville in sein Glas goss, nicht das Gesicht zu verziehen. Das Zeug war teuer. Doch es zahlte sich normalerweise aus, einem Klienten gegenüber großzügig zu sein.

Neville nahm schnell zwei Schlucke und stellte dann das Glas ab. Er betrachtete Tobias mit einem grimmigen Gesichtsausdruck. »Sie müssen es finden, March. Wenn es in die falschen Hände gerät, werden wir vielleicht niemals wissen, wer Azure wirklich war. Noch schlimmer, wir werden

den Namen von keinem einzigen Überlebenden des Blue Chamber erfahren.«

»Höchstens noch zwei Wochen, dann werden Sie das Tagebuch haben, Sir«, meinte Tobias.

»Noch zwei Wochen?« Neville starrte ihn mit einem entsetzten Gesicht an. »Unmöglich. Das dauert mir viel zu lange.«

»Ich werde mein Bestes tun, es so schnell wie möglich zu finden. Das ist alles, was ich Ihnen versprechen kann.«

»Verdammt.« Neville ging um ihn herum. »Jeder Tag, der vergeht, ist ein weiterer Tag, an dem das Tagebuch verloren gehen oder zerstört werden könnte.«

Anthony bewegte sich und räusperte sich höflich. »Ich möchte Sie daran erinnern, Sir, dass es nur den Anstrengungen von Tobias zu verdanken ist, dass Sie überhaupt wissen, dass es ein solches Tagebuch gibt und es sich irgendwo hier in London befindet. Das ist viel mehr, als Sie im letzten Monat gewusst haben.«

»Ja, ja, natürlich.« Neville ging mit großen, ruhelosen Schritten durch das Zimmer und massierte sich die Schläfen. »Sie müssen mir verzeihen. Ich habe nicht mehr gut geschlafen, seit ich von der Existenz dieses Tagebuches erfahren habe. Wenn ich an diejenigen denke, die während des Krieges wegen der Taten dieser Kriminellen gestorben sind, kann ich meinen Zorn kaum im Zaum halten.«

»Niemand möchte dieses verdammte Ding mehr finden als ich«, meldete sich Tobias.

»Aber was ist, wenn derjenige, in dessen Besitz es sich befindet, es zerstört, ehe wir es in die Finger bekommen können? Dann werden diese beiden Namen für uns für immer verloren sein.«

»Ich bezweifle sehr, dass der jetzige Besitzer des Tagebuches es dem Feuer übergeben wird«, meinte Tobias.

Neville hörte damit auf, sich die Schläfen zu reiben, und runzelte die Stirn. »Was macht Sie so sicher, dass er es nicht zerstören wird?«

»Der einzige Mensch, der es wirklich zerstören möchte, ist das überlebende Mitglied des Blue Chamber, und es ist sehr unwahrscheinlich, dass dieser Mann das Tagebuch in seinem Besitz hat. Für jeden anderen ist es sehr viel Geld wert, als Quelle für Erpressungen. Warum sollte man so etwas verbrennen?«

Neville dachte darüber nach. »Ihre Logik ist einleuchtend«, gab er schließlich zu, wenn auch ein wenig brummig.

»Geben Sie mir noch ein wenig Zeit«, bat Tobias. »Ich werde dieses Tagebuch für Sie finden. Vielleicht werden wir dann beide nachts besser schlafen.«

4. Kapitel

Der Künstler arbeitete immer in der Nähe des Herdes. Die Flammen, ein Topf mit heißem Wasser und die natürliche Wärme der menschlichen Hand machten das Wachs weich, so dass er es formen konnte. Im Wesentlichen wurde mit Daumen und Zeigefinger modelliert. Man brauchte eine starke, sichere Hand, um das dicke, nachgiebige Wachs zu bearbeiten. Im Anfangsstadium der Schöpfung arbeitete der Künstler oft mit geschlossenen Augen und verließ sich ganz auf seinen Tastsinn, um das Bild zu formen. Später würde er ein kleines, erhitztes Werkzeug benutzen, um die sehr wichtigen, feinen Einzelheiten auszuarbeiten, die der Figur Leben, Energie und Wahrheit einhauchen würden.

Nach der Meinung des Künstlers hing der ultimative Effekt des fertigen Stückes immer von den kleinsten Einzelheiten ab: der Rundung des Kinns, den Einzelheiten des Kleides, dem Ausdruck der Gesichtszüge.

Obwohl die Augen des Betrachters sich nur sehr selten auf diese winzigen Einzelheiten richteten, waren diese Kleinigkeiten der Realität genau die Faktoren, die für den erregenden Schock des Begreifens verantwortlich waren, der das Zeichen jeder großen Kunst war.

Unter den Händen des Künstlers schien das warme Wachs zu pulsieren, als würde Blut unter der glatten Oberfläche fließen. Es gab kein Material, das so perfekt war, um die Imitation des Lebens einzufangen. Keines war so ideal, den Augenblick des Todes zu erhalten.

5. Kapitel

Lavinia schob die belaubten Zweige eines Baumes zur Seite, um die Adresse auf dem kleinen Zettel zu überprüfen. Hazelton Square Nummer vierzehn lag in der Mitte einer Reihe von vornehmen Stadthäusern, gegenüber eines üppig grünen Parks. Elegante, neue Gas-Straßenlampen standen vor dem Eingang eines jeden Hauses.

Ein Gefühl des Unbehagens rann durch ihren Körper, als sie die beiden vornehmen Kutschen betrachtete, die auf der Straße warteten. Sie wurden von glänzenden, wundervoll zueinander passenden Pferden gezogen. Die Kutscher, die die Zügel hielten, trugen teure Livreen. Während Lavinia zusah, trat eine Dame aus dem Haus Nummer siebzehn und kam die Treppe hinunter. Ihr blass rosafarbenes Ausgehkleid mit dem dazu passenden langen Mantel kam offensichtlich von einer Schneiderin, die reiche, modebewusste Kunden belieferte.

Das war nicht ganz die Nachbarschaft, die sie erwartet hatte, als sie sich heute Morgen auf den Weg gemacht hatte. Es fiel ihr schwer zu glauben, dass Holton Felix mit einer Person, die in einer so eleganten Gegend wohnte, bekannt gewesen war, geschweige denn, dass er versucht hatte, jemanden aus dieser Gegend zu erpressen.

Sie betrachtete die Häuser vorsichtig. Es wäre nicht einfach, sich hier Zugang zu verschaffen. Dennoch sah sie keine andere Möglichkeit, als es wenigstens zu versuchen. Die Adresse, die sie in der Hand hielt, war der einzige Hinweis, den sie im Augenblick besaß. Sie musste schließlich irgendwo anfangen. Sie bereitete sich auf die Aufgabe vor, überquerte die Straße und ging die weiße Marmortreppe vor dem Haus Nummer vierzehn hinauf. Sie hob den schweren Messingklopfer und klopfte damit an, wie sie hoffte, autoritär genug.

Gedämpfte Schritte waren im Flur zu hören. Einen Augenblick später wurde die Tür geöffnet. Ein hochmütig aussehender Butler, der gebaut war wie ein großer Bulle, blickte auf sie hinunter. Sie konnte an dem Ausdruck seiner Augen erkennen, dass er sich bereits entschlossen hatte, ihr die Tür vor der Nase zuzuschlagen. Hastig zog sie eine der neuen weißen Visitenkarten hervor, die sie im letzten Monat in der Druckerei bestellt hatte.

»Würden Sie diese Karte bitte Ihrem Arbeitgeber vorlegen«, bat sie mit fester Stimme. »Es ist sehr dringend. Mein Name ist Lavinia Lake.«

Der Butler warf einen verächtlichen Blick auf die Karte. Er überlegte ernsthaft, ob er sie überhaupt annehmen sollte.

»Ich denke, Sie werden feststellen, dass ich erwartet werde«, erklärte Lavinia in ihrem eisigsten Ton. Es war eine offensichtliche Lüge, doch mehr fiel ihr im Augenblick nicht ein. »Sehr wohl, Madam.« Er trat einen Schritt zurück, um sie in die Eingangshalle zu lassen. »Sie können hier warten.«

Lavinia holte tief Luft und trat schnell über die Schwelle. Die erste Hürde habe ich genommen, dachte sie. Sie war im Haus.

Der Butler verschwand in den dunklen Flur. Lavinia nahm die Gelegenheit wahr, sich umzusehen. Die schwarzen und weißen Fliesen und die kunstvoll gerahmten und vergoldeten Spiegel an den Wänden zeugten von erlesenem Geschmack und einer ganzen Menge Geld.

Sie hörte die Schritte des zurückkehrenden Butlers und hielt den Atem an. Als er erschien, wusste sie sofort, dass ihre Karte Wirkung gezeigt hatte.

»Mrs Dove wird Sie empfangen. Hier entlang, bitte, Madam.«

Sie begann wieder zu atmen. Das war der leichteste Teil ihrer Aufgabe gewesen. Jetzt stand die wesentlich schwierigere Aufgabe vor ihr, eine Fremde dazu zu bringen, mit ihr über Erpressung und Mord zu reden.

Sie wurde in ein großes Gesellschaftszimmer geführt, das in Gelb, Grün und Gold eingerichtet war. Die Polstermöbel waren mit gestreiftem Seidenstoff bezogen. Schwere grüne Samtvorhänge wurden von gelben Kordeln zusammengehalten und boten einen Ausblick in den Park. Ihre Schritte dämpfte ein dicker Teppich in den gleichen Tönen.

Eine bemerkenswert elegante Frau saß auf einem der vergoldeten Sofas. Sie war in ein außergewöhnlich modisches Kleid aus blasser, silbergrauer Seide gekleidet. Ihr Haar hatte sie zu einem eleganten Knoten hochgesteckt, der ihren anmutig langen Hals noch betonte. Aus einiger Entfernung hätte man sie für eine Frau von Anfang dreißig halten können. Doch als Lavinia näher kam, entdeckte sie die feinen Linien um die intelligenten Augen und die weiche Haut ihres Halses und des Kinns, die einmal recht fest gewesen zu sein schien. In ihrem honigfarbenen Haar zeigten sich silberne Strähnen. Die Dame war wohl eher fünfundvierzig als fünfunddreißig.

»Mrs Lake, Madam.« Der Butler verbeugte sich höflich.

»Kommen Sie rein, Mrs Lake. Bitte, setzen Sie sich doch.«

Die Worte wurden mit einer kühlen, kultivierten Stimme gesprochen, doch Lavinia hörte die Anspannung in dieser Stimme. Diese Frau lebte unter großer Anspannung.

Lavinia setzte sich in einen der gestreiften, vergoldeten

Sessel und versuchte so auszusehen, als wäre sie es gewöhnt, sich in einem so möblierten Zimmer zu unterhalten. Sie fürchtete sehr, dass ihr schlichtes Musselinkleid, das früher einmal lebhaft rotbraun gewesen war und jetzt eher die Farbe von schwachem Tee angenommen hatte, sie verriet. Ihre Bemühungen, das Kleid wieder in seiner Originalfarbe zu färben, waren nicht sehr erfolgreich gewesen.

»Danke, dass Sie Zeit für mich hatten, Mrs Dove«, sagte Lavinia.

»Wie konnte ich Ihnen die verweigern, nachdem Sie eine so faszinierende Karte abgegeben haben?« Joan Dove zog ihre elegant gebogenen Augenbrauen hoch. »Darf ich fragen, woher Sie meinen Namen kennen, wo ich doch ziemlich sicher bin, dass wir einander noch nie begegnet sind?«

»Das ist kein Geheimnis. Ich habe einfach eine der Kinderfrauen im Park gefragt. Mir wurde gesagt, dass Sie eine Witwe sind, die hier mit ihrer Tochter lebt.«

»Ja, natürlich«, murmelte Joan. »Die Leute reden.«

»Wegen meiner Arbeit verlasse ich mich ab und zu auf solches Gerede.«

Joan klopfte abwesend mit der Visitenkarte gegen die Armlehne des Sofas. »Was genau ist die Art Ihrer Beschäftigung, Mrs Lake?«

»Das werde ich Ihnen später erklären, wenn es Sie dann immer noch interessiert. Zunächst einmal möchte ich Ihnen den Grund für meinen Besuch heute nennen. Ich glaube, wir haben, oder sollte ich lieber sagen, wir hatten, einen gemeinsamen Bekannten, Mrs Dove.«

»Und wer sollte das sein?«

»Sein Name war Holton Felix.«

Joan zog in höflicher Verwirrung die Augenbrauen zusammen. Dann schüttelte sie den Kopf. »Ich kenne niemanden mit diesem Namen.«

»Wirklich nicht? Ich habe Ihre Adresse in einem Buch gefunden, das neben seinem Bett lag.«

Sie stellte fest, dass sie Joans volle Aufmerksamkeit besaß. Sie war nicht sicher, ob das ein gutes Zeichen war. Aber jetzt konnte sie nicht mehr zurück. Eine Frau in ihrem Beruf musste darauf vorbereitet sein, den kühnen Weg zu gehen.

»In einem Buch neben seinem Bett, sagen Sie?« Joan saß sehr still auf dem Sofa, ihr Blick war starr. »Wie eigenartig.«

»Eigentlich ist das nicht so eigenartig wie sein Beruf. Er war ein Erpresser.«

Schweigen war die Antwort auf ihre Bemerkung.

»War?«, fragte Mrs Dove dann vorsichtig.

»Als ich gestern Abend die Bekanntschaft von Mr Felix machte, war er tot. Ermordet, um es ganz genau zu sagen.«

Bei ihren Worten erstarrte Joan ein wenig. Die Reaktion zeigte sich in nicht mehr als einem kleinen, ungewollt scharfen Atemzug und einem leichten Zusammenziehen der Augen, doch Lavinia wusste, dass ihr Gegenüber einen Schock erlitten hatte.

Joan erholte sich schnell, so schnell, dass Lavinia sich schon fragte, ob sie sich ihre Reaktion auf die Nachricht von Felix' Tod nur eingebildet hatte.

»Ermordet, sagen Sie«, wiederholte Joan, als hätte Lavinia nur eine Bemerkung über das Wetter gemacht.

»Jawohl.«

»Sind Sie ganz sicher?«

»Ganz sicher.« Lavinia faltete die Hände. »Mrs Dove, ich will ganz offen sein. Ich weiß sehr wenig über Holton Felix, aber was ich weiß, ist nicht gerade erfreulich. Er hat versucht, mich zu erpressen. Ich bin heute hierher gekommen, um herauszufinden, ob auch Sie zu seinen Opfern gehören.«

»Was für eine vollkommen unverschämte Frage«, erklärte

Joan schnell. »Als wenn ich einem Erpresser Geld bezahlen würde.«

Lavinia legte den Kopf ein wenig schief, in höflicher Zustimmung. »Ich war genauso abgestoßen von seinem Versuch, mich zu erpressen. In der Tat war ich so wütend darüber, dass ich mir die Mühe gemacht habe, Mr Felix' Adresse herauszufinden. Deshalb bin ich auch gestern Abend in seiner Wohnung gewesen. Ich habe eine Zeit am Abend gewählt, wo ich ziemlich sicher war, dass er nicht zu Hause sein würde.«

Joan sah fasziniert aus. »Warum um aller Welt haben Sie das getan?«

Lavinia zuckte leicht mit den Schultern. »Ich bin dorthin gegangen, um ein gewisses Tagebuch zu suchen, von dem Felix behauptete, dass es sich in seinem Besitz befand. Es stellte sich heraus, dass er doch zu Hause war. Als ich bei ihm ankam, hatte bereits jemand anderes ihn besucht.«

»Der Mörder?«

»Jawohl.«

Wieder gab es ein kurzes, angespanntes Schweigen, während Joan die Neuigkeit zu verdauen schien.

»Wie abenteuerlustig von Ihnen, Mrs Lake.«

»Ich hatte das Gefühl, mir bliebe keine andere Wahl, als irgendetwas zu tun.«

»Nun ja«, meinte Joan schließlich. »Wie es scheint, hat Ihr Problem sich gelöst. Ihr Erpresser ist tot.«

»Ganz im Gegenteil, Mrs Dove.« Lavinia lächelte kühl. »Die Angelegenheit ist noch viel komplizierter geworden. Sehen Sie, das Tagebuch, das ich zu finden gehofft hatte, war nicht in Felix' Wohnung. Ich muss daraus schließen, dass der Mörder es jetzt in seinem Besitz oder«, Lavinia hielt einen Augenblick inne, »in ihrem Besitz hat, wie die Dinge stehen.«

Joan war ganz und gar nicht dumm, stellte Lavinia fest. Sie hatte sofort begriffen, was Lavinia damit sagen wollte. Das schien sie zu belustigen.

»Sie glauben doch sicher nicht, dass ich diejenige bin, die Mr Felix umgebracht und das Tagebuch an sich genommen hat«, fragte Joan.

»Eigentlich hatte ich gehofft, dass Sie diejenige waren. Es würde die Dinge so viel einfacher und klarer machen.«

Ein eigenartiges Licht blitzte in Joans Augen auf. »Sie sind wirklich eine außergewöhnliche Frau, Mrs Lake. Dieser Beruf, den Sie eben erwähnten, hat der vielleicht etwas damit zu tun, dass Sie auf den Brettern in der Drury Lane oder im Covent Garden stehen?«

»Nein, Mrs Dove, ganz und gar nicht, obwohl es sich manchmal als notwendig herausstellt, dass ich ein wenig schauspielern muss.«

»Ich verstehe. Nun, es war wirklich sehr unterhaltsam, aber ich versichere Ihnen, dass ich keine Ahnung von Mord und Erpressung habe.« Joan sah demonstrativ auf ihre Uhr. »Du liebe Güte, es ist wirklich schon spät, nicht wahr? Ich fürchte, ich muss Sie jetzt bitten, zu gehen. Ich habe heute Nachmittag einen Termin bei meiner Schneiderin.«

Das lief gar nicht gut. Lavinia beugte sich ein wenig vor.

»Mrs Dove, wenn Sie von Holton Felix erpresst wurden und wenn Sie nicht diejenige sind, die ihn umgebracht hat, dann befinden Sie sich jetzt in einer ein wenig gefährlichen Lage. Ich kann Ihnen vielleicht helfen.«

Joan sah sie mit höflicher Verwirrung an. »Was wollen Sie damit sagen?«

»Wir müssen die Möglichkeit in Betracht ziehen, dass die Person, die Holton Felix umgebracht und das Tagebuch gestohlen hat, versucht, jetzt selbst als Erpresser tätig zu werden.«

»Sie erwarten neue Drohungen?«

»Selbst wenn es keine Erpresserbriefe geben sollte, so bleibt doch die Tatsache, dass irgendjemand dort draußen dieses verflixte Tagebuch hat. Ich finde, das ist ein sehr beunruhigender Gedanke, meinen Sie nicht auch?«

Joan blinzelte, doch sie zeigte nicht, dass das Bild, das Lavinia vor ihren Augen erstehen ließ, sie alarmierte. »Ich will Sie ja nicht beleidigen, Mrs Lake, aber Sie klingen langsam so, als seien Sie ein Kandidat für das Irrenhaus.«

Lavinia presste die Hände fest zusammen. »Holton Felix muss etwas über Sie gewusst haben, Madam. Es gibt keinen anderen Grund, warum er Ihre Adresse in einem wirklich abscheulichen Roman versteckt haben sollte, der von einer Orgie mit einer unschuldigen jungen Frau handelt.«

Wut blitzte auf Joans Gesicht auf. »Wie können Sie es wagen anzudeuten, dass ich mit einem solchen Menschen bekannt sein könnte. Bitte gehen Sie sofort, Mrs Lake, denn sonst werde ich einen der Lakaien rufen, der Sie aus dem Haus wirft.«

»Mrs Dove, bitte hören Sie mir doch zu. Wenn Sie eines der Erpressungsopfer von Holton Felix sind, dann könnten Sie vielleicht Informationen besitzen, die zusammen mit dem, was ich bereits über die Angelegenheit weiß, mich in die Lage versetzen könnten, die Identität desjenigen herauszufinden, der das Tagebuch im Augenblick besitzt. Sicher sind Sie doch genauso sehr daran interessiert wie ich, es zu finden, Madam.«

»Sie haben genug meiner Zeit verschwendet.«

»Für eine kleine Gebühr, die reicht, um mich für meine Zeit und meine Ausgaben zu entschädigen, wenn Sie mich richtig verstehen, werde ich gern Nachforschungen in dieser Angelegenheit anstellen.«

»Genug. Sie sind ganz sicher eine Verrückte.« Joans Augen blickten so hart wie Edelsteine. »Ich muss darauf bestehen, dass Sie gehen, oder ich werde Sie auf die Straße werfen lassen.«

So weit war sie also mit ihrer direkten Konfrontation gekommen, überlegte Lavinia. Es war nicht immer einfach, in ihrem neuen Beruf Klienten zu finden.

Mit einem leisen Geräusch der Frustration stand sie auf. »Ich finde schon selbst hinaus, Mrs Dove. Aber Sie haben ja meine Karte. Wenn Sie Ihre Meinung ändern sollten, bitte lassen Sie es mich wissen. Ich würde allerdings vorschlagen, dass Sie nicht zu lange warten. Zeit ist in dieser Angelegenheit sehr wichtig.«

Sie ging schnell zur Tür und verließ das Gesellschaftszimmer. Im Flur bedachte sie der Butler mit einem eisigen Blick und öffnete die Haustür für sie.

Lavinia band ihre Haube fest und ging die Treppe hinunter. Der Himmel über ihr war bleigrau. Mit ihrem Glück am heutigen Nachmittag würde der Regen sicher einsetzen, noch ehe sie zu Hause angekommen war.

Sie überquerte die Straße und lief an dem Park vorüber. Sie hasste es zuzugeben, dass Emeline Recht gehabt hatte. Ihre Nichte hatte sie gewarnt, dass jemand, der in einem Haus am Hazelton Square lebte, sehr wahrscheinlich nicht zugeben würde, Opfer einer Erpressung zu sein, und noch weniger zulassen würde, dass eine Fremde diskret in dieser Angelegenheit nachforschte.

Sie musste sich etwas anderes einfallen lassen, überlegte Lavinia. Sie bog um eine Ecke und ging eine schmale Straße zwischen zwei Reihen von Stadthäusern entlang. Es musste doch einen Weg geben, Joan Dove davon zu überzeugen, sich ihr anzuvertrauen. Sie war ganz sicher, dass die Frau viel mehr wusste, als sie während ihres kurzen Gespräches zugegeben hatte.

Die Schatten in der schmalen Straße verdunkelten sich plötzlich. Eine Kälte, die nichts mit dem bevorstehenden Regen zu tun hatte, rann über Lavinias Rücken. Sie fühlte jemanden hinter sich.

Vielleicht war es ein Fehler gewesen, diese Abkürzung zu nehmen. Aber sie hatte sie auch auf dem Weg zum Hazelton Square benutzt, und nichts an dem schmalen Weg war ihr unheimlich vorgekommen. Sie blieb stehen und wandte sich schnell um.

Die große, bedrohliche Gestalt eines Mannes in einem schweren Mantel hielt einen großen Teil des Lichtes ab, das in den schmalen Durchgang fiel.

»Dass ich Sie gerade hier treffe, Mrs Lake.« Tobias March kam auf sie zu. »Ich habe schon überall nach Ihnen gesucht.« Sie war noch immer wütend, als sie kurz darauf den schmalen Flur des kleinen Hauses in der Claremont Lane betrat. Tobias March war gleich hinter ihr.

Mrs Chilton erschien und trocknete sich ihre großen, abgearbeiteten Hände am Saum ihrer Schürze ab.

»Da sind Sie ja, Ma'am. Ich habe schon befürchtet, Sie würden vor dem Regen nicht mehr nach Hause kommen.« Tobias betrachtete sie mit unverhüllter Neugier. »Glücklicherweise habe ich es noch geschafft, ehe ich bis auf die Haut durchnässt war.« Lavinia zog ihre Haube und die Handschuhe aus. »Das ist allerdings das einzige Glück, das ich heute gehabt habe. Wie Sie sehen können, habe ich einen uneingeladenen Gast mitgebracht, Mrs Chilton. Sie bereiten vielleicht ein Tablett vor und bringen es ins Arbeitszimmer.«

»Aye, Ma'am.« Mit einem letzten, prüfenden Blick auf Tobias wandte sich Mrs Chilton ab und ging durch den Flur zu der Treppe, die hinunter in die Küche führte.

»Verschwenden Sie nicht den frischen Oolong-Tee, den ich in der letzten Woche gekauft habe«, rief Lavinia ihr nach.

»Ich bin sicher, wir haben noch etwas von dem alten, weniger teuren Tee im Schrank übrig.«

»Ihre liebenswürdige Gastfreundschaft ist wirklich überwältigend«, murmelte Tobias.

»Meine liebenswürdige Gastfreundschaft hebe ich mir für die Menschen auf, die ich in mein Haus einlade.« Sie hängte die Haube an einen Haken und ging dann durch den Flur. »Nicht an die Menschen, die sich selbst einladen.«

»Mr March.« Emeline lehnte sich über das Treppengeländer der oberen Etage. »Wie nett, Sie wiederzusehen, Sir.«

Tobias blickte nach oben und lächelte zum ersten Mal. »Ich versichere Ihnen, das Vergnügen ist ganz meinerseits, Miss Emeline.«

Emeline kam leichtfüßig die Treppe hinuntergelaufen. »Haben Sie auch die Adresse im Hazelton Square gefunden? Haben Sie Lavinia dort getroffen?«

»So könnte man sagen«, antwortete Tobias.

»Er ist mir zum Hazelton Square *gefolgt*.« Lavinia ging durch die Tür in ihr kleines Arbeitszimmer. »Er hat mir nachspioniert, genau wie er es in Rom auch gemacht hat. Es ist wirklich eine sehr irritierende Angewohnheit von ihm.«

Tobias betrat das gemütliche Zimmer. »Es wäre eine vollkommen unnötige Angewohnheit, wenn Sie mich ganz einfach über Ihre Absichten informieren würden.«

»Warum um alles in der Welt sollte ich so etwas wohl tun?«

Er zuckte mit den Schultern. »Wenn Sie es nicht tun, werde ich Ihnen weiterhin durch ganz London folgen.«

»Das ist zu viel. Absolut unerträglich.« Schnell ging sie zu ihrem Schreibtisch und setzte sich dahinter. »Sie haben kein Recht, sich in meine persönlichen Angelegenheiten einzumischen, Sir.«

»Und dennoch ist es genau das, was ich zu tun beabsichtige.« Tobias setzte sich in den größten Sessel in dem Zimmer, ohne darauf zu warten, dass ihn jemand dazu aufforderte. »Wenigstens so lange, bis diese ganze Angelegenheit mit dem Tagebuch erledigt ist. Ich würde wirklich vorschlagen, dass Sie mit mir zusammenarbeiten, Mrs Lake. Je eher wir unsere Kräfte vereinen, desto schneller wird die Angelegenheit zu einem befriedigenden Ende gebracht werden können.«

»Mr March hat Recht, Lavinia.« Emeline betrat das Arbeitszimmer und setzte sich in den einzigen noch freien Sessel. »Es ergibt mehr Sinn, wenn ihr beide zusammenarbeitet, um diese Sache zu lösen. Ich habe dir das auch heute Morgen schon gesagt, ehe du das Haus verlassen hast, um diese Adresse im Hazelton Square zu suchen.«

Lavinia bedachte sie beide mit einem bösen Blick. Sie war gefangen, und das wusste sie auch. Es war nur logisch, wenn sie und Tobias ihre Kräfte vereinten. Hatte sie nicht genau das gleiche Argument vor kurzer Zeit erst bei Joan Dove angebracht?

Mit zusammengezogenen Augen betrachtete sie Tobias. »Woher sollen wir wissen, dass wir Ihnen trauen können, Mr March?«

»Das können Sie nicht wissen.« Ganz im Gegensatz zu dem Lächeln, mit dem er Emeline begrüßt hatte, war das Lächeln, das er ihr schenkte, nicht warm, sondern kühl und belustigt. »Genau wie ich keine Möglichkeit habe zu wissen, ob ich Ihnen trauen kann oder nicht. Aber ich sehe keine vernünftige Alternative für uns.«

Emeline wartete voller Spannung.

Lavinia zögerte und hoffte, dass ihr noch etwas einfallen würde. Doch das tat es nicht. »Verdammte Hölle.« Sie trommelte mit den Fingern auf ihren Schreibtisch. *»Verdammte Hölle.«*

»Ich weiß ganz genau, wie Sie sich fühlen«, erklärte Tobias mit ausdrucksloser Stimme. »Frustration ist das Wort, das mir dabei einfällt, nicht wahr?«

»In der Tat kann das Wort ›Frustration‹ bei weitem nicht die Tiefe meiner Gefühle im Augenblick ausdrücken.« Sie lehnte sich zurück und umklammerte die Armlehnen ihres Stuhles ganz fest. »Also gut, Sir, da jeder davon überzeugt scheint, dass es *vernünftig* und *logisch* ist, bin ich bereit, über die Möglichkeiten einer Partnerschaft nachzudenken.«

»Ausgezeichnet.« Die Augen von Tobias blitzten triumphierend auf, und er machte auch keine Anstalten, das vor ihr zu verbergen. »Es wird die Dinge um vieles einfacher machen.«

»Das bezweifle ich ernsthaft.« Sie setzte sich gerade. »Dennoch werde ich mich auf das Experiment einlassen. Sie können als Erster beginnen.«

»Als Erster?«

»Um Ihr Vertrauen zu zeigen, natürlich.« Sie bedachte ihn mit dem süßesten Lächeln, das sie unter diesen Umständen aufbringen konnte. »Erzählen Sie mir, was Sie über Joan Dove wissen.«

»Wer ist Joan Dove?«

»Bah. Ich habe es ja gewusst.« Lavinia wandte sich an Emeline. »Siehst du? Das hat alles keinen Zweck. Mr March besitzt noch weniger Informationen als wir. Ich verstehe nicht, was eine Partnerschaft mit ihm mir nützen sollte.«

»Komm schon, Lavinia. Du musst Mr March eine Chance geben.«

»Das habe ich gerade getan. Er ist wirklich sehr nutzlos.«

Tobias sah sie mit einem Ausdruck ernster Bescheidenheit an. »Ich glaube schon, dass ich Ihnen etwas zu bieten habe, Mrs Lake.«

Sie machte sich nicht die Mühe, ihr Misstrauen vor ihm zu verbergen. »Und was wäre das?«

»Ich nehme an, Joan Dove ist die Person, die am Hazelton Square lebt.«

»Eine außergewöhnlich brillante Schlussfolgerung, Sir.«

Emeline zuckte bei dem Sarkasmus in ihrer Stimme zusammen, doch Tobias schien ungerührt.

»Ich gebe zu, dass ich nichts über sie weiß«, gestand er, »aber es sollte nicht allzu schwierig sein, in relativ kurzer Zeit einige Informationen über sie zusammenzutragen.«

»Und wie wollen Sie das anstellen?«, fragte Lavinia ungewollt neugierig. Sie musste noch immer eine ganze Menge über diesen neuen Beruf lernen, rief sie sich ins Gedächtnis.

»Ich besitze ein ganzes Netzwerk von Informanten hier in London«, erklärte Tobias.

»Spione, meinen Sie wohl?«

»Nein, einfach nur eine Gruppe zuverlässiger Geschäftskollegen, die bereit sind, Informationen zu verkaufen.«

»Das klingt mir ganz nach einer Bande von Spionen.«

Er ließ diese Behauptung im Raum stehen. »Ich kann Nachforschungen anstellen, aber ich bin sicher, dass Sie mir zustimmen würden, dass dies nur Zeitverschwendung wäre in unseren Bemühungen, unsere Anstrengungen zu verdoppeln. Wenn Sie mir erzählen, was Sie erfahren haben, als Sie heute mit ihr gesprochen haben, können die Dinge wesentlich schneller vorangehen.«

Emeline stieß einen überraschten Ausruf aus. »Lavinia, willst du etwa behaupten, du hast wirklich mit dieser Joan Dove gesprochen?«

Lavinia winkte lässig mit der Hand ab. »Nun ja, die Gelegenheit hat sich ergeben, und ich habe sie genutzt.«

»Du hast mir versichert, du wolltest dir nur ansehen, wo sie wohnte, und dann das Haus eine Zeit lang beobachten, um zu sehen, ob du etwas Nützliches herausfinden konntest.« Emeline runzelte besorgt die Stirn. »Du hast nichts davon gesagt, dass du mit irgendjemandem in diesem Haus reden wolltest.«

Zum ersten Mal sah Tobias mehr als nur ein wenig irritiert aus. Er sah sogar gefährlich aus. »Nein, Mrs Lake, Sie haben nicht erwähnt, dass Sie wirklich mit dieser Joan Dove gesprochen haben.«

»Es war klar für mich, dass sie sehr wahrscheinlich ein weiteres Opfer der Erpressungen von Holton Felix war.« Lavinia konnte Tobias' kalte Missbilligung fühlen. Sie bemühte sich nach Kräften, ihn zu ignorieren. »Ich habe mich entschieden, das Eisen zu schmieden, solange es heiß ist.«

»Aber Tante Lavinia ...«

»Was zum Teufel haben Sie ihr gesagt?«, unterbrach Tobias sie viel zu ruhig.

»Es ist doch offensichtlich«, antwortete Emeline an ihrer Stelle, »dass meine Tante nicht nur eine Möglichkeit gesehen hat, einige Informationen von ihr zu bekommen, sondern auch die Möglichkeit, einen neuen Klienten zu werben.«

»*Einen Klienten?*« Tobias sah verwirrt aus.

»Das reicht, Emeline«, erklärte Lavinia mit fester Stimme. »Es besteht absolut keine Notwendigkeit, Mr March alles über meine persönlichen Angelegenheiten zu erzählen. Ich bin sicher, es interessiert ihn überhaupt nicht.«

»Ganz im Gegenteil«, behauptete Tobias. »Ich versichere Ihnen, dass ich im Augenblick großes Interesse an allem habe, was Sie betrifft, Mrs Lake. Selbst die kleinste Kleinigkeit ist von äußerster Wichtigkeit für mich.«

Emeline sah Lavinia mit gerunzelter Stirn an. »Unter diesen Umständen kannst du Mr March über diese Sache nicht in Unkenntnis lassen. Er wird sowieso früher oder später die Wahrheit herausfinden.«

»Seien Sie versichert«, mischte sich Tobias ein, »es wird eher früher sein. Was zum Teufel geht hier überhaupt vor, Madam?«

»Ich bemühe mich nur, den Lebensunterhalt für mich selbst und meine Nichte zu verdienen, ohne mich auf der Straße zu verkaufen«, behauptete sie.

»Und wie genau wollen Sie diesen Lebensunterhalt verdienen?«

»Die Tatsache, dass ich gezwungen war, einen neuen Beruf zu finden, ist ganz allein Ihre Schuld, Mr March. Sie sind schuld daran, Sir, dass ich gezwungen war, eine neue Geschäftsidee auszuprobieren, eine, die auch ein verlässliches Einkommen einbringen muss.«

Er war schon aufgesprungen. »Verdammt, was ist das für ein neuer Beruf?«

Emeline warf ihm einen Blick sanften Tadels zu. »Es gibt überhaupt keinen Grund, so alarmiert zu sein, Sir. Ich gebe zu, dass Lavinias neuer Beruf ein wenig ungewöhnlich ist, dennoch hat er nichts Verwerfliches. In der Tat haben Sie sie auf diesen Gedanken gebracht.«

»Verdammte Hölle.« Mit zwei großen Schritten war Tobias am Schreibtisch und legte beide Hände auf die Platte. »Sagen Sie mir, was hier vorgeht.«

Er sprach in einem Ton, der Lavinia durch seine außergewöhnliche Sanftheit nur noch mehr verärgerte.

Sie zögerte, dann zuckte sie mit den Schultern und öffnete die kleine mittlere Schublade ihres Schreibtisches. Daraus holte sie eine ihrer neuen Visitenkarten. Ohne ein Wort legte sie die Karte auf die polierte Oberfläche aus Mahagoni, genau vor ihn, damit er sie deutlich lesen konnte.

Tobias blickte auf die Karte. Sie folgte seinem Blick und las mit ihm:

PRIVATE NACHFORSCHUNGEN
DISKRETION GARANTIERT

Sie bereitete sich insgeheim auf das Schlimmste vor.

»Sie haben verdammte Nerven.« Tobias nahm die Karte vom Schreibtisch. »Sie sind in meinen Geschäftszweig gegangen. Was zum Teufel lässt Sie glauben, dass Sie die Qualifikation dafür besitzen?«

»Soweit ich das feststellen konnte, sind für diesen Beruf keine besonderen Qualifikationen nötig«, erklärte Lavinia. »Nur die Bereitschaft, eine ganze Menge Fragen zu stellen.«

Tobias zog die Augen zusammen. »Sie haben versucht, Joan Dove dazu zu bringen, Sie einzustellen, damit Sie das Tagebuch finden, nicht wahr?«

»Ich habe ihr vorgeschlagen, dass sie darüber nachdenken sollte, mich dafür zu bezahlen, damit ich in dieser Sache einige Nachforschungen anstellen kann, ja.«

»Sie sind wirklich verrückt.«

»Wie eigenartig, dass Sie die Frage nach meiner Zurechnungsfähigkeit stellen, Mr March. Vor drei Monaten in Rom habe ich ernsthaft an der Ihren gezweifelt.«

Er warf die kleine Karte mit einer Handbewegung zurück auf den Tisch. Sie flog durch die Luft und landete genau vor ihr.

»Wenn Sie nicht verrückt sind«, meinte er mit ausdrucksloser Stimme, »dann müssen Sie ein vollkommener Idiot sein. Sie haben keine Ahnung von dem Schaden, den Sie vielleicht angerichtet haben, nicht wahr? Sie haben auch keine Ahnung von der Gefahr, in die Sie sich begeben.«

»Natürlich weiß ich, dass damit einige Gefahr verbunden ist. Immerhin habe ich gestern Abend den Kopf von Mr Felix gesehen.«

Er kam mit überraschender Schnelligkeit um den Schreibtisch herum, wenn man sein Humpeln bedachte. Er streckte die Hände aus, packte sie an den Armen und zog sie aus ihrem Stuhl. Er hob sie so hoch, dass ihre Füße den Boden nicht mehr berührten.

Emeline sprang aus ihrem Sessel. »Mr March, was tun Sie mit meiner Tante? Lassen Sie sie sofort herunter.«

Er ignorierte sie. Seine ganze Aufmerksamkeit richtete sich auf Lavinia. »Sie sind ein kleiner Dummkopf, der sich überall einmischen muss, Mrs Lake. Haben Sie auch nur eine Ahnung davon, was Sie aufs Spiel gesetzt haben? Ich habe Wochen gebraucht, um meine Pläne auszuarbeiten, und jetzt kommen Sie und werfen alles an einem einzigen Nachmittag in Scherben.«

Beim Anblick der unverhüllten Wut in seinen Augen wurde Lavinias Hals ganz trocken. Das Wissen, dass er die Macht besaß, sie so sehr aus der Ruhe zu bringen, machte sie wütend.

»Lassen Sie mich los, Sir.«

»Nicht, ehe Sie einer Partnerschaft zustimmen.«

»Warum sollte ich mit Ihnen arbeiten wollen, wo Sie doch eine so schlechte Meinung von mir haben?«

»Wir werden zusammenarbeiten, Mrs Lake, weil die Ereignisse heute bewiesen haben, dass ich das Risiko nicht eingehen kann, Ihnen zu erlauben, auf eigene Faust Ihre Nachforschungen anzustellen. Sie müssen überwacht werden.«

Ihr gefiel dieser Gedanke nicht. »Wirklich, Mr March, Sie können mich nicht für alle Zeiten hochhalten.«

»Darauf sollten Sie sich lieber nicht verlassen, Madam.«

»Sie sind kein Gentleman, Sir.«

»Diese Tatsache haben Sie bereits bei früherer Gelegenheit erwähnt. Haben wir ein Abkommen, dass wir in der Angelegenheit mit dem Tagebuch zusammenarbeiten?«

»Ich habe nur sehr wenig Interesse daran, irgendeine Verbindung mit Ihnen einzugehen. Allerdings scheint es so, als könne ich mich nicht umdrehen, ohne über Sie zu stolpern. Daher bin ich bereit, unsere Quellen gemeinsam auszuschöpfen und Informationen auszutauschen.«

»Eine weise Entscheidung, Mrs Lake.«

»Jedoch muss ich darauf bestehen, dass Sie von Ihrem rüpelhaften Benehmen Abstand nehmen.« Er tat ihr zwar nicht weh, doch war sie sich der Kraft seiner Hände durchaus bewusst. »Und jetzt lassen Sie mich runter, Sir.«

Ohne ein Wort ließ Tobias sie herunter, bis ihre Füße den Boden wieder berührten, dann gab er sie frei.

Sie schüttelte die Röcke aus und legte eine Hand an ihr Haar. Sie fühlte sich erhitzt und wütend und eigenartig atemlos. »Das ist eine Unverschämtheit. Ich erwarte eine Entschuldigung von Ihnen, Mr March.«

»Ich bitte um Entschuldigung, Madam. Sie scheinen etwas an sich zu haben, das in mir das Schlimmste weckt.«

»Oje«, murmelte Emeline. »Die Partnerschaft hat keinen sehr guten Start, nicht wahr?«

Lavinia und Tobias wandten sich beide um, um sie anzusehen. Noch ehe jemand etwas sagen konnte, öffnete sich die Tür. Mrs Chilton betrat das Arbeitszimmer mit einem Tablett mit Tee.

»Ich werde eingießen«, versicherte Emeline ihr schnell. Sie lief vor, um Mrs Chilton das Tablett abzunehmen.

Als die Tassen gefüllt waren, hatte Lavinia sich wieder unter Kontrolle. Tobias stand am Fenster, die Hände hinter seinem Rücken verschränkt, und blickte hinaus in den winzigen Garten. Seine gefährliche und unberechenbare Laune war an der Haltung seiner Schultern noch zu sehen. Lavinia sagte sich, dass die Tatsache, dass er nichts mehr von dümmlichen Idioten gesagt hatte, ein gutes Zeichen war.

Als sich die Tür wieder hinter Mrs Chilton geschlossen hatte, nahm Lavinia einen kräftigenden Schluck Tee und stellte dann ihre Tasse vorsichtig wieder ab.

Die große Uhr tickte laut in der Stille.

»Wir wollen ganz am Anfang beginnen«, erklärte Tobias mit ausdrucksloser Stimme. »Was genau haben Sie Mrs Dove gesagt?«

»Ich war sehr aufrichtig zu ihr.«

»Verdammte Hölle.«

Lavinia räusperte sich. »Ich habe ihr nur gesagt, dass ich das Opfer einer Erpressung bin, dass ich den Erpresser gefunden habe und weiß, wo er wohnt. Doch als ich in seine Wohnung kam, musste ich feststellen, dass schon jemand vor mir da gewesen war. Ich habe ihr erklärt, dass das Tagebuch, das Holton Felix in seinen Erpresserbriefen erwähnt hatte, nicht mehr da war und dass ich ihre Adresse gefunden hatte, in einem abscheulichen Buch in seinem Schlafzimmer.«

Tobias wandte sich schnell zu ihr. »Das war es also, was Sie in seinem Zimmer entdeckt haben. Ich wusste doch, dass Sie etwas gefunden hatten. Verdammt, warum haben Sie mir das denn nicht gesagt?«

»Mr March, wenn Sie bei jedem Schritt auf unserem Weg mit mir schimpfen wollen, dann werden wir keine großen Fortschritte machen.«

Er biss die Zähne zusammen, doch er widersprach ihr nicht. »Weiter.«

»Leider ist das alles, was ich zu erzählen habe. Sie hat nicht zugegeben, dass sie etwas von der Erpressung weiß, doch ich bin davon überzeugt, dass sie eines von Felix' Opfern war. Ich habe ihr angeboten, sie als Klientin anzunehmen. Sie hat sich geweigert.« Lavinia hob beide Hände. »Dann bin ich gegangen.« Es war nicht nötig zu erwähnen, dass sie das Haus verlassen hatte, weil ihr damit gedroht worden war, sie aus dem Haus zu werfen, fand sie.

»Haben Sie ihr gesagt, dass ich gestern Abend bei Ihnen war?«, fragte Tobias.

»Nein. Ich habe ihr nichts von Ihrer Verwicklung in die ganze Sache erzählt.«

Tobias dachte einen Augenblick lang schweigend über diese Information nach. Dann ging er zu einem kleinen Tisch neben dem großen Sessel und nahm seine Tasse und die Untertasse in die Hand. »Sie ist Witwe, sagten Sie?«

Ja. Eine der Kinderfrauen im Park hat mir erzählt, dass ihr Mann vor ungefähr einem Jahr gestorben ist, kurz nachdem die Verlobung ihrer Tochter auf einem großartigen Ball angekündigt worden ist.«

Tobias, der gerade die Tasse auf die Untertasse zurückstellen wollte, hielt mitten in der Bewegung inne. Seine Augen blitzten interessiert. »Hat die Kinderfrau auch gesagt, wie er gestorben ist?«

»Er muss ganz plötzlich erkrankt sein, während er eine seiner Besitzungen besuchte, glaube ich. Ich habe sie nicht nach Einzelheiten befragt.«

»Verstehe.« Nachdenklich stellte Tobias die Tasse auf die Untertasse zurück. »Sie sagen, sie hat nicht zugegeben, dass sie erpresst wurde?«

»Nein.« Lavinia zögerte. »Sie hat nicht wirklich gesagt, dass sie Erpresserbriefe bekommen hat. Aber ihr Verhalten hat mich davon überzeugt, dass sie sehr genau wusste, wovon ich sprach. Ich glaube, dass sie sehr verzweifelt ist, und ich wäre nicht überrascht, schon sehr bald von ihr zu hören.«

6. Kapitel

Es war noch früh, als Tobias ein wenig später an diesem Tag in seinen Club ging. Die gedämpfte Atmosphäre wurde nur vom vereinzelten Rascheln der Zeitungen gestört, von den Tassen, die leise klirrten, wenn sie auf die Untertassen zurückgestellt wurden, und vom Klirren einer Flasche gegen ein Glas. Die meisten Köpfe, die man über den hohen Lehnen der Sessel erkennen konnte, waren grauhaarig.

Zu dieser Stunde waren die meisten der Anwesenden in einem Alter, in dem ein Mann mehr Interesse an Whist und an den Aktien zeigte als an Geliebten und der Mode. Die jüngeren Clubmitglieder waren entweder damit beschäftigt, bei Mantons mit Pistolen auf Ziele zu schießen, oder sie besuchten ihren Schneider.

Ihre Frauen und ihre Geliebten waren zweifellos mit Einkäufen beschäftigt, überlegte Tobias. Beide Sorten Damen suchten häufig die gleichen Schneiderinnen und Putzmacherinnen auf. Es war nicht ungewöhnlich, dass die Frau eines Gentlemans plötzlich seiner Geliebten an einem Ballen Stoff gegenüberstand. In einem solchen Fall erwartete man natürlich von der Ehefrau, diesen Vorfall zu ignorieren.

Doch wenn die fragliche Ehefrau Lavinias rücksichtsloses, feuriges Temperament besaß, überlegte Tobias, dann würde der Musselin wahrscheinlich in kürzester Zeit zerfetzt sein. Aus irgendeinem Grund belustigte ihn dieses Bild, trotz seiner schlechten Laune. Dann kam ihm der Gedanke, dass Lavinia, wenn sie mit der Geliebten fertig war, zweifellos über ihren Mann herfallen würde, der wahrscheinlich das Schlimmste von allem abbekam. Er hörte auf zu lächeln. »Ah, da sind Sie ja, March.« Lord Crackenburne senkte seine Zeitung und sah Tobias über den Rand seiner Brille hinweg an. »Ich dachte mir schon, dass ich Sie heute hier sehen würde.«

»Guten Tag, Sir.« Tobias setzte sich in den Sessel auf der anderen Seite des Kamins. Abwesend begann er, sein rechtes Bein zu reiben. »Sie sind sehr weise, sich hier einen Platz am Feuer zu suchen. Das ist kein Nachmittag, der zu einem Spaziergang einlädt. Der Regen hat die Straßen in Lehm verwandelt.«

»Ich habe mich schon seit dreißig Jahren nicht mehr dem Stress ausgesetzt, in der Stadt herumzulaufen.« Crackenburne zog seine grauen Augenbrauen hoch. »Ich ziehe es vor, die Welt zu mir kommen zu lassen.«

»Ja, das weiß ich.«

Crackenburne hatte hier in diesem Club mehr oder weniger gelebt, seit seine geliebte Frau vor beinahe zehn Jahren gestorben war. Tobias besuchte ihn oft.

Ihre Freundschaft reichte schon beinahe zwanzig Jahre zurück, bis zu dem Tag, als Tobias frisch aus Oxford und ziemlich mittellos in London angekommen war und sich darum beworben hatte, Crackenburnes Sekretär zu werden. Bis heute wusste er nicht, warum ein Graf, ein Mann von untadeliger Herkunft, von ausgedehnten Vermögensverhältnissen und persönlichen Verbindungen zu einigen der hochrangigsten Mitgliedern der Gesellschaft, damit einverstanden gewesen war, einen unerfahrenen jungen Mann ohne Referenzen und ohne Familie einzustellen. Aber Tobias wusste, dass er Crackenburne für sein Vertrauen ewig dankbar sein würde.

Er hatte vor fünf Jahren damit aufgehört, Crackenburnes finanzielle und geschäftliche Angelegenheiten zu erledigen und war dann in das Geschäft mit den privaten Nachforschungen eingestiegen, doch er schätzte den Rat des alten Mannes. Außerdem machte Crackenburnes Vorliebe dafür, die meiste Zeit hier in seinem Club zu verbringen, ihn zu einer nützlichen Quelle für Gerüchte und Klatsch. Er schien immer die neuesten Neuigkeiten zu wissen.

Crackenburne raschelte mit seiner Zeitung und blätterte eine Seite um. »Also, was habe ich da gehört von dem Mord an einem gewissen Spieler gestern Abend?«

»Ich bin beeindruckt.« Tobias lächelte ironisch. »Woher haben Sie denn diese Neuigkeit erfahren? Steht sie in den Zeitungen?«

»Nein. Ich habe eine Unterhaltung bei einem Kartenspiel heute Morgen mitgehört. Ich habe mich an Holton Felix' Namen erinnert, natürlich, denn Sie hatten mich doch erst vor zwei Tagen nach diesem Mann gefragt. Er ist also tot?«

»Ganz sicher. Jemand hat ihm mit einem schweren Gegenstand den Schädel eingeschlagen.«

»Hmmm.« Crackenburne widmete sich wieder seiner Zeitung. »Und was ist mit dem Tagebuch, das Sie für Neville finden sollen?«

Tobias streckte die Beine ans Feuer. »Als ich am Tatort eintraf, war das Tagebuch bereits verschwunden.«

»Ich verstehe. Wie unglücklich. Neville war ganz sicher nicht erfreut, als er das erfahren hat.«

»Nein.«

»Haben Sie schon eine Ahnung, wo Sie als Nächstes suchen werden?«

»Noch nicht, aber ich habe meine Informanten wissen lassen, dass ich noch immer an jeder Spur interessiert bin, die mich zu diesem verdammten Tagebuch führen könnte.« Tobias zögerte. »Es hat allerdings eine neue Entwicklung gegeben.«

»Und was ist das für eine Entwicklung?«

»Ich war gezwungen, in dieser Angelegenheit eine Partnerschaft einzugehen. Mein neuer Partner hat bereits einen Hinweis gefunden, der sich als nützlich herausstellen könnte.«

Crackenburne blickte schnell auf, seine alten Augen blitzten erstaunt. »Einen Partner? Meinen Sie etwa Anthony?«

»Nein. Anthony ist ab und zu mein Assistent, und so soll es auch bleiben. Ich habe ihm erklärt, dass ich nicht möchte, dass er zu sehr in meine Geschäfte hineingezogen wird.«

Crackenburne war wirklich belustigt. »Auch wenn ihm die Arbeit gefällt?«

»Darum geht es gar nicht.« Tobias verschränkte die Finger miteinander und betrachtete das Feuer. »Das ist keine Arbeit für einen Gentleman. Man läuft immer Gefahr, ein Spion zu werden, und das Einkommen ist, gelinde gesagt, unvorhersehbar. Ich habe Anne versprochen, dass ich dafür sorgen würde, dass ihr Bruder eine respektable, stabile Karriere einschlägt. Ihre größte Angst war es, dass er in den Spielhöllen enden würde, wie ihr Vater es getan hat.«

»Hat denn der junge Anthony Interesse gezeigt an einer respektablen, stabilen Karriere?«, fragte Crackenburne ein wenig spöttisch.

»Noch nicht«, gab Tobias zu. »Aber er ist ja auch erst einundzwanzig. Im Augenblick schwankt seine Aufmerksamkeit zwischen einer ganzen Anzahl von Dingen, einschließlich den Wissenschaften, Antiquitäten, Kunst und Byrons Gedichten.«

»Wenn alles versagt, dann können Sie ihm immer noch vorschlagen, dass er sich als Glücksritter versucht.«

»Ich fürchte, dass Anthonys Chancen, eine reiche Frau kennen zu lernen, geschweige denn, sie auch zu heiraten, äußerst gering sind«, meinte Tobias. »Selbst wenn er durch Zufall über eine solche Frau stolpern sollte, so würde doch seine schlechte Meinung von jungen Damen, deren Unterhaltung nur um Kleider und Klatsch kreist, seine Bemühungen vereiteln, ehe er die Segel gesetzt hätte.«

»Ah, nun ja, ich würde mir über seine Zukunft keine allzu großen Gedanken machen, wenn ich an Ihrer Stelle wäre«, meinte Crackenburne. »Ich habe die Erfahrung gemacht, dass junge Männer dazu tendieren, ihre eigenen Entscheidungen zu treffen. Am Ende kann man nur wenig mehr tun, als ihnen Glück zu wünschen. Also, jetzt erzählen Sie mir von diesem neuen Geschäftspartner, den Sie erwähnt haben.«

»Ihr Name ist Mrs Lake. Sie erinnern sich vielleicht an ihren Namen, den ich Ihnen gegenüber bereits erwähnt habe.« Crackenburne öffnete den Mund, schloss ihn dann wieder und öffnete ihn noch einmal. »Guter Gott, Mann. Sie wollen doch wohl nicht behaupten, dass es sich um die gleiche Mrs Lake handelt, die Sie in Italien getroffen haben?«

»Genau die ist es. Wie es scheint, hat sie auf Felix' Liste der Erpresseropfer gestanden.« Tobias betrachtete über seine verschränkten Finger hinweg das Feuer. »Sie macht mich verantwortlich dafür.«

»Was Sie nicht sagen.« Crackenburne rückte seine Brille zurecht und blinzelte ein paar Mal. »Nun, nun, nun. Was für eine interessante Wendung der Dinge.«

»Es ist eine verdammte Komplikation, soweit mich das betrifft. Sie ist dabei, sich ein Geschäft aufzubauen, in dem sie Honorare für private Nachforschungen annimmt.« Tobias legte die Fingerspitzen gegeneinander. »Ich glaube, dass ich sie dazu inspiriert habe.«

»Erstaunlich. Absolut erstaunlich.« Crackenburne schüttelte den Kopf. Er schien hin und her gerissen zu sein zwischen Belustigung und Erstaunen. »Eine Dame verfolgt eine

Karriere in dem gleichen eigenartigen Beruf, den Sie für sich selbst gewählt haben. Das ist ja wirklich erstaunlich.«

»Ja, weiß Gott. Da sie die Absicht hatte, die Sache mit dem Tagebuch auf eigene Faust zu verfolgen, hatte ich kaum eine andere Wahl, als sie als meine Partnerin anzunehmen.«

»Ja, natürlich.« Crackenburne nickte verständnisvoll. »Es ist die einzige Möglichkeit, sie im Auge zu behalten und ihre Aktionen zu kontrollieren.«

»Ich bin mir nicht einmal so sicher, dass überhaupt jemand Mrs Lake kontrollieren kann.« Tobias hielt inne. »Doch ich bin nicht hierher gekommen, um über die Probleme mit meiner neuen Partnerin zu sprechen. Ich habe Sie heute aufgesucht, um Ihnen eine Frage zu stellen.«

»Und was soll das für eine Frage sein?«

»Sie haben doch Verbindungen in der Gesellschaft und kennen die Gerüchte. Was wissen Sie über eine Frau mit Namen Joan Dove, die am Hazelton Square wohnt?«

Crackenburne dachte einen Augenblick lang über diese Frage nach. Dann faltete er seine Zeitung zusammen und legte sie beiseite.

»Nicht sehr viel. Mr und Mrs Dove haben sich nicht sehr oft in der Gesellschaft aufgehalten. Es gibt sehr wenig Klatsch über sie zu erzählen. Vor beinahe einem Jahr, glaube ich, hat sich ihre Tochter mit dem Erben von Colchester verlobt. Fielding Dove ist kurz danach gestorben.«

»Ist das alles, was Sie über diese Frau wissen?«

Crackenburne betrachtete die flackernden Flammen. »Sie war mit Dove beinahe zwanzig Jahre lang verheiratet. Es bestand ein ziemlicher Altersunterschied. Er muss mindestens fünfundzwanzig Jahre älter gewesen sein als sie, vielleicht sogar dreißig. Ich weiß nicht, woher sie kam, und ich weiß auch nichts über ihre Familie. Aber eines kann ich Ihnen mit großer Sicherheit sagen.«

Tobias zog fragend eine Augenbraue hoch.

»Als Fielding Dove gestorben ist«, erklärte Crackenburne mit Entschiedenheit, »hat Joan Dove seine ausgedehnten geschäftlichen Unternehmungen geerbt. Sie ist jetzt eine äußerst reiche Frau.«

»Mit dem Reichtum kommt die Macht.«

»Ja«, stimmte ihm Crackenburne zu. »Und je reicher und mächtiger einer ist, desto mehr ist er bedacht, alles zu tun, um seine Geheimnisse verborgen zu halten.«

Es regnete noch immer heftig, als die elegante Kutsche in der Claremont Lane vor dem Haus Nummer sieben anhielt. Lavinia warf einen verstohlenen Blick durch die Gardine und entdeckte einen muskulösen Lakai in einer gut aussehenden Livree, der die Tür der Kutsche öffnete und einen Schirm bereithielt.

Ein dichter Schleier verdeckte das Gesicht der Frau, der er aus der Kutsche half, doch Lavinia kannte nur eine Frau, die sich eine so teure Kutsche leisten konnte und die sie bei so schrecklichem Wetter besuchen kommen würde.

Joan Dove trug ein Paket unter dem Arm, das in Stoff eingeschlagen war. Schnell kam sie die Treppe zur Haustür hinauf. Trotz des aufmerksamen Lakaien und seinem Schirm waren Joans Halbstiefel aus Wildleder und der untere Teil ihres eleganten dunkelgrauen Umhangs feucht, als sie ein paar Minuten später in das gemütliche Wohnzimmer geführt wurde. Lavinia beeilte sich, ihr einen Sessel am Kamin anzubieten, und setzte sich dann ihrem Gast gegenüber.

»Tee bitte, Mrs Chilton.« Sie gab ihren Befehl knapp und versuchte, ihn so klingen zu lassen, als wäre es eine alltägliche Sache, dass sie so vornehme Besucher hier in der Claremont Lane empfing. »Von dem neuen frischen Oolong.«

»Jawohl, Ma'am, sofort, Ma'am.« Mrs Chilton, die voller

Hochachtung den Besuch betrachtete, fiel beinahe über ihre eigenen Füße, als sie versuchte, einen Knicks zu machen und dabei das Zimmer zu verlassen.

Lavinia wandte sich wieder zu Joan und suchte nach einem passenden Kommentar. »Der Regen wird wohl noch eine Weile anhalten.« Sie errötete sofort über diese nichts sagende Bemerkung. Das war nicht gerade die Art, wie man einen potenziellen Klienten beeindruckte, dachte sie.

»In der Tat.« Joan streckte eine Hand in schwarzem Handschuh aus, um ihren Schleier zu lüften.

Jeder weitere Kommentar über das schlechte Wetter blieb Lavinia im Hals stecken, als sie Joans blasses Gesicht und die weit aufgerissenen Augen sah. Alarmiert stand sie schnell auf und griff nach der kleinen Glocke auf dem Kaminsims.

»Ist alles in Ordnung, Madam? Soll ich eine Riechflasche bringen lassen?«

»Eine Riechflasche wird mir nicht helfen.« Joans Stimme war erstaunlich ruhig, wenn man die Verzweiflung in ihrem Blick bedachte. »Ich hoffe, dass Sie mir helfen können, Mrs Lake.«

»Was ist denn?« Langsam sank Lavinia zurück in ihren Stuhl. »Was ist geschehen, seit wir zum letzten Mal miteinander gesprochen haben?«

»Dies hier ist vor einer Stunde an meiner Haustür abgeliefert worden.« Joan wickelte das quadratische Paket aus, das sie mitgebracht hatte.

Der Stoff fiel zu Boden und enthüllte eine kleine Szene, aus Wachs gefertigt, in einer hölzernen Kiste, die ungefähr dreißig Zentimeter im Quadrat groß war. Ohne ein Wort stand Lavinia noch einmal auf und nahm das Bild aus Joans Hand. Sie trug die kleine Wachsarbeit zum Fenster, wo das Licht besser war, und betrachtete die kunstvoll gefertigte und sehr detaillierte Szene.

Der Mittelpunkt des Bildes war eine kleine, aber sehr genau ausgearbeitete Skulptur einer Frau in einem eleganten grünen Kleid. Sie lag zusammengesunken auf dem Boden eines Raumes, ihr Gesicht war von dem Betrachter abgewandt. Das hohe Mieder des Kleides war im Rücken tief ausgeschnitten. Der Saum war mit drei Reihen von Rüschen besetzt, auf die kleine Rosen geheftet waren.

Doch es war die Farbe des echten Haares auf dem Kopf der Skulptur, die Lavinias Aufmerksamkeit erregte. Es war blond, durchsetzt mit Silber. Genau wie die Haare von Joan, dachte sie.

Sie blickte von dem Bild auf. »Das ist die ungewöhnlichste und kunstvollste Wachsarbeit, die ich je gesehen habe, aber ich verstehe nicht, warum Sie sie mir gebracht haben.«

»Sehen Sie sich die Frau genauer an.« Joan presste in ihrem Schoß fest die Hände zusammen. »Sehen Sie die rote Farbe auf dem Boden unter ihr?«

Lavinia betrachtete die Arbeit noch einmal. »Sie scheint auf einem roten Tuch zu liegen oder vielleicht auf einem Stück roter Seide.« Sie hielt inne, als sie die Bedeutung dessen, was sie sah, begriff. »Gütiger Himmel.«

»Ja«, antwortete Joan. »Es ist ein Tupfer roter Farbe unter der Gestalt. Es soll offensichtlich Blut sein. Die Frau ist tot. Es ist eine Mordszene.«

Lavinia senkte das entsetzliche kleine Bild und sah Joan in die Augen. »Diese Frau in der Wachsarbeit, das sollen Sie sein«, sagte sie. »Es ist eine Morddrohung.«

»Das glaube ich auch.« Joan sah auf das Bild in Lavinias Hand. »Das grüne Kleid ist genau das gleiche, das ich am Abend des Verlobungsballes meiner Tochter getragen habe.« Lavinia dachte ein paar Sekunden nach. »Haben Sie es auch bei einer anderen Gelegenheit getragen?«, wollte sie wissen. »Nein. Es wurde extra für diesen Abend angefertigt.

Ich habe noch keine andere Gelegenheit gehabt, es zu tragen.«

»Wer auch immer dieses Bild geschaffen hat, muss das Kleid gesehen haben.« Lavinia betrachtete die Gestalt. »Wie viele Menschen waren auf dem Verlobungsball Ihrer Tochter?«

Joan verzog den Mund. »Leider standen auf der Gästeliste über dreihundert Namen.«

»Oje. Das ist eine lange Liste von Verdächtigen, nicht wahr?«

»Ja. Gott sei Dank ist meine Tochter diesen Monat nicht in der Stadt. Das würde sie schrecklich aufregen. Sie hat sich noch immer nicht vollkommen von dem Schock erholt, den sie beim Tod ihres Vaters bekommen hat.«

»Wo ist sie?«

»Maryanne besucht einige Verwandte ihres Verlobten auf ihrem Besitz in Yorkshire. Ich möchte, dass diese Angelegenheit erledigt ist, ehe sie nach London zurückkehrt. Ich hoffe, dass Sie sofort mit Ihren Untersuchungen beginnen können.«

Man musste sehr vorsichtig sein, wenn man mit Leuten von Stand verhandelte, rief sich Lavinia ins Gedächtnis. Sie konnten sich die Ausgaben leisten, doch sie waren auch dafür bekannt, dass sie ihre Rechnungen nicht bezahlten.

»Sie möchten mich dafür bezahlen, dass ich die Identität desjenigen herausfinde, der Ihnen dieses Bild geschickt hat?«, fragte sie vorsichtig.

»Warum sonst wäre ich wohl heute hierher gekommen?«

»Ja, natürlich.« Menschen von Stand konnten auch äußerst brüsk sein und sehr fordernd, dachte Lavinia.

»Mrs Lake, Sie haben angedeutet, dass Sie bereits damit beschäftigt sind, Nachforschungen in dieser Sache anzustellen. Ihre Unterhaltung und Ihre Visitenkarte haben in mir die Vermutung geweckt, dass Sie bereit sind, ein Honorar von mir anzunehmen. Steht Ihr Angebot noch?«

»Ja«, versicherte ihr Lavinia schnell. »Das tut es in der Tat. Ich werde Ihr Honorar gern entgegennehmen, Mrs Dove. Vielleicht sollten wir uns über meine Kosten unterhalten.«

»Es ist nicht nötig, in Einzelheiten zu gehen. Mir ist es egal, was Sie mir für Ihre Dienste berechnen, solange mein Auftrag ausgeführt wird. Wenn Sie die ganze Sache abgeschlossen haben, schicken Sie mir Ihre Rechnung, wie hoch sie auch immer sein mag. Seien Sie versichert, dass ich die Rechnung zahlen werde.« Joan lächelte kalt. »Fragen Sie die Leute, die mit mir Geschäfte machen oder die meinen Haushalt beliefern. Sie werden Ihnen versichern, dass sie immer pünktlich ihr Geld erhalten.«

Es wäre ganz einfach, diese Behauptung zu überprüfen, überlegte Lavinia. Doch bis dahin war das Letzte, was sie wollte, ihr Honorar aufs Spiel zu setzen, indem sie ihre Kundin mit einer Diskussion über die Vergütung verärgerte.

Sie räusperte sich. »Nun, dann lassen Sie uns anfangen. Ich muss Ihnen einige Fragen stellen. Ich hoffe, Sie werden nicht das Gefühl haben, dass ich mich unnötig in Ihr Privatleben einmische.«

Sie hielt inne, als sie hörte, wie sich die Eingangstür im Flur öffnete.

Joan blickte angespannt zur Wohnzimmertür. »Wie es scheint, haben Sie auch noch einen anderen Besucher. Ich muss darauf bestehen, dass Sie niemandem den Grund dafür verraten, warum ich Sie heute besucht habe.«

»Machen Sie sich keine Sorgen, Mrs Dove. Das wird wahrscheinlich nur meine Nichte sein, die von einem Besuch bei ihrer neuen Bekannten, Priscilla Wortham, zurückkommt. Lady Wortham hat sie für heute Nachmittag zum

Tee eingeladen. Sie war so freundlich, ihren Wagen zu schicken, um Emeline abzuholen.«

Lavinia hoffte nur, dass es nicht so klang, als würde sie prahlen. Sie wusste sehr gut, dass eine Einladung von Lady Wortham für jemanden, der sich in den wohlhabenden Kreisen von Joan Dove bewegte, nur sehr wenig Bedeutung hat. Doch für Emeline war die Einladung zum Tee ein gesellschaftlicher Durchbruch gewesen.

»Ich verstehe.« Joan nahm den Blick nicht von der Tür.

Eine Lavinia nur zu bekannte männliche Stimme ertönte im Flur. »Lassen Sie nur, Mrs Chilton, ich finde den Weg schon allein.«

»Verdammte Hölle«, murmelte Lavinia. »Sein Gefühl für den richtigen Zeitpunkt verärgert mich immer wieder.«

Joan warf ihr einen schnellen Blick zu. »Wer ist das?«

Die Tür des Wohnzimmers öffnete sich. Tobias betrat den Raum. Er blieb stehen, als er Joan Dove entdeckte, und verbeugte sich überraschend elegant.

»Meine Damen.« Er richtete sich wieder auf und sah Lavinia mit einer hochgezogenen Augenbraue an. »Wie ich sehe, haben Sie während meiner Abwesenheit einigen Fortschritt gemacht, Mrs Lake. Ausgezeichnet.«

»Wer ist dieser Gentleman?«, fragte Joan noch einmal, und ihre Stimme klang diesmal sehr scharf.

Lavinia bedachte Tobias mit einem zurückhaltenden Blick. »Erlauben Sie mir, Ihnen meinen *Partner* vorzustellen, Mrs Dove.«

»Sie haben keinen Partner erwähnt.«

»Dazu wollte ich gerade kommen«, erklärte Lavinia beruhigend. »Das ist Mr Tobias March. Er hilft mir bei meinen Nachforschungen.«

»Um es ganz genau zu sagen«, verbesserte Tobias und warf Lavinia einen bedeutungsvollen Blick zu. »Mrs Lake hilft mir.« Joan sah ihn an und blickte dann wieder zu Lavinia. »Das verstehe ich nicht.«

»Es ist wirklich ganz einfach.« Lavinia wandte absichtlich Tobias den Rücken zu. »Mr March und ich sind in dieser Angelegenheit Partner. Für Sie ist das eigentlich ein recht guter Handel. Als meine Klientin werden Sie die Dienste von uns beiden genießen können, ohne dass es Ihnen zusätzliche Kosten macht.«

»Zwei für den Preis von einem«, sprang Tobias ihr hilfreich bei.

Lavinia gelang ein, wie sie hoffte, beruhigendes Lächeln. »Mr March besitzt bereits einige Erfahrung in diesen Dingen. Ich versichere Ihnen, er ist äußerst diskret.«

»Ich verstehe.« Joan zögerte. Sie sah nicht ganz zufrieden aus, doch sie war offensichtlich eine Frau, die keine andere Wahl hatte. »Also gut.«

Lavinia wandte sich wieder zu Tobias und reichte ihm die Arbeit aus Wachs. »Mrs Dove ist heute hierher gekommen, weil sie dies hier bekommen hat. Sie glaubt, dass es eine Morddrohung ist, und ich stimme ihr zu. Das Kleid, das diese Gestalt trägt, ist eines der Kleider von Mrs Dove; und wie Sie sehen können, hat das Haar die gleiche Farbe wie ihres.«

Tobias betrachtete lange das Bild. »Eigenartig. Man würde doch erwarten, dass ein Erpresser damit droht, ein altes Geheimnis aufzudecken, und nicht eine Morddrohung schickt. Es ist doch wohl kaum logisch, die Quelle seines Einkommens zu ermorden.«

Es gab ein kurzes, aufgeladenes Schweigen. Lavinia und Joan sahen einander an.

»Mr March hat nicht ganz Unrecht«, murmelte Lavinia schroff.

»Ja, das ist wahr«, stimmte ihr Joan mit einem nachdenklichen Gesichtsausdruck zu.

Lavinia bemerkte, dass ihre neue Kundin Tobias mit beträchtlich größerem Interesse ansah als noch Augenblicke zuvor. Tobias ließ das Bild wieder sinken. »Auf der anderen Seite müssen wir daran denken, dass wir es jetzt mit einem neuen Halunken zu tun haben, mit einem, der bereits einen Mord begangen hat. Dieser Halsabschneider denkt vielleicht, dass eine Morddrohung eine viel geeignetere Methode ist, seine Opfer dazu zu bringen, ihn zu bezahlen.«

Joan nickte zustimmend.

Es war an der Zeit, dass sie die ganze Sache wieder in die Hand nahm, dachte Lavinia. Tobias schien das Kommando übernehmen zu wollen.

Lavinia sah Joan an. »Ich muss Ihnen eine sehr persönliche Frage stellen, Mrs Dove.«

»Sie wollen wissen, was Holtoń Felix in dem Tagebuch gefunden hat, dass er glaubte, ich würde ihn für sein Schweigen bezahlen.«

»Es wäre sehr hilfreich, Genaueres über seine Drohung zu erfahren, ja.«

Joan warf Tobias noch einen abschätzenden Blick zu. Dann sah sie Lavinia einen Augenblick lang nachdenklich an. »Ich werde es so kurz wie möglich machen«, meinte sie schließlich. »Ich stand ganz plötzlich allein in der Welt da, als ich achtzehn Jahre alt war, und ich war gezwungen, eine Gouvernante zu werden. Als ich neunzehn Jahre alt war, machte ich den Fehler, mein Herz einem Mann zu schenken, der den Haushalt, in dem ich beschäftigt war, ab und zu besuchte. Ich glaubte, dass ich verliebt war, und nahm an, dass meine Gefühle erwidert wurden. Ich war so dumm, ihm zu erlauben, mich zu verführen.«

»Ich verstehe«, sagte Lavinia leise.

»Er nahm mich mit nach London und brachte mich in einem kleinen Haus unter. Für ein paar Monate ging alles gut.

In meiner Naivität habe ich geglaubt, dass er mich heiraten würde.« Joan verzog den Mund. »Ich entdeckte meinen Fehler, als ich erfuhr, dass er die Absicht hatte, eine reiche Erbin zu heiraten. Er hatte nie vorgehabt, mich zu heiraten.« Lavinia ballte die Hand zur Faust. »Ein schrecklicher Mann.«

»Ja«, stimmte Joan ihr zu. »Sicher. Aber es ist doch wohl eher eine gewöhnliche Geschichte. Am Ende hat er mich natürlich fallen lassen. Ich war verzweifelt und ohne Mittel. Er hörte auf, meine Miete zu bezahlen. Ich wusste, dass ich am Ende des Monats mein Haus würde verlassen müssen. Mein Geliebter hatte mir während unserer Affäre gar nichts gegeben, das ich verpfänden oder verkaufen konnte, und ich hatte nicht daran gedacht, etwas anderes als Versprechen von ihm zu fordern. Ich konnte keine neue Stelle als Gouvernante antreten, weil ich keine Referenzen hatte.«

»Und was haben Sie getan?«, fragte Lavinia leise.

Joan blickte auf und sah an ihr vorbei zum Fenster, als gäbe es etwas in dem stetigen Regen, das sie faszinierte. »Es fällt mir schwer, jetzt noch einmal daran zu denken«, sprach sie leise weiter. »Doch damals war ich sehr bedrückt. Eine ganze Woche lang ging ich jeden Abend zum Fluss und dachte darüber nach, diesen Albtraum zu beenden. Doch in jeder Nacht ging ich vor der Morgendämmerung wieder nach Hause. Ich denke, man könnte sagen, dass mir der Mut fehlte.«

»Ganz im Gegenteil«, erklärte Lavinia fest. »Sie haben eine bemerkenswerte Kraft gezeigt, als Sie dem Fluss widerstanden haben. Wenn man so sehr am Boden ist, dann kann man sich manchmal nicht vorstellen, auch nur noch einen Tag weiterzuleben, geschweige denn ein ganzes Leben lang.«

Sie fühlte, dass Tobias' Blicke sich auf sie richteten, doch sie sah ihn nicht an.

Joan warf ihr einen schnellen, unergründlichen Blick zu, dann sah sie wieder in den Regen. »In einer Nacht, als ich vom Fluss zurückkam, fand ich Fielding Dove vor der Tür meines Hauses, wo er auf mich gewartet hatte. Ich hatte ihn einige Male gesehen, als ich noch mit meinem Geliebten zusammen gewesen war, doch ich kannte ihn nicht sehr gut. Er machte deutlich, dass er daran interessiert war, eine Beziehung mit mir einzugehen. Er sagte, er würde meine Miete bezahlen, und ich sollte mir darüber keine Sorgen mehr machen.« Joan lächelte traurig. »Ich verstand, dass er die Absicht hatte, mein neuer Beschützer zu werden.«

»Und was haben Sie getan?«, fragte Lavinia.

»Ich kann es jetzt kaum verstehen, aber ich fand plötzlich meinen Stolz wieder. Ich sagte ihm, dass ich nicht die Absicht hatte, mir einen neuen Geliebten zuzulegen, aber ich wäre ihm wirklich dankbar dafür, wenn er mir etwas Geld leihen könnte. Ich versprach ihm, es ihm so bald wie möglich zurückzuzahlen. Zu meinem Erstaunen nickte er nur und fragte mich, wie ich meine Mittel denn nutzen wollte.« Tobias setzte sich etwas steif in einen Sessel. »Dove hat Ihnen Geld gegeben?«

»Ja.« Joan lächelte wehmütig. »Und auch einigen Rat, wie ich es investieren sollte. Ich investierte das Geld in eine Immobilienfirma, die er mir empfahl. Wir haben uns oft getroffen und geredet, während die Häuser und Geschäfte gebaut wurden. Ich habe Fielding schließlich als Freund gesehen. Als die Bauten dann einige Monate später verkauft wurden, bekam ich für mein Geld ein Vermögen, wenigstens empfand ich das damals so. Ich habe Fielding sofort eine Nachricht geschickt und ihm gesagt, dass ich jetzt in der Lage sei, ihm sein Geld zurückzuzahlen.«

»Und was hat er geantwortet?«, wollte Lavinia wissen.

»Er hat mir einen Besuch abgestattet und mich gebeten,

ihn zu heiraten.« Joans Augen waren überschattet von Erinnerungen. »Zu dem Zeitpunkt hatte ich mich natürlich schon sehr in ihn verliebt. Ich habe sein Angebot angenommen.«

Lavinia fühlte, wie ihre Augen feucht wurden. Sie schnüffelte, in dem vergeblichen Versuch, die Tränen zurückzudrängen, die über ihre Wangen rannen. Tobias und Joan sahen sie an.

»Verzeihen Sie mir, Mrs Dove, aber Ihre Geschichte geht mir sehr nahe«, entschuldigte sich Lavinia.

Sie zog ein Taschentuch aus der Tasche und trocknete schnell ihre Tränen. Als sie damit fertig war, schnäuzte sie sich so diskret wie möglich.

Sie senkte das kleine, bestickte Leinentaschentuch und sah, dass Tobias sie mit einem spöttischen Blitzen in seinen Augen ansah. Sie warf ihm einen verächtlichen Blick zu. Offensichtlich war dieser Mann kein bisschen empfindsam. Aber das wusste sie ja bereits.

Sie faltete das Taschentuch wieder zusammen und steckte es in ihre Tasche. »Verzeihen Sie mir, Mrs Dove, aber darf ich daraus schließen, dass Holton Felix damit gedroht hat, die Affäre öffentlich zu machen, in die Sie vor Ihrer Ehe verwickelt waren?«

Joan blickte auf ihre Hände und nickte. »Jawohl.«

»Was für ein entsetzlicher kleiner Mann er doch war«, meinte Lavinia.

»Hmm«, meinte Tobias.

Lavinia warf ihm noch einen verächtlichen Blick zu, doch er achtete gar nicht auf sie.

»Ich will Sie ja nicht beleidigen, Madam, aber ich verstehe nicht, wieso diese Drohung so fürchterlich sein sollte«, meinte er. »Immerhin ist die Affäre schon seit über zwanzig Jahren vorüber.«

Joan erstarrte. »Meine Tochter ist mit dem Erben von Colchester verlobt, Mr March. Wenn Sie diese Familie kennen, dann werden Sie auch gehört haben, dass seine Großmutter, Lady Colchester, den Reichtum der Familie kontrolliert. Sie trägt die Nase außergewöhnlich hoch. Auch nur der kleinste Hauch eines Skandals würde genügen, um ihren Enkel zu zwingen, die Hochzeit abzusagen.«

Tobias zuckte mit den Schultern. »Ich hätte nie geglaubt, dass ein so alter Skandal einen so großen Aufruhr verursachen könnte.«

Joan saß bewegungslos in ihrem Sessel. »Mein Mann war begeistert über die Verbindung mit Colchester. Ich werde nie den glücklichen Ausdruck seiner Augen vergessen, als er mit Maryanne auf ihrem Verlobungsball getanzt hat. Und was meine Tochter betrifft, sie ist sehr verliebt. Ich werde nicht zulassen, dass jemand diese Hochzeit verhindert, Mr March. Haben Sie mich verstanden?«

Lavinia wandte sich an Tobias, noch ehe er antworten konnte. »Es ist gut und schön, wenn Sie Zweifel haben, Sir, aber ich wäre Ihnen dankbar, wenn Sie diese für sich behalten würden. Was wissen Sie schon über eheliche Verbindungen, die in solch hohen Kreisen geschlossen werden? Die Zukunft einer jungen Frau steht hier auf dem Spiel. Ihre Mutter hat jedes Recht, Vorkehrungen zu treffen.«

»Ja, natürlich.« Tobias' Augen blitzten vor ironischer Belustigung. »Verzeihen Sie mir, Mrs Dove. Mrs Lake hat natürlich Recht. Ich habe nicht viel Erfahrungen mit ehelichen Verbindungen, die in, äh, höheren Kreisen geschlossen werden.« Zu Lavinias Überraschung lächelte Joan.

»Ich verstehe«, murmelte sie.

»Ich versichere Ihnen, die Tatsache, dass Mr March sich nicht in gehobenen Kreisen bewegt, wird ihn nicht daran hindern, seine Nachforschungen anzustellen«, versicherte

Lavinia ihr schnell. Sie warf Tobias einen viel sagenden Blick zu. »Nicht wahr, Sir?«

»Normalerweise finde ich immer heraus, was ich wissen muss«, sagte Tobias.

Lavinia wandte sich wieder zu Joan. »Seien Sie versichert, dass wir sofort mit unseren Nachforschungen beginnen werden.«

»Was schlagen Sie denn vor, wo Sie anfangen wollen?«, fragte Joan, und sie blickte Lavinia neugierig an. Lavinia stand auf und ging zu dem Tisch hinüber, auf den Tobias die Morddrohung aus Wachs gelegt hatte. Sie untersuchte sie noch einmal ganz genau und achtete auf die feinen Einzelheiten.

»Das ist nicht das Werk eines Amateurs«, meinte sie nachdenklich. »Ich glaube, wir sollten damit anfangen, Rat von Künstlern zu suchen, die mit Wachs arbeiten. Künstler haben oft ihren eigenen Stil und ihre eigene Methode. Mit ein wenig Glück können wir jemanden finden, der uns etwas über die einzigartigen Elemente dieser ganz besonderen Skulptur verraten kann.«

Tobias betrachtete sie mit mühsam zurückgehaltener Überraschung. »Das ist kein schlechter Gedanke.«

Sie biss die Zähne zusammen.

»Wie wollen Sie die Namen der Experten herausfinden?«, fragte Joan, die offensichtlich nicht mitbekam, was zwischen den beiden vorging.

Lavinia fuhr mit dem Finger langsam über den Rahmen des Bildes. »Ich werde meine Nichte um Rat in dieser Angelegenheit fragen. Emeline hat alle großen Museen und Galerien besucht, seit wir nach London zurückgekehrt sind. Sie wird wahrscheinlich diejenigen kennen, die Wachsskulpturen ausstellen.«

»Ausgezeichnet.« Joan stand anmutig auf und zog ihre

Handschuhe zurecht. »Ich werde Sie Ihre Arbeit tun lassen.« Sie hielt inne. »Es sei denn, Sie wollen mir noch mehr Fragen stellen?«

»Nur noch eine.« Lavinia zögerte und nahm allen Mut zusammen. »Ich fürchte, Sie werden diese Frage ein wenig unverschämt finden.«

Joan schien belustigt zu sein. »Wirklich, Mrs Lake. Ich kann mir keine unverschämtere Frage vorstellen als die, warum ich erpresst werde.«

»Die Sache ist die, meine Nichte hat einige Einladungen erhalten, das verdanken wir Lady Wortham. Aber Emeline braucht neue Kleider, wenn sie mit Priscilla ausgeht. Ich frage mich, ob Sie wohl so freundlich sein und mir den Namen Ihrer Schneiderin geben würden.«

Sie konnte förmlich fühlen, wie Tobias den Blick zur Decke hob, doch sie besaß so viel Verstand, nichts zu sagen. Joan betrachtete Lavinia mit einem nachdenklichen Blick. »Madame Francesca ist sehr teuer.«

»Ja, nun ja, ich habe einen Plan, wie ich wenigstens eines oder zwei hübsche Kleider finanzieren kann.«

»Ich muss Ihnen leider sagen, dass sie neue Kundinnen nur auf Empfehlung annimmt.«

Lavinias Laune sank. »Ich verstehe.«

Joan ging zur Tür. »Es würde mich freuen, Ihnen eine solche Empfehlung geben zu dürfen.«

Sie zeigten die böse kleine Wachsarbeit kurze Zeit später Emeline.

»Ich an deiner Stelle würde mit Mrs Vaughn in der Half Crescent Lane beginnen.« Emeline betrachtete das Bild mit einem besorgten Blick. »Sie ist die fähigste Künstlerin in London, die mit Wachs arbeitet.«

»Ich habe nie von ihr gehört«, meinte Lavinia.

»Wahrscheinlich deshalb, weil sie nicht viele Aufträge bekommt.«

»Warum denn nicht?«, fragte Tobias.

Emeline blickte von der Wachsarbeit auf. »Das werden Sie verstehen, wenn Sie ihre Werke sehen.«

7. Kapitel

»Ich gratuliere Ihnen zu Ihrer Klientin.« Tobias räkelte sich auf dem Sitz der Kutsche. »Es ist immer ein angenehmes Gefühl, wenn man weiß, dass man irgendjemandem die Rechnung schicken kann, wenn man seine Nachforschungen einstellen kann.«

»Ich habe sie beinahe verloren, und das verdanke ich Ihnen.« Lavinia zog ihren praktischen wollenen Umhang ein wenig fester um ihre Schultern und versuchte so, die feuchte Kälte von sich fern zu halten. »Ich glaube, Sie hätten nicht unhöflicher sein können, selbst wenn Sie es versucht hätten.«

Er lächelte ein wenig. »Wenigstens habe ich sie nicht um den Namen ihrer Schneiderin gebeten.«

Lavinia ignorierte ihn. Angelegentlich sah sie aus dem Fenster der Kutsche.

London war heute ein Bild aus Grauschattierungen. Die Pflastersteine glänzten feucht unter einem tief hängenden Himmel. Der Regen hatte die meisten Menschen in die Häuser getrieben. Diejenigen, die dem Wetter trotzten, suchten Zuflucht in Kutschen oder liefen von Hauseingang zu Hauseingang. Die Kutscher kauerten sich auf ihren Sitzen zusammen, eingehüllt in Mäntel mit vielen Kragen, die Hüte über die Ohren gezogen.

»Möchten Sie einen Rat von mir?«, fragte Tobias sanft.

»Von Ihnen? Nicht unbedingt.«

»Dennoch werde ich Ihnen einige weise Worte sagen, die

Sie befolgen sollten, falls Sie in Ihrem neuen Beruf weiter arbeiten wollen.«

Widerwillig richtete Lavinia ihre Aufmerksamkeit von der trüben Straße auf ihn. Immerhin war er ein Experte, rief sie sich ins Gedächtnis.

»Welchen Rat haben Sie denn für mich, Sir?«

»Es ist nie gut zu weinen, wenn ein Klient einem seine schlimme Geschichte erzählt. Es vermittelt dem Klienten den Eindruck, dass man glauben wird, was auch immer er einem erzählt. Meiner Erfahrung nach lügen Klienten sehr oft. Es gibt keinen Grund, sie mit Tränen auch noch dazu zu ermuntern.« Sie starrte ihn an. »Wollen Sie damit etwa behaupten, dass Mrs Dove uns angelogen hat?«

Er zuckte mit den Schultern. »Klienten lügen immer. Wenn Sie diesen Beruf noch lange ausüben wollen, sollten Sie diese Tatsache berücksichtigen.«

Sie umklammerte den Aufschlag ihres Mantels. »Ich glaube keinen Augenblick, dass Mrs Dove ihre Geschichte erfunden hat.«

»Woher wollen Sie das wissen?«

Sie hob das Kinn. »Ich habe ein sehr gutes Einfühlungsvermögen.«

Er sah belustigt aus. »Ich werde Ihnen das glauben.«

Er ärgert mich doch immer wieder, dachte sie.

»Erlauben Sie mir, Ihnen zu sagen, Sir, dass meine Eltern beide sehr fähige Anwender des Mesmerismus waren. Ich habe ihnen schon in sehr jungen Jahren assistiert. Nach ihrem Tod habe ich eine Zeit lang meinen Lebensunterhalt damit verdient, therapeutische Behandlungen durchzuführen. Einfühlungsvermögen ist eine Bedingung für Erfolg auf diesem Gebiet. In der Tat hat mein Vater mir bei den verschiedensten Gelegenheiten versichert, dass ich ein Talent für dieses Geschäft hätte.«

»Verdammte Hölle. Ich habe einen Anwender des animalischen Magnetismus als Partnerin. Womit habe ich das nur verdient?«

Sie schenkte ihm ein kleines Lächeln. »Ich freue mich, dass es Sie belustigt, Sir, aber es ändert nichts an der Tatsache, dass ich Mrs Doves Geschichte glaube.« Sie hielt inne. »Immerhin das meiste davon.«

Er zuckte mit den Schultern. »Ich gebe zu, dass sie wahrscheinlich nicht *alles* erfunden hat. Ich nehme an, sie ist klug genug zu wissen, dass die Geschichte viel glaubwürdiger klingt, wenn sie Tatsachen mit erfundenen Dingen mischt.«

»Sie sind sehr zynisch, Mr March.«

»Das ist in diesem Geschäft unerlässlich.«

Sie zog die Augen zusammen. »Eines kann ich Ihnen mit Sicherheit sagen. Ihren verstorbenen Mann hat sie wirklich geliebt.«

»Wenn Sie noch länger in diesem Geschäft bleiben, dann werden Sie irgendwann lernen, dass alle Klienten lügen, wenn es um das Thema Liebe geht.«

Die Kutsche hielt an, ehe sie noch auf seine Bemerkung antworten konnte. Tobias öffnete die Tür und machte sich ans Aussteigen. Er sprang nicht leichtfüßig auf die Straße, bemerkte sie. Er stieg eher aus der Kutsche mit der Haltung eines Mannes, der Schmerzen hat. Doch als er sich umwandte, um ihr zu helfen, war sein Gesicht ausdruckslos.

Ein kleiner Schauer rann durch ihren Körper, als sie die Kraft seiner Hand fühlte. Sie erlaubte ihm, sie in den Schutz eines Hauseinganges zu führen, und versuchte, diese Tatsache zu überspielen, indem sie so tat, als interessiere sie ihre Umgebung außerordentlich.

Die Half Crescent Lane war eine enge, gewundene Straße. Sie führte durch ein schmales, schattiges Tal, das von Mauern gebildet wurde. Wahrscheinlich schien hier niemals die

Sonne, doch an einem Tag wie diesem lag über allem eine abscheuliche Düsterkeit.

Tobias klopfte laut an eine Tür. Von innen hörte man Schritte. Einen Augenblick später erschien eine ältliche Haushälterin. Sie sah Tobias misstrauisch an.

»Was möchten Sie?«, fragte sie mit sehr lauter Stimme, wie jemand, der schlecht hört.

Tobias zuckte zusammen und trat einen Schritt zurück. »Wir möchten Mrs Vaughn sprechen.«

Die Haushälterin hielt die Hand an ihr Ohr. »Was?«

»Wir möchten mit der Wachs-Modelliererin sprechen«, sagte Lavinia und betonte ihre Worte sehr sorgfältig.

»Dann müssen Sie eine Eintrittskarte kaufen«, erklärte die Haushälterin noch lauter. »Mrs Vaughn lässt niemanden mehr in ihre Galerie ohne eine Eintrittskarte. Zu viele Menschen nutzen das aus, müssen Sie wissen. Sie behaupten, dass sie ihr einen Auftrag geben wollen, doch wenn sie erst einmal drin sind, sehen sie sich nur die Skulpturen an und verschwinden wieder.«

»Wir sind nicht gekommen, um uns die Wachsarbeiten anzusehen«, sagte Lavinia laut. »Wir möchten mit ihr über etwas anderes sprechen.«

»Ich habe schon alle Entschuldigungen gehört. Bei mir klappt das nicht mehr. Niemand kommt rein ohne eine Eintrittskarte.«

»Also gut.« Tobias ließ ein paar Münzen in die Hand der Frau fallen. »Reicht das für zwei Eintrittskarten?«

Die Haushälterin betrachtete die Münzen. »Das reicht, Sir, das reicht.«

Sie machte einen Schritt zurück. Lavinia trat in den kleinen, nur schwach erleuchteten Flur. Tobias folgte ihr. Als sich die Tür hinter ihm schloss, wurden die Schatten noch tiefer.

Die Haushälterin verschwand durch einen dunklen Korridor. »Hier entlang, bitte.«

Lavinia warf Tobias einen Blick zu. Er machte eine kleine Bewegung mit der Hand und bedeutete ihr, vor ihm her durch den Flur zu gehen.

Ohne ein Wort folgten sie der Haushälterin bis zum Ende des Flurs. Mit einer theatralischen Geste öffnete sie eine Tür. »Gehen Sie nur rein«, rief sie. »Mrs Vaughn wird gleich bei Ihnen sein.«

»Danke.« Lavinia trat in das nur schwach erleuchtete Zimmer und blieb abrupt stehen, als sie feststellte, dass eine Anzahl Leute dort versammelt waren. »Ich wusste gar nicht, dass Mrs Vaughn Gäste hat.«

Die Haushälterin lachte und schloss die Tür, sie ließ Tobias und Lavinia in dem überfüllten Raum zurück.

Schwere Vorhänge waren vor die beiden schmalen Fenster gezogen und hielten das wenige Licht ab, das von außen in das Zimmer gefallen wäre. Das einzige Licht kam von zwei dünnen Kerzen in dem großen, reich verzierten Kandelaber, der auf dem Klavier stand. Es lag ein eisiger Hauch über allem. Er schien von den tiefen Schatten um die Besucher herum zu kommen. Lavinia stellte fest, dass im Kamin kein Feuer brannte.

Die anderen Gäste standen in den unterschiedlichsten Posen. Ein Mann mit einer elegant gebundenen Krawatte saß in einem Lehnsessel und las, obwohl keine Kerze neben ihm stand, um ihm Licht zu spenden. Die Beine hatte er an den Knöcheln lässig übereinander gelegt. Eine rundliche Frau in einem langärmeligen Kleid, verziert mit frischen weißen Rüschen, saß auf der Klavierbank. Sie trug eine große weiße Schürze. Ihr dichtes graues Haar war unter einer Spitzenhaube zu einem schweren Knoten zusammengebunden. Ihre Finger waren über die Tasten erhoben, als hätte sie gerade ein

Stück zu Ende gespielt und wollte ein neues beginnen. In der Nähe des kalten Kamins saß ein Mann mit einem halb ausgetrunkenen Glas Brandy in der Hand. Neben ihm beschäftigten sich zwei andere Gentlemen mit einer Partie Schach.

Eine unheimliche Stille lag über dem langen schmalen Raum. Kein Kopf wandte sich, um die Neuankömmlinge zu betrachten. Niemand bewegte sich. Niemand sprach. Das Klavier blieb still. Es war, als wäre jeder in dem Zimmer für immer erstarrt, in einem Augenblick der alltäglichen Verrichtungen.

»Gütiger Himmel«, hauchte Lavinia.

Tobias ging an ihr vorüber zu der Stelle, an der die Schachspieler vor einem Spiel saßen, das niemals beendet werden würde.

»Erstaunlich«, sagte er. »Ich habe schon andere Wachsarbeiten gesehen, aber keine war so lebensecht wie diese hier.«

Lavinia ging langsam zu der Gestalt, die das dünne Buch las. Der Kopf aus Wachs war in einem sehr natürlichen Winkel gesenkt. Die Glasaugen schienen die Wörter in dem Buch zu verschlingen. Die Stirn war leicht gerunzelt, und auf dem Rücken der Hand, auf der die Adern deutlich zu sehen waren, wuchsen kleine Härchen.

»Man erwartet, dass sie sich jeden Augenblick bewegen oder sprechen«, flüsterte sie. »Ich schwöre, in den Adern kann man sogar ein wenig Blau erkennen, und ich habe gerade die blassen Wangen dieser Frau betrachtet. Es ist unheimlich, nicht wahr?«

»Ihre Nichte hat gesagt, dass die meisten Künstler, die mit Wachs arbeiten, Kleidung und Schmuck benutzen und andere Dinge, um ihre Werke lebendig aussehen zu lassen.« Tobias ging zu einer Frau in einem modischen Kleid. Die Finger der Hand dieser Gestalt spielten nachlässig mit einem Fächer. Sie schien schüchtern zu lächeln. »Aber Mrs Vaughn ist eine Meisterin ihres Faches, eine Künstlerin, die keine Tricks anzuwenden braucht. Diese Statuen sind hervorragend modelliert.«

Die Gestalt in der Schürze und der Haube am Piano verbeugte sich.

»Danke, Sir«, sagte sie mit einem fröhlichen Lachen.

Lavinia hätte beinahe aufgeschrien, schnell machte sie einen Schritt zurück. Dabei stieß sie gegen einen Dandy, der sie mit gerunzelter Stirn durch eine Lupe betrachtete. Sie sprang zur Seite, als hätte die Gestalt die Hand ausgestreckt, um sie zu berühren. Dabei ließ sie beinahe das Paket fallen, das sie mitgebracht hatte.

Sie fing sich wieder, kam sich sehr dumm vor, glättete dann ihren Mantel und zwang sich zu einem entschlossen höflichen Lächeln.

»Mrs Vaughn, nehme ich an«, sagte sie.

»Ja, in der Tat.«

»Ich bin Mrs Lake und dies ist Mr March.«

Mrs Vaughn stand von der Klavierbank auf. Wenn sie lächelte, zeigten sich Grübchen in ihren Wangen. »Willkommen in meinem Ausstellungsraum. Sie können die Figuren so lange betrachten, wie Sie möchten.«

Tobias senkte den Kopf. »Meinen Glückwunsch, Madam. Das ist eine erstaunliche Sammlung.«

»Ihre Bewunderung freut mich sehr, Sir.« Mrs Vaughn sah Lavinia an, Belustigung blitzte in ihren leuchtenden Augen auf. »Aber irgendetwas sagt mir, dass Mrs Lake mit ihrer Meinung ein wenig zurückhaltender ist.«

»Ganz und gar nicht«, versicherte Lavinia ihr schnell. »Es ist nur so, dass der Eindruck Ihrer Kunst sehr ... unerwartet ist. Überwältigend, sollte ich eigentlich sagen. Ich meine, es ist so, als wäre dieser Raum voller Menschen, die ... nun ja ... äh ...«

»Menschen, die nicht richtig leben und auch nicht richtig tot sind. Ist es das, was Sie meinen?«

Lavinia lächelte schwach. »Ihr Geschick ist beeindruckend.«

»Danke, Mrs Lake. Aber ich kann sehen, dass Sie einer dieser Menschen sind, die sich mit meiner Kunst nicht so recht anfreunden können.«

»Oh, nein, wirklich, es ist nur so, dass diese Figuren so lebensecht sind.« *Einer Leiche ähnlich* wäre wohl die zutreffende Beschreibung, dachte sie. Aber sie wollte nicht zu kritisch erscheinen. Immerhin war diese Frau eine Künstlerin. Jeder wusste, dass Künstler exzentrisch waren und sehr temperamentvoll werden konnten.

Wieder erschienen Mrs Vaughns Grübchen. Sie machte eine beruhigende Geste mit der Hand. »Sie brauchen sich keine Sorgen darüber zu machen, dass Sie mich vielleicht beleidigen könnten, Mrs Lake. Ich bin mir wohl bewusst, dass meine Arbeiten nicht nach jedermanns Geschmack sind.«

»Aber ganz sicher sind sie interessant«, meinte Tobias.

»Dennoch habe ich den Eindruck, dass Sie nicht die Absicht haben, mir ein Honorar für ein Familienporträt zu bieten.«

»Sie sind eine sehr aufmerksame Frau, Mrs Vaughn.« Tobias betrachtete den elegant modellierten Hals der Frau mit dem Fächer. »Vielleicht haben Ihre Figuren deshalb so große Ähnlichkeit mit dem Leben.«

Mrs Vaughn lachte noch einmal perlend. »Ich bin stolz darauf, die Wahrheit lesen zu können, die unter der Oberfläche liegt. Sie haben Recht – diese Fähigkeit ist der Schlüssel dazu, ein gutes Porträt zu schaffen. Aber man braucht mehr als nur diese Einsicht, um eine Figur zum Leben zu erwecken. Man braucht sehr viel Detailarbeit. Die kleinen Linien in den Augenwinkeln. Die genaue Platzierung der Venen, damit es so aussieht, als würde Blut darin fließen. Auf solche Sachen muss man achten.«

Tobias nickte. »Ich verstehe.«

Lavinia dachte an die außergewöhnliche Vielfalt der Einzelheiten in dem Bild aus Wachs, das sie noch immer in der Hand hielt, und sie erstarrte. Was wäre, wenn das Schicksal sie direkt zu dem Mörder geführt hätte? Von der anderen Seite des Raumes fing sie Tobias' Blick auf. Er schüttelte leicht mit dem Kopf.

Sie holte tief Luft, um sich zu fassen. Er hatte natürlich Recht. Es wäre ein viel zu großer Zufall. Doch wie viele Künstler gab es in London, die mit Wachs arbeiteten? So groß konnte die Zahl doch gar nicht sein. Emeline hatte ohne zu zögern Mrs Vaughn an die erste Stelle der Liste der fähigsten Künstler gesetzt.

Als hätte Mrs Vaughn Lavinias Gedanken gelesen, sah sie mit einem wissenden Blick Lavinia an und lächelte breit. Lavinia schüttelte das Gefühl des Unbehagens ab. Was um alles in der Welt war nur los mit ihr? Sie ließ es zu, dass sich ihre Gedanken verwirrten. Es war unmöglich, sich diese kleine, fröhliche Frau als Mörderin vorzustellen.

»Wir sind heute zu Ihnen gekommen, um Sie genau darüber zu befragen, Mrs Vaughn«, sagte sie.

»Über künstlerische Einzelheiten?« Mrs Vaughn strahlte. »Wie interessant. Ich liebe nichts mehr, als über meine Kunst zu reden.«

Lavinia legte das Päckchen auf einen Tisch in der Nähe. »Wenn Sie so freundlich sein würden, sich diese Wachsarbeit anzusehen und uns dann vielleicht zu sagen, was Sie über den Künstler wissen, der sie geschaffen hat, wären wir Ihnen sehr dankbar.«

»Die Arbeit ist nicht signiert?« Mrs Vaughn kam näher an den Tisch. »Wie ungewöhnlich.«

»Ich denke, Sie werden verstehen, warum der Künstler sein Werk nicht signiert hat, wenn Sie das Bild sehen«, meinte Tobias ein wenig spöttisch.

Lavinia öffnete das Band, das das Tuch zusammenhielt. Der Stoff fiel zur Seite und enthüllte die unangenehme Szene.

»Oje.« Mrs Vaughn zog eine silberne Brille aus der Schürzentasche und schob sie auf die Nase. Sie nahm den Blick nicht von dem Bild. »Oje.«

Besorgte Falten erschienen auf ihrer Stirn. Sie nahm das Bild hoch und trug es auf die andere Seite des Raumes, wo sie es auf das Klavier stellte. Lavinia folgte ihr. Sie stand hinter Mrs Vaughn und sah, wie die Flammen in dem Kandelaber ein flackerndes Licht über den Miniatur-Ballsaal und die tote Frau in dem grünen Kleid warfen.

»Kann ich davon ausgehen, dass dies keine Szene aus einem Schauspiel oder einem Roman darstellt?«, fragte Mrs Vaughn, ohne den Blick von der Arbeit zu nehmen.

»Sie vermuten richtig.« Tobias trat neben Lavinia. »Wir glauben, dass es eine Drohung sein soll. Wir möchten den Künstler finden, der das Bild geschaffen hat.«

»In der Tat«, flüsterte Mrs Vaughn. »In der Tat. Ich kann verstehen, dass Sie diesen Wunsch haben. Es liegt etwas Böses in dem kleinen Werk. Große Wut. Großer Hass. Wurde es an Sie geschickt, Mrs Lake? Nein, das kann nicht sein. Das Haar ist blond und wird langsam silbern. Sie sind noch eine junge Frau, und Ihr Haar ist recht rot, nicht wahr?«

Tobias warf Lavinias Haar einen rätselhaften Blick zu. »Es ist sehr rot.«

Sie bedachte ihn mit einem bösen Blick. »Es besteht keine Notwendigkeit, persönlich zu werden, Sir.«

»Es war nur eine Feststellung.«

Es war mehr als eine Feststellung, dachte Lavinia. Sie fragte sich, ob Tobias vielleicht einer dieser Männer war, die Frauen mit rotem Haar nicht mochten. Vielleicht glaubte er all den Unsinn über feuriges Temperament und einen schwierigen Charakter.

Mrs Vaughn blickte auf. »Wie ist dieses kleine Bild in Ihre Hände gekommen?«

»Es wurde einer Bekannten auf die Türschwelle gelegt«, erklärte Tobias.

»Wie eigenartig.« Mrs Vaughn zögerte. »Ich muss sagen, das Stück ist sehr elegant modelliert, trotz seiner unangenehmen Botschaft.«

»Haben Sie je eine Arbeit dieser Qualität gesehen?«, fragte Lavinia.

»Abgesehen von meiner eigenen, meinen Sie? Nein.« Mrs Vaughn nahm langsam die Brille wieder ab. »So etwas habe ich noch nie gesehen. Ich besuche die Galerien und Ausstellungen meiner Konkurrenten regelmäßig. Ich würde mich an eine solche Kunstfertigkeit erinnern.«

»Dann nehmen Sie also an, dass der Künstler nicht öffentlich ausstellt?«, fragte Tobias.

Mrs Vaughn runzelte die Stirn. »Das nehme ich nicht an, Sir. Ein Künstler mit einem so ausgeprägten Talent hat sicherlich das Bedürfnis, seine Arbeiten zu zeigen und zu wissen, dass sie geschätzt werden.«

»Sonst kann man wohl auch kaum seinen Lebensunterhalt verdienen«, meinte Lavinia.

Mrs Vaughn schüttelte entschieden den Kopf. »Es ist nicht nur das Geld, Mrs Lake. Wenn der Künstler reich ist, ist das Geld nur nebensächlich.«

Lavinia blickte auf eine der faszinierenden Wachsarbeiten. »Ich verstehe.«

»Es gibt wirklich nicht sehr viele Experten für das Modellieren in Wachs, müssen Sie wissen«, sprach Mrs Vaughn weiter. »Ich fürchte, dass Arbeiten in Wachs immer seltener und von Kunst zu einer Sache der Unterhaltung werden, die hauptsächlich blutrünstige Schuljungen und Lehrjungen anzieht. Ich mache die unangenehmen Vorfälle in Frankreich dafür verantwortlich. All diese Totenmasken, die Madame Tussaud machen musste, nachdem die Guillotine ihre Arbeit getan hatte. Es hat das Publikum auf den Geschmack für eine Kunst gebracht, die den Betrachter das Entsetzen lehrt.«

Als würde ihre eigene Arbeit einem nicht auch einen kalten Schauer über den Rücken laufen lassen, dachte Lavinia. »Wir danken Ihnen sehr für Ihre Aussagen über diese Arbeit.« Sie nahm das Bild und begann es wieder einzuwickeln. »Ich hatte gehofft, dass Sie vielleicht in der Lage sein würden, uns ein paar Hinweise zu geben. Aber wie es scheint, werden wir noch Nachforschungen in anderer Richtung anstellen müssen.«

Mrs Vaughns rundes Gesicht verlor alle Fröhlichkeit. »Sie werden doch hoffentlich vorsichtig sein?«

Tobias' Augen blitzten interessiert auf. »Was wollen Sie damit sagen, Madam?«

Mrs Vaughn sah zu, wie Lavinia einen Knoten in die Kordel machte. »Wer auch immer dieses Bild modelliert hat, hatte offensichtlich die Absicht, die Person zu erschrecken, der er es geschickt hat.«

Lavinia dachte an das nackte Entsetzen, das sie in den Augen von Mrs Dove gesehen hatte. »Wenn das so war, dann kann ich Ihnen versichern, der Künstler hat sein Ziel erreicht.« Mrs Vaughn schürzte die Lippen. »Ich bedaure, dass ich Ihnen den Namen des Künstlers nicht nennen kann, der dieses Bild geschaffen hat. Aber ich kann Ihnen sagen, dass Sie nach jemandem suchen, der von dem Wunsch aufgezehrt wird, Rache zu nehmen oder vielleicht zu bestrafen.

Meiner Erfahrung nach gibt es nur eine Sache, die sich so vollkommen in Hass verwandeln kann.«

Lavinia wurde ganz still. »Und was ist das, Mrs Vaughn?«

»Liebe.« Noch einmal lächelte Mrs Vaughn. Die blitzende Fröhlichkeit kehrte in ihre Augen zurück. »Das ist wirklich das gefährlichste Gefühl, müssen Sie wissen.«

8. Kapitel

»Ich weiß nicht, wie Sie das sehen, Mr March«, erklärte Lavinia, als sie kurze Zeit später durch die Tür ihres Arbeitszimmers schritt, »aber ich brauche dringend etwas, das meine Nerven beruhigt. Mrs Vaughn und ihre Wachsarbeiten haben mir ein höchst unangenehmes Gefühl verursacht.«

Tobias schloss die Tür hinter sich und sah sie an. »Wenigstens einmal, Mrs Lake, stimmen wir vollkommen überein.«

»Ich glaube nicht, dass eine Kanne heißer Tee in diesem Falle etwas bewirken würde. Hier ist etwas Stärkeres nötig.«

Sie ging durch den Raum und öffnete einen Eichenschrank, in dem eine Karaffe aus Kristall stand. Sie war beinahe noch voll.

»Wir haben Glück.« Sie griff nach der Karaffe. »Ich glaube, ich habe eine Medizin für uns gefunden. Wenn Sie sich um das Feuer kümmern würden, Sir, dann werde ich uns beiden ein Glas eingießen.«

»Danke.« Tobias ging zum Kamin hinüber und sank steif auf ein Knie. Sein Gesicht spannte sich an.

Lavinia runzelte die Stirn, die Karaffe mit dem Sherry hielt sie über ein Glas. »Haben Sie sich Ihr Bein verletzt, Sir?«

»Ein kleiner Fehltritt.« Er konzentrierte sich darauf, das Anmachholz zum Brennen zu bringen. »Das Bein ist sehr gut geheilt, doch an Tagen wie diesem werde ich mir ab und an meines Fehlers wieder bewusst.«

»Ihres Fehlers?«

»Bitte machen Sie sich keine Gedanken, Mrs Lake.« Er beendete seine Aufgabe, umklammerte den Kaminsims und zog sich wieder auf die Füße. Als er sich zu ihr umwandte, war sein Gesicht höflich und ausdruckslos. »Ich versichere Ihnen, es ist nichts.«

Es war deutlich, dass er ihr keine weiteren Erklärungen geben wollte, und der Zustand seines Beines ging sie auch eigentlich gar nichts an. Außerdem hatte sie keinen Grund, auch nur das geringste Mitleid mit Tobias March zu haben. Dennoch konnte sie ihre Besorgnis nicht verbergen.

Er musste etwas davon in ihren Augen gelesen haben, denn sein Gesicht verhärtete sich ärgerlich. »Der Sherry wird das Problem schon lösen.«

»Es gibt keinen Grund, mich anzufahren, Sir.« Sie goss auch das zweite Glas voll. »Ich war ganz einfach nur höflich.«

»Zwischen uns beiden, Madam, gibt es keinen Grund für Nettigkeiten. Wir sind Partner, das wissen Sie doch.«

Sie reichte ihm eines der Gläser. »Gibt es eine Regel im Geschäft der privaten Nachforschungen, in der steht, dass Partner nicht höflich miteinander umgehen sollten?«

»Ja.« Er nahm einen großen Schluck aus seinem Glas. »Die habe ich gerade eingeführt.«

»Ich verstehe.«

Auch sie trank einen großen Schluck aus ihrem Glas. Die Wärme des Sherrys hatte einen belebenden Effekt auf ihren Geist und ihre Laune. Wenn der Mann schon nicht höflich sein wollte, dann würde sie sich auch nicht weiter bemühen.

Sie ging zu einem der Sessel vor dem Feuer und sank mit einem Seufzer der Erleichterung hinein. Die Wärme der Flammen vertrieb die feuchte Kälte, die sie nicht verlassen hatte, seit sie aus Mrs Vaughns Galerie gekommen waren.

Tobias setzte sich in den großen Sessel ihr gegenüber,

ohne darauf zu warten, von ihr dazu aufgefordert zu werden. Schweigend saßen sie einander einige Minuten gegenüber und nippten an ihren Gläsern. Tobias begann, sein linkes Bein zu reiben.

Nach einer Weile wurde Lavinia ruhelos.

»Wenn Ihr Bein Ihnen so große Schmerzen bereitet, Sir, dann könnte ich vielleicht den Schmerz mit einer hypnotischen Behandlung ein wenig vertreiben.«

»Mit solchen Gedanken sollten Sie keinen Augenblick spielen«, meinte er. »Ich will Sie nicht beleidigen, Mrs Lake, aber ich habe absolut nicht die Absicht, Ihnen zu erlauben, mich in Trance zu versetzen.«

Sie erstarrte. »Wie Sie wünschen, Sir. Es gibt keinen Grund, unhöflich zu sein.«

Er verzog den Mund. »Verzeihen Sie mir, Madam, aber ich glaube nicht an die so genannten Kräfte des Mesmerismus. Meine Eltern waren beide Wissenschaftler. Sie stimmten den Ergebnissen der öffentlichen Untersuchung zu, die Dr. Franklin und Lavoisier gemacht haben. Die ganze Geschichte, therapeutische Trance mit der Macht des Blickes oder mit Magneten herbeizuführen, ist reiner Unsinn. Demonstrationen dieser Art sind höchstens dazu geeignet, die Leichtgläubigen zu unterhalten.«

»Bah. Diese Forschung ist über dreißig Jahre alt, denken Sie daran, sie stammt aus Paris. Ich würde ihr an Ihrer Stelle nicht zu viel Bedeutung beimessen. Sie werden feststellen, dass diese Untersuchung nicht dazu beigetragen hat, das öffentliche Interesse an animalischem Magnetismus zu mindern.«

»Diese Tatsache ist mir nicht entgangen«, stimmte ihr Tobias zu. »Sie zeugt nicht gerade sehr für die Intelligenz der Öffentlichkeit.«

Wenn sie klug wäre, dann würde sie diese Unterhaltung

jetzt sofort beenden, überlegte Lavinia. Doch sie konnte dem Wunsch nicht widerstehen, noch ein wenig weiterzubohren. »Ihre Eltern waren Wissenschaftler?«

»Mein Vater hat Forschungen in der Elektrizität gemacht, unter anderem. Meine Mutter war sehr damit beschäftigt, Studien der Chemie durchzuführen.«

»Wie interessant. Machen sie beide noch immer Experimente?«

»Sie wurden beide bei einer Explosion in ihrem Labor getötet.«

Sie zog scharf den Atem ein. »Wie schrecklich.«

»Nach allem, was ich ihrem letzten Brief an mich entnehmen konnte, glaube ich, dass sie miteinander arbeiten wollten. Sie entschieden sich, eine Serie von Experimenten zu machen, in denen sie einige flüchtige Chemikalien und einen elektrischen Apparat verbanden. Es stellte sich als eine Katastrophe heraus.«

Lavinia erschauerte. »Gott sei Dank wurden Sie bei dieser Explosion nicht verletzt.«

»Ich war zu der Zeit in Oxford. Ich bin nach Hause gekommen, um sie zu beerdigen.«

»Sind Sie nach ihrem Tod wieder nach Oxford zurückgekehrt?«

»Das war nicht möglich.« Tobias nahm das Glas in beide Hände. »Die Explosion hatte das Haus zerstört, und es war kein Geld mehr da. Meine Eltern hatten all ihre Mittel eingesetzt, um ihr letztes großes Experiment zu finanzieren.«

»Ich verstehe.« Lavinia lehnte den Kopf gegen die Rückenlehne des Sessels. »Das ist eine sehr tragische Geschichte, Sir.«

»Es ist alles vor langer Zeit passiert.« Er nahm noch einen Schluck von dem Sherry und senkte dann das Glas. »Was ist mit Ihren Eltern?«

»Sie wurden nach Amerika eingeladen, um den Mesmerismus zu demonstrieren. Sie nahmen die Einladung an. Das Schiff sank. Alle an Bord kamen um.«

Er biss die Zähne zusammen. »Das tut mir Leid.« Er warf ihr einen Blick zu. »Sie haben gesagt, Sie hätten ihnen bei ihren Demonstrationen geholfen. Wie kam es dann, dass Sie nicht mit ihnen gereist sind?«

»Ich hatte kurz zuvor geheiratet. Der Gentleman, der meine Eltern nach Amerika eingeladen hatte, wollte nicht die Kosten für zwei zusätzliche Passagen übernehmen. John war sowieso nicht sehr begeistert von dem Gedanken. Er war ein Poet, müssen Sie wissen. Er hatte das Gefühl, dass Amerika der Ausübung ernsthafter metaphysischer Betrachtungen nicht gerade förderlich war.«

Tobias nickte. »Mit dieser Annahme hatte er zweifellos Recht. Wann ist Ihr Mann gestorben?«

»Achtzehn Monate nachdem wir geheiratet haben. Ein Fieber hat ihn dahingerafft.«

»Mein Beileid.«

»Danke.«

In den beinahe zehn Jahren seit seinem Tod hatten die süßen, sanften Erinnerungen, die sie an John hatte, die nebelhafte Qualität eines alten Traumes angenommen, überlegte Lavinia.

»Verzeihen Sie mir meine Frage«, sagte Tobias. »Aber hat Ihr Ehemann auch etwas von seiner Poesie veröffentlicht?«

Sie seufzte. »Nein. Seine Arbeit war allerdings sehr brillant.«

»Natürlich.«

»Aber wie das oft der Fall ist bei einem poetischen Genie, so blieb er ungeschätzt.«

»Ich habe gehört, dass es oft so ist.« Er hielt inne. »Darf ich fragen, wie Sie finanziell überlebt haben? Hatte Ihr Ehemann noch eine andere Einkommensquelle?«

»Während unserer Ehe habe ich für den Lebensunterhalt gesorgt, indem ich mesmerische Behandlungen gegeben habe. Nach Johns Tod habe ich noch zwei Jahre in diesem Beruf gearbeitet.«

»Warum haben Sie damit aufgehört?«

Lavinia nahm einen Schluck von ihrem Sherry und senkte dann das Glas. »Es hat einen unglücklichen Zwischenfall in einem kleinen Dorf im Norden gegeben.«

»Was für einen Zwischenfall?«

»Darüber möchte ich lieber nicht reden. Es genügt, wenn ich sage, dass ich es für besser hielt, einen anderen Beruf auszuüben.«

»Ich verstehe. Seit wann lebt Emeline bei Ihnen?«

»Seit ihre Eltern vor sechs Jahren bei einem Kutschunglück umgekommen sind.« Es war an der Zeit, das Thema zu wechseln, dachte Lavinia. »Emeline hat gesagt, dass wir, nachdem wir die Wachsarbeiten von Mrs Vaughn gesehen haben, verstehen würden, warum sie nicht so viele Aufträge für ihre Skulpturen erhält. Ich denke, ich weiß jetzt, was sie damit gemeint hat.«

»In der Tat.«

»Es mag so etwas geben wie eine Kunst, die zu lebensecht ist. Ich fand ihre Statuen ...« Sie zögerte und suchte nach dem richtigen Wort. »Beunruhigend.«

»Vielleicht ist es das Wachs.« Tobias betrachtete den restlichen Sherry in seinem Glas mit einem nachdenklichen Blick. »Das Material ist bei weitem nicht so kalt wie Stein oder Ton. Und es bietet auch kein zweidimensionales Bild wie bei der Malerei. Nichts sieht dem menschlichen Fleisch ähnlicher, wenn es modelliert und richtig bemalt worden ist.«

»Haben Sie bemerkt, dass Mrs Vaughn so weit gegangen ist, echtes Haar auf den Händen und bei den Augenbrauen und Wimpern zu benutzen?«

»Ja.«

»Ihre Arbeit ist außergewöhnlich, aber ich möchte keine ihrer Figuren hier sitzen haben.« Lavinia erschauerte. »Es ist eine Sache, ein Porträt seines Großvaters über dem Kamin hängen zu haben. Eine ganz andere Sache ist es dagegen, ein lebensgroßes, dreidimensionales Bild von ihm auf einem Stuhl in seinem Arbeitszimmer sitzen zu haben.«

»In der Tat.« Tobias blickte nachdenklich ins Feuer.

Die Flammen flackerten, und wieder herrschte Schweigen. Nach einer Weile stand Lavinia auf und holte die Karaffe mit dem Sherry aus dem Schrank. Sie füllte die beiden Gläser noch einmal auf und setzte sich dann wieder. Diesmal ließ sie die Karaffe auf dem Tisch neben ihrem Sessel stehen.

Sie dachte darüber nach, wie es war, Tobias hier in ihrem Arbeitszimmer zu haben. Sie hatten keinerlei Gemeinsamkeiten, sagte sie sich. Es sei denn, man dachte an einen mörderischen Erpresser, ein vermisstes Tagebuch und eine geschäftliche Verbindung, die irgendwann enden würde.

Es war schwierig, diese Dinge *nicht* in Betracht zu ziehen, stellte sie fest.

Nach einer Weile streckte Tobias sein linkes Bein aus, um etwas bequemer zu sitzen.

»Ich würde vorschlagen, dass wir uns wieder unserem dringendsten Problem zuwenden«, meinte er. »Ich habe darüber nachgedacht, wie wir weiter vorgehen sollten. Mir scheint, dass Mrs Vaughn sich heute als nicht gerade hilfreich erwiesen hat. All dieses Gerede über Liebe, die zu Hass wird, war vollkommen nutzlos.«

»Das bleibt noch abzuwarten.«

»Es hat uns ganz sicher keinerlei Hinweise gegeben. Ich bin gar nicht mehr sicher, ob es sinnvoll ist, die Eigentümer von Wachsmuseen zu befragen.«

»Haben Sie eine bessere Idee?«, fragte Lavinia geradeheraus. Er zögerte. »Ich habe meine Informanten wissen lassen, dass ich für Informationen über das Tagebuch gut zahlen werde. Aber ich muss zugeben, dass ich noch nichts gehört habe.«

»Mit anderen Worten, Sie haben keine bessere Idee, wie wir weiter vorgehen sollen.«

Er trommelte mit den Fingern auf der Armlehne des Sessels. Abrupt stand er auf. »Nein«, sagte er. »Ich habe keine bessere Idee.«

Sie beobachtete ihn vorsichtig. »Dann können wir auch genauso gut noch mit den anderen Museumsbesitzern reden.«

»Ich denke schon.« Er umfasste die Kante des Kaminsimses und sah sie mit einem rätselhaften Ausdruck an. »Aber es wäre wohl besser, wenn ich die restlichen Interviews alleine durchführe.«

»*Was?*« Sie knallte das Sherryglas auf den Tisch und sprang auf die Füße. »Denken Sie nicht einmal daran, allein weiterzumachen, ohne mich, Sir. Davon will ich nichts hören.«

»Lavinia, die Situation wird von Stunde zu Stunde komplizierter und gefährlicher. Mir ist jetzt klar, dass sich die Sache nicht so leicht lösen lässt. Mir gefällt der Gedanke nicht, dass Sie noch tiefer darin verwickelt werden.«

»Ich bin bereits darin verwickelt, Sir. Falls Sie das vergessen haben. Außerdem habe ich eine Klientin, die mir ein Honorar dafür gibt, dass ich Nachforschungen anstelle, und ich war auch eines der Erpresseropfer von Holton Felix.«

»Ich würde mich natürlich mit Ihnen absprechen und würde Ihnen auch Ratschläge geben.«

»Unsinn. Ich weiß, worum es hier geht.« Sie stützte die Hände in die Hüften. »Sie versuchen, mir meine Klientin zu stehlen, nicht wahr?«

»Verdammte Hölle, Lavinia. Ich gebe den Teufel um Ihre

Klientin. Ich versuche doch nur, Sie in Sicherheit zu bringen.«

»Ich bin in der Lage, auf mich selbst aufzupassen, Mr March. In der Tat habe ich das in den letzten Jahren immer sehr erfolgreich geschafft. Ihr Plan ist es, meine Klientin in Ihre Hände zu bekommen, und das werde ich nicht zulassen.«

Er nahm die Hand vom Kaminsims und legte sie sanft unter ihr Kinn. »Sie sind wirklich die störrischste, schwierigste Frau, die mir je begegnet ist.«

»Wenn Sie das sagen, Sir, dann muss ich das als ein Kompliment ansehen.«

Die Wärme seiner Finger machte sie bewegungslos, als sei sie in einer hypnotischen Trance.

Er war ihr viel zu nahe, dachte sie. Sie sollte wirklich einen Schritt zurück machen und einige Entfernung zwischen sie beide bringen. Doch eigenartigerweise konnte sie nicht die Kraft aufbringen, das zu tun.

»Es gibt da etwas, das ich fragen wollte«, sagte er ganz leise.

»Wenn Sie glauben, Sie könnten mir meine Klientin abschwatzen, dann irren Sie sich gewaltig.«

»Meine Frage hat nichts mit Joan Dove zu tun.« Er nahm die Hand nicht von ihrem Kinn. »Ich möchte wissen, ob Sie mich wirklich für das verachten, was in Italien passiert ist.«

Das Kinn wäre ihr heruntergefallen, wenn er es nicht noch immer fest in der Hand gehalten hätte. »Wie bitte, Sir?«

»Sie haben mich richtig verstanden.«

»Ich verstehe nicht, was Sie damit bezwecken wollen«, murmelte sie.

»Das verstehe ich auch nicht.« Er nahm ihr Gesicht in beide Hände. »Verachten Sie mich für die Dinge, die in Rom passiert sind?«

»Sie hätten die Angelegenheit auch in einer weniger verabscheuungswürdigen Art regeln können.«

»Dazu hatte ich keine Zeit. Ich habe Ihnen erklärt, dass ich erst kurz zuvor die Warnung bekommen hatte, dass Carlisle die Absicht hatte, in dieser Nacht zuzuschlagen.«

»Entschuldigungen, Sir. Nichts als Entschuldigungen.«

»*Verachten* Sie mich dafür?«

Sie hob beide Hände. »Nein. Ich verachte Sie nicht. Allerdings glaube ich, dass Sie die Dinge auf etwas anständigere Art hätten regeln können, aber ich sehe, dass gute Manieren nicht gerade Ihre Stärke sind.«

Er strich mit dem Daumen über ihre Unterlippe. »Sagen Sie mir noch einmal, dass Sie mich nicht verachten.«

»Oh, also gut. Ich verachte Sie nicht, Sir. Mir ist klar, dass Sie in dieser Nacht in Rom überreizt waren.«

»Überreizt?«

Sie fühlte sich noch immer ein wenig schwindelig. Zu viel Sherry auf einen leeren Magen, zweifellos. Sie leckte sich über die Lippen.

»Mir ist klar, dass Sie auf Ihre eigene verrückte Art entschieden hatten, dass Emeline und ich irgendwie in Gefahr waren. Ich nehme an, dass Sie damals in einem Ausnahmezustand waren«, versicherte sie ihm.

»Und was ist mit meinem Zustand jetzt in diesem Augenblick?«

»Wie bitte?«

»Ich muss heute Nachmittag genauso verrückt sein wie in dieser Nacht in Italien.« Er beugte sich näher zu ihr. »Aber aus vollkommen anderen Gründen.«

Seine Lippen schlossen sich über ihren.

Sie hätte wirklich den Schritt zurück machen sollen, überlegte sie. Doch jetzt war es dafür zu spät.

Seine starken Hände schlossen sich fester um ihr Gesicht.

Der Kuss schien in ihren Sinnen zu explodieren. Er vertiefte ihn noch. Eindringliche Gefühle ergriffen von ihr Besitz. Sie konnte kaum noch stehen. Es war, als wäre sie eine Wachsskulptur, die zu nahe ans Feuer gestellt worden war. Etwas in ihrem Inneren drohte zu schmelzen. Um sich aufrecht zu halten, war sie gezwungen, die Finger in seine Schultern zu krallen.

Als er fühlte, wie sie sich an ihn klammerte, stöhnte er auf und zog sie in seine Arme, so fest, dass ihre Brüste gegen seinen Oberkörper gedrückt wurden.

»Gott helfe mir, ich weiß nicht warum, aber den Wunsch, dies hier zu tun, habe ich schon seit Italien«, murmelte er an ihrem Mund.

Die Worte waren wohl kaum poetisch, dachte Lavinia. Aber aus irgendeinem Grund fand sie sie unerträglich erregend. Sie war benommen von der heftigen Macht der Gefühle, die sie in sich fühlte.

»Das ist Wahnsinn.« Sie wäre gefallen, hätte sie sich nicht an ihn geklammert. »Vollkommener Wahnsinn.«

»Ja.« Er vergrub die Finger in ihrem Haar und bog ihren Kopf zurück, damit er an ihrem Ohrläppchen knabbern konnte.

»Aber wir waren uns ja einig, dass wir wahrscheinlich verrückt sind.«

Sie keuchte auf, als sie fühlte, dass er ihren Hals küsste. »Nein, nein, ich glaube, es ist der Sherry.«

»Es ist nicht der Sherry.« Er schob sein Knie zwischen ihre Schenkel.

»Es muss der Sherry sein.« Sie zitterte unter der Woge des wilden Verlangens, das sie in ihm fühlte. »Wir werden es zweifellos beide bedauern, wenn wir uns von der Wirkung des Weines erholt haben.«

»Es ist nicht der Sherry«, widersprach er noch einmal.

»Doch, natürlich ist er das. Was sonst ... autsch.« Sie wich zurück, als sich seine Zähne vorsichtig und doch entschlossen in ihr Ohrläppchen gruben. »Gütiger Himmel, Sir. Was tun Sie denn da?«

»Es ist nicht der verdammte Sherry.«

Sie war jetzt recht atemlos. »Ich kann mir keinen anderen Grund dafür vorstellen, dass wir uns auf eine so eigenartige Weise benehmen. Es ist doch nicht so, als würden wir einander wirklich mögen.«

Er hob abrupt den Kopf. In seinen Augen kämpfte der Ärger mit einem anderen, hitzigeren Gefühl.

»Müssen Sie denn über jeden verdammten Punkt argumentieren, Lavinia?«

Endlich machte sie den Schritt zurück, den sie schon vor ein paar Minuten hätte machen sollen. Sie bemühte sich, wieder zu Atem zu kommen. Sie fühlte, dass einige Haarsträhnen in ihrem Nacken hingen. Ihr Schultertuch war verrutscht.

»Mir scheint, Sir, dass Sie und ich diese Sache nicht in einer höflichen und zivilen Art tun können«, murmelte sie.

»*Diese Sache?* So nennen Sie das, was gerade zwischen uns geschehen ist?«

»Nun?« Sie steckte eine Haarnadel zurück in ihr Haar. »Wie würden Sie das denn nennen?«

»In einigen Gegenden ist es als Leidenschaft bekannt.«

Leidenschaft. Dieses Wort nahm ihr noch einmal den Atem.

Und dann setzte die Wirklichkeit ein.

»Leidenschaft?« Sie warf ihm einen wütenden Blick zu.

»*Leidenschaft?* Haben Sie etwa geglaubt, Sie könnten mich *verführen,* damit Sie mir meine Klientin stehlen können? Ist es das, worum es hier geht?«

Eine entsetzliche Stille breitete sich im Arbeitszimmer aus.

Einen Augenblick lang glaubte sie, dass er nicht die Absicht hatte, ihr zu antworten. Er betrachtete sie nachdenklich mit einem unergründlichen Blick, eine Ewigkeit lang, so schien es ihr.

Dann endlich bewegte er sich. Er ging zur Tür des Arbeitszimmers und öffnete sie. Auf der Schwelle blieb er einen Augenblick lang stehen.

»Glauben Sie mir, Lavinia«, sagte er, »mir ist niemals der Gedanke gekommen, dass ich Leidenschaft und Verführung benutzen könnte, um Sie irgendwie zu beeinflussen. Sie sind eine Frau, die ihre Geschäfte vor alles andere stellt.«

Er ging hinaus in den Flur und schloss die Tür viel zu leise hinter sich.

Sie lauschte auf seine Schritte auf dem Holzfußboden. Sie konnte sich nicht bewegen, bis sie hörte, dass er das Haus verließ. Als sich die Haustür hinter ihm schloss, hatte sie das Gefühl, aus einer hypnotischen Trance aufzuwachen.

Sie ging zum Fenster und blickte lange Zeit in den vom Regen feuchten Garten.

Tobias hatte in einer Sache Recht gehabt, dachte sie nach einer Weile. Es war nicht der Sherry gewesen.

Der Kuss war ein Fehler, dachte er, als er die Treppe zu seinem Club hinaufging. Was zum Teufel hatte er sich dabei nur gedacht?

Er zuckte zusammen. Das Problem war, dass er überhaupt nicht gedacht hatte. Er hatte zugelassen, dass die brodelnde Mischung aus Zorn, Frustration und Verlangen seinen Verstand ausgeschaltet hatte.

Er warf seinen Hut und seine Handschuhe dem Portier zu und ging dann in den Hauptraum.

Neville saß zusammengesunken in einem Stuhl in der Nähe des Fensters. In einer Hand hielt er ein Glas Claret.

Die Flasche stand in der Nähe. Bei seinem Anblick hielt Tobias inne und fragte sich, ob es zu spät war, wieder zurück auf die Straße zu fliehen. Neville war der letzte Mann, den er heute sehen wollte. Er hatte keine guten Neuigkeiten für ihn, und Neville mochte keine schlechten Neuigkeiten.

Wie auf ein Stichwort hob Neville in diesem Augenblick den Kopf, um noch einen Schluck aus seinem Glas zu nehmen. Er entdeckte Tobias. Seine dunklen Augenbrauen zogen sich verärgert zusammen.

»Da sind Sie ja, March. Ich habe mich schon gefragt, wann Sie endlich auftauchen würden. Ich will mit Ihnen reden.«

Zögernd änderte Tobias seine Richtung und ging durch den Raum zu dem Sessel, der dem von Neville gegenüberstand. »Ein wenig früh, Sie hier zu sehen, Sir«, meinte er. »Sind Sie hergekommen, um dem Regen zu entfliehen?«

Neville verzog den Mund. »Ich bin gekommen, um mich zu stärken.« Er warf einen bedeutungsvollen Blick auf das Glas in seiner Hand. »Ich habe heute Abend eine unangenehme Aufgabe vor mir.«

»Und was ist das für eine Aufgabe?«

»Ich habe mich entschieden, meine Affäre mit Sally zu beenden.« Neville trank den Claret aus. »Sie ist mir zu anspruchsvoll geworden. Das werden sie alle früher oder später, finden Sie nicht auch?«

Tobias musste einen Augenblick lang nachdenken, ehe ihm der Name bekannt vorkam. Dann erinnerte er sich daran, dass Neville ab und zu seine augenblickliche Geliebte erwähnt hatte.

»Ah, ja, Sally.« Er sah, wie vor dem Fenster der Regen auf die Straße rann. »Nach allem, was Sie mir von ihr erzählt haben, würde ich denken, dass ein paar hübsche Schmuckstücke die zerzausten Federn wieder glätten.«

Neville schnaufte verächtlich. »Es werden einige sehr

hübsche, sehr teure Schmuckstücke sein müssen, die sie davon überzeugen, die Sache ohne eine hässliche Szene zu beenden. Sie ist ein gieriges kleines Ding.«

Neugier brachte Tobias dazu, von dem Regen wegzusehen, um Nevilles Gesichtsausdruck zu betrachten. »Warum wollen Sie die Verbindung denn beenden? Ich dachte, Sie würden Sallys Gesellschaft genießen.«

»Oh, sie ist ein sehr charmantes Wesen.« Neville zwinkerte ihm zu. »Sehr energiegeladen und äußerst kreativ, wenn Sie wissen, was ich meine.«

»Ich glaube, Sie haben diese Eigenschaften bei Gelegenheit erwähnt.«

»Leider fordert all diese Energie und die Kreativität ihren Preis von einem Mann.« Neville seufzte schwer. »Ich hasse es, das zuzugeben, aber ich bin nicht mehr so jung, wie ich einmal war. Zusätzlich dazu sind ihre Forderungen nach Juwelen in letzter Zeit immer ausgedehnter geworden. Ich habe ihr im letzten Monat ein paar Ohrringe geschenkt, und sie hatte doch wahrhaftig die Nerven, mir zu sagen, dass die Steine zu klein seien.«

Sally ist ein Profi, dachte Tobias. Sie hatte zweifellos geahnt, dass Neville langsam ruhelos wurde. Da sie wusste, dass die Affäre zu Ende ging, arbeitete sie schnell, um noch so viel wie möglich aus ihrem Bewunderer herauszuholen, ehe er sie beiseite warf.

Tobias lächelte ohne Humor. »Eine Frau wie Sally muss schon lange vorplanen, für den Zeitpunkt, an dem sie sich zur Ruhe setzen kann. Für Damen der Halbwelt gibt es keine Pension.«

»Sie kann zurück in das Bordell gehen, in dem ich sie gefunden habe.« Neville zögerte, dann zogen sich seine Augen zusammen. »Vielleicht sind Sie daran interessiert, meinen Platz einzunehmen? Sally wird nach dem heutigen Abend wieder einen neuen Beschützer suchen, und ich kann persönlich für ihr Geschick im Schlafzimmer garantieren.«

Tobias war nicht daran interessiert, die Geliebte eines anderen Mannes zu erben, selbst wenn sie voller Energie und kreativ war. Auf jeden Fall zweifelte er daran, dass Sally lange allein bleiben würde. Nach den Bemerkungen zu urteilen, die Neville in den letzten Wochen über sie gemacht hatte, war sie ein kluges Mädchen.

»So wie das klingt, werde ich sie mir nicht leisten können«, erklärte Tobias ein wenig spöttisch.

»Sie ist erste Klasse, doch ist sie nicht so teuer wie diese Erfolgstypen.« Neville trank sein Glas leer und stellte es dann ab. »Verzeihen Sie mir, March. Ich wollte Sie nicht langweilen. Mich interessiert viel mehr, welche Fortschritte Sie gemacht haben. Gibt es irgendwelche Neuigkeiten über dieses verdammte Tagebuch?«

Tobias wählte seine Worte sorgfältig. Seiner Erfahrung nach reagierten Klienten immer sehr gut auf Ausdrücke vom Jagen und Fischen.

»So viel kann ich Ihnen sagen«, begann er. »Ich habe die Spur aufgenommen, und der Geruch wird stärker.«

Eine fieberhafte Erregung trat in Nevilles Augen. »Was soll das heißen? Was haben Sie erfahren?«

»Es wäre mir lieber, zu diesem Zeitpunkt nicht deutlicher zu werden. Aber ich kann sagen, dass ich mehrere Angeln im Wasser habe und dass es erste Versuche des Anbeißens gegeben hat. Geben Sie mir noch ein paar Tage Zeit, dann bin ich sicher in der Lage, den Fang an Land zu ziehen.«

»Teufel, Mann, warum dauert das so lange? Wir müssen dieses verdammte Tagebuch finden, und zwar sehr bald.«

Jetzt war es an der Zeit, ein kalkuliertes Risiko einzugehen, dachte Tobias.

»Wenn Sie mit meinen Bemühungen nicht zufrieden sind,

Sir, dann stelle ich Ihnen frei, jemand anderen einzustellen, der diese Nachforschungen für Sie anstellen kann.«

Neville presste die Lippen zusammen. »Es gibt keinen anderen, dem ich zutraue, diese Sache mit absoluter Diskretion zu behandeln. Das wissen Sie genauso gut wie ich.«

Tobias ließ den Atem entweichen, er hatte gar nicht bemerkt, dass er die Luft angehalten hatte. »Beruhigen Sie sich, Sir. Ich werde schon sehr bald Neuigkeiten für Sie haben.«

»Ich hoffe, dass das der Fall sein wird.« Neville stellte sein leeres Glas beiseite und stand aus dem Sessel auf. »Leider muss ich jetzt gehen. Ich muss heute Nachmittag noch einen Besuch beim Juwelier machen.«

»Sallys Abschiedsgeschenk?«

»In der Tat. Eine hübsche Halskette, wenn ich das sagen darf. Sie hat mich eine ganze Stange Geld gekostet, aber ich nehme an, man muss für seine Freuden auch bezahlen, wie? Ich habe dem Juwelier gesagt, dass ich sie heute abholen komme und auch gleich bezahlen werde. Ich möchte auf keinen Fall das Risiko eingehen, zu spät zu kommen.«

»Wieso ist das ein Risiko?«

»Barton hat mir erzählt, er hätte im letzten Monat im gleichen Geschäft eine Saphirbrosche für seine Geliebte bestellt. Er hat das Stück nicht rechtzeitig bezahlt. Der Juwelier hat die Brosche an sein Stadthaus geschickt, wo es Lady Barton ausgeliefert wurde anstatt seiner süßen freizügigen Geliebten.«

Tobias hätte beinahe gelächelt. »Ganz zufällig natürlich.«

»Das hat der Juwelier behauptet.« Neville erschauerte. »Dennoch habe ich nicht die Absicht, ein Risiko einzugehen. Einen guten Tag wünsche ich Ihnen, March. Schicken Sie sofort eine Nachricht, wenn Sie Informationen über das Tagebuch bekommen. Mir ist es ganz gleichgültig, zu welcher Tages- oder Nachtzeit ich von Ihnen höre.«

»Ich verstehe.«

Neville nickte und ging zum Ausgang des Clubs.

Tobias blieb noch eine Weile sitzen und betrachtete die Kutschen auf der nassen Straße. Das trübe Wetter draußen schien durch die Fensterscheiben in den Raum einzudringen und hüllte ihn in seinen grauen Nebel ein.

Es wäre nett zu denken, dass eine Geliebte die Lösung für seine Ruhelosigkeit wäre, die ihn immer dann überfiel, wenn er über Lavinia Lake nachdachte. Doch er kannte die Wahrheit. Der Kuss am heutigen Nachmittag hatte seine schlimmsten Ängste bestätigt. Ein bequemes Bett und eine willige Frau, deren Leidenschaft gekauft war, würden nicht genügen, um die quälende Sehnsucht zu vertreiben.

Nach einer Weile stand er auf und ging in den Kaffeeraum. Auf dem Weg dahin griff er nach einer Zeitung, die jemand auf einem Tisch liegen gelassen hatte.

Crackenburne saß auf seinem üblichen Platz in der Nähe des Kamins. Er blickte nicht von der *Times* auf. »Ich habe gesehen, dass Neville in dem anderen Raum auf Sie gelauert hat. Hat er es geschafft, Sie in die Enge zu treiben?«

»Ja.« Tobias sank in einen Sessel. »Wenn Sie so freundlich wären, wäre es mir lieber, wenn Sie das Vokabular der Jagd nicht anwenden würden. Es erinnert mich an die Unterhaltung, die ich gerade mit Neville hatte.«

»Nun? Was haben Sie ihm für Neuigkeiten berichtet?«

»Ich habe angedeutet, dass sich die Dinge gut entwickeln.«

»Tun sie das?«

»Nein. Aber ich sah keinen Grund, ihm das zu sagen.«

»Hmmm.« Die Zeitung in Crackenburnes Hand raschelte. »Neville war zufrieden mit Ihrem angedeuteten Erfolg?«

»Das glaube ich nicht. Aber glücklicherweise hatte er andere Dinge im Kopf. Heute Abend will er seiner Geliebten mitteilen, dass er ihre Dienste nicht länger braucht. Er ist auf dem Weg, ein Schmuckstück vom Juwelier abzuholen, mit dem er hofft, den Schmerz der Trennung ein wenig lindern zu können.«

»In der Tat.« Crackenburne ließ langsam die Zeitung sinken. In seinen Augen lag ein nachdenklicher Blick. »Wir wollen hoffen, dass sein jüngstes Liebeslicht nicht das gleiche Schicksal ereilt wie das letzte.«

Tobias, der gerade die Zeitung öffnen wollte, hielt mitten in der Bewegung inne. »Was wollen Sie damit sagen?«

»Vor einigen Monaten hat Neville eine andere seiner kleinen Halbweltdamen abgewiesen. Ich glaube, er hatte für sie ein Haus in der Curzon Street gemietet, für beinahe ein ganzes Jahr, ehe er ihre Dienste leid wurde.«

»Und was ist daran so außergewöhnlich? Es ist nicht unüblich für einen Mann von Nevilles Stellung und gesellschaftlichem Stand, dass er sich eine Geliebte hält. Es wäre ungewöhnlicher, wenn er es nicht täte.«

»Das stimmt, aber es ist ein wenig eigenartig, dass die Frau sich in den Fluss stürzt, ein paar Tage nachdem sie beiseite geschoben worden ist.«

»Selbstmord?«

»So sagt man. Offensichtlich hatte er der Frau das Herz gebrochen.«

Tobias faltete langsam die ungelesene Zeitung wieder zusammen und legte sie auf die Armlehne seines Sessels. »Das ist ein wenig schwierig zu verstehen. Neville hat mir bei den verschiedensten Gelegenheiten erzählt, dass er seine Geliebten aus einem Bordell holt. Das sind doch gewerbsmäßige Dirnen.«

»In der Tat.«

»Solche Frauen leisten sich doch normalerweise keine großen Sentimentalitäten. Ich bezweifle, dass sie den Fehler machen würden, sich hoffnungslos in die Männer zu verlieben, die ihre Rechnungen bezahlen.«

»Ich stimme Ihnen da zu.« Crackenburne widmete sich wieder seiner Zeitung. »Dennoch ging das Gerücht vor einigen Monaten, dass seine letzte Geliebte sich das Leben genommen hat.«

9. Kapitel

Am nächsten Nachmittag kam Tobias kurz vor zwei in der Claremont Lane an. Er sprang aus der Mietkutsche, sobald sie anhielt. Seine Finger umklammerten die Tür, als ein heftiger Schmerz durch seinen linken Oberschenkel fuhr. Er holte tief Luft, und der Schmerz ließ ein wenig nach.

Er gewann sein Gleichgewicht wieder und stieg dann die letzte Stufe zur Straße hinunter.

»Wir haben Glück.« Anthony sprang anmutig hinter Tobias aus der Kutsche. »Es hat aufgehört zu regnen.«

Tobias warf einen Blick zu dem bleigrauen Himmel. »Aber nicht lange.«

»Habe ich dir eigentlich schon einmal gesagt, dass eine der Eigenschaften, die ich an dir am meisten bewundere, deine optimistische Natur ist? Du hast ein richtig sonniges Gemüt.«

Tobias würdigte diese Bemerkung keiner Antwort. In Wahrheit hatte er schlechte Laune, und das wusste er auch. Der Grund dafür war nicht der dumpfe Schmerz in seinem Bein. Es war die Ahnung, dass etwas passieren würde, und das beschäftigte ihn.

Er war heute Morgen mit einem eigenartigen Gefühl aufgewacht, das ihn beunruhigte. Ein Mann in seinem Alter und mit seiner Erfahrung sollte seine Gefühle besser unter Kontrolle haben, sagte er sich. Sein Eifer, Lavinia wiederzusehen, passte wohl eher zu einem jungen Mann in Anthonys Alter, der sich auf einen Besuch bei seiner Freundin freute.

Sein Unbehagen wich erst Überraschung und dann offenem Ärger, als er die andere Mietkutsche bemerkte, die auf der Straße vor dem kleinen Haus stand.

Er blieb stehen. »Was zum Teufel hat sie denn jetzt schon wieder vor?«

Anthony grinste. »Wie mir scheint, hat deine neue Geschäftspartnerin für den heutigen Tag ihre eigenen Pläne.«

»Der Teufel soll mich holen, ich habe ihr heute Morgen eine Nachricht geschickt, in der ich ihr gesagt habe, dass ich um zwei Uhr hier sein würde.«

»Vielleicht mag Mrs Lake es nicht, wenn du ihr befiehlst, zu warten, wenn es dir in den Sinn kommt«, meinte Anthony ein wenig zu hilfreich.

»Es war ihre Idee, noch einige andere Wachsmuseen zu besuchen.« Tobias ging auf die Treppe zu. »Wenn sie glaubt, dass ich ihr erlauben werde, die Eigentümer dieser Museen ganz allein zu befragen, dann hat sie sich verdammt noch einmal geirrt.«

Die Tür des Hauses Nummer sieben öffnete sich weit, gerade als Tobias und Anthony die unterste Treppenstufe erreicht hatten.

Lavinia, in ihrem wohl bekannten braunen Wollmantel und Halbstiefeln, erschien an der Tür. Sie wandte der Straße den Rücken zu und sprach mit jemandem im Haus.

»Pass auf, Emeline. Das ist das beste Stück von allen.«

Ohne den Kopf zu wenden, kam Lavinia vorsichtig aus der Tür. Tobias sah, dass sie ein großes Paket in der Hand trug, eingewickelt in Stoff.

Ein paar Sekunden später erschien auch Emeline. Ihr glänzendes dunkles Haar war zum Teil von einer blassblauen Haube verdeckt, die ihr hübsches Gesicht einrahmte. Sie mühte sich mit dem anderen Ende des langen, verhüllten Objektes ab.

»Es ist sehr schwer«, erklärte sie und blickte nach unten, um nicht zu stolpern. »Vielleicht sollten wir lieber eine der anderen verkaufen.«

Anthony zog scharf den Atem ein. Tobias fühlte, wie er neben ihm erstarrte.

Lavinia hatte die beiden Männer am Fuße der Treppe noch immer nicht bemerkt, sie fuhr fort, rückwärts die Treppe hinunterzugehen.

»Keiner der anderen wird uns so viel Geld bringen wie dieser hier«, sagte sie. »Tredlow hat angedeutet, dass er einen Sammler kennt, der eine hübsche Summe für einen Apollo in ausgezeichnetem Zustand bezahlen würde.«

»Ich meine noch immer, dass wir diese Statue nicht verkaufen sollten, nur um für das Geld ein paar Kleider zu kaufen.«

»Du musst die neuen Kleider als eine Art Investition ansehen, Emeline. Ich habe dir das heute doch schon ein paar Mal erklärt. Kein passender junger Mann wird dich bemerken, wenn du in einem alten, unmodernen Kleid ins Theater gehst.«

»Ich habe dir gesagt, dass jeder Mann, der nicht den Mensch hinter dem Kleid sieht, ein Mann ist, von dem ich gar nicht möchte, dass er mich bemerkt.«

»Unsinn. Du weißt sehr gut, dass du ruiniert sein wirst, wenn du zulässt, dass ein Mann den Mensch unter deiner Kleidung sieht, ehe du ordentlich verheiratet bist.«

Emeline lachte.

»Sie ist ein glitzernder Bach, der unter einem sonnigen Himmel tanzt«, flüsterte Anthony.

Tobias stöhnte auf. Er war ganz sicher, dass Anthony nicht Lavinia meinte.

Er sah den beiden Frauen zu, wie sie die Treppe hinunterkamen. Der körperliche Kontrast zwischen Tante und Nichte hätte nicht deutlicher sein können. Emeline war groß, anmutig und von eleganter Gestalt. Lavinia war beträchtlich kleiner und zierlicher in jeder Hinsicht. Es war erstaunlich einfach gewesen, sie in seinen Armen zu halten, so dass ihre Füße den Boden nicht mehr berührt hatten, überlegte er.

»Wo wollen Sie hin?«, fragte Tobias.

Lavinia schrie leise und erschrocken auf und wirbelte dann herum, um ihn anzusehen. Das mumienartige Paket auf ihrem Arm wankte gefährlich. Anthony machte heldenhaft einen Satz nach vorn und fing ihr Ende der Statue auf, ehe sie auf die Treppe fiel.

Lavinia warf Tobias einen bösen Blick zu. »Sehen Sie nur, was Sie beinahe angerichtet hätten! Wenn ich diese Statue hätte fallen lassen, dann wäre das ganz allein Ihre Schuld gewesen.«

»Das ist es doch immer«, antwortete er höflich.

»Mr March.« Emeline lächelte ihn freundlich an. »Wie nett, Sie heute zu sehen.«

»Es ist mir eine Freude, Miss Emeline. Darf ich Ihnen meinen Schwager vorstellen, Anthony Sinclair. Anthony, das ist Miss Emeline und ihre Tante, Mrs Lake. Ich glaube, ich habe die beiden dir gegenüber bereits erwähnt.«

»Angenehm.« Es gelang Anthony, sich zu verbeugen, ohne die Statue fallen zu lassen. »Erlauben Sie mir, Miss Emeline.« Er übernahm die ganze Last der Statue.

»Sie sind aber sehr schnell, Sir.« Emeline strahlte ihn an. »Ich schwöre, der Apollo hätte jetzt eine böse Beule, wenn Sie nicht so schnell gewesen wären.«

»Ich bin immer froh, wenn ich einer Dame behilflich sein kann«, versicherte Anthony ihr.

Er betrachtete Emeline, als stände sie auf einem Sockel und wäre mit Flügeln geschmückt.

Lavinia kam auf Tobias zu. »Sie hätten hier beinahe eine

Katastrophe angerichtet, Sir«, erklärte sie. »Wie können Sie es wagen, sich so von hinten anzuschleichen?«

»Ich habe mich nicht angeschlichen. Ich bin genau um die Zeit hier, die ich in meiner Nachricht heute Morgen angegeben hatte. Sie haben sie doch bekommen, nehme ich an.«

»Ja, ja, ich habe Ihren königlichen Befehl erhalten, Mr March. Aber da Sie sich nicht die Mühe gemacht haben nachzufragen, ob die Zeit Ihres Besuches mir angenehm war, habe ich mir nicht die Mühe gemacht, Ihnen die Nachricht zurückzuschicken, dass mir der Zeitpunkt überhaupt nicht passt.«

Er stand absichtlich so nahe vor ihr, dass er sie überragte. »Wenn ich mich recht erinnere, Madam, waren Sie doch diejenige, die darauf bestanden hat, dass wir zusammen noch weitere Besitzer von Wachsmuseen befragen sollten.«

»Ja, nun ist es allerdings so, dass etwas Wichtigeres dazwischengekommen ist.«

Er beugte sich noch näher zu ihr. »Was ist wichtiger, als mit unserer Untersuchung fortzufahren?«

Sie wich nicht vor ihm zurück. »Nicht weniger als die Zukunft meiner Nichte steht auf dem Spiel, Mr March.«

Emeline verzog das Gesicht. »Das ist eine Übertreibung, in meinen Augen.«

Anthony warf ihr einen besorgten Blick zu. »Was ist geschehen, Miss Emeline? Kann ich Ihnen irgendwie helfen?«

»Das bezweifle ich, Mr Sinclair.« Sie verzog die Nase, als sie ihn ansah. Ihre Augen blitzten vor spöttischer Belustigung. »Apollo muss geopfert werden.«

»Warum?«

»Für Geld natürlich.« Sie lachte leise. »Die Sache ist die, ich bin für morgen Abend in Gesellschaft von Lady Wortham und ihrer Tochter ins Theater eingeladen worden. Tante Lavinia sieht das als eine Gelegenheit, mich vor einigen begehrten Gentlemen zu präsentieren, die, arme Dummköpfe, die sie sind, keine Ahnung davon haben, dass sie ihre Blicke auf sie geworfen hat.«

»Ich verstehe.« Anthonys Gesicht verdüsterte sich.

»Lavinia ist davon überzeugt, dass ein teures, modisches Kleid nötig sein wird, um meine Vorzüge ins beste Licht zu rücken. Sie hat beschlossen, den Apollo zu opfern, um die nötigen Mittel aufzubringen.«

»Verzeihen Sie mir, Miss Emeline«, meinte Anthony mit ernsthafter Galanterie, »aber jeder Mann, der nicht bemerkt, dass Ihr einzigartiger Charme am besten ohne jedes Kleid zum Vorschein kommt, muss ein gottverlassener Idiot sein.«

Es gab eine kurze Pause. Alle sahen Anthony an. Er wurde über und über rot.

»Ich meinte, Ihr Charme wäre, äh, *charmant,* ganz gleich, ob sie nun angekleidet sind oder nicht«, stotterte er.

Niemand sagte ein Wort.

Anthony sah jetzt wirklich geschlagen aus. »Ich wollte damit sagen, Sie würden auch in einer Schürze großartig aussehen, Miss Emeline.«

»Danke«, murmelte sie. Ihre Augen blitzten.

Amthony sah aus, als würde er am liebsten im Boden versinken.

Tobias hatte Mitleid mit ihm. »Nun, wenn es zu Miss Emelines Charme nichts weiter zu sagen gibt, dann schlage ich vor, dass wir zu dem Thema zurückkehren, wie wir die verschiedenen Aufgaben an diesem Nachmittag erledigen wollen. Ich würde vorschlagen, dass Miss Emeline und Lavinia weiter ihre Pläne verfolgen, Apollo zu opfern. Anthony, du und ich, wir werden uns um die Eigentümer der Wachsmuseen kümmern.«

»Sicher«, stimmte ihm Anthony zu.

»Augenblick.« Lavinia stellte sich Tobias in den Weg.

Misstrauen blitzte in ihren Augen auf. »Ich habe nie gesagt, dass ich bei den Befragungen nicht dabei sein möchte.«

Tobias lächelte. »Verzeihen Sie mir, Mrs Lake, aber ich hatte den Eindruck, dass Sie heute wichtigere Dinge vorhaben.«

»Es gibt keinen Grund, warum wir nicht sowohl die Sache mit der Statue als auch die Befragungen erledigen können«, erklärte sie schnell. »Emeline hat vor, heute Nachmittag zusammen mit ihrer Freundin Priscilla Wortham einen Vortrag über ägyptische Antiquitäten anzuhören. Ich habe die Absicht, sie am Institut abzusetzen und dann zu Mr Tredlows Laden weiterzufahren, um mich dort um den Apollo zu kümmern. Wenn das erledigt ist, können Sie und ich mit den Befragungen weitermachen. Wenn wir damit fertig sind, werde ich zurück zum Institut fahren und Emeline abholen.«

Begeisterung blitzte in Anthonys Augen auf. »Es wäre mir eine große Freude, Sie und Ihre Freundin zu dem Vortrag zu begleiten, Miss Emeline. Ich interessiere mich wirklich sehr für ägyptische Antiquitäten.«

»Wirklich, Sir?« Emeline schwebte die Treppe hinunter und ging auf die Kutsche zu. »Haben Sie vielleicht zufällig Mr Mayhews letzten Artikel gelesen?«

»Ja, natürlich.« Anthony ging neben ihr her. »Meiner Meinung nach hat Mayhew einige interessante Tatsachen erwähnt, aber ich glaube nicht, dass er Recht hat mit seiner Deutung der Szenen, die auf den Wänden der Tempel aufgemalt waren, die er untersucht hat.«

»Ich stimme Ihnen zu.« Emeline trat einen Schritt zur Seite, damit er den Apollo in der Kutsche verstauen konnte. »Mir ist auch klar, dass die Hieroglyphen der Schlüssel zu allem sind. Bis jemand sie richtig übersetzen kann, werden wir nie die Bedeutung der Bilder verstehen.«

Anthony beugte sich in die Kutsche, um die Statue auf

dem Boden zurechtzurücken. »Ein richtiges Verständnis des Rosetta-Steines ist unsere einzige Hoffnung.« Seine Stimme klang ein wenig gedämpft, weil er im Inneren der Kutsche stand. »Wie ich höre, macht Mr Young einigen Fortschritt in dieser Hinsicht.«

Lavinia betrachtete das Paar einen Augenblick lang, während sie sich über ägyptische Antiquitäten unterhielten. Ihre Augenbrauen zogen sich zu einer nachdenklichen Linie über ihrer hübschen Nase zusammen.

»Hmm«, war alles, was sie sagte.

»Ich kann für Anthonys Charakter bürgen«, versprach ihr Tobias leise. »Ich versichere Ihnen, Ihre Nichte ist in seiner Gesellschaft sicher.«

Sie räusperte sich. »Ich nehme nicht an, dass er ein Erbe zu erwarten hat? Vielleicht ein Besitz in Yorkshire oder so?«

»Nicht einmal eine kleine Kate in Dorset«, erklärte Tobias mit grimmigem Humor. »Anthonys Finanzen sind in einem ähnlichen Zustand wie die meinen.«

»Und was für ein Zustand ist das?«, fragte sie sehr vorsichtig. »Prekär. Genau wie Sie, Madam, muss auch ich mich darauf verlassen, Klienten zu gewinnen, um meinen Lebensunterhalt zu verdienen. Anthony hilft mir gelegentlich.«

»Ich verstehe.«

»Also«, meinte Tobias. »Sollen wir weitermachen, oder haben Sie die Absicht, hier mitten auf der Straße stehen zu bleiben und mich den Rest des Nachmittags über meine Finanzen auszufragen?«

Lavinia nahm den Blick nicht von Emeline, die noch immer eine lebhafte Unterhaltung mit Anthony führte. Einige Sekunden lang glaubte Tobias sogar, dass sie seine Frage gar nicht gehört hatte. Doch als sie sich zu ihm umwandte, blitzte wieder stahlharte Entschlossenheit in ihren Augen auf.

»Ich möchte keinen Augenblick mehr an Ihre Finanzen

verschwenden, Sir. Sie gehen mich nichts an. Ich muss mir über meine eigenen Finanzen Sorgen machen.«

»Ein sehr hübscher Apollo, Mrs Lake.« Edmund Tredlow tätschelte die harten Steinmuskeln eines wohl gestalteten Oberschenkels. »Sehr hübsch, wirklich. Ich sollte für ihn genauso viel bekommen können wie für die Venus, die Sie im letzten Monat gebracht haben.«

»Der Apollo ist beträchtlich mehr wert als die Venus, Mr Tredlow.« Lavinia ging um die nackte Statue herum und blieb auf der gegenüberliegenden Seite stehen. »Wir wissen das beide. Die Statue ist recht authentisch, und sie befindet sich in einem ausgezeichneten Zustand.«

Tredlow nickte ein paar Mal. Hinter den Brillengläsern leuchteten seine Augen hell. Lavinia wusste, dass er die Situation genoss. Sie konnte das Gleiche von sich selbst nicht behaupten. Zu viel hing von diesem Handel ab.

Tredlow war ein buckliger, zerknitterter kleiner Mann von unbestimmbarem Alter, der altmodische Hosen und nicht gestärkte Kragen trug. Er sah so alt und staubig aus wie die Statuen in seinem Laden. Graues Haar stand wild von seinem kahl werdenden Kopf ab. Sein Bart spross wie eine ungeschnittene Hecke.

»Bitte verstehen Sie mich nicht falsch, meine Liebe.« Tredlow streichelte Apollos Po. »Der Zustand der Statue ist in der Tat sehr gut. Es ist nur so, dass in diesen Tagen keine sehr große Nachfrage besteht. Es wird nicht leicht sein, einen Sammler dafür zu interessieren. Ich werde vielleicht Monate auf diesem Ding sitzen bleiben, ehe ich es verkaufen kann.«

Lavinia biss die Zähne zusammen und lächelte kühl. Es war in Ordnung, wenn Tredlow das Handeln genoss. Für ihn war es ein Spiel und eine geschäftliche Angelegenheit. Aber sie brachte das mühsame Hin und Her ihrer Verhandlungen jedesmal zur Verzweiflung, und die wollte sie unter allen Umständen verbergen.

Tobias betrachtete die Verhandlung von der anderen Seite des staubigen Ladens. Er lehnte lässig an einem Marmorsockel und sah ziemlich gelangweilt aus. Aber sie wusste, dass er voller Interesse jedem Wort ihrer Unterhaltung lauschte. Es machte sie wütend. Immerhin war es zum größten Teil seine Schuld, dass sie gezwungen war, hierher zu kommen und mit Tredlow wie ein Fischweib zu verhandeln.

»Ich möchte Ihre Freundlichkeit und Ihre Großzügigkeit nicht ausnutzen«, erklärte Lavinia aalglatt. »Wenn Sie wirklich glauben, dass Sie nicht in der Lage sein werden, einen Käufer zu finden, der die Großartigkeit dieser Statue zu schätzen weiß, dann werde ich sie wohl besser woanders hinbringen.«

»Ich habe nie gesagt, dass ich sie nicht verkaufen kann, meine Liebe, nur dass es vielleicht eine Weile dauern kann.« Tredlow hielt einen Augenblick inne. »Wenn Sie die Statue in Kommission hier lassen wollen ...«

»Nein, ich habe die Absicht, sie noch heute zu verkaufen.« Sie machte großes Aufhebens davon, ihre Handschuhe zurechtzuzupfen, als wolle sie gehen. »Ich kann es mir wirklich nicht leisten, noch mehr Zeit zu verschwenden. Ich werde zu Prendergast gehen. Vielleicht besitzt er einen anspruchsvolleren Kundenstamm.«

Tredlow winkte mit der Hand ab. »Das wird nicht nötig sein, meine Liebe. Wie ich schon sagte, der Markt für Apollos ist im Augenblick nicht gerade gut, aber unserer langen Bekanntschaft wegen werde ich versuchen, einen Sammler zu finden, der diesen hier akzeptieren wird.«

»Wirklich, Sir, ich möchte Ihnen keine Umstände machen.«

»Das sind wirklich keine Umstände.« Er lächelte sie an.

»Sie und ich, wir haben in den letzten drei Monaten eine ganze Menge Geschäfte miteinander gemacht. Ich bin bereit, einen kleineren Gewinn als üblich mit ihrem Apollo zu akzeptieren, um Ihnen einen Gefallen zu tun, meine Liebe.«

»Ich würde nicht im Traum daran denken, Ihren Gewinn zu schmälern.« Sie machte sich daran, ihre Haube zuzubinden. »In der Tat würde ich es mir nie verzeihen, einen Vorteil aus Ihrer Freundlichkeit zu schlagen, Mr Tredlow.«

Tredlow betrachtete den gut ausgestatteten Apollo mit einem nachdenklichen Gesichtsausdruck. »Wenn ich noch einmal genauer darüber nachdenke, fällt mir, glaube ich, ein Gentleman ein, der für diese Statue eine recht ansehnliche Summe zahlen wird.«

Sie verbarg ihre Erleichterung und bedachte ihn mit einem strahlenden Lächeln. »Ich war sicher, dass Sie den richtigen Sammler kennen würden, Sir. Sie sind wirklich ein Experte auf diesem Gebiet.«

»Ich habe einige Erfahrungen gesammelt«, gestand Tredlow bescheiden. »Also, was den Preis betrifft, meine Liebe.«

Es dauerte nicht lange, bis sie sich auf einen angemessenen Preis geeinigt hatten.

Kurz darauf nahm Tobias Lavinias Arm, als sie das Geschäft verließen.

»Gut gemacht«, sagte er.

»Der Betrag, den Tredlow mir für den Apollo gegeben hat, sollte die Kosten für die neuen Kleider decken, die ich bei Madame Francesca bestellt habe.«

»Sie haben gut verhandelt.«

»Ich habe einige Dinge über die hohe Kunst der Verhandlung gelernt, als ich in Italien war.« Sie machte sich nicht die Mühe, ihre Zufriedenheit vor ihm zu verbergen.

»Man sagt, dass Reisen bildet.«

Sie lächelte kühl. »Glücklicherweise konnten Emeline und ich einige unserer besten Stücke retten, in der Nacht, in der Sie unseren Laden zerstört und uns auf die Straße gesetzt haben. Aber ich bedaure noch immer, dass ich die hübsche Urne zurücklassen musste.«

»Ich persönlich fand, dass Sie einen sehr weisen Entschluss getroffen haben, als Sie sich entschieden haben, stattdessen den Apollo mitzunehmen.«

Die Leichenräuber mühten sich um Mitternacht an dem offenen Grab ab. Eine schwach brennende Laterne erhellte die makabre Szene und zeigte die Schaufeln und Seile, die benutzt worden waren, um den neuen Sarg aus dem Boden zu holen. Im Schatten wartete ein Karren.

»Wieder ein gestohlener Körper auf dem Weg zur medizinischen Schule in Schottland«, meinte Tobias fröhlich. »Wie erfrischend ist es doch zu wissen, dass der Lauf der modernen Wissenschaft nicht aufgehalten werden kann.«

Lavinia erschauerte und warf noch einen Blick auf die Figuren in dem Bild. Was die Qualität der Statuen hier in Huggetts Museum betraf, so ähnelte sie der der anderen Museen, die sie an diesem Nachmittag besucht hatten. Die Künstler hatten sich auf Schals, Hüte und fließende Umhänge verlassen, um die schlechte Modellierung der Gesichtszüge zu verbergen. Der entsetzliche Eindruck wurde hauptsächlich durch den sehr realistisch aussehenden Sarg und die unheimliche Beleuchtung vermittelt.

»Ich muss sagen, die Ausstellungsstücke hier sind sehr viel melodramatischer als die anderen«, meinte Lavinia.

Sie bemerkte, dass sie nur im Flüsterton gesprochen hatte, warum, wusste sie nicht. Sie und Tobias waren die einzigen Menschen in dem Museum. Aber irgendetwas in der Düsternis und der grausigen Szene beunruhigte sie.

»Huggett hat offensichtlich eine Vorliebe für das Theatralische«, meinte Tobias. Er ging durch den halbdunklen Gang und blieb vor der nächsten beleuchteten Szene stehen. Sie zeigte ein Duell. »Und er scheint eine Vorliebe für Blut zu haben.«

»Da wir gerade von Mr Huggett sprechen, er lässt sich ganz schön Zeit, nicht wahr? Der Kartenverkäufer ist schon vor einigen Minuten zu seinem Büro gegangen, um ihn zu holen.«

»Wir geben ihm noch ein paar Minuten.« Tobias ging zu einer anderen Reihe von Ausstellungsstücken weiter.

Als Lavinia feststellte, dass sie allein war, lief sie hinter ihm her. Sie warf nur einen flüchtigen Blick auf die Szene eines verurteilten Mörders vor dem Galgen, ehe sie um eine Ecke bog und beinahe mit Tobias zusammenstieß.

Sie starrte auf die Todesszene, die seine Aufmerksamkeit erregt hatte. Sie zeigte einen Mann, der in einem Sessel neben einem Kartentisch zusammengesunken war. Der Kopf der Gestalt war nach vorn gefallen, auf eine Art, die nicht nur eine erschreckend genaue Nachahmung des Todes war, sondern die auch den Mangel an Kunstfertigkeit in den Gesichtszügen verbarg. Einer der Arme der Statue war zur Seite gestreckt. Die Gestalt des Mörders stand am Rande der Szene, in der Wachshand hielt er eine Pistole. Einige Spielkarten waren auf dem Teppich verstreut.

Lavinia blickte auf das beschriftete Schild. *Eine Nacht in einer Spielhölle.*

»Etwas sagt mir, dass wir auch hier nicht mehr erfahren werden als in den ersten beiden Museen«, meinte sie.

»Da würde ich Ihnen zustimmen.« Tobias betrachtete das Gesicht des Mörders genau und schüttelte ein wenig den Kopf. »Mrs Vaughn hatte offensichtlich Recht, als sie sagte, dass die meisten Wachsmuseen eher das öffentliche Interesse für entsetzlichen Nervenkitzel befriedigen als den Bedarf nach hoher Kunst.«

Lavinia sah sich nach all den Grauen erregenden Szenen um, die sich in den Schatten verbargen. Grabräuber, Mörder, sterbende Prostituierte und gewalttätige Kriminelle erfüllten den großen Raum. Die Qualität der Kunst war vielleicht nicht hoch, dachte sie, doch der Eigentümer hatte es verstanden, eine Atmosphäre der Furcht zu schaffen. Sie wollte das gegenüber Tobias nicht zugeben, doch dieser Ort ging ihr an die Nerven.

»Ich fürchte, wir verschwenden nur unsere Zeit«, sagte sie.

»Zweifellos.« Tobias ging weiter zu einer Szene, in der ein Mann eine Frau mit einem Schal erdrosselte. »Aber nun sind wir ja einmal hier, und es ist das letzte Museum auf unserer Liste, da können wir auch noch mit Huggett sprechen, ehe wir gehen.«

»Warum sollen wir uns die Mühe machen?« Lavinia ging hinter ihm her. Sie verzog das Gesicht beim Anblick der Szene und warf einen Blick auf das Schild. *Das Erbe.* »Tobias, ich finde wirklich, wir sollten gehen. Sofort.«

Er warf ihr einen eigenartigen Blick zu. Ihr kam der Gedanke, dass sie ihn gerade zum ersten Mal mit seinem Vornamen angesprochen hatte. Sie fühlte, wie ihr plötzlich ganz warm wurde, und sie war dankbar für das schwache Licht.

Es war ja nicht so, als hätten sie noch keinerlei Intimitäten ausgetauscht, dachte sie. Immerhin waren sie ja auch Geschäftspartner. Und dann war da ja auch noch der Kuss in ihrem Arbeitszimmer gestern, obwohl sie sehr angestrengt versuchte, nicht an das leidenschaftliche Zwischenspiel zu denken.

»Was zum Teufel ist nur los mit Ihnen?« Tobias' Augen

blitzten belustigt auf. »Sie wollen doch wohl nicht behaupten, dass diese Ausstellungsstücke Ihnen an die Nerven gehen. Ich hätte nicht geglaubt, dass Sie ein Mensch sind, den dunkle Vorstellungen ausgerechnet in einem Wachsmuseum überfallen.«

Es war der Zorn, der ihr wieder neue Kraft gab. »Meine Nerven befinden sich in einem ausgezeichneten Zustand, danke. Ich bin ganz sicher kein Mensch, der sich durch Ausstellungsstücke wie diese hier beeinflussen lässt.«

»Nein, natürlich sind Sie das nicht.«

»Es ist nur so, dass ich keinen Grund sehe, hier herumzustehen und auf einen unhöflichen Besitzer zu warten, der sich nicht einmal die Zeit nimmt, mit zwei Menschen zu sprechen, die gutes Geld bezahlt haben, um sich eine Eintrittskarte für diese schrecklichen Attraktionen zu kaufen.«

Am Ende eines Ganges kamen sie zu einer schmalen, gewundenen Treppe, die nach oben führte.

»Ich frage mich, was Mr Huggett wohl dort oben zeigt.«

Ein leises Geräusch in der Dunkelheit hinter ihr ließ sie wie angewurzelt stehen bleiben. Eine Stimme zischte kaum hörbar: »Die Ausstellung oben ist nur für Gentlemen.«

Lavinia wirbelte herum und blickte in den halbdunklen Raum.

In dem schwachen, flackernden Licht, das eine Mordszene in der Nähe erhellte, erkannte sie einen großen, skelettdürren Mann.

Die Haut seines Gesichtes spannte sich straff über seinen Knochen. Seine Augen lagen tief. Jeder Anflug von Wärme, der vielleicht früher einmal darin gelegen hatte, war schon vor langer Zeit ausgelöscht worden.

»Ich bin Huggett. Man sagte mir, dass Sie mit mir sprechen möchten.«

»Mr Huggett«, sagte Tobias. »Ich bin March, und dies ist Mrs Lake. Wir sind dankbar, dass Sie Zeit haben, mit uns zu sprechen.«

»Was wollen Sie von mir?«, krächzte Huggett.

»Wir möchten Ihre Meinung über eine ganz bestimmte Wachsarbeit«, erklärte Tobias.

»Wir versuchen, den Künstler zu finden, der sie gemacht hat.« Lavinia hielt ihm die kleine Todesszene hin, die sie aus dem Tuch gewickelt hatte. »Wir haben gehofft, dass Sie vielleicht den Stil oder eine andere Besonderheit der Arbeit erkennen würden.«

Huggett warf einen Blick auf das Bild. Lavinia betrachtete sein totenkopfähnliches Gesicht sorgfältig. Sie war beinahe sicher, dass sie ein schwaches Aufblitzen des Wiedererkennens darin entdeckt hatte, doch schon im nächsten Augenblick war es wieder verschwunden. Als Huggett aufblickte, war sein Gesicht bar jeden Gefühls.

»Ausgezeichnete Arbeit«, krächzte er. »Aber ich glaube nicht, dass ich den Künstler kenne.«

»Die Art der Darstellung würde in Ihr Museum passen«, meinte Tobias.

Huggett deutete mit knochigen Fingern in den Raum. »Wie Sie sehen, stelle ich lebensgroße Statuen aus, keine kleinen Bilder.«

»Wenn Ihnen der Name noch einfallen sollte, nachdem wir weg sind, bitte schicken Sie mir doch eine Nachricht an diese Adresse.« Tobias reichte Huggett eine Karte. »Ich kann Ihnen versichern, es wird Ihr Schaden nicht sein.«

Huggett zögerte, doch dann nahm er die Karte. »Wer wäre bereit, für eine solche Information zu zahlen?«

»Jemand, der sehr gern die Bekanntschaft des Künstlers machen würde«, antwortete Tobias.

»Ich verstehe.« Huggett zog sich in sich selbst zurück und

verschwand dann in der Dunkelheit. »Ich werde über die Sache nachdenken«, versprach er noch.

Lavinia machte einen Schritt nach vorn. »Mr Huggett, noch eine Sache, wenn Sie nichts dagegen haben. Sie haben noch nicht erklärt, was es mit der Ausstellung oben auf sich hat. Was für Ausstellungsstücke zeigen Sie dort?«

»Ich sagte Ihnen doch, nur Gentlemen ist der Zugang erlaubt«, flüsterte Huggett. »Die Ausstellungsstücke oben sind für eine Dame nicht angemessen.«

Er verschwand in den Schatten, ehe sie noch weitere Fragen stellen konnte.

Lavinia warf einen Blick zu der Treppe. »Was glauben Sie, was er dort oben zeigt?«

»Ich denke, wenn Sie diese Treppe hinaufgehen«, meinte Tobias, »dann werden Sie eine Ausstellung nackter Wachsfiguren in erotischen Aktszenen sehen.«

Lavinia blinzelte. »Oh.« Sie warf noch einen Blick zu der Treppe und ließ sich dann von Tobias zur Tür führen.

»Er weiß etwas über unsere kleine Wachsarbeit«, erklärte sie leise. »Ich habe gemerkt, dass er die Art der Arbeit wiedererkannt hat, an der Art, wie er darauf reagierte.«

»Da könnten Sie Recht haben.« Tobias führte sie durch die Tür. »Seine Reaktion hatte etwas Eigenartiges.«

Sie lächelte erleichtert, als sie in den leichten Regen hinaustraten. Die Mietkutsche, mit der sie gekommen waren, stand noch auf der Straße.

»Gott sei Dank hat der Kutscher auf uns gewartet«, meinte sie fröhlich. »Ich möchte nicht den ganzen Weg nach Hause im Regen gehen.«

»Ich auch nicht.«

»Das war ein sehr erfolgreicher Nachmittag, nicht wahr? Ich glaube, ich habe gesagt, dass es sehr nützlich sein würde, die Leute zu befragen, die sich mit dem Stil der verschiedenen Künstler auskennen. Dank meiner Anregung haben wir wenigstens endlich eine Spur gefunden. Es ist Zeit, in die Hörner zu stoßen.«

»Wenn Sie nichts dagegen haben, würde ich lieber auf die unnötigen Metaphern der Jagd verzichten.« Tobias öffnete die Tür der Mietkutsche. »Ich finde sie ermüdend.«

»Unsinn.« Lavinia gab ihm ihre Hand und kletterte behände in die Kutsche. »Sie sind nur schlecht gelaunt, weil es meine brillante Idee war, die uns weitergeführt hat. Geben Sie es zu, Sir. Sie ärgern sich, weil keine Ihrer Angeln erfolgreich ausgelegt war.«

»Die Sprache der Fischer gefällt mir auch nicht.« Er umfasste die Türkante und zog sich in die Kutsche. »Wenn ich heute in einer unfreundlichen Laune bin, dann deshalb, weil es noch so viele unbeantwortete Fragen gibt.«

»Seien Sie ein wenig fröhlicher, Sir. Dem Aufblitzen in Huggetts Augen nach zu urteilen, erwarte ich, dass wir schon bald Neuigkeiten bekommen werden.«

Tobias betrachtete das hölzerne Schild über der Tür zu Huggetts Museum, als die Kutsche losfuhr. »Das Aufblitzen, das Sie in seinen Augen gesehen haben, war vielleicht gar kein Anflug von Interesse an unserem Geld.«

»Was sollte es denn sonst gewesen sein?«

»Angst.«

10. Kapitel

Der Ledereinband war aufgeplatzt und von den Flammen verkohlt. Die meisten der Seiten waren verbrannt. Doch es waren noch genügend Fetzen in der Asche übrig, um Tobias ohne jeglichen Zweifel davon zu überzeugen, dass er die Überreste des Tagebuches vor sich hatte.

»Verdammte Hölle.«

Er stocherte mit einem Feuerhaken in der Asche. Sie war kalt. Wer auch immer dieses Ding verbrannt hatte, hatte reichlich Zeit vergehen lassen, bis die Funken erloschen waren, ehe er die Botschaft geschickt hatte.

Er blickte sich in dem kleinen Zimmer um. Es war offensichtlich, dass hier niemand ständig lebte, doch es lag genügend Unrat herum, um die Vermutung nahe zu legen, dass dieser Raum ab und zu von den Menschen genutzt wurde, die auf der Straße lebten. Er fragte sich, ob das Buch wohl woanders verbrannt und dann hierher gebracht worden war, um es in diesen Kamin zu legen.

Er wusste nicht, wer ihm die Nachricht geschickt hatte. Er zweifelte daran, dass es einer seiner üblichen Informanten war, denn niemand war gekommen, um die Belohnung zu fordern, die er für diese Information ausgesetzt hatte.

Es gab jedoch jemanden, der wollte, dass er dieses Tagebuch heute Abend hier fand.

Glücklicherweise war er in seinem Club gewesen, als die Nachricht dort angekommen war. Er war sofort losgefahren, äußerst dankbar dafür, dass das schlechte Wetter und die späte Stunde ein guter Vorwand waren, Lavinia nicht zu benachrichtigen. Sie würde zweifellos wütend sein, wenn er sie aufweckte, um ihr zu erzählen, was er gefunden hatte, doch sie würde akzeptieren müssen, dass Zeit in diesem Fall sehr wichtig gewesen war.

Er sah sich suchend nach etwas um, worin er die Überreste des verbrannten Tagebuches mitnehmen konnte, und entdeckte einen alten leeren Sack in einer Ecke des Raumes.

Es dauerte nicht lange, die Überreste des gefährlichen kleinen Tagebuches zusammenzusuchen.

Als er fertig war, löschte er den Kerzenstummel, den er in dem Zimmer gefunden hatte. Er hob den Sack auf und ging zum Fenster. Es gab keinen Grund, irgendwelche Schwierigkeiten zu erwarten. Immerhin hatte sich jemand viel Mühe gegeben, um sicherzugehen, dass er das Tagebuch heute Abend fand. Doch auch andere Menschen suchten nach dem Tagebuch, vielleicht sollte er doch gewisse Vorkehrungen treffen.

Der Regen, der den ganzen Abend über gefallen war, hatte die schmale Straße in einen flachen Bach verwandelt. Der schwache Schein einer Laterne fiel aus einem Fenster auf der anderen Straßenseite. Das Licht half nur wenig, die Dunkelheit zu vertreiben.

Er beobachtete eine Weile die Schatten auf der Straße und wartete, ob einer davon sich bewegte. Nach einer Weile war er sicher, dass niemand den Eingang beobachtete, den er zuvor benutzt hatte.

Er zog seinen Mantel aus, knotete den Sack zusammen und warf ihn über die Schulter. Zufrieden, dass seine Last trocken bleiben würde, zog er den Mantel wieder an und verließ das kleine Zimmer. Niemand war auf der Treppe zu sehen. Er ging in den kleinen Flur hinunter und trat dann auf die Steintreppe vor dem Haus.

Er wartete noch einen Augenblick im Schatten des Hauseinganges. Nichts bewegte sich.

Er biss die Zähne zusammen, dann trat er in das flache, schmutzige Wasser, das über die Straße rann. Die Pflastersteine waren überraschend glitschig. Seinem linken Bein konnte er unter solchen Umständen nicht trauen. Er legte eine Hand gegen die Mauer, um sich festzuhalten.

Öliges Wasser rann über die Stiefel, die Whitby mit so großer Mühe auf Hochglanz poliert hatte. Es wäre nicht das erste Mal, dass er Schuhe retten musste, die Tobias schlecht behandelt hatte.

Vorsichtig ging er bis zum Ende der Straße. Er hoffte, dass die Mietkutsche, die ihn hierher gebracht hatte, noch in der nächsten Straße wartete, denn in einer solchen Nacht würde er keine andere Kutsche finden.

Auf halbem Weg zu seinem Ziel fühlte er die Anwesenheit eines anderen Menschen auf der Straße. Er machte noch einen Schritt, stützte sich mit seiner linken Hand an der Mauer ab und wirbelte dann plötzlich herum.

Die Silhouette eines Mannes in einem schweren Mantel und einem Hut war deutlich zu sehen. Der Anblick kam ihm sehr bekannt vor. Tobias war ziemlich sicher, dass er genau diesen Mantel und diesen Hut heute Abend schon einmal vor seinem Club gesehen hatte.

Der Mann in dem schweren Mantel erstarrte, als Tobias stehen geblieben war. Die Gestalt wirbelte herum und floh in die entgegengesetzte Richtung. Wasser spritzte unter seinen Füßen auf. Das Geräusch war in der ganzen Straße zu hören. »Verdammte Hölle.«

Tobias stieß sich von der Wand ab und nahm die Verfolgung auf. Schmerz brannte in seinem Bein. Er biss die Zähne zusammen und versuchte, ihn zu ignorieren.

Ich verschwende meine Zeit, dachte er, als er versuchte,

die Balance zu halten. Mit dem verwundeten Bein hatte er nicht den Hauch einer Chance, den fliehenden Mann noch zu erreichen. Er konnte von Glück sagen, wenn er nicht mit dem Gesicht in das schmutzige Wasser fallen würde.

Seine Stiefel rutschten auf den feuchten Steinen, doch irgendwie gelang es ihm, auf den Beinen zu bleiben. Zwei Mal streckte er die Hand noch gerade rechtzeitig aus, um sich zu halten.

Doch auch der fliehende Mann hatte Schwierigkeiten. Er rutschte aus und wedelte mit den Armen. Sein Mantel flatterte, als er versuchte, sich auf den Beinen zu halten. Etwas, das er in der Hand gehalten hatte, klirrte, als es auf die Straße fiel. Glas zersplitterte. Eine unangezündete Laterne, dachte Tobias.

Der fliehende Mann schlug hart auf der Straße auf. Tobias hatte ihn schon beinahe eingeholt. Er warf sich nach vorn, und es gelang ihm, ein Bein des Mannes zu packen. Er hielt sich daran fest und erhob sich, um mit der Faust zuzuschlagen. Der Schlag wirkte nicht sofort. Der Mann wehrte sich heftig.

»Verhalten Sie sich ruhig, sonst werde ich mein Messer benutzen«, warnte Tobias heftig. Er hatte gar kein Messer bei sich, aber das konnte der Mann nicht wissen.

Tobias hörte ein Stöhnen, dann sank der Mann in das kalte Regenwasser. »Ich habe doch nur getan, was man mir aufgetragen hat, Sir. Ich schwöre es, bei der Ehre meiner Mutter. Ich habe nur Befehle befolgt.«

»Wessen Befehle?«
»Die Befehle meines Auftraggebers.«
»Wer ist Ihr Auftraggeber?«
»Mrs Dove.«

»Ich habe eine Nachricht erhalten.« Joan Dove nahm die zierliche Teekanne aus Porzellan in die Hand. »Ich habe Herbert geschickt, um nachzusehen, worum es ging. Offensichtlich ist er kurz nach Ihnen dort angekommen, Mr March, und hat gesehen, wie Sie das Gebäude verlassen haben. Im Schatten konnte er Sie nicht erkennen. Er versuchte, Ihnen zu folgen. Sie haben ihn entdeckt und haben ihn zu Fall gebracht.«

Lavinia war so wütend, dass sie kaum sprechen konnte. Sie sah zu, wie Joan den Tee eingoss. Sie bewegte sich so anmutig, wie man es von einer reichen, vornehmen Lady erwartete, die am Nachmittag ihre Gäste bediente. Aber es war nicht drei Uhr am Nachmittag. Es war drei Uhr morgens. Sie und Tobias waren nicht hierher gekommen, um ein wenig über die neuesten Skandale der feinen Gesellschaft zu klatschen. Sie waren hier, um Mrs Dove zur Rede zu stellen.

Bis jetzt hatte nur sie geredet. Tobias räkelte sich in einem Sessel, er blickte erstarrt vor sich hin und sagte nur wenig. Lavinia machte sich Sorgen um ihn. Er hatte sich noch die Zeit genommen, um nach Hause zu gehen und sich umzuziehen, ehe er dann vor ihrer Tür gestanden hatte, mit den Überresten des Tagebuches in der Hand. Sie war sicher, dass seine äußerliche Ruhe nur gespielt war. Er hatte heute Nacht eine Menge durchgemacht. Sie wusste, dass sein Bein ihm große Schmerzen verursachte.

»Was stand denn in der Botschaft?«, fragte Tobias.

Joan zögerte fast unmerklich, als sie die Teekanne abstellte. »Es war keine schriftliche Botschaft. Ein junger Kerl von der Straße erschien an meiner Tür und sagte, dass ich das, wonach ich suchte, in der Tartle Lane Nummer siebzehn finden könnte. Ich habe Herbert hingeschickt.«

»Das reicht, Mrs Dove.« Lavinias Zorn kochte über. »Wenn Sie uns schon nicht die Wahrheit sagen können, dann gestehen Sie das doch wenigstens ein.«

Joan presste die Lippen zusammen. »Wieso zweifeln Sie an mir, Mrs Lake?«

»Sie haben gar keine Nachricht bekommen. Sie haben Herbert ausgeschickt, damit er Mr March folgen sollte, ist es nicht so?«

Joans Augen blickten kalt. »Warum sollte ich so etwas tun?«

»Weil Sie gehofft haben, dass Mr March das Tagebuch finden würde, und wenn es so wäre, dann sollte Herbert es ihm stehlen. Ist das nicht die Wahrheit?«

»Wirklich, Mrs Lake. Ich bin es nicht gewohnt, dass man an meinen Worten zweifelt.«

»Wirklich nicht?« Lavinia lächelte kalt. »Wie eigenartig. Mr March glaubt, dass Sie uns von Anfang an belogen haben. Aber ich war bereit, Ihnen Ihre Geschichte zu glauben, wenigstens den größten Teil davon. Doch wie es scheint, haben Sie versucht, uns zu hintergehen, und das ist unerträglich.«

»Ich verstehe gar nicht, warum Sie so wütend sind.« Aus Joans Stimme klang leichter Tadel. »Es ist Mr March doch nichts geschehen heute Nacht.«

»Wir sind nicht Ihre Spielfiguren, die Sie auf Ihrem Spielbrett hin und her bewegen können, Mrs Dove. Wir sind Profis.«

»Ja, natürlich.«

»Mr March hat sein Leben aufs Spiel gesetzt, als er in diese Gasse und in das Gebäude ging. Er hat in Ihrem Auftrag gehandelt. Aber ich bin davon überzeugt, dass Ihr Mann, Herbert, versucht hätte, ihm das Tagebuch mit Gewalt wegzunehmen, wenn er geglaubt hätte, dass Mr March es gefunden hätte.«

»Ich versichere Ihnen, ich hatte nicht den Wunsch, dass Mr March oder sonst irgendwem etwas passierte.« Joans Stimme klang jetzt ein wenig schrill. »Ich habe Herbert nur gesagt, er solle ihn im Auge behalten. Das ist alles.«

»Ich habe es gewusst. Sie haben ihn *wirklich* dazu abgestellt, Mr March zu bespitzeln.«

Joan zögerte. »Es schien mir angemessen zu sein.«

»Bah.« Lavinia reckte die Schultern. »Mr March hat Recht. Sie haben uns von Anfang an belogen, meine Geduld ist am Ende. Wir haben unsere Aufgabe erfüllt, Madam. Hier ist das Tagebuch. Es ist recht unleserlich, wie Sie sehen können, aber wenigstens kann es jetzt keinen Schaden mehr anrichten.« Joan runzelte die Stirn, als sie die verkohlten Überreste des Tagebuches des Kammerdieners betrachtete. Sie lagen auf einer silbernen Platte.

»Aber Sie können mit Ihren Nachforschungen doch jetzt nicht aufhören«, meinte sie. »Wer auch immer dieses Tagebuch verbrannt hat, hat es zweifellos zuerst gelesen.«

»Vielleicht«, stimmte Lavinia ihr zu. »Aber Mr March und mir ist es klar, dass jemand uns mit der Zerstörung des Tagebuches sagen wollte, dass die ganze Geschichte zu Ende ist. Wir nehmen an, dass derjenige ebenfalls ein Opfer von Holton Felix ist, sehr wahrscheinlich die Person, die ihn auch umgebracht hat.«

Tobias warf einen Blick auf die Platte. »Ich glaube, dass er uns mehr mitteilen wollte, nicht nur, dass es keine Erpressungsversuche mehr geben wird.«

»Wie meinen Sie das?«, fragte Joan schnell.

Tobias' nachdenklicher Blick ruhte noch immer auf dem verkohlten Buch. »Ich denke, man will uns dazu bringen, unsere Nachforschungen in dieser Sache aufzugeben.«

»Aber was ist mit der Morddrohung, die ich erhalten habe?«, wollte Joan wissen.

»Das ist jetzt Ihr Problem«, meinte Lavinia. »Vielleicht werden Sie ja jemand anderen finden, der die Angelegenheit für Sie klärt.«

»Ah, Lavinia«, murmelte Tobias.

Sie ignorierte ihn. »Unter diesen Umständen kann ich es nicht zulassen, dass Mr March sich Ihretwegen Risiken aussetzt, Mrs Dove. Ich bin sicher, Sie verstehen das.«

Joan erstarrte. »Alles, was Ihnen wichtig war, war dieses Tagebuch, weil es auch Ihre Geheimnisse enthielt. Jetzt, wo es gefunden worden ist, sind Sie damit zufrieden, mein Geld zu nehmen und die Sache auf sich beruhen zu lassen.«

Wütend sprang Lavinia auf. »*Sie können Ihr verdammtes Geld behalten!*«

Aus den Augenwinkeln sah sie, wie Tobias zusammenzuckte. Sie trat hinter das Sofa und umklammerte die Lehne mit beiden Händen.

»Mr March ist Ihretwegen heute Abend ein großes Risiko eingegangen«, erklärte sie. »Genauso gut hätte er in eine Falle laufen können. Der Killer hätte in diesem Zimmer auf ihn warten können. Ich werde nicht zulassen, dass er eine so gefährliche Arbeit für einen Klienten macht, der uns anlügt.«

»Wie können Sie es wagen? Ich habe Sie nicht angelogen.«

»Nun, aber die ganze Wahrheit haben Sie uns ganz sicher auch nicht gesagt, nicht wahr?«

Joans Gesicht war wutverzerrt. Doch sofort hatte sie sich wieder unter Kontrolle. »Ich habe Ihnen alles gesagt, was Sie meiner Meinung nach wissen mussten.«

»Und dann haben Sie uns bespitzeln lassen. Sie haben Mr March benutzt. Das werde ich nicht zulassen.« Sie wirbelte herum und sah Tobias an. »Es ist Zeit zu gehen, Sir.«

Tobias erhob sich gehorsam aus dem Sessel.

»Es ist schon spät, nicht wahr?«, sagte er gelassen.

»Ja, das ist es.«

Lavinia schwebte aus dem Gesellschaftszimmer und ging durch den Flur zur Eingangstür. Der bullige Butler ließ sie hinaus in die feuchte Nacht.

Lavinia blieb stehen, als sie feststellte, dass die Mietkutsche, die sie hierher gebracht hatte, nicht mehr da war. An ihrer Stelle stand ein glänzender kastanienbrauner Wagen.

»Madam hat Anweisungen gegeben, dass die Mietkutsche weggeschickt werden sollte, da sie wünschte, dass Sie in ihrem Wagen nach Hause fahren«, erklärte der Butler mit unbewegtem Gesicht.

Lavinia dachte an die unangenehme Unterhaltung, die sie gerade in dem Gesellschaftszimmer geführt hatten. Sie bezweifelte, ob Joan Dove noch immer so großzügig gelaunt war.

»Oh, aber wir können doch kaum eine so …«

»Doch, das können wir.« Tobias' Finger schlossen sich um ihren Arm. »Ich denke, Sie haben für einen Abend genug gesagt, Mrs Lake. Sie möchten vielleicht lieber im Regen stehen und versuchen, eine Mietkutsche zu bekommen, doch ich hoffe, Sie werden mir den Gefallen tun. Ich würde viel lieber in Mrs Doves bequemem Wagen fahren, wenn Sie nichts dagegen haben. Es war ein sehr langer Abend.«

Bei dem Gedanken, was er durchgemacht hatte, wurde sie sofort von Reue gepackt.

»Ja, natürlich.« Schnell ging sie die Treppe hinunter. Wenn sie sich beeilten, würden sie in dem Wagen sitzen, ehe Joan sich ihr Angebot noch anders überlegt hatte.

Ein kräftiger Lakai half Lavinia in die elegante Kutsche. Das Licht im Inneren zeigte weiche, kastanienbraune Samtkissen und dicke Decken, um die Kälte zu vertreiben. Sobald sie sich gesetzt hatte, griff sie nach einer der Decken und stellte fest, dass sie mit einer Wärmepfanne vorgewärmt worden war.

Tobias setzte sich neben sie. Seine Bewegungen waren so steif, dass sie sich Sorgen machte. Sie hielt damit inne, die Decke über ihre Knie zu legen, und legte sie stattdessen über Tobias' Beine.

»Danke.« Tiefe Dankbarkeit lag in seiner Stimme.

Sie runzelte die Stirn. »Haben Sie bemerkt, dass Mrs Dove viele sehr große Männer unter ihrem Dienstpersonal hat?«

»Das habe ich bemerkt«, antwortete Tobias. »Es ist fast wie eine kleine Armee.«

»Ja. Ich frage mich, warum sie das für nötig hält ...« Sie hielt inne, als sie sah, dass er die Hand unter die Decke schob und sein Bein zu massieren begann. »Sie haben sich verletzt, als sie Herbert überwältigt haben, nicht wahr?«

»Machen Sie sich keine Gedanken, Mrs Lake.«

»Sie können mir keinen Vorwurf machen, wenn ich mir unter diesen Umständen Sorgen mache.«

»Sie haben Ihre eigenen Sorgen, Madam.« Er schwieg bedeutungsvoll. »Unter diesen Umständen.«

Sie schmiegte sich unter die warme Decke und lehnte sich in die samtenen Kissen. Dann begriff sie, was gerade geschehen war.

»Ich stimme Ihnen zu«, meinte sie bedrückt.

Tobias antwortete ihr nicht.

»Ich glaube, ich habe gerade den wichtigsten Klienten, den ich bisher hatte, zurückgewiesen.«

»Das glaube ich auch, ja. Nicht nur das, Sie haben auch ihr Angebot abgelehnt, Sie für Ihre Dienste zu bezahlen.«

»Es hat doch etwas, wenn ein Klient es sich leisten kann, uns in einer hübschen, komfortablen Equipage nach Hause zu schicken.«

»In der Tat.« Tobias rieb sich das Bein.

Die Stille lag schwer über den beiden.

»Nun«, meinte Lavinia schließlich, »es ist ja nicht so, als hätten wir noch andere Möglichkeiten offen. Wir können doch sicher nicht für einen Klienten arbeiten, der uns wertvolle Informationen vorenthält und Spione hinter uns herschickt.«

»Ich verstehe nicht, warum wir das nicht können«, meinte Tobias.

»Wie bitte?« Sie setzte sich gerade. »Sind Sie verrückt? Sie hätten heute Abend verletzt werden können. Ich bin davon überzeugt, dass Herbert die Absicht hatte, Ihnen mit Gewalt das Tagebuch wegzunehmen.«

»Ich habe keinen Zweifel daran, dass sie Herbert angewiesen hat, mir das Tagebuch wegzunehmen, falls ich es gefunden hätte. Immerhin ist es ihr größter Wunsch, ihre Geheimnisse verborgen zu halten.«

Lavinia dachte darüber nach. »Es ist offensichtlich, dass etwas in diesem Tagebuch steht, was niemand wissen soll, auch wir nicht. Etwas, das wahrscheinlich viel gefährlicher ist als die Einzelheiten einer Affäre, die schon mehr als zwanzig Jahre zurückliegt.«

»Ich habe Sie gewarnt, alle Klienten lügen.«

Sie kuschelte sich wieder unter die Decke und dachte eine Weile über diese Tatsache nach.

»Mir scheint, dass Mrs Dove nicht die Einzige ist, die heute Abend nicht ganz ehrlich war«, murmelte sie schließlich.

»Wie bitte?«

Sie warf ihm einen bösen Blick zu. »Warum haben Sie mich nicht sofort benachrichtigt, als Sie die Nachricht in Ihrem Club bekommen haben? Ich hätte Sie bei der Suche nach dem Tagebuch heute Abend begleiten sollen. Sie hatten nicht das Recht, allein zu gehen.«

»Es blieb keine Zeit mehr. Sie dürfen sich nicht zurückgesetzt fühlen, Lavinia. Ich war in einer solchen Eile, dass ich nicht einmal mehr Anthony Bescheid gesagt habe.«

»Anthony?«

»Normalerweise hilft er mir bei solchen Sachen. Aber er war heute Abend im Theater, und ich wusste, dass ihn meine Botschaft nicht mehr erreichen würde.«

»Also sind Sie allein gegangen.«

»Meiner Meinung nach verlangte die Situation nach sofortigem Handeln.«

»Unsinn.«

»Ich habe mir schon gedacht, dass Sie das so sehen würden«, meinte Tobias.

»Sie sind allein gegangen, weil Sie es nicht gewöhnt sind, mit einem Partner zusammenzuarbeiten.«

»Verdammt, Lavinia, ich bin allein gegangen, weil ich keine Zeit verschwenden durfte. Ich habe das getan, was ich für das Beste hielt, das ist alles.«

Sie machte sich nicht die Mühe, ihm darauf zu antworten. Wieder schwiegen die beiden.

Nach einer Weile bemerkte Lavinia, dass Tobias sich noch immer sein Bein massierte.

»Ich nehme an, Sie haben sich Ihr Bein verstaucht, als Sie hinter Mrs Doves Lakai hergelaufen sind.«

»Ich denke schon.«

»Gibt es etwas, das ich tun kann?«

»Ich habe ganz sicher nicht die Absicht, Ihnen zu erlauben, mich in eine hypnotische Trance zu versetzen, wenn Sie das meinen.«

»Also gut, Sir, wenn Sie darauf bestehen, dermaßen unfreundlich zu sein.«

»Das tue ich. Ich bin sehr erfahren, wenn es darum geht, sich unfreundlich zu benehmen.«

Sie gab auf und versank wieder in Schweigen. Das würde eine lange Fahrt nach Hause werden, dachte sie. Die Kutsche kam nur sehr langsam voran, nicht nur, weil der Regen noch stärker fiel, sondern auch, weil die Straßen um diese Zeit überfüllt waren. Die glanzvollen Bälle und die leuchtenden Soireen der feinen Gesellschaft gingen zu Ende. Menschen kehrten in ihre Stadthäuser und ihre Herrenhäuser zurück.

Betrunkene junge Lebemänner kamen aus den Spielhöllen, den Bordellen und Clubs und kletterten in jede nur verfügbare Kutsche, die sie finden konnten, um nach Hause zu kommen.

Einige Gentlemen verlangten, nach Covent Garden gefahren zu werden. Dort würden sie Prostituierte finden, die für ein paar Münzen zu ihnen in die Kutsche klettern würden, um ihnen ein paar Minuten flüchtiger Freude zu schenken. Die gemieteten Kutschen, die das akzeptierten, würden am Morgen säuerlich riechen.

Lavinia verzog bei diesem Gedanken die Nase. Es war wirklich schön, wenn man einen Klienten hatte, der einen in einer so eleganten Kutsche nach Hause schicken konnte.

Neben ihr bewegte sich Tobias ein wenig auf seinem Sitz und lehnte sich tiefer in die Kissen. Sein unverletztes Bein drückte sich einen Augenblick lang gegen ihren Schenkel. Sie zweifelte nicht daran, dass die kurze Berührung rein zufällig gewesen war, dennoch war sie wie elektrisiert. Erinnerungen an die leidenschaftliche Umarmung in ihrem Arbeitszimmer drängten sich ihr auf.

Das war Wahnsinn.

Sie fragte sich, ob Tobias wohl auch die Angewohnheit hatte, spät am Abend auf seinem Weg nach Hause im Covent Garden anzuhalten. Irgendwie bezweifelte sie das. Er würde wählerischer sein, entschied sie. Viel wählerischer.

Dieser Gedanke führte zu der nächsten, noch viel beunruhigenderen Frage. Was für Frauen bevorzugte Tobias wirklich?

Trotz des Kusses in dem Arbeitszimmer war sie sehr sicher, dass sie nicht der Typ Frau war, den er normalerweise anziehend fand. Sie waren durch die Umstände zusammengeführt worden. Er war nicht von ihrem atemberaubenden Aussehen angezogen oder von ihrer klugen Art verzaubert.

Er hatte sie nicht durch einen überfüllten Ballsaal hinweg angesehen und war von ihrer überwältigenden Schönheit wie vom Blitz gerührt gewesen.

Um ganz genau zu sein, wenn man ihre Größe bedachte, so war es eher unwahrscheinlich, dass er sie in einem überfüllten Raum überhaupt sehen könnte.

»Sie haben Ihre Klientin meinetwegen abgewiesen, nicht wahr?«, fragte Tobias.

Die Bemerkung, die das tiefe Schweigen unterbrach, riss sie aus ihren Träumereien. Es dauerte einen Augenblick, ehe sie sich gefangen hatte.

»Es ging mir dabei ums Prinzip«, murmelte sie.

»Das glaube ich nicht. Sie haben Ihre Klientin meinetwegen aufgegeben.«

»Ich wünschte, Sie würden sich nicht ständig wiederholen, Sir. Das ist eine höchst ärgerliche Angewohnheit.«

»Ich bin sicher, dass ich viele Angewohnheiten habe, die Sie ärgerlich finden. Darum geht es hier gar nicht.«

»Worum geht es denn?«

Er legte eine Hand in ihren Nacken und beugte sich vor, bis seine Lippen nur noch einen Hauch von ihren entfernt waren. »Ich frage mich immer wieder, wie Sie sich wohl morgen früh fühlen werden, wenn Sie begreifen, dass Sie um meinetwillen den anständigen Betrag abgelehnt haben, den Mrs Dove Ihnen bezahlt hätte.«

Es war nicht das verlorene Geld, an das sie am Morgen denken würde, dachte Lavinia. Es war das Ende ihrer unsicheren Partnerschaft mit Tobias, das ihre Gedanken beschäftigen würde. Das Tagebuch hatte sie zusammengeführt, und dieses Tagebuch gab es jetzt nicht mehr.

Die volle Bedeutung der Ereignisse dieser Nacht wurde ihr klar. Vielleicht würde sie Tobias nach dem heutigen Abend nie wiedersehen.

Das Gefühl des bevorstehenden Verlustes, das sie erfasste, schmerzte. Was war nur mit ihr los? Sie sollte doch eigentlich dankbar dafür sein, dass er bald wieder aus ihrem Leben verschwinden würde. Er hatte sie den Lohn für zwei Wochen Arbeit gekostet.

Doch aus irgendeinem Grund fühlte sie nichts anderes als Bedauern.

Mit einem leisen Aufschrei ließ sie die Decke los und schlang die Arme um seinen Hals.

»*Tobias.*«

Seine Lippen schlossen sich über ihren.

Sein erster Kuss hatte die Funken angefacht. Bei der Berührung seiner Lippen erwachten die Flammen jetzt zu einem brennenden, blendenden Feuer. Noch nie hatte die Umarmung eines Mannes eine solche Wirkung auf sie gehabt. Was sie all die Jahre mit John erlebt hatte, war ein süßes Sonett feiner, gegenstandsloser Gefühle gewesen, die für diese Welt zu flüchtig waren. Was sie jedoch in Tobias' Armen erlebte, erfüllte sie mit unbeschreiblichen, erregenden Gefühlen.

Tobias löste die Lippen von ihr und bedeckte ihren Hals mit vielen kleinen Küssen. Sie fiel zurück in die Samtkissen. Ihr Umhang breitete sich unter ihr aus. Sie fühlte seine Hand auf ihrem Bein und fragte sich, wie er wohl unter den Umhang und die Röcke ihres Kleides gekommen war, ohne dass sie das bemerkt hatte.

»Wir kennen einander doch kaum«, flüsterte sie.

»Ganz im Gegenteil.« Seine warmen Finger glitten an der Innenseite ihrer Schenkel empor. »Ich wette, ich habe in der Zeit in Rom mehr über dich erfahren, als viele Ehemänner von ihren Frauen wissen.«

»Es fällt mir äußerst schwer, das zu glauben.«

»Ich werde es dir beweisen.«

Sie küsste ihn voller Leidenschaft. »Wie willst du das denn machen?«

»Mal sehen, wo soll ich anfangen?« Er griff hinter sie und löste die Bänder ihres Mieders. »Ich weiß, dass du gern lange Spaziergänge machst. Ich bin dir in Rom meilenweit gefolgt.«

»Das ist gesund. Lange Spaziergänge sind ausgezeichnet für die Gesundheit, Sir.«

Er schob das Mieder ihres Kleides herunter. »Ich weiß auch, dass du gern Gedichte liest.«

»Du hast an diesem Abend die Bücher in meinem Regal gesehen.«

Er berührte den silbernen Anhänger, den sie um den Hals trug, dann küsste er eine ihrer hart aufgerichteten Brustspitzen. »Ich weiß, dass du Pomfrey nicht erlaubt hast, dich zu seiner Geliebten zu machen.«

Diese Information wirkte wie ein kalter Regenguss. Sie erstarrte, ihre Hände lagen auf seinen Schultern, und sie starrte zu ihm auf.

»Du weißt von Pomfrey?«

»Jeder in Rom wusste Bescheid über Pomfrey. Er hat beinahe jede Witwe in der Stadt verführt und eine ganze Menge Ehefrauen noch dazu.« Tobias küsste das Tal zwischen ihren Brüsten. »Aber du hast sein Angebot schlicht abgelehnt.«

»Lord Pomfrey ist ein verheirateter Mann.« Du liebe Güte, sie klang äußerst prüde, selbst in ihren eigenen Ohren.

Tobias hob den Kopf. Seine Augen leuchteten in dem schwachen Licht der Lampen. »Er ist aber auch sehr reich und äußerst großzügig zu seinen Geliebten. Er hätte dein Leben um vieles angenehmer machen können.«

Sie erschauerte. »Ich kann mir nichts Unangenehmeres vorstellen, als Pomfreys Geliebte zu sein. Der Mann trinkt zu viel, und wenn er getrunken hat, hat er seine Launen nicht im Griff. Ich habe einmal gesehen, wie er einen Mann geschlagen hat, der ihn geneckt hatte, weil er betrunken war.«

»Ich war dabei, als er dir auf dem Markt begegnet ist. Ich habe gehört, wie er versucht hat, dich davon zu überzeugen, dir von ihm eine kleine Wohnung mieten zu lassen.«

Sie war entsetzt. »Diese schreckliche Unterhaltung hast du mitgehört?«

»Es war nicht sehr schwirig, deine Antwort auf sein Angebot zu hören.« Tobias' Zähne blitzten kurz auf. »Wenn ich mich recht erinnere, hast du deine Stimme ein wenig erhoben.«

»Ich war wütend.« Sie hielt inne. »Wo warst du?«

»Im Eingang eines kleinen Ladens.« Seine Hand glitt noch höher über ihren Schenkel. »Ich aß gerade eine Orange.«

»Du erinnerst dich an solche Kleinigkeiten?«

»Ich erinnere mich noch an jede Einzelheit dieses Augenblickes. Nachdem Pomfrey sehr aufgebracht weggegangen war, habe ich entschieden, dass die Orange, die ich gerade aß, bei weitem die beste Orange gewesen war, die ich in meinem ganzen Leben je gegessen hatte. Noch nie hatte etwas so süß geschmeckt.«

Er schloss die Hand über der heißen, feuchten Stelle zwischen ihren Schenkeln.

Heiß brannte es in ihrem Unterleib, und ihr Körper prickelte unter dem Ansturm der Gefühle. Sie sah an dem zufriedenen Blick in Tobias' Augen, dass er ganz genau wusste, was er ihr antat. Es war an der Zeit, dass sie den Spieß umdrehte.

»Nun, wenigstens weiß ich jetzt auch etwas von dir, Sir.« Sie umklammerte fest seine Schultern. »Du magst gern Orangen.«

»Ich mag sie schon. Aber in Italien sagt man, dass es keine Frucht gibt, die sich mit einer reifen Feige messen kann.« Er streichelte sie. »Ich denke, dem stimme ich zu.«

Sie erstickte beinahe, als sie in einer Mischung aus Wut und Lachen aufkeuchte. Sie hatte lange genug in Mrs Underwoods Haushalt gelebt, um zu wissen, dass in Italien reife Feigen das Symbol des weiblichen Geschlechtsorgans waren. Wieder presste er seine Lippen auf ihre und brachte sie so zum Schweigen. Seine Hand löste Gefühle in ihr aus, die sie noch nie in ihrem Leben hatte. Als sie in seinen Armen erbebte und aufstöhnte, als sie noch mehr wollte, öffnete er den Verschluss seiner Hose.

Und dann war er zwischen ihren Schenkeln, er glitt näher, drang in ihren Körper ein und füllte sie vollkommen aus. Ohne Vorwarnung explodierte die Anspannung in ihrem Inneren plötzlich in einem so eindringlichen Gefühl, dass kein Dichter es hätte beschreiben können.

»Tobias?« Sie krallte die Hände in seinen Rücken. »Verdammte Hölle. Tobias. *Tobias.*«

Ein sanftes, raues Lachen, mehr ein Aufstöhnen als eine Antwort, kam aus seinem Mund.

Sie schlang die Arme um ihn, wieder und wieder rief sie seinen Namen. Er nutzte sein Gewicht, um noch tiefer in sie einzudringen.

Unter ihren Händen spannten sich die Muskeln in seinem Rücken an und wurden hart. Sie wusste, dass er kurz vor seiner eigenen Erfüllung stand. Impulsiv versuchte sie, ihn noch näher an sich zu ziehen.

»Nein«, murmelte er.

Zu ihrem Erstaunen riss er seine Lippen von ihren und zog sich schnell aus ihrem Körper zurück. Er stöhnte unterdrückt auf, dann spannte sich sein Körper an.

Sie hielt ihn in ihren Armen, während er sich in die Falten ihres Umhanges ergoss.

11. Kapitel

Tobias kam ganz langsam in die Wirklichkeit zurück. Die Kutsche bewegte sich noch immer, stellte er fest. Er konnte noch eine Weile ihre Sanftheit genießen.

»Tobias?«

»Mmm?«

Sie bewegte sich ein wenig unter ihm. »Ich glaube, wir werden gleich bei meinem Haus ankommen.«

»Ich dachte mir, dass du das sagen würdest.« Er legte die Hand auf ihre Brust. Sie war so nachgiebig und so wundervoll geformt. Ein perfekter Apfel.

Wahrscheinlich wäre es kein guter Gedanke, heute Abend noch einmal auf das Thema reife Früchte zurückzukommen. Lavinia hatte Recht. Sie mussten in der Nähe ihres kleinen Hauses in der Claremont Lane sein.

»Beeil dich, Tobias.« Sie zappelte unter ihm. »Wir müssen unsere Kleidung richten. Denke doch nur daran, wie schrecklich es sein würde, wenn der Lakai von Mrs Dove uns in diesem Zustand sehen würde.«

Der Schrecken in ihrer Stimme belustigte ihn.

»Beruhige dich, Lavinia.« Er setzte sich langsam auf, dabei ließ er sich noch genügend Zeit, einen Kuss auf die Innenseite ihres nackten Schenkels zu drücken.

Tobias.

»Ich höre dich, Mrs Lake. Das werden auch der Kutscher und der Lakai hinten auf dem Wagen, wenn du nicht ein wenig leiser sprichst.«

»Schnell.« Sie setzte sich auf und zerrte an ihrem Mieder. »Wir werden jeden Augenblick anhalten. Oje, ich hoffe nur, dass wir Mrs Doves Kissen nicht schmutzig gemacht haben. Was soll sie nur denken?«

»Mir ist es ziemlich egal, was Mrs Dove denkt.« Er zog tief den Atem ein, um den Duft ihrer Leidenschaft einzuatmen, der noch im Inneren der Kutsche hing. »Sie ist doch nicht länger deine Klientin, das weißt du doch.«

»Um Himmels willen, Sir, sie ist eine elegante Lady.« Lavinia rückte mit schnellen, ängstlichen Bewegungen ihren silbernen Anhänger gerade. »Ich bin ganz sicher, dass sie es nicht gewöhnt ist, dass man ihren eleganten Wagen wie eine billige Mietkutsche benutzt.«

Er sah sie an, und es gelang ihm nicht, ein Gefühl tiefster Befriedigung zu unterdrücken. Das gelbe Licht der Lampe tanzte auf ihrem zerzausten Haar und ließ es rot und golden aufleuchten. Ihre Wangen waren gerötet. Ein warmer Schein lag auf ihrem Gesicht, den sie nicht verbergen konnte.

Doch dann sah er die Panik in ihren Augen.

»Du schämst dich doch nicht, oder?«, fragte er. »Du befürchtest doch nicht etwa, dass Mrs Dove glauben könnte, du seist keine Lady, wenn sie erfährt, was hier geschehen ist.«

Lavinia war noch immer mit ihrem Mieder beschäftigt. »Sie wird wahrscheinlich denken, dass ich nicht besser bin als eine dieser Frauen, die im Covent Garden zu allen Zeiten der Nacht herumlungern.«

Er zuckte mit den Schultern, noch immer war er viel zu zufrieden, um sich über solche Dinge Sorgen zu machen. »Warum kümmert es dich denn überhaupt, was sie jetzt noch von dir denkt?«

»Ich möchte bei keinem Klienten den Eindruck hinterlassen, ich sei ein leichtes Mädchen.«

»Bei einem früheren Klienten.«

Sie biss grimmig die Zähne zusammen. »Nun ja, in diesem Beruf ist es wichtig, dass man durch mündliche Propaganda bekannt wird. Man kann wohl kaum in den Zeitungen inserieren. Man muss sich vollkommen auf die Empfehlungen von zufriedenen Klienten verlassen.«

»Ich persönlich bin im Augenblick recht zufrieden. Zählt das auch?«

»Ganz sicher nicht. Du bist ein Geschäftspartner, kein Klient. Du sollst mich nicht necken, Tobias. Du weißt sehr gut, dass ich nicht zulassen kann, dass Mrs Dove ihren Freunden erzählt, dass ich nicht mehr bin als eine … eine …«

»Das bist du nicht«, erklärte er direkt. »Und das wissen wir beide. Warum also sollen wir dieses Thema noch vertiefen?« Sie blinzelte, als hätte diese einfache Frage sie benommen gemacht. »Es geht mir hier ums Prinzip.«

Er nickte. »Du hast schon früher von Prinzipien gesprochen. Ich nehme an, für dich sind sie wichtig. Aber das ist etwas ganz anderes. Es ist eine Sache der Vernunft. Ich möchte nicht, dass du es dir zur Gewohnheit machst, deinen Klienten ihr Geld ins Gesicht zu werfen. Wenn Mrs Dove sich entscheiden sollte, dir einen gewissen Betrag zu schicken, trotz allem, was sie dir heute Abend gesagt hat, dann würde ich dir dringend raten, ihn anzunehmen.«

Sie hörte auf, mit ihrem Mieder zu kämpfen, und warf ihm einen wütenden Blick zu. »Wie kannst du es wagen, die ganze Sache auch noch lustig zu finden?«

»Verzeih mir, Lavinia.« Er griff hinter ihre Schultern und rückte ihr Kleid zurecht. »Aber es sieht ganz so aus, als würdest du in Hysterie verfallen.«

»Wie kannst du es wagen, mir Hysterie vorzuwerfen? Ich bin um meinen Ruf besorgt. Eine vollkommen normale Sorge, wenn du mich fragst. Ich möchte nicht gezwungen sein, noch einmal meinen Beruf zu wechseln. Das ist sehr anstrengend.«

Er lächelte. »Mrs Lake, ich versichere dir, wenn jemand es wagen sollte, deine Ehre in Frage zu stellen, werde ich sie verteidigen, sogar in einem Duell.«

»Du bist entschlossen, die ganze Sache zu einem Spaß zu machen, nicht wahr?«

»Dein Umhang ist vielleicht ein wenig ramponiert, aber du wirst feststellen, dass die Kissen in ausgezeichnetem Zustand sind. Und selbst wenn das nicht so wäre, so bin ich sicher, dass der Kutscher dafür sorgen wird, dass sie am Morgen wieder fleckenlos sind. Es ist seine Aufgabe, den Wagen in ausgezeichnetem Zustand zu erhalten.«

»*Mein Umhang.*« Der Schrecken vertrieb alle Wärme aus ihrem Gesicht. Sie wurde ganz blass. Sie rutschte ungeschickt von dem Sitz und nahm den Umhang von den Kissen. »Oje.«

»Lavinia ...«

Sie setzte sich auf den Sitz gegenüber und schüttelte den Umhang aus. Dann hielt sie das Kleidungsstück vor sich hin und starrte entsetzt darauf.

»Oh nein. Das ist ja schrecklich. Absolut schrecklich.«

»Lavinia, hat der Verlust deiner Klientin dich so irritiert?«

Sie ignorierte ihn. Sie drehte den Umhang um und zeigte ihm den dunklen, feuchten Fleck. »Sieh dir nur an, was du getan hast, Tobias. Du hast ihn ruiniert. Ich kann unter keinen Umständen diesen Fleck zeigen. Ich kann nur hoffen, dass ich in der Lage sein werde, ihn zu entfernen, ehe jemand in meinem Haushalt ihn bemerkt.«

Ihre übertriebene Sorge um die Kissen und ihren Umhang zerstörte seine Laune. Das Liebesspiel war die erregendste Erfahrung gewesen, die er seit langer Zeit gemacht hatte. Er hätte einen hohen Betrag darauf verwettet, dass auch sie befriedigt worden war. In der Tat hatte die Überraschung in ihrer Stimme, als sie den Höhepunkt der Erregung erreicht hatte, ihn davon überzeugt, dass sie das Gefühl der sexuellen Erfüllung bis zu dem heutigen Abend gar nicht gekannt hatte.

Doch anstatt die Nachwirkungen der gemeinsam erlebten Freuden zu genießen, redete sie die ganze Zeit von diesem verdammten Fleck.

»Meinen Glückwunsch, Lavinia. Du schaffst es, eine sehr rührende Lady Macbeth zu spielen. Aber ich bin sicher, wenn du ein wenig über diese ganze Angelegenheit nachdenkst, wirst du mir zustimmen, dass es weitaus besser ist, den Beweis für unsere gerade erfolgte Zweisamkeit auf deinem Umhang zu haben als sonst wo.«

Sie blickte unsicher auf das Samtkissen neben ihm. »Ja, natürlich. Es wäre schrecklich, wenn der Fleck auf dem Sitz gewesen wäre. Aber er scheint fleckenlos, wie du schon gesagt hast.« Die Kutsche fuhr langsamer. Er zog den Vorhang zur Seite und stellte fest, dass sie in der Claremont Lane angekommen waren. »Ich sprach nicht von den Kissen.«

»Wirklich, Sir, wo sonst würde ein solcher Fleck eine Bedeutung haben, wenn nicht auf Mrs Doves Kissen?«

Er sah ihr in die Augen und sagte nichts.

Sie runzelte die Stirn. Verwirrung lag in ihrem Blick, eine Sekunde lang, ehe Verstehen in ihren Augen aufblitzte.

»Ja, natürlich«, meinte sie dann mit ausdrucksloser Stimme. Sie senkte den Blick. Dann konzentrierte sie sich darauf, ihren Umhang zusammenzulegen.

»Es gibt keinen Grund zur Verlegenheit zwischen uns, Lavinia. Wir haben beide einige Erfahrung im Ehebett gesammelt. Keiner von uns beiden kommt gerade erst aus der Schule.«

Sie starrte aus dem Fenster. »Ja, natürlich.«

»Da wir gerade dabei sind, lass uns offen sprechen. Wie du an dem verdammten Fleck auf deinem Umhang sehen kannst, habe ich die Vorkehrungen getroffen, die unter diesen Umständen möglich waren.« Seine Stimme wurde sanfter. »Doch wir wissen beide, dass es keine Garantie dafür gibt, dass es keine Konsequenzen geben wird.«

Sie umklammerte den zusammengelegten Umhang noch fester. »Ja, natürlich.«

»Wenn es diese Konsequenzen geben sollte, wirst du mit mir darüber reden, nicht wahr?«

»Ja, natürlich.« Diesmal kam ihre Antwort zwei Oktaven höher heraus als vorher.

»Ich gebe zu, dass ich in der Leidenschaft des Augenblicks gefangen war. Beim nächsten Mal werde ich jedoch besser vorbereitet sein. Ich werde mich bemühen, einige Vorrichtungen zu besorgen, ehe wir uns noch einmal dieser Sache hingeben.«

»Oh, sieh nur, wir sind angekommen«, erklärte sie viel zu fröhlich. »Endlich wieder zu Hause.«

Der untersetzte Lakai öffnete die Tür der Kutsche und ließ für Lavinia die Treppe hinunter. Sie bewegte sich auf den Ausgang zu, als wäre es der Fluchtweg aus einem brennenden Gebäude.

»Gute Nacht, Tobias.«

Er streckte die Hand aus und hielt die ihre fest. »Lavinia, bist du auch sicher, dass mit dir alles in Ordnung ist? Du scheinst nicht ganz du selbst zu sein.«

»Wirklich?«

Das Lächeln, das sie ihm über ihre Schulter hinweg zuwarf, glänzte wie polierter Stahl. Ganz das alte Lächeln, dachte er. Er wusste nicht, ob es ein gutes Zeichen war.

»Es war ein sehr anstrengender Abend«, begann er vorsichtig. »Deine Nerven sind offensichtlich sehr angespannt.«

»Ich kann mir nicht vorstellen, warum meine Nerven auch nur ein wenig angespannt sein sollten. Immerhin habe ich gerade meine einzige Klientin verloren, und man hat mir einen recht ordentlichen Umhang ruiniert. Zusätzlich dazu werde ich gezwungen sein, mir in den nächsten Tagen über einige äußerst *persönliche* Dinge Sorgen zu machen.«

Er sah ihr in die Augen. »Die Schuld für all das kannst du auf mich schieben.«

»Oh, das tue ich auch.« Sie reichte dem großen Lakai ihre Hand. »Ganz sicher kann ich meine Schwierigkeiten einmal wieder nur auf dich zurückführen, Sir. Wieder einmal sind alle meine Probleme ganz allein deine Schuld.«

Warum war alles, was mit Lavinia zu tun hatte, nur immer wieder so verdammt kompliziert? Tobias betrat kurz darauf sein Arbeitszimmer, goss sich ein anständiges Glas Brandy ein und ließ sich in seinen Lieblingssessel fallen. Er blickte trübe in das erlöschende Feuer. Visionen eines beschmutzten Umhanges tanzten vor seinen Augen.

Die Tür hinter ihm öffnete sich.

»Endlich bist du zu Hause.« Anthony schlenderte mit gelockerter Krawatte und offenem Hemd in das Zimmer. »Ich bin vor einer Stunde auf meinem Weg nach Hause hier vorbeigekommen und wollte wissen, ob es irgendwelche Neuigkeiten gibt. Ich habe etwas von Whitbys restlichem Lachsauflauf gegessen. Ich muss sagen, ich vermisse seine Kochkünste.«

»Wie kannst du sie denn vermissen? Wie mir scheint, bist du zu jeder Mahlzeit hier und auch zu einer Menge Snacks am späten Abend.«

»Ich möchte doch nicht, dass du dich einsam fühlst.« Anthony lachte leise. »Es ist gar nicht deine Art, so spät noch unterwegs zu sein. Ein interessanter Abend, nehme ich an?«

»Ich habe das Tagebuch gefunden.«

Anthony pfiff leise durch die Zähne. »Meinen Glückwunsch. Ich nehme an, du hast die Seiten herausgerissen, die für dich, Mrs Lake und deinen Klienten von besonderem Wert waren?«

»Es bestand gar keine Notwendigkeit, sie herauszureißen. Jemand hatte das verdammte Ding ins Feuer geworfen, noch ehe ich es finden konnte. Es war gerade noch genug davon übrig, um es zu identifizieren, doch nicht genug, um für irgendjemanden noch von Bedeutung zu sein.«

»Ich verstehe.« Anthony fuhr sich mit der Hand durch sein Haar, während er darüber nachdachte. »Wer auch immer Felix umgebracht und das Tagebuch mitgenommen hat, wollte dir deutlich machen, dass du deine Nachforschungen jetzt einstellen kannst, ist es nicht so?«

»Ich denke schon. Ja.«

»Am Anfang der ganzen Sache hast du gesagt, dass ziemlich viele Menschen in dem Tagebuch erwähnt wurden. Jeder von ihnen hätte Holton Felix umbringen und das Tagebuch zerstören können?«

»Ja.«

»Wie hat Neville die Neuigkeit aufgenommen?«

»Ich habe ihn von den neuesten Entwicklungen noch gar nicht in Kenntnis gesetzt«, erklärte Tobias.

Anthony sah ihn voller Neugier an. »Und was passiert jetzt?«

»Jetzt? Ich werde ins Bett gehen. Das passiert jetzt.«

»Ich wollte gerade zu meiner Wohnung gehen, als ich diesen sehr eleganten Wagen vor der Tür ankommen sah.« Anthony grinste. »Ich dachte zuerst, er hätte sich vielleicht in der Adresse geirrt. Dann habe ich gesehen, wie du ausgestiegen bist.«

»Der Wagen gehört Lavinias Klientin.« Tobias nahm einen Schluck von seinem Brandy. »Seit heute Abend allerdings ihrer früheren Klientin.«

»Weil das Tagebuch gefunden wurde?«

»Nein. Weil Lavinia sie abgewiesen hat. Sie hat Mrs Dove erklärt, dass sie die Bezahlung nicht annehmen würde, auf die sie sich beide geeinigt hatten.«

»Das verstehe ich nicht.« Anthony stellte sich vor das ersterbende Feuer. »Warum zum Teufel sollte Mrs Lake ihre Bezahlung nicht annehmen wollen?«

»Das hat sie meinetwegen getan«, meinte Tobias.

»Deinetwegen?«

»Aus Prinzip, verstehst du?«

Anthony sah ihn verwirrt an. »Nein, das verstehe ich nicht. Ich will dir ja nicht zu nahe treten, Tobias, aber das, was du sagst, ergibt alles keinen Sinn. Wie viel hast du heute Abend getrunken?«

»Nicht genug.« Tobias klopfte mit einem Finger gegen das Glas. »Lavinia hat ihre Klientin abgewiesen, weil sie Mrs Dove dafür verantwortlich gemacht hat, dass sie mich heute Abend in Gefahr gebracht hat.«

»Das musst du mir bitte erklären.«

Tobias erklärte es ihm. Als er fertig war, sah Anthony ihn lange nachdenklich an.

»So, so«, meinte Anthony nach einer Weile.

Tobias fiel keine intelligente Entgegnung ein, deshalb sagte er gar nichts.

»So, so«, meinte Anthony noch einmal.

»Lavinia hat ein aufbrausendes Wesen. Mrs Dove hat sie heute Abend auf die Palme gebracht.«

»Offensichtlich.«

Tobias schwenkte den restlichen Brandy in seinem Glas herum. »Ich glaube, meine Partnerin bedauert ihre vorschnelle Tat bereits.«

Anthony zog eine Augenbraue hoch. »Warum sagst du das?«

»Mit ihren letzten Worten, als sie aus der Kutsche stieg, hat sie angedeutet, dass ich wieder einmal für all ihre Probleme verantwortlich bin.«

Anthony nickte weise. »Das scheint aus ihrer Sicht die einzig mögliche Schlussfolgerung zu sein.«

»Hast du nicht gesagt, du wärst auf dem Weg nach Hause?«

»Du bist aber heute Abend schlecht gelaunt, nicht wahr?«

Tobias dachte darüber nach. »Ich glaube schon.«

Anthony betrachtete ihn interessiert von Kopf bis Fuß. »Du hast gesagt, du hättest dich nach dem Vorfall in der Gasse umgezogen?«

»Ja.«

»Dann kann ich nur annehmen, dass der Grund für dein zerzaustes Aussehen ein anderes Gerangel ist.«

Tobias zog die Augen zusammen. »Wenn du weiterfragst, wirst du erfahren, was wirklich schlechte Laune ist.«

»Ah, wir kommen also jetzt der ganzen Sache auf den Grund. Du hast Mrs Lake geküsst, und sie hat sich mit einer Ohrfeige bedankt.«

»Mrs Lake«, erklärte Tobias überdeutlich, »hat mir keine Ohrfeige gegeben.«

Anthony starrte ihn an, seine Augen wurden immer größer. »Verdammt«, flüsterte er. »Du willst doch nicht etwa behaupten, dass du … dass du wirklich … Mit *Mrs Lake*? In einer *Kutsche*? Aber sie ist eine *Lady*. Wie konntest du nur?«

Tobias sah ihn nur an.

Bei einem Blick in sein Gesicht musste Anthony schlucken. Schnell wandte er sich um und richtete seine Aufmerksamkeit auf die Funken des Kaminfeuers.

Die große Uhr tickte gnadenlos. Tobias sank tiefer in seinen Sessel. Es war ärgerlich, von einem jüngeren Mann ermahnt zu werden, der sich noch nie in seinem Leben ernsthaft mit einer Frau eingelassen hatte.

Nach einer Weile räusperte Anthony sich. »Du weißt, dass sie vorhat, morgen Abend ins Theater zu gehen.« Er warf einen Blick auf die Uhr. »Eigentlich ist das sogar schon heute Abend, nicht wahr? Auf jeden Fall könntest du es so einrichten, dass du auch da bist. Sie und Emeline werden in Gesellschaft von Lady Wortham und ihrer Tochter sein. Es wäre ganz angemessen, wenn du sie in ihrer Loge besuchen würdest.«

Tobias legte die Fingerspitzen zusammen. »In der Tat.«

»Keine Angst«, erklärte Anthony beruhigend. »Ich würde dich niemals allein in so unerforschte Gewässer ziehen lassen. Du brauchst mich offensichtlich als deinen Führer. Ich werde glücklich sein, dich ins Theater begleiten zu dürfen.«

»Ah, also darum geht es hier.«

Anthony warf ihm einen unschuldigen Blick zu. »Wie meinst du das?«

»Du willst morgen Abend ins Theater, weil du genau weißt, dass Miss Emeline dort sein wird. Du brauchst eine passende Entschuldigung, um der Loge der Worthams einen Besuch abzustatten.«

Anthony verzog das Gesicht. »Emeline soll morgen Abend auf dem Hochzeitsmarkt zur Schau gestellt werden. Lavinia hofft, einen passenden Bewerber für sie zu finden, das weißt du doch.«

»Der geopferte Apollo. Ich erinnere mich.«

»Genau. Emeline ist so charmant und so klug, ich fürchte, dass Lavinias Plan erfolgreich sein wird.«

Tobias zuckte zusammen.

Anthony hielt betroffen inne. »Schmerzt dein Bein heute Abend wieder so sehr?«

»Es ist nicht mein Bein, das schmerzt. Es ist der Gedanke an Mrs Lake.«

Sein Bein fühlte sich wirklich im Augenblick recht gut an, überlegte Tobias. Der Brandy, zweifellos. Doch wenn er jetzt genauer über die ganze Sache nachdachte, wurde ihm klar, dass der Schmerz im Bein schon viel früher heute Abend aufgehört hatte. Ungefähr zu dem Zeitpunkt, als er damit begonnen hatte, Lavinia zu lieben. Es gibt doch nichts Besseres als eine kleine Ablenkung, um die Gedanken eines Mannes an seine Schmerzen zu vertreiben, dachte er bedrückt.

»Ich würde mir an deiner Stelle keine Sorgen über Lavinias Pläne machen. Emeline ist eine interessante junge Dame, und sie wird auch einige Aufmerksamkeit erregen. Aber wenn sich erst einmal herumgesprochen hat, dass sie keine Erbin ist, werden all die klugen Mamas der feinen Gesellschaft dafür sorgen, dass ihre Söhne nicht zu lange in ihre Richtung schauen.«

»Das mag ja sein, aber was ist mit all den Schwerenötern und den professionellen Verführern? Du weißt genauso gut wie ich, dass keine junge Dame vor ihnen sicher ist. Sie machen sich einen Spaß daraus, die unschuldigen jungen Mädchen zu verführen.«

»Lavinia kann Emeline beschützen.« Tobias dachte an Emelines kühlen Kopf in Rom. »In der Tat vermute ich, dass Miss Emeline sehr gut auf sich selbst aufpassen kann.«

»Trotzdem wäre es mir lieber, wenn es erst gar nicht so weit kommen würde.« Anthony umklammerte den Kaminsims. »Und da wir die gleichen Ziele verfolgen, können wir in diesem Projekt genauso gut zusammenarbeiten.«

Tobias stieß die Luft aus. »Wir sind ein paar Dummköpfe.«

»Du sprichst für dich.« Glücklich ging Anthony zur Tür. »Ich werde gleich morgen früh die Theaterkarten besorgen.«

»Anthony?«

»Ja?«

»Habe ich dir eigentlich gesagt, dass Lavinias Eltern den Mesmerismus ausgeübt haben?«

»Nein, aber ich glaube, Miss Emeline hat es erwähnt. Was ist damit?«

»Du hast dich doch vor einiger Zeit einmal dafür interessiert. Glaubst du, dass es einem geübten Anwender dieser Kunst möglich ist, einen Mann in eine Trance zu versetzen, ohne dass dieser etwas davon merkt?«

Anthony lächelte breit. »Es ist durchaus möglich, dass ein Mann mit einem schwachen Verstand den Fähigkeiten eines sehr geschickten Mesmeraners erliegen kann. Aber ich kann mir keinen Augenblick lang vorstellen, dass ein Mann mit einem starken, resoluten Willen und einem ausgeprägten Beobachtungsvermögen jemals in eine Trance versetzt werden kann.«

»Bist du da auch ganz sicher?«

»Es sei denn, er möchte in eine Trance versetzt werden.«

Anthony verschwand sehr schnell durch die Tür und schloss sie hinter sich.

Tobias hörte, wie er den ganzen Weg durch den Flur, bis hin zur Haustür, lachte.

12. Kapitel

»Was um alles in der Welt ist denn nur heute Morgen mit dir los?« Emeline griff nach der Kaffeekanne. »Wirklich, du bist in einer sehr eigenartigen Stimmung.«

»Ich habe das Recht dazu, in einer eigenartigen Stimmung zu sein.« Lavinia häufte sich Eier auf ihren Teller. Sie war auch ungewöhnlich hungrig, stellte sie fest. Sie war mit einem äußerst gesunden Appetit aufgewacht. Das kam zweifellos von all der Anstrengung in Mrs Doves Kutsche. »Ich habe dir doch gesagt, wir haben im Augenblick keinen Klienten mehr.«

»Es war richtig, deine Zusammenarbeit mit Mrs Dove zu beenden.« Emeline goss Kaffee in ihre Tasse. »Sie hatte kein Recht, ihren Lakai dazu abzustellen, Mr March nachzuspionieren. Wer weiß, welche Absicht er wirklich hatte.«

»Ich bin ziemlich sicher, dass sie ihrem Lakai befohlen hat, das Tagebuch zuerst zu entdecken oder es Mr March mit Gewalt abzunehmen. Sie wollte dieses Buch wirklich unbedingt haben. Sie wollte nicht, dass Tobias oder ich die Seiten lasen, auf denen ihr Geheimnis stand.«

»Obwohl sie es euch selbst verraten hatte?«

Lavinia zog die Augenbrauen hoch. »Ich denke, wir können annehmen, dass die Geheimnisse von Mrs Dove wesentlich schwerwiegender sind als eine Indiskretion, die sie in ihrer Vergangenheit begangen hat.«

»Nun, das kann man jetzt nicht mehr feststellen, nicht wahr? Das Tagebuch ist zerstört worden.«

»Ich war vielleicht ein wenig zu hastig, ihr das Geld ins Gesicht zu werfen«, meinte Lavinia nachdenklich.

Emelines Augen blitzten. »Es ging schließlich ums Prinzip«, meinte sie.

»Ja, das stimmt. Mr March war ein äußerst schwieriger Partner, aber er war in dieser Sache mein Verbündeter. Ich konnte wohl kaum einer Klientin erlauben, ihn wie eine Spielfigur zu behandeln und aus ihm vielleicht einen Vorteil zu ziehen. Man hat ja schließlich auch seinen Stolz.«

»War es dein Stolz oder der Stolz von Mr March, der dich in der letzten Nacht dazu bewogen hat?«, fragte Emeline ein wenig spöttisch.

»Das ist doch jetzt ganz egal. Tatsache ist, dass ich heute Morgen ohne einen Klienten dastehe.«

»Keine Angst. Schon bald wird ein neuer Klient auftauchen.« Emelines sonniger Optimismus konnte manchmal recht irritierend sein, überlegte Lavinia.

»Wahrscheinlich«, meinte sie, »wird Mr March sich die Provision von seinem Klienten holen. In diesem Falle sollte er sie eigentlich mit mir teilen, findest du nicht auch?«

»In der Tat«, stimmte Emeline ihr zu.

»Ich glaube, ich werde ihm gegenüber diese Tatsache erwähnen.« Lavinia aß ihre Eier und lauschte abwesend dem Klappern von Hufen und dem Knarren der Wagenräder auf der Straße. »Weißt du, so schwierig er auch manchmal sein kann, so hat sich Mr March in dieser Sache doch auch als nützlich erwiesen. Immerhin hat er das Tagebuch des Kammerdieners entdeckt.«

Emeline betrachtete sie interessiert. »Woran denkst du, Lavinia?«

Sie zuckte mit den Schultern. »Mir scheint, es könnte für Mr March und auch für mich sehr vorteilhaft sein, wenn wir in der Zukunft ab und an zusammenarbeiten.«

»Nun.« Ein eigenartiger Ausdruck trat in Emelines Augen. »Nun, ja. In der Tat. Ein faszinierender Gedanke.«

Der Gedanke einer zukünftigen Partnerschaft mit Tobias war erregend und auch sehr beängstigend, entschied Lavinia. Es war wohl besser, das Thema zu wechseln.

»Aber die wichtigsten Dinge zuerst«, erklärte sie entschlossen. »Heute müssen wir uns auf deinen Abend im Theater konzentrieren.«

»Auf *unseren* Abend im Theater.«

»In der Tat. Es war sehr freundlich von Lady Wortham, mich auch einzuladen.«

Emeline zog die Augenbrauen hoch. »Ich glaube, sie ist ziemlich neugierig auf dich.«

Lavinia runzelte die Stirn. »Ich hoffe, du hast ihr gegenüber keine meiner früheren Tätigkeiten erwähnt?«

»Nein.«

»Ausgezeichnet.« Lavinia entspannte sich ein wenig. »Ich glaube nicht, dass Lady Wortham einen meiner Berufe angemessen finden würde.«

»In ihren Kreisen gibt es *keine* angemessenen Berufe für Frauen«, erklärte ihr Emeline.

»Sehr wahr. Heute Abend werde ich ihr einen Hinweis geben, dem sie entnehmen kann, dass ich ein bescheidenes, aber sicheres Erbe gemacht habe.«

»Das ist nicht wirklich ein Hinweis, Tante Lavinia. Das geht schon mehr in Richtung Lüge.«

»Ach was.« Lavinia winkte ab. »Also, vergiss nicht, dass wir unsere letzte Anprobe heute Morgen bei Madame Francesca haben.«

»Ich werde es nicht vergessen.« Eine Sorgenfalte erschien auf Emelins Stirn. »Tante Lavinia, ich hoffe, dass du für heute Abend nicht zu viel erwartest. Ich bin ganz sicher, dass ich nicht ankommen werde.«

»Unsinn. In deinem neuen Kleid wirst du wunderschön aussehen.«

Emeline grinste. »Nicht so schön wie Priscilla Wortham, und das ist natürlich auch der Grund dafür, dass ihre Mutter so freundlich zu mir ist, das weißt du ganz genau. Sie glaubt, wenn ich in der Nähe bin, wird Priscilla davon einen Vorteil haben.«

»Lady Worthams Pläne interessieren mich nicht einen Deut …« Lavinia hielt entsetzt inne. Dann räusperte sie sich und versuchte es noch einmal. »Mir ist es vollkommen egal, dass Lady Wortham plant, Priscilla im besten Licht erscheinen zu lassen. Als Priscillas Mutter ist das ihre Pflicht. Doch in diesem Zusammenhang hat sie uns eine einmalige Gelegenheit geboten, und ich habe die Absicht, sie auszunutzen.«

Die Tür des Frühstückszimmers öffnete sich ohne Warnung. Mrs Chilton stand dort. Erregung blitzte in ihrem Blick auf. »Mrs Dove ist hier, Ma'am«, sagte sie laut. »Empfangen Sie schon zu so früher Stunde Besucher?«

»*Mrs Dove?*«

Panik stieg in Lavinia auf. Tobias hatte sich geirrt, als er ihr versichert hatte, dass es auf den Polstern der Kutsche keine Flecken gegeben hatte. In dem schwachen Licht war ihm zweifellos ein verräterischer Fleck entgangen. Sie fragte sich, ob Joan Dove wohl gekommen war, um Geld für den Schaden zu verlangen, den sie an ihrer teuren Equipage angerichtet hatte. Wie viel würde es wohl kosten, eines der Kissen der Kutsche zu ersetzen?

»Aye, Ma'am. Soll ich sie in das Wohnzimmer schicken oder in Ihr Arbeitszimmer?«

»Was möchte sie denn?«, fragte Lavinia vorsichtig. Mrs Chilton sah sie erstaunt an.

»Nun, das weiß ich nicht, Ma'am. Sie hat gebeten, mit Ihnen zu sprechen. Möchten Sie, dass ich sie wegschicke?«

»Nein, natürlich nicht.« Lavinia holte tief Luft und bereitete sich vor. Sie war eine Frau von Welt. Sie konnte mit dieser Sache umgehen. »Ich werde mit ihr sprechen. Bitte schicken Sie sie sofort in mein Arbeitszimmer.«

»Aye, Ma'am.« Mrs Chilton verschwand von der Tür.

Emeline sah nachdenklich aus. »Ich möchte wetten, dass Mrs Dove heute Morgen hierher gekommen ist, um darauf zu bestehen, dich für deine Dienste zu bezahlen.«

Lavinias Laune besserte sich. »Glaubst du wirklich?«

»Was könnte sie denn sonst für einen Grund haben?«

»Nun ja …«

»Vielleicht möchte sie sich für das, was sie getan hat, entschuldigen.«

»Das bezweifle ich.«

»Lavinia?« Emeline runzelte die Stirn. »Was ist denn los? Du scheinst schrecklich aufgeregt zu sein, weil sie heute hierher kommt, um dir das Geld zu geben, das sie dir schuldet.«

»Aufgeregt.« Lavinia ging langsam zur Tür. »Vollkommen aufgeregt.«

Sie schaffte es, Mrs Dove volle vier Minuten warten zu lassen, ehe die Spannung unerträglich wurde. Sie versuchte, höfliche Gleichgültigkeit und Gemächlichkeit auszustrahlen, als sie ihr Arbeitszimmer betrat.

Eine Frau von Welt.

»Guten Tag, Mrs Dove. Das ist eine Überraschung. Ich habe Sie nicht erwartet.«

Joan stand vor dem Bücherschrank, wo sie offensichtlich gerade die wenigen Bücher betrachtet hatte. Sie trug ein dunkelgraues Kleid, das Madame Francesca offensichtlich entworfen hatte, um ihre elegante Figur diskret zu unterstreichen und ihr blondes und silbernes Haar hervorzuheben.

Der Schleier ihres hübschen schwarzen Hutes war auf die

Hutkrempe zurückgeschlagen. Der Ausdruck in Joans Augen war, wie immer, unergründlich.

»Wie ich sehe, lesen Sie Gedichte«, sagte Joan.

Lavinia war überrumpelt von dieser Bemerkung. Schnell warf sie einen Blick auf die Hand voll Bücher. »Ich habe im Augenblick nicht sehr viele meiner Bücher hier. Ich war gezwungen, sie zurückzulassen, als wir ein wenig übereilt von einer Reise nach Italien zurückgekehrt sind. Es wird einige Zeit dauern, den Inhalt meiner Bibliothek wieder zu ersetzen.«

»Verzeihen Sie mir, dass ich Sie schon so früh am Tag störe«, meinte Joan. »Aber ich habe die ganze Nacht nicht geschlafen, und meine Nerven ließen keine weitere Verzögerung zu.«

Lavinia bahnte sich einen Weg zu der Festung ihres Schreibtisches. »Bitte, setzen Sie sich doch.«

»Danke.« Joan wählte einen Stuhl vor dem Schreibtisch. »Ich werde direkt zur Sache kommen. Ich möchte mich für das entschuldigen, was gestern Abend passiert ist. Meine einzige Entschuldigung ist die, dass ich Mr March nicht vollkommen vertraut habe. Ich hatte das Gefühl, es wäre besser, ihn im Auge zu behalten.«

»Ich verstehe.«

»Ich bin heute hierher gekommen, um darauf zu bestehen, dass ich Ihnen das Honorar bezahle, das ich Ihnen schuldig bin. Sie und Mr March waren doch wirklich erfolgreich. Es ist nicht Ihr Fehler, dass das Tagebuch zerstört wurde.«

»Vielleicht ist es ja besser so«, meinte Lavinia vorsichtig.

»Da könnten Sie Recht haben. Dennoch bleibt noch immer eine Frage offen.«

»Sie möchten wissen, wer Ihnen diese kleine Wachsarbeit geschickt hat, nehme ich an.«

»Ich kann keine Ruhe geben, ehe ich die Antwort darauf nicht kenne«, erklärte Joan. »Ich wünschte, Sie würden Ihre Nachforschungen in dieser Angelegenheit weiterführen.«

Joan war also heute nicht hierher gekommen, um sich über ein ruiniertes Kissen in ihrer Kutsche zu beklagen. Sie war hier, um ihre Rechnung zu bezahlen und um weitere Dienste zu bitten.

Lavinia setzte sich ein wenig abrupter hin, als sie es beabsichtigt hatte. Ganz plötzlich schien dieser Morgen heller zu sein, trotz des Regens. Sie bemühte sich, ihre Erleichterung hinter einer professionellen Fassade zu verbergen. Sehr entschlossen faltete sie die Hände und legte sie auf den Schreibtisch.

»Ich verstehe«, murmelte sie.

»Ich würde es verstehen, wenn Sie es als notwendig erachten, Ihre Gebühr zu erhöhen, um das auszugleichen, was Sie als meine Schuld ansehen, weil ich nicht vollkommen ehrlich war in der Sache mit dem Tagebuch.«

Lavinia räusperte sich. »Unter diesen Umständen.«

»Ja, natürlich«, stimmte Joan ihr zu. »Nennen Sie mir Ihren Preis.«

Wenn sie auch nur einen Funken Verstand hatte, dachte Lavinia, dann würde sie jetzt die Gelegenheit ergreifen, würde eine hübsche Summe nennen und die Vergangenheit vergessen. Doch die Erinnerung daran, wie knapp Tobias gestern Abend entkommen war, stand ihr dabei im Weg.

Gegen jegliche Vernunft warf sie Joan einen bösen Blick zu. »Wenn wir unsere geschäftliche Verbindung fortsetzen, Mrs Dove, dann muss ich Ihnen deutlich machen, dass es von Ihrer Seite aus keine Spionage mehr geben darf. Ich werde nicht zulassen, dass Mr March verfolgt wird, als wäre er ein Dieb und ein Bösewicht. Er ist ein Profi, genau wie ich.«

Joan zog eine Augenbraue hoch. »Mr March ist Ihnen wohl sehr wichtig, nicht wahr?«

Sie würde an diesem Köder nicht anbeißen, schwor sich Lavinia insgeheim. »Ich bin sicher, dass Sie verstehen werden, dass ich mich für Mr March verantwortlich fühle, weil er mein Geschäftspartner ist.«

»Ich verstehe. Verantwortungssinn.«

»In der Tat. Also, Mrs Dove, können Sie mir versprechen, dass Sie keinen Mann mehr ausschicken werden, der im Schatten herumlungert, während Mr March seine Nachforschungen durchführt?«

Joan zögerte, dann senkte sie leicht den Kopf. »Ich gebe Ihnen mein Wort, dass ich mich nicht mehr einmischen werde.«

»Also gut.« Lavinia lächelte kühl. »Ich werde Mr March sofort eine Nachricht schicken. Wenn er keine Bedenken dagegen hat, die Nachforschungen in Ihrer Sache wieder aufzunehmen, werde ich von Ihnen einen neuen Auftrag annehmen.«

»Etwas sagt mir, dass Mr March ganz und gar nicht zögern wird, in seiner Eigenschaft als Ihr Geschäftspartner in dieser Sache weiterzuarbeiten. Ich habe am gestrigen Abend den Eindruck gewonnen, dass er gar nicht damit einverstanden war, dass Sie mir das Geld praktisch ins Gesicht geworfen haben.«

Lavinia fühlte, wie ihr Gesicht zu brennen begann. »Ich habe es Ihnen nicht ins Gesicht geworfen, Mrs Dove. Nicht im wahrsten Sinn des Wortes.«

Joan lächelte. Sie sagte nichts.

Lavinia lehnte sich in ihrem Stuhl zurück. »Also gut, ich glaube, Sie haben Recht, wenn Sie sagen, dass Mr March erfreut sein wird, in dieser Angelegenheit seine Nachforschungen fortzusetzen. Gehen wir einmal davon aus, dann kann ich Ihnen noch einige Fragen stellen. Das wird uns Zeit ersparen.«

Joan senkte den Kopf. »Ja, natürlich.«

»Wir müssen annehmen, dass derjenige, der das Tagebuch verbrannt und es so hingelegt hat, dass Mr March es gefunden hat, uns damit sagen will, dass die Erpressung beendet ist. Ich nehme an, Sie werden keine Nachricht mehr von der Person bekommen, die Ihnen die Wachsarbeit zugeschickt hat. Ich denke, er hat seinen Gefallen an Erpressung verloren.«

»Sie könnten Recht haben. Das Wissen, dass ich Profis angestellt habe, die in dieser Sache nachgeforscht haben, hat ihn wahrscheinlich höchst alarmiert und ihn zurück in die Schatten getrieben. Dennoch muss ich wissen, wer dieser Mensch ist. Ich bin sicher, das verstehen Sie.« Joan lächelte freudlos. »Ich kann es nicht ertragen, dass mir Fremde Morddrohungen schicken.«

»Nein, natürlich nicht. Ich an Ihrer Stelle würde genauso über diese ganze Angelegenheit denken. Als ich in der letzten Nacht im Bett lag, habe ich die Sachlage noch einmal überdacht. Mir scheint, dass es um mehr als eine normale Erpressung geht. Bitte, fühlen Sie sich nicht angegriffen, aber ich muss Sie etwas fragen.«

»Was denn?«

»Ehe Sie mir antworten, hoffe ich, dass Sie sehr sorgfältig und ehrlich darüber nachdenken.« Lavinia zögerte und suchte nach einer höflichen Art, die Frage zu stellen. »Gibt es irgendeinen Grund, warum jemand Ihnen Schaden zufügen möchte?«

Keinerlei Gefühle waren in Joans Augen zu sehen. Weder Überraschung noch Wut oder Furcht. Sie nickte nur, als hätte sie diese Frage erwartet.

»Ich kann mir nicht vorstellen, dass irgendetwas, das ich

getan habe, jemanden dazu bringen könnte, mich umzubringen«, sagte sie.

»Sie sind eine sehr reiche Frau. Haben Sie irgendwelche Geschäfte abgeschlossen, die jemand anderem große finanzielle Verluste gebracht haben?«

Zum ersten Mal entdeckte Lavinia den Hauch eines Gefühls in Joans Augen. Es war ein trauriger, wehmütiger Ausdruck, den sie jedoch sehr schnell wieder unter Kontrolle hatte.

»Viele Jahre lang war ich mit einem sehr weisen, sehr klugen Mann verheiratet, der meine Geschäfte und auch die seinen hervorragend geführt hat. Ich habe von ihm eine ganze Menge über Investitionen und finanzielle Angelegenheiten gelernt, aber dennoch glaube ich nicht, dass ich jemals so tüchtig sein werde, wie er es war. Seit Fieldings Tod habe ich mein Bestes getan. Aber alles ist so schwierig.«

»Das verstehe ich.«

»Ich mühe mich noch immer mit den vielen Investitionen und geschäftlichen Dingen ab, die er mir hinterlassen hat. Es ist alles recht obskur. Dennoch bin ich sicher, dass nichts, was ich seit seinem Tod getan habe, jemandem finanziell geschadet hat.«

»Verzeihen Sie mir, aber gibt es etwas in Ihrem persönlichen Leben, das hier eine Rolle spielen könnte?«

»Ich war sehr verliebt in meinen Ehemann, Mrs Lake. Ich war ihm während unserer gesamten Ehe treu, und ich bin seit seinem Tod keinerlei romantische Bindung mehr eingegangen. Ich glaube nicht, dass es für jemanden einen persönlichen Grund geben könnte, mich zu bedrohen.«

Lavinia sah ihr in die Augen. »Dennoch ist eine Morddrohung etwas sehr Persönliches, nicht wahr? Persönlicher, wenn man darüber nachdenkt, als eine Erpressung, die doch wohl mehr in Richtung einer geschäftlichen Transaktion geht.«

»Ja.« Joan stand von ihrem Stuhl auf. Der wunderschön geschnittene Rock ihres Kleides brauchte nicht glatt gestrichen zu werden. Er fiel sofort in anmutige Falten. »Deshalb habe ich Sie ja auch gebeten, Ihre Nachforschungen fortzusetzen.«

Lavinia stand auch auf und ging um ihren Schreibtisch herum. »Ich werde Mr March sofort eine Nachricht schicken.«

Joan ging zur Tür. »Sie und Mr March stehen einander recht nahe, nicht wahr?«

Ganz zufällig stieß Lavinia mit der Schuhspitze gegen den Rand des Teppichs. Sie stolperte und musste sich an ihrem Schreibtisch festhalten, um nicht zu fallen.

»Uns verbindet nur das Geschäft«, erklärte sie. Ihre Stimme klang ein wenig zu laut, stellte sie fest. Ein wenig zu energisch.

Sie reckte sich und ging eilig zur Tür, um sie zu öffnen.

»Sie überraschen mich.« Joan sah verwirrt aus. »Als ich Ihre Besorgnis um seine Sicherheit und sein Wohlergehen am gestrigen Abend sah, nahm ich an, dass Sie beide sowohl Persönliches als auch Berufliches verbindet.«

Lavinia riss die Tür auf. »Meine Sorge um ihn ist nicht mehr als ein Gefühl, das jeder für seinen Geschäftspartner entwickeln würde.«

»Ich verstehe.« Joan ging hinaus in den Flur und blieb dort noch einmal stehen. »Ach, übrigens, beinahe hätte ich das vergessen. Mein Kutscher hat mir heute Morgen gesagt, dass er auf dem Sitz der Kutsche etwas gefunden hat.«

Lavinias Mund wurde ganz trocken. Ihre Hand klammerte sich um den Türgriff. Sie wusste, dass ihr Gesicht wahrscheinlich hochrot angelaufen war, doch sie konnte nichts dagegen tun.

»Auf dem Sitz, sagen Sie?«, fragte sie schwach.

»Ja. Ich glaube, es gehört Ihnen.« Joan öffnete ihre Tasche

und holte ein gefaltetes Tuch aus Musselin heraus. Sie hielt es Lavinia hin. »Mir gehört es ganz sicher nicht.«

Lavinia starrte auf das Stück Stoff. Es war das Schultertuch, das sie am gestrigen Abend getragen hatte. Sie hatte nicht einmal bemerkt, dass sie es verloren hatte. Sie hob die Hand an den Hals.

»Danke.« Schnell nahm sie Joan das Schultertuch aus der Hand. »Ich habe gar nicht bemerkt, dass ich es verloren hatte.«

»In einer Kutsche muss man immer vorsichtig sein.« Joan zog den Schleier von ihrem Hut vor das Gesicht. »Ganz besonders in der Nacht. In den Schatten kann man oft nur sehr schwer sehen. Es ist leicht, dort etwas Wertvolles zu verlieren.«

Nur Minuten nachdem Joan in ihrer eleganten Kutsche weggefahren war, schickte Lavinia Tobias eine Nachricht.

> *Lieber Sir,*
> *unsere frühere Klientin hat mir einen neuen Auftrag angeboten. Sie wünscht, dass wir in ihrem Auftrag weitere Nachforschungen durchführen. Sie hat mir ihr festes Versprechen gegeben, dass sie sich strikt an die Regeln halten wird. Sind Sie interessiert daran, Ihre Stellung als mein Geschäftspartner wieder aufzunehmen?*
> *Ihre*
> *Mrs L.*

Seine Antwort kam eine Stunde später.

Liebe Mrs L.,
seien Sie versichert, ich bin begeistert, jegliche
Position in dieser Angelegenheit einzunehmen,
die Sie mir zuteilen werden, Madam.
Ihr
M.

Lavinia betrachtete die Nachricht lange. Schließlich schloss sie, dass es besser wäre, wenn sie nicht versuchen würde, irgendeine verborgene Bedeutung aus dem, was Tobias geschrieben hatte, herauslesen zu wollen. Er war kein Mann, der im Umgang mit ihr Spitzfindigkeiten und Nuancen benutzen würde.

Der Mann war kein Poet.

»Zerstört, sagen Sie?« Neville schien über die Neuigkeit sehr verwirrt zu sein. »Verdammte Hölle. Vollkommen verbrannt?«

»Ich würde an Ihrer Stelle nicht so laut reden.« Tobias sah sich bedeutungsvoll in dem recht vollen Raum des Clubs um. »Man weiß ja nie, wer einem zuhört.«

»Ja, natürlich.« Neville schüttelte verwirrt den Kopf. »Ich habe mich vollkommen vergessen. Es ist nur so, dass diese Wendung der Dinge mich doch sehr erstaunt hat. Es ist nichts übrig geblieben?«

»Ein paar Seiten wurden verschont. Wie ich glaube, nur um mir zu bestätigen, dass ich wirklich das Tagebuch gefunden habe, nach dem ich gesucht habe.«

»Aber alle die Seiten, die mit den Mitgliedern des Blue Chamber zu tun hatten – waren sie alle unleserlich?«

»Ich habe mir alles sehr sorgfältig angesehen«, versicherte Tobias ihm. »Nichts Interessantes ist übrig geblieben.«

»Verdammt.« Nevilles Hand ballte sich zur Faust, doch

die Geste hatte eine gewisse theatralische Art. »Das bedeutet, dass die ganze Sache beendet ist, nicht wahr?«

»Nun ja ...«

»Es ist natürlich alles recht frustrierend. Ich wollte so gern den Namen des noch verbliebenen Mitgliedes des Blue Chamber wissen, den Namen des Mannes, der während des Krieges zum Verräter wurde.«

»Ich verstehe.«

»Da das Tagebuch jetzt zerstört worden ist, werden wir seinen Namen nie kennen, und wir werden auch nicht die wahre Identität von Azure erfahren.«

»Wenn man bedenkt, dass er tot ist, und das schon seit beinahe einem Jahr, ist das vielleicht auch gar nicht mehr wichtig«, meinte Tobias.

Neville runzelte die Stirn und griff nach seiner Flasche mit dem Claret. »Ich nehme an, Sie haben Recht. Ich hätte sehr viel darum gegeben, dieses Tagebuch in meine Hände zu bekommen. Aber am Ende ist es wohl am wichtigsten, dass das Blue Chamber nicht länger als eine kriminelle Organisation existiert.«

Tobias lehnte sich in seinem Stuhl zurück und legte die Fingerspitzen gegeneinander. »Es gibt da allerdings noch ein kleines Problem.«

Neville, der gerade Claret in sein Glas gießen wollte, hielt mitten in der Bewegung inne. »Was für ein Problem?«

»Wer auch immer das Tagebuch zerstört hat, hat es wahrscheinlich zuerst gelesen.«

Neville zuckte sichtbar zusammen. »*Gelesen.* Verdammte Hölle. Ja, natürlich. Darüber hatte ich noch gar nicht nachgedacht.«

»Jemand dort draußen weiß, wer Azure wirklich war. Die gleiche Person kennt auch die Identität des noch lebenden Mitgliedes des Blue Chamber.«

Die Flasche mit dem Claret zitterte in Nevilles Hand.
»Verdammt, Mann. Sie haben Recht.«

»Wer auch immer dieser Mensch ist, er hat vielleicht gar nicht die Absicht, die Geheimnisse aus diesem Tagebuch zu enthüllen. In der Tat nehme ich an, dass es das war, was er uns sagen wollte, als er es so eingerichtet hat, dass ich das verbrannte Tagebuch gefunden habe.« Tobias hielt absichtlich inne. »Dennoch kennt er die Antworten auf unsere Fragen. Und das macht ihn gefährlich.«

»Nun ja.« Neville stellte die Flasche sehr vorsichtig ab. »Nun ja, das tut es. Was schlagen Sie vor?«

»Ich bin bereit, meine Nachforschungen fortzusetzen.« Tobias lächelte. »Wenn Sie bereit sind, meine Auslagen zu bezahlen.«

13. Kapitel

Es gab keinen Zweifel daran, dass Priscilla Wortham eine außergewöhnlich attraktive junge Dame war. Doch heute Abend war sie Lavinias Meinung nach ein wenig zu auffällig in ihrem modischen Kleid aus rosafarbenem Musselin.

Die Erfahrungen, die sie in den letzten Tagen in Madame Francescas Geschäft gemacht hatte, hatten sie vieles gelehrt. Die Schneiderin hatte sehr klare Ansichten über die Mode, und sie zögerte auch nicht, sie jedem mitzuteilen. Nach allem, was sie bei der Bestellung von Kleidern für sich und Emeline gelernt hatte, konnte sie auf einen Blick sagen, dass am Saum von Priscillas Kleid viel zu viele Rüschen waren.

Außerdem war Priscillas helles Haar hoch auf ihrem Kopf aufgetürmt, in einem Durcheinander von kunstvoll arrangierten Locken, geschmückt mit einer Anzahl von Seidenblumen, die zu ihrem Kleid passten. Ihre Handschuhe waren auch rosa.

Alles in allem, schloss Lavinia, ähnelte Priscilla einer köstlichen Sahnetorte mit rosa Zuckerguss. Emeline hielt sich recht gut in der Theaterloge.

Sie saß neben Priscilla, darauf hatte Lady Wortham bestanden. Emeline war ein erstaunlicher Kontrast zu ihrer Freundin. Lavinia war erleichtert, als sie feststellte, dass die tyrannische Madame Francesca Recht gehabt hatte, als sie auf einem schlichten Kleid aus ungewöhnlicher grüner ägyptischer Gaze bestanden hatte. Emelines dunkles Haar war in einer eleganten, schlichten Frisur hochgesteckt, die ihre feinen, intelligenten Augen betonte. Ihre Handschuhe waren ein paar Töne dunkler als das Kleid.

Das Opfer des Apollo war es wert gewesen, dachte Lavinia stolz, als zwischen den Akten die Lichter angingen. Erst war es ihre Hauptsorge gewesen, dass Lady Wortham Emeline als Konkurrenz betrachten könnte und nicht, als angemessenen Hintergrund, vor dem Priscilla vorgezeigt werden sollte. Doch ihre Furcht hatte sich als grundlos erwiesen. Lady Wortham hatte nur einen Blick auf Emelines schlichtes, elegant geschnittenes Kleid geworfen und sich nicht die Mühe gemacht, ihre Erleichterung darüber zu verbergen, dass Priscillas Kleid nicht übertroffen worden war.

Die beiden jungen Frauen hatten an diesem Abend viele bewundernde Blicke auf sich gezogen. Lady Wortham war sehr erfreut. Sie glaubte offensichtlich, dass diese Blicke ihrer Tochter galten. Lavinia war ziemlich sicher, dass einige davon Emeline galten.

»Eine ausgezeichnete Vorstellung, finden Sie nicht?«, wandte sich Lavinia an Lady Wortham.

»Erträglich.« Lady Wortham senkte die Stimme, damit Emeline und Priscilla sie nicht hören konnten. »Aber ich denke, ich sollte Ihnen sagen, dass das Kleid Ihrer Nichte viel zu ernst für eine so junge Dame ist. Und dieses eigenartige Grün. Ganz und gar nicht die richtige Farbe. Ich muss daran denken, Ihnen den Namen meiner Schneiderin zu geben.«

»Sehr freundlich von Ihnen.« Lavinia legte einen Anflug von Bedauern in ihre Stimme. »Aber wir sind mit der Schneiderin, die wir haben, eigentlich recht zufrieden.«

»Wie schade.« Lady Worthams missbilligender Blick ruhte kurz auf Lavinias Seidenkleid. »Eine gute Schneiderin ist Gold wert, sage ich immer.«

»In der Tat.« Lavinia öffnete ihren Fächer.

»Ich bin sicher, meine Schneiderin hätte niemals dieses besondere Rot für Sie empfohlen. Nicht bei Ihrem roten Haar.« Lavinia biss die Zähne zusammen. Die Notwendigkeit einer Antwort blieb ihr erspart, als sich die schweren Samtvorhänge der Loge öffneten.

Anthony erschien, in seinem modisch geschnittenen Rock und der kunstvoll gebundenen Krawatte sah er sehr gut aus. »Ich hoffe, ich störe nicht.« Er machte eine anmutige Verbeugung. »Ich wollte nur all den hübschen Damen in dieser Loge meinen Respekt erweisen.«

»Anthony. Ich meine, Mr Sinclair.« Emeline bedachte ihn mit einem strahlenden Lächeln. »Wie schön, Sie zu sehen.«

Lady Wortham nickte freundlich. Ihre Augen blitzten zufrieden auf. »Setzen Sie sich doch, Mr Sinclair.«

Anthony zog sich einen Stuhl heran und schob ihn genau zwischen Emeline und Priscilla. Die drei jungen Leute unterhielten sich sofort lebhaft über das Stück. In der Nachbarloge wandten sich die Köpfe zu ihnen.

Lavinia warf Lady Wortham einen wissenden Blick zu. Sie würden niemals enge Freundinnen werden, dachte sie, doch in dieser Sache hier waren sie sich einig. Sie wussten beide sehr gut, dass auf dem Heiratsmarkt nichts so sehr das Interesse an jungen Damen weckte wie der Anblick eines ansehnlichen jungen Mannes, der die Damen umwarb. Anthony war für ihre Loge ein Gewinn.

»Wo ist Mr March?«, fragte Emeline in einer kurzen Pause in der Unterhaltung.

»Er wird auch gleich kommen.« Anthony warf einen schnellen Seitenblick auf Lavinia. »Er hat gesagt, er müsse zuerst noch kurz mit Neville sprechen.«

Diese Bemerkung weckte Lavinias Interesse. Sie war neugierig auf Tobias' Klienten. »Lord Neville ist heute Abend auch hier?«

»In der Loge dort gegenüber.« Anthony deutete lässig mit dem Kopf auf die Logen auf der anderen Seite des Theaters. »Er sitzt dort mit seiner Frau. Tobias ist jetzt bei ihnen. Ich nehme an, wenn er dort fertig ist, wird er hierher kommen.« Lavinia hob ihr Opernglas und folgte der Richtung, die Anthony gezeigt hatte. Sie entdeckte Tobias, und ihr stockte der Atem. Es war das erste Mal, seit sie ihn nach dem Vorfall in Mrs Doves Kutsche gestern Abend gesehen hatte. Sie war erschrocken über die Erregung, die sie bei seinem Anblick erfasste.

Er hatte gerade Nevilles Loge betreten. Während sie ihn beobachtete, beugte er sich höflich über die Hand einer Frau in einem tief ausgeschnittenen blauen Kleid.

Lady Neville schien Anfang vierzig zu sein. Lavinia betrachtete sie einen Augenblick. Sie war eine große, stattliche Dame, die zweifellos in ihrer Jugend schlicht ausgesehen hatte. Sie war eine der Frauen, die mit einem gewissen Alter an Attraktivität gewannen. Ihr Kleid war in einem schlichten, eleganten Stil geschnitten, der Lavinia vermuten ließ, dass auch sie eine Kundin von Madame Francesca war. Selbst auf die Entfernung glänzten die Juwelen um ihren Hals und an ihren Ohren so hell wie die Lichter des Theaters.

Das Aussehen des großen, schweren Mannes, der neben ihr saß, hatte sich hingegen eher zu seinem Nachteil verändert. Lavinia zweifelte nicht daran, dass Lord Neville in jüngeren Jahren eine schneidige, athletische Figur gehabt hatte. Doch sein gut geschnittenes Gesicht war auf eine wenig schmeichelhafte Art dicker und grober geworden und zeugte von Ausschweifungen und Hemmungslosigkeit.

»Kennen Sie Lord und Lady Neville?«, fragte Lady Wortham mit unverhülltem Interesse.

»Nein«, antwortete Lavinia. »Ich hatte noch nicht das Vergnügen.«

»Ich verstehe.«

Lavinia fühlte, dass Emeline im Ansehen ihrer Gastgeberin verloren hatte, deshalb versuchte sie, so gut es ging, Boden gutzumachen.

»Aber ich kenne Mr March sehr gut«, erklärte sie. Gütiger Himmel, sie musste wirklich verzweifelt sein. Wer hätte geglaubt, dass sie es nötig haben würde, mit Tobias' Namen ihren eigenen gesellschaftlichen Stand zu heben?

»Hmm.« Lavinia fragte sich, was Lady Wortham wohl von Tobias gedacht hätte, wenn sie wüsste, was er gestern Abend in der Kutsche getan hatte. »Kennen Sie Lord und Lady Neville?«

»Über die Jahre hinweg haben mein Mann und ich Einladungen zu den gleichen Bällen und Partys bekommen wie Neville und seine Frau«, erklärte Lady Wortham kühl und ausweichend. »Wir bewegen uns in den gleichen Kreisen.«

Unsinn, dachte Lavinia. Einladungen zu den gleichen gesellschaftlichen Ereignissen zu bekommen, hieß doch wohl kaum, dass sie sich kannten, und das wussten sie beide. Verzweifelte Gastgeberinnen schickten Einladungen an jeden, der in der Gesellschaft zählte. Das hieß nicht, dass die Einladungen auch angenommen wurden.

»Ich verstehe«, murmelte Lavinia. »Dann kennen Sie Lord und Lady Neville also auch nicht richtig?«

Lady Wortham wurde ärgerlich. »Zufällig sind Constance und ich in der gleichen Saison in die Gesellschaft eingeführt worden. Ich erinnere mich noch gut an sie. Sie war ziemlich gewöhnlich, um es genau zu sagen. Wenn sie nicht diese riesige Erbschaft gemacht hätte, wäre sie wohl sitzen geblieben.«

»Neville hat sie um ihres Geldes willen geheiratet?«, fragte Lavinia neugierig.

»Natürlich.« Lady Wortham schnaufte vornehm. »Damals

hat das jeder gewusst. Es gab sonst nichts, was Constance vorzuweisen gehabt hätte. Sie sah nicht gut aus und hatte keinen Sinn für Mode.«

»Von Letzterem scheint sie sich aber eine ganze Menge angeeignet zu haben«, meinte Lavinia.

Lady Wortham hob ihr Glas und blickte durch das Theater. »Diamanten wirken natürlich bei einer Frau.« Sie senkte das Glas wieder. »Ich sehe, Ihr Mr March hat die Loge wieder verlassen. Wenn er kommt, dann werden wir hier eine hübsche kleine Gesellschaft haben, nicht wahr?«

Lady Wortham rieb sich beinahe die Hände, sie lachte in der Erwartung, einen weiteren Gentleman in Priscillas Nähe zu haben, dachte Lavinia.

Die Samtvorhänge hinter ihnen öffneten sich noch einmal. Doch es war nicht Tobias, der die Loge betrat.

»Mrs Lake.« Richard, Lord Pomfrey, bedachte sie mit einem leidenschaftlichen Blick, der durch seine offensichtliche Trunkenheit allerdings getrübt wurde. »Ich dachte mir doch, dass ich Sie gesehen hatte. Was für ein Glück, Sie noch einmal zu treffen. Seit Italien sind Sie mir nicht mehr aus dem Kopf gegangen.« Seine Worte waren ein wenig gelallt, und er war unsicher auf den Beinen.

Der Schock, ihn nach all diesen Monaten wiederzusehen, ließ Lavinia ein paar Sekunden lang erstarren. Sie war nicht die Einzige, die bei Pomfreys Erscheinen erstarrt war. Sie fühlte, wie sich neben ihr Lady Wortham versteinerte.

Ihre Gastgeberin kannte ganz sicher Pomfreys Ruf als zügelloser Frauenheld, überlegte Lavinia. Er war entschieden nicht die Art von Gentleman, den sie zusammen mit ihrer unschuldigen Tochter in der Loge haben wollte. Lavinia machte ihr deswegen keinen Vorwurf. Sie war auch nicht daran interessiert, Pomfrey in Emelines Nähe zu wissen.

Es war Anthony, der galant zu ihrer Rettung kam. Er warf

einen Blick auf Lavinia und stand auf. Er stellte sich Pomfrey in den Weg.

»Ich glaube nicht, dass wir einander schon begegnet sind«, sagte Anthony.

Pomfrey musterte ihn von Kopf bis Fuß und traf offensichtlich die Entscheidung, ihn sofort als unwichtig abzutun. »Pomfrey«, stellte er sich vor. »Ich bin ein *sehr* guter Freund von Mrs Lake.« Er wandte sich wieder zu Lavinia und bedachte sie mit einem Lächeln, das entsetzlich anzüglich war. »Man könnte schon sagen, ein *intimer* Freund. Wir kannten einander gut in Italien, nicht wahr, Lavinia?«

Lady Wortham keuchte auf.

Es war höchste Zeit, die Kontrolle zu übernehmen, dachte Lavinia.

»Sie irren sich, Sire«, erklärte sie brüsk. »Wir kennen einander gar nicht gut. Sie waren ein Freund von Mrs Underwood, glaube ich.«

»Sie war wirklich diejenige, die uns einander vorgestellt hat«, stimmte Pomfrey ihr in einem Ton zu, der voll sinnlicher Anspielungen war. »Dafür bin ich ihr sehr zu Dank verpflichtet. Haben Sie von ihr gehört, seit sie mit dem Grafen durchgebrannt ist?«

»Nein, das habe ich nicht.« Lavinia lächelte kühl. »Wenn ich mich recht erinnere, sind Sie verheiratet, Sir. Wie geht es Ihrer Gattin?«

Pomfrey ließ sich durch die Erwähnung seiner seit langem leidenden Frau nicht aus der Ruhe bringen. »Ich glaube, sie ist auf einer Party auf dem Land.« Er blickte zu Emeline und zu Priscilla, die ihn mit großen Augen betrachteten. »Möchten Sie mich nicht Ihren hübschen Begleiterinnen vorstellen?«

»Nein«, sagte Lavinia.
»Nein«, sagte Anthony.

Lady Wortham zog die Augen zusammen. »Das wird nicht möglich sein.«

Anthony machte einen Schritt nach vorn. »Wie Sie sehen, ist die Loge voll, Sir. Würden Sie bitte freundlicherweise sofort gehen.«

Pomfrey sah ihn irritiert an. »Ich weiß nicht, wer Sie sind, aber Sie stehen mir im Weg.«

»Und das wird auch so bleiben.«

Noch mehr Köpfe drehten sich zu ihnen. Lavinia sah, wie sich das Licht in den Linsen der Operngläser an verschiedenen Stellen des Theaters spiegelte. Die Menschen richteten ihre Lorgnetten und ihre Operngläser in ihre Richtung. Sie bezweifelte, dass jemand hören konnte, was gesagt wurde, doch es bestand kein Zweifel daran, dass eine Spannung über der Loge der Worthams lag.

Lady Worthams wachsendes Entsetzen war unmissverständlich. Lavinia fühlte förmlich, wie ihre Gastgeberin erschauerte bei dem Gedanken an die Szene, die sich hier abspielte, und daran, dass Priscilla mittendrin war.

»Treten Sie zur Seite«, forderte Pomfrey Anthony lässig auf. »Nein«, erklärte Anthony. Seine Stimme war leise und fest, auf eine Art, die Lavinia an Tobias erinnerte. »Sie müssen sofort gehen, Sir.«

Pomfreys Augen verzogen sich böse.

Lavinias Magen hob sich. Anthony nahm eine Haltung ein, die, wenn es ganz schlimm kam, ihm die Herausforderung zu einem Duell einbringen konnte. Sie musste dem ein Ende machen.

»Gehen Sie, Pomfrey«, sagte sie. »Sofort.«

»Ich denke nicht im Traum daran zu gehen, ehe Sie mir die Ehre erweisen, mich zu einem Besuch bei Ihnen einzuladen«, erklärte Pomfrey. »Morgen Nachmittag wäre mir sehr recht. Warum geben Sie mir nicht Ihre Adresse, Madam?«

»Ich glaube, morgen Nachmittag wäre mir gar nicht recht«, antwortete Lavinia.

»Ich kann auch bis zum nächsten Tag warten, um unsere *intime* Verbindung zu erneuern. Immerhin habe ich bereits sechs Monate gewartet.«

Lady Wortham machte den vergeblichen Versuch, die Kontrolle zu übernehmen. »Wir erwarten noch einen anderen Gast, Pomfrey. Wir haben wirklich nicht genug Platz, dass Sie auch noch hier bleiben können. Ich bin sicher, Sie verstehen das.«

Pomfrey betrachtete Emeline und Priscilla mit einem unangenehmen Ausdruck. Dann wandte er sich wieder an Lady Wortham und verbeugte sich unsicher.

»Ich kann Sie unmöglich verlassen, ohne diesen beiden bezaubernden jungen Damen meine Aufwartung zu machen. In der Tat bestehe ich darauf, ihnen vorgestellt zu werden. Wer weiß? Wir könnten uns auf einem Ball oder einer Soiree wieder begegnen. Es könnte sein, dass ich sie dann um einen Tanz bitten möchte.«

Der Gedanke, diesen notorischen Frauenheld ihrer Tochter vorzustellen, trieb Mrs Wortham eine heiße Röte ins Gesicht.

»Ich fürchte, das ist unmöglich«, erklärte sie.

Anthony ballte die Hände zu Fäusten. »Gehen Sie, Sir. Sofort.«

Pomfreys Wut war in seinen Augen zu sehen. Er wandte sich mit gefährlich blitzenden Augen zu Anthony.

»Wissen Sie, Sie sind wirklich sehr lästig. Wenn Sie mir nicht aus dem Weg gehen, werde ich gezwungen sein, Ihnen eine Lektion in guten Manieren zu erteilen.«

Lavinia erstarrte. Die ganze Situation entglitt vollkommen.

»Wirklich, Pomfrey, Sie sind derjenige, der hier lästig ist«, erklärte sie. »Ich weiß nicht, warum Sie unbedingt den Störenfried spielen möchten.«

Sie wusste sofort, dass sie zu weit gegangen war. Pomfrey war kein sehr standfester Mann, erinnerte sie sich. Wenn er getrunken hatte, war er unberechenbar, und er neigte zu Gewalttätigkeiten.

Wut blitzte in seinen Augen auf, doch der Vorhang öffnete sich, noch ehe er auf Lavinias Beleidigung reagieren konnte. Tobias betrat die Loge.

»Mrs Lake hat nicht ganz Recht, Pomfrey«, erklärte Tobias lässig. »Sie *werden* nicht lästig. Sie haben das Stadium der Belästigung schon weit überschritten und langweilen nur noch.«

Pomfrey zuckte bei diesem unerwarteten Angriff zusammen. Er erholte sich sehr schnell, doch auf seinem Gesicht spiegelte sich Überraschung und nicht nur Wut. »March. Was zum Teufel tun Sie denn hier? Das hier geht Sie gar nichts an.«

»Oh, es geht mich sehr wohl etwas an.« Tobias sah ihm in die Augen. »Ich bin sicher, Sie verstehen, was ich meine.«

Pomfrey war schrecklich wütend. »Was soll das bedeuten? Sie und Mrs Lake? Ich habe nie auch nur ein Wort über eine Verbindung zwischen Ihnen beiden gehört.«

Tobias bedachte ihn mit einem Lächeln, das so kalt war, dass Lavinia überrascht war, dass er nicht zu Eis erstarrte.

»Nun, jetzt haben Sie etwas über unsere Verbindung gehört, nicht wahr?«, meinte Tobias.

»Hören Sie«, tobte Pomfrey. »Ich kannte Mrs Lake in Italien.«

»Aber offensichtlich nicht sehr gut, denn sonst würden Sie wissen, dass sie Sie fürchterlich langweilig findet. Wenn Sie nicht in der Lage sind, diese Loge auf Ihren eigenen Beinen zu verlassen, dann werde ich Ihnen gern bei Ihrem Abgang helfen.«

»Verdammte Hölle, soll das eine Drohung sein?«

Tobias dachte kurz darüber nach, dann senkte er ein wenig den Kopf. »Ja, ich glaube, das ist es.«

In Pomfreys Gesicht arbeitete es. »Wie können Sie es wagen, Sir?«

Tobias zuckte mit den Schultern. »Sie wären erstaunt, wenn Sie wüssten, wie einfach es ist, Ihnen zu drohen, Pomfrey. Es ist wirklich überhaupt nicht schwierig. Ich würde sagen, es ist ganz natürlich.«

»Dafür werden Sie zahlen, March.«

Tobias lächelte. »Ich glaube, ich kann mir den Preis leisten.«

Pomfreys Gesicht lief rot an. Er ballte die Hände zu Fäusten. Lavinia hatte plötzlich schreckliche Angst, dass er eine förmliche Herausforderung aussprechen würde.

»Nein.« Sie war schon fast aufgestanden. »Nein, warten Sie. Pomfrey, Sie dürfen so etwas nicht tun. Das werde ich nicht zulassen.«

Doch Pomfrey hörte gar nicht auf sie. Er richtete seine ganze Aufmerksamkeit auf Tobias. Statt ihre größten Ängste wahr zu machen, ihn zu einem Duell mit Pistolen in der Morgendämmerung aufzufordern, erstaunte er alle, indem er zu einem plötzlichen, mächtigen Schlag auf Tobias' Magen ansetzte.

Tobias musste den Schlag erwartet haben, denn er trat einen Schritt zurück und wich Pomfreys Faust aus. Die plötzliche Bewegung brachte ihn allerdings aus dem Gleichgewicht. Lavinia sah, wie sein linkes Bein nachgab. Er klammerte sich an den Rand des Samtvorhangs, um nicht zu fallen, doch der schwere Vorhang konnte sein Gewicht nicht halten. Er löste sich aus den Ringen, die ihn an der Decke hielten, und fiel nach unten.

Tobias stolperte zurück gegen die Wand.

Priscilla stieß einen kleinen Schrei aus. Emeline sprang auf. Anthony fluchte leise und stellte sich vor die beiden jungen Damen, in einem vergeblichen Versuch, sie vor der männlichen Gewalt zu beschützen.

Tobias glitt auf den Boden, in dem Augenblick, in dem Pomfreys Faust mit einem dumpfen Knall gegen die Wand donnerte. Pomfrey stieß ein unterdrücktes schmerzliches Stöhnen aus und hielt seine verletzte Hand mit der anderen Hand fest.

Lavinia hörte ein eigenartiges dröhnendes Geräusch. Sie brauchte ein paar Sekunden, ehe sie begriff, dass die Menschenmenge über das Schauspiel jubelte und applaudierte. Nach den aufmunternden Rufen zu urteilen, fanden sie diese Unterhaltung besser als alles, was sie an diesem Abend auf der Bühne gesehen hatten.

Sie hörte ein unterdrücktes Aufstöhnen, gefolgt von einem heftigen Plumps. Als sie zur Seite blickte, stellte sie fest, dass Lady Wortham von ihrem Stuhl gefallen war und flach auf dem Boden lag.

»*Mama.*« Priscilla lief auf sie zu. »Oje, ich hoffe, du hast daran gedacht, dein Riechfläschchen mitzubringen.«

»Meine Tasche«, keuchte Lady Wortham. »Schnell.«

Tobias griff nach dem Geländer und zog sich hoch. »Vielleicht sollten wir die Sache an einem geeigneteren Ort beenden, Pomfrey. Die Straße draußen wäre sicher besser.«

Pomfrey blinzelte und sah Tobias an. Er schien die wild jubelnde Menge erst jetzt zu bemerken. Die Wut in seinen Augen ließ ihn ganz benommen aussehen. Mehrere Männer im Parkett riefen ihm zu und ermunterten ihn, noch einen Schlag zu wagen.

Wut kämpfte mit Erniedrigung, als Pomfrey langsam begriff, dass er sich öffentlich zur Schau stellte.

Am Ende gewann die Erniedrigung Oberhand.

»Wir werden das ein anderes Mal regeln, March.«

Pomfrey zog zitternd die Luft ein, dann wirbelte er herum und stolperte aus der Loge.

Die Menge machte ihrer Enttäuschung in einem Chor von Buhs und Zischen Luft.

Auf dem Boden stöhnte Lady Wortham noch einmal.

»Mama?« Priscilla wedelte mit dem Riechfläschchen unter der Nase ihrer Mutter hin und her. »Ist alles in Ordnung mit dir?«

»In meinem ganzen Leben bin ich noch nie so erniedrigt worden«, stöhnte Lady Wortham. »Für den Rest der Saison werden wir uns nicht mehr in der Öffentlichkeit sehen lassen können. Mrs Lake hat unseren Ruf zerstört.«

»Oje«, sagte Lavinia.

Es ist alles meine Schuld, dachte Tobias. Wieder einmal.

Grabesstille herrschte in der Mietkutsche. Anthony und Emeline saßen Tobias und Lavinia gegenüber. Niemand hatte ein Wort gesprochen, seit sie das Theater verlassen hatten. Von Zeit zu Zeit blickten alle zu Lavinia, sahen dann aber wieder weg, weil sie keine Worte des Trostes fanden.

Lavinia saß steif auf ihrem Sitz, den Kopf abgewandt, und starrte aus dem Fenster in die Nacht. Tobias wusste, dass sie ihn für all das verantwortlich machte.

Er zwang sich, das zu tun, was seiner Meinung nach ein echter Mann tun musste.

»Ich entschuldige mich dafür, deine Pläne für diesen Abend zerstört zu haben, Lavinia.«

Sie gab ein kleines, unartikuliertes Geräusch von sich und zerrte ein Taschentuch aus ihrer Tasche. Benommen starrte er sie an, als sie mit dem Spitzentuch ihre Augen betupfte.

»Verdammte Hölle, Lavinia, *weinst* du etwa?«

Sie gab noch ein Geräusch von sich, dann vergrub sie das Gesicht in dem Taschentuch.

»Siehst du, was du angerichtet hast?«, sagte Anthony. Er beugte sich vor. »Mrs Lake, Tobias und ich können Ihnen gar nicht sagen, wie sehr wir das bedauern, was heute Abend geschehen ist. Ich schwöre, es war niemals unsere Absicht, Ihnen einen solchen Kummer zu bereiten.«

Lavinia zog die Schultern hoch. Ein Schauer rann durch ihren Körper. Sie nahm das Gesicht nicht aus dem Taschentuch.

»Pomfrey ist ein wirklich schrecklicher Mann, Lavinia«, versuchte es Emeline sanft. »Du weißt das besser als alle anderen. Es war wirklich Pech, dass er ausgerechnet heute Abend aufgetaucht ist, aber abgesehen von der Tatsache, dass er sich selbst als Dummkopf hingestellt hat, sehe ich nicht, was Mr March und Anthony noch hätten tun können.«

Bedrückt schüttelte Lavinia den Kopf.

»Ich weiß, du hast gehofft, einige Aufmerksamkeit auf mich zu lenken«, fügte Emeline noch hinzu.

»Wenn wir sonst nichts geschafft haben, so haben wir doch wenigstens das erreicht«, meinte Tobias ein wenig spöttisch. Lavinia schnüffelte laut in ihr Taschentuch.

Anthony bedachte ihn mit einem bösen Blick. »Das ist wohl kaum der richtige Augenblick, deinen entschieden eigenartigen Humor anzubringen. Mrs Lake glaubt, dass eine riesengroße Katastrophe passiert ist, und sie hat allen Grund dazu. Ich denke, man kann sagen, dass die Szene in Lady Worthams Loge heute Abend das Hauptthema der Unterhaltungen bei jeder Tasse Tee morgen sein wird. Ganz zu schweigen von dem Klatsch in den Clubs.«

»Tut mir Leid«, murmelte Tobias. Etwas anderes fiel ihm nicht ein. Er hatte Lavinia schon in allen möglichen Stimmungen gesehen, doch sie hatte immer eine Stärke gezeigt, die er mittlerweile schon als selbstverständlich hinnahm. Dies war das erste Mal, dass er sie weinen sah. Er hätte sich niemals vorstellen können, dass sie in Tränen ausbrechen würde, nur wegen eines gesellschaftlichen Fiaskos. Er war ein hoffnungsloser Fall, er hatte den Boden unter den Füßen verloren, und das wusste er auch.

»Nun, soweit es mich betrifft, finde ich, dass es keine totale Katastrophe war«, erklärte Emeline fröhlich.

Lavinia murmelte etwas Unverständliches.

Emeline seufzte. »Ich weiß, du hast hart daran gearbeitet, Lady Wortham zu ermuntern, mich heute Abend ins Theater einzuladen, und du hast den Apollo geopfert für diese hübschen Kleider. Ich bedaure, dass die Dinge nicht so gelaufen sind, wie du es erwartet hast. Dennoch habe ich dir schon vorher gesagt, dass ich nicht besonders viel davon halte, zur Schau gestellt zu werden.«

»Mmmpf«, murmelte Lavinia in ihr Taschentuch.

»Es war nicht der Fehler von Mr March, dass Pomfrey sich zum Affen gemacht hat«, sprach Emeline weiter. »Wirklich, es ist nicht nett, ihn oder Anthony für das verantwortlich zu machen, was geschehen ist.«

»Bitte, weinen Sie nicht, Mrs Lake«, stimmte ihr Anthony zu. »Ich bin sicher, der Klatsch wird schon sehr bald aufhören. Lady Wortham nimmt ja keine besonders hohe Stellung in der Gesellschaft ein. Die ganze Sache wird schon sehr bald wieder vergessen sein.«

»Wir sind g-g-ganz sicher ruiniert, genau wie Lady Wortham es gesagt hat«, murmelte Lavinia in ihr Taschentuch. »Daran kann man nichts mehr ä-ändern. Ich bezweifle, dass ein einziger anständiger Gentleman Emeline morgen einen Besuch abstatten wird. Aber was passiert ist, ist passiert.«

»Tränen werden auch nichts nützen«, meinte Emeline besorgt. »Wirklich, es sieht dir so gar nicht ähnlich, über so etwas zu weinen.«

»Ihre Nerven waren in letzter Zeit sehr angespannt«, rief Anthony ihnen allen ins Gedächtnis.

»Weine nicht, Lavinia«, murmelte Tobias. »Du strapazierst die Nerven von allen hier.«

»Ich fürchte, ich kann nicht anders.« Lavinia hob langsam den Kopf und zeigte ihre feuchten Augen. »D-der Ausdruck auf Lady Worthams Gesicht. Ich schwöre, ich habe in meinem ganzen Leben noch nie etwas so Lustiges gesehen.«

Sie sank in die Ecke der Kutsche, und ihr Körper bebte unter einem weiteren Lachanfall.

Alle starrten sie an.

Emelines Mund verzog sich. Anthony begann zu grinsen. Im nächsten Augenblick brüllten sie alle vor Lachen.

Etwas tief in Tobias' Innerem entspannte sich. Er hatte nicht länger das Gefühl, zu einer Beerdigung zu fahren.

»Da sind Sie ja, March.« Crackenburne senkte seine Zeitung und blickte über den Rand seiner Brille Tobias an. »Ich habe gehört, Sie waren verantwortlich für eine sehr unterhaltsame Vorstellung im Theater gestern Abend.«

Tobias sank in den Sessel neben ihm. »Wilde Gerüchte und haltloser Klatsch.«

Crackenburne schnaufte. »Sie werden es nicht schaffen, diese Version der Geschichte lange aufrechtzuerhalten. Es hat ein ganzes Theater voller Zeugen gegeben. Einige davon glauben sogar, dass Pomfrey Sie fordern wird.«

»Warum sollte er das tun? Er war doch deutlich der Sieger in der ganzen Sache.«

»Das hat man mir gesagt.« Crackenburne sah Tobias nachdenklich an. »Wie ist das alles denn passiert?«

»Der Mann hat Unterricht im Boxen vom großen Jackson selbst bekommen. Ich hatte nicht den Hauch einer Chance.«

»Hmm.« Crackenburne zog seine buschigen Augenbrauen über seiner beeindruckenden Nase zusammen. »Machen Sie sich nur lustig über die ganze Sache, wenn Sie das wollen, aber in Pomfreys Nähe sollten Sie auf Ihren Rücken achten. Er hat einen Ruf dafür, gewalttätig zu werden, wenn er etwas getrunken hat.«

»Ich danke Ihnen für Ihre Sorge, aber ich glaube nicht, dass ich in Gefahr bin, von Pomfrey gefordert zu werden.«

»Da stimme ich Ihnen zu. Ich mache mir keine Sorgen darüber, dass er Sie zu einem Treffen in der Morgendämmerung einladen wird. Pomfrey hat nur die Nerven, eine solche Herausforderung auszusprechen, wenn er betrunken ist. Selbst wenn ihm das gelingen würde, so bin ich ganz sicher, dass er diese Einladung sofort wieder zurückziehen würde, sobald die Wirkung des Alkohols nachgelassen hat. Im Herzen ist er nicht nur ein Dummkopf, er ist auch noch ein Feigling.«

Tobias zuckte mit den Schultern und griff nach seinem Kaffee. »Was ist es denn, was Ihnen Sorgen macht?«

»Ich würde ihm zutrauen, irgendeine hinterhältige Art zu finden, sich an Ihnen zu rächen.« Crackenburne hob die Zeitung wieder vor sein Gesicht. »Ich rate Ihnen, eine Weile keine langen Spaziergänge in der Nacht mehr zu machen – und versuchen Sie, sich aus dunklen Gassen fern zu halten.«

14. Kapitel

Lavinia zog die große Haube über ihre Augen und legte dann den Schal so um ihren Hals, dass er ihr Gesicht verdeckte. Die Schürze, die sie über dem über und über geflickten Kleid trug, war die, die Mrs Chilton immer benutzte, wenn sie den Boden schrubbte. Dicke Strümpfe und kräftige Schuhe vervollständigten die Verkleidung.

Sie sah die Frau an, die auf einem Stuhl neben dem Herd saß, eine Frau, die sie nur als Peg kannte.

»Sind Sie sicher, dass Mr Huggett heute Nachmittag nicht da sein wird?«, fragte Lavinia.

»Aye.« Peg widmete sich einem Auflauf. »Huggett bekommt jeden Donnerstag seine Behandlung. Der Einzige, der hier ist, ist der junge Gordy. Um den brauchen Sie sich keine Sorgen zu machen. Er ist vorne und verkauft Eintrittskarten, falls er sich nicht in einem der Hinterzimmer mit einem Mädchen vergnügt.«

»Welche Behandlung bekommt Mr Huggett denn?«

Peg rollte mit den Augen. »Er geht zu einem dieser Quacksalber, die animalischen Magnetismus einsetzen, um schmerzende Gelenke und so etwas zu heilen.«

»Mesmerismus.«

»Aye. Huggett hat Rheumatismus.«

»Ich verstehe.« Lavinia hob den Eimer mit grauem Wasser hoch. »Nun, dann will ich los.« Sie hielt inne und wandte sich langsam um. »Wird es so gehen, Peg?«

»Sie bieten einen tollen Anblick, wirklich.« Peg griff nach

einem weiteren Stück Auflauf und blickte Lavinia aus zusammengezogenen Augen an. »Wenn ich nicht wüsste, dass Sie eine feine Dame sind, dann würde ich mir Sorgen darüber machen, dass Sie mir die Arbeit wegnehmen.«

»Keine Angst, ich will Ihre Arbeit gar nicht haben.« Lavinia griff nach dem schmutzigen Mopp. »Wie ich Ihnen schon sagte, meine einzige Absicht ist es, die Wette zu gewinnen, die ich mit meinem Freund gemacht habe.«

Peg warf ihr einen wissenden Blick zu. »Da ist wohl eine Menge Geld im Spiel, wie?«

»Genug, damit es sich lohnt, Sie zu bezahlen.« Sie ging die Treppe hinauf, die von Pegs winzigem Zimmer zur Straße führte. »Ich werde Ihnen Ihre Sachen in einer Stunde zurückbringen.«

»Lassen Sie sich ruhig Zeit.« Peg setzte sich in ihrem Sessel zurecht und streckte die geschwollenen Füße aus. »Sie sind nicht die Erste, die meinen Eimer und meinen Mopp für eine oder zwei Stunden ausborgen will, doch Sie sind die Erste, die behauptet, meine Sachen haben zu wollen, um eine Wette zu gewinnen.«

Lavinia blieb auf der obersten Stufe stehen und wandte sich schnell um. »Jemand anderes hat Sie auch darum gebeten, Ihren Platz einnehmen zu dürfen?«

»Aye.« Peg lachte lässig. »Ich habe eine Abmachung mit ein paar ehrgeizigen Mädchen. Ich werde Ihnen ein kleines Geheimnis verraten. Die alte Peg verdient mehr Geld damit, diesen Eimer und diesen Mopp zu verleihen und diese Schlüssel, als sie je Lohn von dem geizigen Huggett bekommen hat. Wie glauben Sie wohl, könnte ich sonst mein kleines Zimmer bezahlen?«

»Das verstehe ich nicht. Warum sollte jemand Sie dafür bezahlen, an Ihrer Stelle den Boden wischen zu dürfen?«

Peg zwinkerte ihr breit zu. »Einige der Gentlemen werden richtig heiß, wenn sie die Ausstellung in diesem ganz besonderen Raum oben sehen. Die Ausstellungsstücke bringen sie in Stimmung für ein wenig Sport, und wenn ein williges Mädchen in der Nähe ist, nun ja, dann geben sie ihr gern ein paar Münzen, um sich von ihr bedienen zu lassen, wenn Sie wissen, was ich meine.«

»Ich glaube, ich verstehe.« Lavinia unterdrückte einen Schauer. »Sie brauchen nicht deutlicher zu werden. Ich bin nicht daran interessiert, Ihren Eimer und Ihren Mopp auszuleihen, um so etwas zu tun. Das ist nicht mein Geschäft.«

»Nein, natürlich nicht.« Peg schluckte und wischte sich mit dem Rücken ihrer schmutzigen Hand den Mund ab. »Sie sind eine *Dame*, nicht wahr? Sie wollen meinen Eimer nur haben wegen eines Spaßes und einer Wette, nicht weil Ihre nächste Mahlzeit davon abhängt.«

Lavinia fiel nichts ein, was sie darauf sagen konnte. Ohne ein weiteres Wort ging sie die Treppe hinauf und trat auf die schmuddelige Straße.

Es dauerte nicht lange, bis sie die kurze Entfernung zu Huggetts Museum zurückgelegt hatte, das am Rand von Covent Garden lag. Sie fand die Gasse hinter dem Museum. Die Hintertür war offen, genau wie Peg es versprochen hatte.

Sie umklammerte den Mopp und den Eimer mit dem schmutzigen Wasser, dann holte sie tief Luft und betrat das Haus. Sie fand sich in einem dunklen Flur wieder. Die Tür auf der linken Seite, die Tür, von der Peg gesagt hatte, Huggett benutze den Raum dahinter als sein Büro, war verschlossen.

Sie stieß den Atem aus, den sie unwillkürlich angehalten hatte. Es schien wirklich so, als sei der Eigentümer des Museums am Nachmittag nicht da.

Das schwach erhellte Erdgeschoss war beinahe leer, genau wie an dem Tag, als sie und Tobias sich die Ausstellungsstücke angesehen hatten. Keiner der wenigen Kunden sah in ihre Richtung.

Sie ging hinter der Szene des Grabraubes vorbei und dann am Galgen mit dem Henker. Am anderen Ende des Raumes entdeckte sie die Wendeltreppe im Schatten.

Zum ersten Mal, seit sie heute Morgen den Gedanken gehabt hatte, die geheimnisvolle obere Etage von Huggetts Museum zu untersuchen, zögerte sie.

Von der Stelle aus, an der sie jetzt stand, konnte sie die Tür am oberen Ende der Treppe nicht sehen, die Peg ihr beschrieben hatte. Sie verlor sich in der Dunkelheit. Ein Schauer des Unbehagens beschlich sie.

Dies war nicht die richtige Zeit, um ihren Nerven nachzugeben, dachte sie. Sie begab sich doch nicht in Gefahr. Sie wollte doch nur einen Blick ins Innere des Ausstellungsraumes werfen.

Was konnte da schon schief gehen?

Ärgerlich auf sich selbst, schob sie den Anflug von Unsicherheit beiseite, umfasste den Eimer und den Mopp fester und ging schnell die gewundene Treppe hinauf.

Als sie das obere Ende der Treppe erreicht hatte, stand sie vor einer schweren Holztür. Sie war verschlossen, genau wie Peg es ihr gesagt hatte. Die Putzfrau hatte erklärt, dass der männlichen Kundschaft von Huggett der Zugang in den Raum nur erlaubt wurde, nachdem sie ein zusätzliches Eintrittsgeld bezahlt hatten. Offensichtlich hatte das an diesem Nachmittag niemand getan.

Das würde die Dinge noch einfacher machen, überlegte Lavinia.

Sie holte den Eisenring aus einer der Schürzentaschen und steckte den Schlüssel in das Schlüsselloch. Es gab ein lautes, knirschendes Geräusch, als sich die Tür öffnete. Die Scharniere quietschten laut.

Zögernd trat sie in den Raum und ließ die Tür hinter sich ins Schloss fallen.

Die Ausstellungsstücke waren unbeleuchtet, doch es fiel genug Licht durch die hohen, schmalen Fenster, um das Schild gleich vor ihr zu sehen.

SZENEN AUS EINEM BORDELL

Die Umrisse von fünf lebensgroßen Szenen mit Wachsfiguren ragten aus den Schatten um sie herum auf.

Sie stellte den Eimer und den Mopp ab und ging zu dem ersten Ausstellungsstück. Im Halbdunkel konnte sie den muskulösen Rücken einer nackten männlichen Gestalt erkennen. Er schien sich in einem heftigen Kampf mit einer anderen Gestalt zu befinden.

Sie sah ein wenig näher hin und stellte mit Erschrecken fest, dass die zweite Gestalt eine nur halb bekleidete Frau war. Benommen starrte sie einige Sekunden lang auf die Szene. Schließlich erkannte sie, dass die beiden Gestalten sich in einer sexuellen Vereinigung befanden.

Keine der beiden Gestalten schien von dem Geschehen entzückt zu sein. In der Tat lag über der ganzen Szene eine Gewalttätigkeit, bei der ein Schauer über Lavinias Körper rann. Es war ein Bild der Vergewaltigung und der Lust. Der Mann sah recht wild aus. Die Frau schien Schmerzen zu haben. Entsetzen lag auf ihrem Gesicht.

Doch es war nicht der Ausdruck auf den Gesichtern, der Lavinias Aufmerksamkeit erregte. Es war die Tatsache, dass sie so kunstvoll modelliert waren. Wer auch immer diese Arbeiten modelliert hatte, war viel talentierter als derjenige, der die makabren Ausstellungsstücke in der unteren Etage gemacht hatte. Dieser Künstler reichte an das Talent von Mrs Vaughn heran. Lavinia fühlte, wie die Erregung sie packte.

Dieser Künstler hätte die Wachsarbeit herstellen können, die als Morddrohung an Joan Dove geschickt worden war. Kein Wunder, dass Huggett offensichtlich erstaunt gewesen war, als sie und Tobias ihm das kleine Bild gezeigt hatten.

Lavinia ermahnte sich, keine vorschnellen Schlüsse zu ziehen. Sie brauchte Beweise, etwas, das diese Arbeiten hier mit der Morddrohung in Verbindung brachte.

Sie ging zum nächsten Ausstellungsstück und blieb stehen, um es zu betrachten. Die Szene zeigte eine halb nackte Frau, die vor einem nackten Mann kniete. Der Mann war gerade dabei, sie von hinten brutal zu nehmen.

Lavinia blickte schnell weg von den riesigen, kunstvoll gestalteten Genitalien des Mannes und suchte nach kleinen Hinweisen, die ihre immer stärker werdende Vermutung bestätigten. Es war schwierig, diese Gestalten waren lebensgroß. Die Morddrohung war um so vieles kleiner als diese Figuren. Dennoch erinnerte etwas an der üppig geformten weiblichen Gestalt sie an das Bild der Frau in dem grünen Kleid, die tot auf dem Boden des Ballsaales lag.

Ich hätte Mrs Vaughn mitbringen sollen, dachte Lavinia. Mit ihrem geübten Auge hätte die Künstlerin zweifellos viel eher die Ähnlichkeiten zwischen diesen Gestalten und der Morddrohung feststellen können.

Wenn es diese Ähnlichkeiten überhaupt gab.

Lavinia ging zu dem nächsten Ausstellungsstück. Sie musste sich ihrer Schlussfolgerung sehr, sehr sicher sein, ehe sie Tobias von ihrer Theorie berichtete, dachte sie.

Die gedämpften Schritte von Stiefeln waren vor dem Raum draußen zu hören. Erschrocken riss Lavinia ihre Aufmerksamkeit von dem Ausstellungsstück los und wirbelte herum, um zur Tür zu sehen.

»Es schadet doch nicht, wenn wir versuchen, ob die Tür offen ist«, sagte einer der Männer. Seine Stimme klang durch die geschlossene Tür gedämpft. »Wir sparen den Preis für die zusätzliche Eintrittskarte. Der Junge unten wird gar nicht merken, dass wir hier oben waren.«

Lavinia lief zu ihrem Eimer und dem Mopp. Sie hörte ein Knirschen, als die Klinke heruntergedrückt wurde.

»Donnerwetter! Wir haben Glück. Jemand hat vergessen, abzuschließen.«

Die Tür öffnete sich, noch ehe Lavinia nach dem Eimer greifen konnte. Zwei Männer schlenderten in den Raum und lachten voller Vorfreude.

Sie erstarrte im Schatten des nächsten Ausstellungsstückes. Der kleinere der beiden Männer ging auf die Gestalten zu, die ihm am nächsten waren. »Die Lampen sind nicht an.« Der größere Mann schloss die Tür hinter sich und sah sich dann in dem schlecht erleuchteten Raum um. »Wenn ich mich recht erinnere, sind Lampen an jedem Ausstellungsstück.«

»Hier sind sie ja.« Der kleinere Mann bückte sich, um ein Licht anzuzünden.

Das flackernde Licht der Lampe tanzte auf dem Eimer und erhellte den Rand von Lavinias Schürze und ihren Rock. Sie versuchte, sich noch tiefer in die Schatten zu drücken, doch es war schon zu spät.

»Nun, was glaubst du wohl, was wir hier haben, Danner?« Im Schein der Lampe war der lüsterne Blick des größeren Mannes deutlich zu erkennen. »Eine Wachsarbeit, die lebendig geworden ist vielleicht.«

»Sieht mir eher aus wie ein lebendiges kleines Stück. Du hast doch gesagt, du hättest in dieser ganz besonderen Galerie schon eine ganze Reihe williger Putzfrauen getroffen.« Der kleinere Mann betrachtete Lavinia mit wachsendem Interesse. »Schwer festzustellen, wie sie aussieht, in dieser Kleidung.«

»Dann müssen wir sie dazu bewegen, die Kleidung auszuziehen.« Der größere der beiden Männer klimperte mit einigen Münzen. »Was meinst du, mein Schatz? Wie viel nimmst du für ein wenig Sport?«

»Entschuldigen Sie bitte, meine Herren, aber ich muss jetzt gehen.« Lavinia schob sich zur Tür. »Ich bin fertig mit dieser Etage.«

»Lauf doch nicht weg, Frauenzimmer.« Der große Mann klimperte noch lauter mit den Münzen, zweifellos fand er, dass es verlockend klang. »Mein Freund und ich können dir eine viel interessantere und viel lukrativere Beschäftigung bieten.«

»Nein, danke.« Lavinia griff nach dem Mopp und hielt ihn vor sich, als sei er ein Schwert. »Ich arbeite nicht auf diesem Gebiet, also werde ich Sie beide jetzt verlassen, damit Sie die Ausstellungsstücke genießen können.«

»Ich glaube nicht, dass wir dir erlauben können, schon so bald wegzulaufen.« In Danners Stimme lag eine unmissverständliche Drohung. »Mein Freund hier hat mir gesagt, dass die Figuren hier so gearbeitet sind, dass man sie noch viel mehr zu schätzen weiß, wenn man ein hübsches Frauenzimmer bei der Hand hat.«

»Zeig uns dein Gesicht, Frauenzimmer. Nimm diese Haube und den Schal ab und lass dich ansehen.«

»Wen interessiert es denn schon, wie hübsch sie ist. Heb deine Röcke für uns, Mädchen, sei ein gutes Mädchen.«

Lavinia streckte die Hand nach dem Türgriff aus. »Rühren Sie mich nicht an.«

Danners Lust schien durch ihre Verweigerung noch mehr geweckt, er kam auf sie zu. »Du wirst hier nicht weggehen, ehe wir geprüft haben, was du uns zu bieten hast.«

»Keine Angst.« Der größere Mann warf eine der Münzen in Lavinias Richtung. »Wir sind bereit, es dir ausreichend zu vergelten.«

Ihre Finger schlossen sich um den Türgriff.

»Ich glaube, sie hat die Absicht, wegzulaufen«, meinte der größere der beiden Männer. »Du musst wohl etwas an dir haben, das ihr feines Zartgefühl abstößt, Danner.«

»Ein billiges kleines leichtes Mädchen wie sie kann es sich nicht leisten, feines Zartgefühl zu haben. Ich werde sie schon lehren, vor mir die Nase zu rümpfen.«

Danner sprang auf Lavinia zu. Sie stieß ihm das schmutzige, nasse Ende des Mopps in den Bauch.

»Dumme kleine Hure.« Danner blieb stehen und trat dann einen Schritt zurück. »Wie kannst du es wagen, einen dir höher Gestellten anzugreifen?«

»Was zum Teufel ist nur los mit dir, Mädchen?« Der große Mann klang, als würde er die Geduld verlieren. »Wir sind doch bereit, für deine Dienste zu bezahlen.«

Lavinia sagte nichts. Sie hielt den Mopp noch immer in seine Richtung, während sie die Tür öffnete.

»Komm zurück.« Danner kam noch einmal auf sie zu und beobachtete dabei vorsichtig ihre Waffe.

Sie stieß noch einmal mit dem Mopp in seinen Bauch und brachte ihn dazu, heftig zu fluchen und zurückzuweichen.

»Was tust du, verdammt?«, brummte der große Mann. Dennoch entschied er sich, außerhalb der Reichweite des Mopps zu bleiben.

Lavinia nutzte diese Gelegenheit, sie ließ den Mopp fallen und lief durch die Tür auf die Wendeltreppe zu. Sie umklammerte das Geländer und rannte so schnell sie konnte die Treppe hinunter.

Hinter ihr fluchte Danner wütend an der Treppe.

»Hündin! Wer glaubst du eigentlich, wer du bist?«

»Lass sie laufen«, riet sein Begleiter ihm. »Es gibt noch eine ganze Menge Dirnen in der Nachbarschaft hier. Wir werden eine finden, die williger ist, nachdem wir uns die Ausstellung angesehen haben.«

Lavinia hielt nicht inne, als sie die untere Etage erreichte. Sie lief durch den hinteren Teil der Ausstellung, riss die Hintertür auf und lief hinaus auf die Gasse.

Es begann zu regnen, als sie die Stufen der Claremont Lane Nummer sieben hinaufging. Auch das noch, dachte sie. Ein passendes Ende eines äußerst anstrengenden Nachmittags.

Sie benutzte ihren Schlüssel, um die Haustür aufzuschließen. Der Duft nach Rosen war so stark, dass sie beinahe daran erstickte.

»Was um Himmels willen ist denn hier los?« Sie sah sich um, als sie ihren Wollschal abnahm. Körbe und Vasen mit frisch geschnittenen Blumen standen auf dem Tisch. Ein kleines Tablett, gefüllt mit weißen Visitenkarten, entdeckte sie daneben.

Mrs Chilton erschien und wischte sich die Hände an der Schürze ab. Sie lachte leise. »Sie sind gekommen, kurz nachdem Sie gegangen sind, Ma'am. Offensichtlich hat Miss Emeline doch einige Aufmerksamkeit erregt.«

Diese erfreuliche Neuigkeit lenkte Lavinia einen Augenblick lang ab. »Die sind alle von ihren Bewunderern?«

»Aye.«

»Aber das ist ja *wundervoll.*«

»Miss Emeline scheint nicht beeindruckt zu sein«, behauptete Mrs Chilton. »Der einzige Gentleman, über den sie spricht, ist Mr Sinclair.«

»Ja, nun, das hat nichts zu sagen.« Lavinia warf den Schal beiseite. »Tatsache ist, dass diese schreckliche Szene in Mrs Worthams Loge meine Pläne offensichtlich doch nicht ruiniert hat.«

»Es scheint so.« Mrs Chilton betrachtete Lavinias Kleidung und runzelte missbilligend die Stirn. »Ich hoffe, niemand hat gesehen, wie Sie damit durch die Haustür gekommen sind, Ma'am. Mein Gott, Sie sehen ja entsetzlich aus.«

Lavinia zuckte zusammen. »Ich nehme an, ich hätte durch die Küchentür kommen sollen. Tatsache ist, dass ich einen sehr unangenehmen Nachmittag hinter mir habe, und dann hat es auf dem Weg nach Hause auch noch zu regnen begonnen, und als ich hier ankam, konnte ich nur noch daran denken, in mein hübsches, warmes Arbeitszimmer zu kommen und mir ein Glas Sherry einzugießen.«

Mrs Chiltons Augen wurden immer größer. »Aber Sie wollen doch sicher erst nach oben gehen und sich umziehen, Ma'am.«

»Nein, ich glaube, das wird nicht notwendig sein. Nur der Umhang und der Schal sind nass. Der Rest meiner Kleidung ist Gott sei Dank trocken geblieben. Ein Glas Sherry als Medizin ist im Augenblick weitaus wichtiger.«

»Aber Ma'am ...«

Über ihnen hörte man Schritte.

»Lavinia.« Emeline beugte sich über das Treppengeländer. »Gott sei Dank bist du wieder da. Ich habe mir schon Sorgen gemacht. War dein Plan erfolgreich?«

»Ja und nein.« Lavinia hängte den geflickten Umhang an einen Haken. »Was ist denn hier los mit all diesen Blumensträußen?«

Emeline verzog das Gesicht. »Offensichtlich sind Priscilla und ich in Mode gekommen. Lady Wortham hat vor einer Stunde eine Botschaft geschickt. Ich nehme an, dass alles vergeben ist. Sie hat mich eingeladen, sie und Priscilla heute Abend zu einem Musical zu begleiten.«

»Das sind ja ausgezeichnete Neuigkeiten.« Lavinia hielt inne und dachte schnell nach. »Wir müssen überlegen, welches Kleid du anziehen wirst.«

»Es ist ja nicht so, als hätte ich eine große Auswahl. Madame Francesca hat nur ein Kleid entworfen, das dafür passend ist.« Emeline hob die Röcke und kam schnell die Treppe hinunter. »Aber kümmere dich nicht um mein Kleid. Erzähle mir lieber, was im Museum passiert ist.«

Lavinia schnaufte ein wenig. »Ich werde dir die ganze Geschichte erzählen, aber du musst mir schwören, dass du niemals, unter keinen Umständen auch nur ein Wort davon Mr March erzählen wirst.«

»Oje.« Emeline blieb auf der untersten Treppenstufe stehen. »Es ist etwas schief gelaufen, nicht wahr?«

Lavinia ging durch den Flur zu ihrem Arbeitszimmer. »Ich kann nur sagen, die Dinge sind nicht so gelaufen, wie ich sie geplant hatte.«

Mrs Chiltons Gesicht verzog sich alarmiert. »Ma'am, bitte, Sie möchten sich sicher umziehen, ehe Sie in Ihr Arbeitszimmer gehen.«

»Ich brauche ein Glas Sherry im Augenblick nötiger als anständige Kleider, Mrs Chilton.«

»Aber …«

»Sie hat Recht, Lavinia«, meinte Emeline, die ihr schnell gefolgt war. »Du musst wirklich zuerst nach oben gehen.«

»Ich bedaure, dass mein Kostüm euch beiden nicht gefällt, aber dies ist mein Haus, und ich werde, verdammt, in meinem eigenen Arbeitszimmer das tragen, was mir gefällt. Möchtest du meine Geschichte nun hören oder nicht?«

»Natürlich will ich sie hören«, versicherte ihr Emeline. »Bist du auch ganz sicher in Ordnung?«

»Es war knapp, aber ich bin glücklicherweise unversehrt davongekommen.«

»*Unversehrt?*« Emelines Stimme wurde in ihrer Besorgnis lauter. »Gütiger Himmel, Lavinia, was ist passiert?«

»Es hat sich ein unerwartetes Problem ergeben.« Lavinia

eilte durch die Tür ihres Arbeitszimmers und ging sofort zu dem Schrank, in dem der Sherry stand. »Wie ich schon sagte, du darfst kein Wort dieser Geschichte Mr March verraten. Er wird nie wieder Ruhe geben.«

Tobias blickte von dem Buch auf, in dem er in der Nähe des Fensters gelesen hatte. »Das verspricht aber wirklich eine interessante Geschichte zu werden.«

Lavinia blieb einen Schritt vor dem Schrank stehen. »Was zum Teufel tust du denn hier?«

»Ich warte auf dich.« Er schloss das Buch und warf einen Blick auf die Uhr. »Ich bin vor zwanzig Minuten gekommen, und man hat mir gesagt, du seist ausgegangen.«

»Genau das habe ich getan.« Sie riss die Schranktür auf, griff nach der Karaffe und goss sich ein großes Glas Sherry ein. »Raus.«

Er betrachtete sie lässig von Kopf bis Fuß. »Warst du vielleicht auf einem Maskenball?«

Sie verschluckte sich beinahe an dem Sherry. »Natürlich nicht.«

»Hast du dich entschieden, dein Einkommen aufzubessern, indem du eine Stelle als Putzfrau angenommen hast?«

»Damit lässt sich nicht genug Geld verdienen.« Sie nahm noch einen Schluck von dem Sherry und genoss die Wärme, die danach in ihr aufstieg. »Nicht, solange man nicht bereit ist, etwas anderes zu polieren als Fußböden.«

Emeline warf ihr einen besorgten Blick zu. »Bitte lass uns nicht zu lange in Unsicherheit. Was ist passiert, während du in Huggetts Museum warst?«

Tobias verschränkte die Arme vor der Brust und lehnte sich an den Bücherschrank. »Du bist noch einmal zu Huggett gegangen? In diesem Kostüm?«

»Jawohl.« Lavinia trug ihr Glas zur anderen Seite des Zimmers und ließ sich in einen Sessel fallen. Sie streckte die

Beine aus und betrachtete ihre dicken Strümpfe. »Mir kam der Gedanke, dass es sehr aufschlussreich sein würde, festzustellen, welche Art von Wachsarbeiten wohl in der Galerie in der ersten Etage ausgestellt sind. Huggett tat sehr geheimnisvoll, fand ich.«

»Er hat geheimnisvoll getan wegen der Themen der Ausstellungsstücke.« Tobias' Stimme klang ungeduldig. »Aus offensichtlichen Gründen wollte er einer Dame nicht erklären, dass der ganze obere Raum voller erotischer Wachsfiguren ist.«

»Erotische Wachsfiguren?« Emeline sah neugierig aus. »Wie ungewöhnlich.«

Tobias sah sie mit gerunzelter Stirn an. »Verzeihen Sie mir, Miss Emeline. Ich hätte das Thema gar nicht erwähnen sollen. Das ist kein Thema, über das man in Anwesenheit junger, unverheirateter Damen spricht.«

»Machen Sie sich deshalb keine Sorgen«, erklärte Emeline fröhlich. »Lavinia und ich haben über solche Dinge während unserer Reise nach Rom eine ganze Menge gelernt. Mrs Underwood war eine wirkliche Frau von Welt, müssen Sie wissen.«

»Ja«, stimmte ihr Tobias ein wenig zu ausdruckslos zu. »Ich weiß. Jeder in Rom wusste Bescheid über ihre Vorlieben.«

»Wir schweifen vom Thema ab«, erklärte Lavinia knapp. »Es war nicht nur Huggetts Reaktion, als ich ihn nach den Wachsarbeiten in seinem oberen Ausstellungsraum fragte, die mir ungewöhnlich erschien. Du und ich, wir beide haben geglaubt, dass er etwas in der Morddrohung wiedererkannte, wenn du dich recht erinnerst. Heute Morgen bin ich aufgewacht und habe darüber nachgedacht, ob der Grund dafür vielleicht der war, dass er einige Skulpturen des gleichen Künstlers in dem verschlossenen Raum ausstellte.« Tobias erstarrte. »Du bist zu Huggett gegangen, um dir diese Skulpturen anzusehen?«

»Jawohl.«

»Aber warum?«

Sie bewegte die Hand, in der sie das Glas hielt, und winkte vage ab. »Das habe ich dir doch gerade erklärt. Ich wollte mir die Ausführung dieser Skulpturen ansehen. Ich habe die Putzfrau bezahlt, damit sie mir ihren Schlüssel überlässt, und ich bin in dieser Verkleidung in den Raum gegangen.«

»Nun? Offensichtlich hast du die Skulpturen gesehen. Glaubst du, dass die Arbeiten, die du gesehen hast, von dem gleichen Künstler gearbeitet wurden, der auch die Morddrohung gemacht hat?«

»Um ganz ehrlich zu sein, ich bin mir nicht sicher.«

»Mit anderen Worten war diese unsinnige Verkleidung eine vollkommene Zeitverschwendung, nicht wahr?« Tobias schüttelte den Kopf. »Ich hätte dir einen Rat geben können, wenn du dir die Mühe gemacht hättest, mich um meine Meinung zu fragen.«

»Ich habe nicht gesagt, dass es vollkommene Zeitverschwendung war.« Über den Rand ihres Glases sah sie ihm in die Augen. »Huggetts Figuren sind lebensgroß. Der Unterschied in der Größe machte es mir schwer, mir sicher zu sein. Aber ich glaube, ich habe einige Ähnlichkeiten entdeckt.«

Tobias sah trotz seines Zornes jetzt interessiert aus. »Wirklich?«

»Genug, um mich zu überzeugen, dass es angebracht wäre, Mrs Vaughn zu bitten, sich die Figuren anzusehen und uns dann ihre Meinung zu sagen«, meinte Lavinia.

»Ich verstehe.« Tobias ging zum Schreibtisch hinüber. Er setzte sich auf die Kante und massierte abwesend sein linkes Bein. »Eine solche Untersuchung wäre aber nicht einfach durchzuführen. Huggett wird uns unsere Bitte nicht gewähren, selbst wenn er nichts zu verbergen hat. Immerhin würde das bedeuten, dass er eine Dame in die oberen Räume seiner Ausstellung lässt. Sehr ungewöhnlich, selbst wenn sie eine Künstlerin ist.«

Lavinia lehnte den Kopf gegen die Rückenlehne ihres Sessels und dachte an Peg und an ihr zusätzliches Einkommen. »Huggetts Putzfrau ist bereit, uns die Schlüssel zu der Galerie gegen Bezahlung auszuleihen, an dem Tag, an dem Huggett die Behandlung für seinen Rheumatismus macht.«

»Das verstehe ich nicht«, meinte Emeline. »Warum sollte jemand dafür bezahlen, dass er die Schlüssel benutzen darf, um sich in die Ausstellung zu schleichen, wenn er doch ganz einfach eine Eintrittskarte kaufen kann?«

»Sie gibt die Schlüssel nicht an Besucher, die die Ausstellungsstücke ansehen wollen«, erklärte Lavinia deutlich. »Sie gibt sie an Frauen, die ihren Lebensunterhalt damit verdienen, ihre Dienste den Gentlemen anzubieten, die sich eine Eintrittskarte für die oberen Ausstellungsräume kaufen.«

Emelines Augenbrauen schossen nach oben. »Du meinst an Prostituierte?«

Lavinia räusperte sich und vermied es sorgfältig, Tobias anzusehen. »Wie Peg erzählt, befinden sich die Männer, die sich die oberen Räume ansehen, oft in der Stimmung, sich von Frauen der Halbwelt unterhalten zu lassen. Das hat etwas mit der Erregung zu tun, die diese Ausstellungsstücke bewirken, glaube ich.«

Tobias klammerte die Hand um den Rand des Schreibtisches und hob den Blick zur Decke, doch er sagte nichts.

»Ich verstehe.« Emeline schürzte die Lippen und dachte einen Augenblick lang nach. »Du hattest sicher Glück, dass keine Männer in der Ausstellung waren, als du in deiner Verkleidung dort warst, nicht wahr? Sie hätten dich für eine Prostituierte halten können.«

»Mmmm«, murmelte Lavinia unverbindlich.

Tobias betrachtete sie ganz genau. »Lavinia?«

»Mmm?«

»Ich nehme an, es waren keine Männer in dem Raum, als du dort hineingegangen bist.«

»Ganz richtig«, stimmte sie ihm sofort zu. »Es war niemand in dem Raum, als ich hineingegangen bin.«

»Ich nehme auch an, dass keiner von Huggetts männlichen Kunden den Raum betreten hat, während du dort warst. Irre ich mich vielleicht?«

Lavinia stieß heftig den Atem aus. »Ich denke, es wäre besser, wenn du uns allein lassen würdest, Emeline.«

»Warum denn?«, wollte Emeline wissen.

»Weil der Rest der Unterhaltung für deine unschuldigen Ohren nicht angemessen sein wird.«

»Unsinn. Was sollte denn nicht angemessen sein an dem Thema erotische Wachsarbeiten?«

»Mr Marchs Sprache, wenn er seiner schlechten Laune Ausdruck verleiht.«

Emeline blinzelte. »Aber Mr March hat doch gar keine schlechte Laune.«

Lavinia trank den letzten Schluck Sherry und stellte dann das Glas beiseite. »Aber die wird er bald haben.«

15. Kapitel

Tobias kochte noch immer vor Wut, als er eine Stunde später sein Arbeitszimmer betrat. Anthony, der am Schreibtisch saß, blickte interessiert auf. Der Ausdruck auf seinem Gesicht wandelte sich zuerst in Erschrecken und dann in belustigte Resignation. Er warf seinen Stift beiseite, lehnte sich in dem Sessel zurück und umfasste die Armlehnen.

»Du hast dich wieder einmal mit Mrs Lake gestritten, nicht wahr?«, fragte er ohne Einleitung.

»Und wenn schon?« Tobias verzog das Gesicht. »Übrigens ist das mein Schreibtisch. Wenn du nichts dagegen hast, würde ich ihn heute Nachmittag gern selbst benutzen.«

»Diesmal muss es aber ein ganz besonders hitziger Streit gewesen sein.« Anthony stand lässig auf und kam hinter dem Schreibtisch hervor. »Eines Tages wirst du zu weit gehen, und sie wird eure Partnerschaft auflösen.«

»Warum sollte sie das tun?« Tobias übernahm das Kommando auf seinem Schreibtisch und setzte sich. »Sie weiß sehr gut, dass sie meine Hilfe braucht.«

»Genauso, wie du die ihre brauchst.« Anthony ging hinüber zu dem großen Globus, der in einem Ständer in der Nähe des Kamins stand. »Aber wenn du so weitermachst, könnte sie auf die Idee kommen, dass sie auch ohne dich ganz gut auskommt.«

Ein Hauch von Unbehagen huschte über Tobias' Gesicht. »Sie ist rücksichtslos und impulsiv, aber sie ist kein Dummkopf.«

Anthony deutete mit einem Finger auf ihn. »Denk an meine Worte. Wenn du nicht lernst, sie mit dem höflichen Respekt zu behandeln, den sie als Dame verdient, dann wird sie alle Geduld mit dir verlieren.«

»Du glaubst, sie verdient höflichen Respekt von mir, nur weil sie eine *Dame* ist?«

»Natürlich.«

»Lass mich dir ein oder zwei Dinge über das richtige Benehmen einer Dame erzählen«, schlug Tobias mit ausdrucksloser Stimme vor. »Eine *Dame* zieht nicht das Kostüm einer Putzfrau an und schleicht sich auch nicht in einen Raum voller erotischer Wachsarbeiten, die nur für die Augen von Männern gedacht sind. Eine *Dame* bringt sich nicht absichtlich in eine Lage, in der sie für eine billige Straßendirne gehalten werden kann. Eine *Dame* geht keine dummen Risiken ein, die sie dazu zwingen, ihre Ehre mit einem Mopp zu verteidigen.«

Anthony sah ihn an und zog die Augen zusammen. »Du gütiger Himmel. Willst du mir damit etwa sagen, dass sich Mrs Lake heute Nachmittag in Gefahr begeben hat? Bist du deshalb in einer so entsetzlichen Laune?«

»Ja, genau das will ich dir damit sagen.«

»Verdammt. Das ist ja schrecklich. Geht es ihr gut?«

»Jawohl.« Tobias biss die Zähne zusammen. »Dank des Mopps und ihres schnellen Verstandes. Sie war gezwungen, zwei Männer abzuwehren, die sie für eine Prostituierte hielten.«

»Gott sei Dank neigt sie nicht dazu, in einer Krise ohnmächtig zu werden«, meinte Anthony erleichtert. »Mit einem Mopp, wie?« Bewunderung leuchtete in seinem Blick. »Ich muss schon sagen, sie ist eine sehr erfindungsreiche Frau.«

»Um ihren Erfindungsreichtum geht es hier gar nicht.

Was ich damit sagen will, ist, dass sie sich niemals in eine solche Lage hätte begeben dürfen.«

»Ja, nun ja, du hast oft gesagt, dass Mrs Lake sehr unabhängig ist.«

»Unabhängig ist eine riesige Untertreibung. Mrs Lake ist unzähmbar, unberechenbar und stur. Sie lässt sich nichts sagen und nimmt einen Rat nur dann an, wenn es ihr passt. Ich weiß nie, was sie als Nächstes tun wird, und sie hat kein Bedürfnis, mich zu informieren, bis es zu spät ist, sie aufzuhalten.«

»Sie ist sicherlich der Ansicht, dass du genau die gleichen Fehler hast«, erklärte Anthony spöttisch. »Unzähmbar. Unberechenbar. Ich habe auch noch nicht erlebt, dass du ein besonderes Bedürfnis hast, sie von deinen Plänen zu informieren, bevor du sie durchgeführt hast.«

Tobias fühlte, wie er die Zähne zusammenbiss. »Wovon zum Teufel redest du überhaupt? Es besteht gar keine Notwendigkeit, sie von jedem Schritt zu informieren, den ich in dieser Angelegenheit mache. So wie ich sie kenne, würde sie darauf bestehen, mich zu begleiten, wenn ich mit einem meiner Informanten reden will, und das wäre einfach unmöglich. Ich kann sie ganz sicher nicht mitnehmen, wenn ich in Lokale wie *The Gryphon* gehe, und sie kann mich auch nicht in meine Clubs begleiten.«

»Mit anderen Worten, du informierst Mrs Lake auch nicht über deine Pläne, weil du weißt, dass ihr darüber sehr wahrscheinlich in Streit geraten werdet.«

»Genau. Ein Streit mit Lavinia ist eine ganz sinnlose Angelegenheit.«

»Das bedeutet, dass du manchmal als Verlierer daraus hervorgehst.«

»Die Lady kann außerordentlich schwierig sein.«

Anthony antwortete nichts auf diese Bemerkung, doch

seine Augenbrauen zogen sich als schweigender Kommentar hoch.

Tobias griff nach einem Stift und klopfte damit auf den Tintenlöscher. Aus irgendeinem Grund hatte er das Bedürfnis, sich zu verteidigen. »Mrs Lake ist heute Nachmittag beinahe angegriffen worden«, erklärte er ruhig. »Ich habe wirklich einen Grund, schlecht gelaunt zu sein.«

Anthony dachte lange darüber nach, dann senkte er, zu Tobias' Erstaunen, verständnisvoll den Kopf.

»Furcht hat manchmal diese Wirkung auf einen Mann, nicht wahr?«, bemerkte Anthony. »Ich mache dir keine Vorwürfe für deine starken Gefühle in dieser Angelegenheit. Zweifellos wirst du heute Nacht Albträume haben.«

Tobias antwortete ihm nicht. Er fürchtete, dass Anthony Recht hatte.

Lavinia blickte von ihren Notizen auf, als Mrs Chilton Anthony in ihr Arbeitszimmer führte.

»Guten Tag, Sir.«

Er verbeugte sich angemessen. »Danke, dass Sie mich empfangen, Mrs Lake.«

Lavinia schaffte es, freundlich zu lächeln und ihn nicht sehen zu lassen, dass sie den Atem anhielt. »Sie sind mir willkommen. Bitte, setzen Sie sich doch, Mr Sinclair.«

»Wenn Sie nichts dagegen haben, würde ich lieber stehen bleiben.« Anthonys Gesichtsausdruck war entschlossen. »Dies ist ein wenig schwierig für mich. In der Tat habe ich so etwas noch nie zuvor getan.«

Ihre schlimmsten Ängste bestätigten sich.

Lavinia unterdrückte einen Seufzer, sie schob ihre Notizen beiseite und bereitete sich darauf vor, sich eine förmliche Bitte um Emelines Hand anzuhören.

»Ehe Sie beginnen, Mr Sinclair, lassen Sie mich Ihnen sagen, dass ich finde, Sie sind ein sehr bewundernswerter Gentleman.«

Er schien von ihrer Bemerkung überrascht. »Es ist sehr nett von Ihnen, so etwas zu sagen, Madam.«

»Sie sind gerade erst einundzwanzig Jahre alt geworden, glaube ich.«

Er runzelte die Stirn. »Was hat denn mein Alter damit zu tun?«

Sie räusperte sich. »Es gibt Menschen, die reifer sind, als ihre Jahre es annehmen lassen. Das ist bei Emeline ganz sicher der Fall.«

Anthonys Augen leuchteten vor Bewunderung auf. »Miss Emeline ist wirklich erstaunlich klug für einen Menschen egal welchen Alters.«

»Dennoch ist sie kaum achtzehn Jahre alt.«

»In der Tat.«

Das ging gar nicht gut, dachte Lavinia. »Tatsache ist, Sir, ich würde Emeline nicht voreilig zu einer Heirat drängen.«

Anthony strahlte. »Ich könnte Ihnen da nicht mehr zustimmen, Mrs Lake. Miss Emeline muss sich in dieser Sache Zeit lassen. Es wäre ein großer Fehler, wenn sie sich vorschnell verloben würde. Ein kluger Verstand wie der ihre darf nicht vorschnell durch die Zwänge einer Ehe unterdrückt werden.«

»In diesem Punkt sind wir uns einig, Sir.«

»Miss Emeline sollte erlaubt werden, selbst das Tempo zu bestimmen.«

»In der Tat.«

Anthony reckte sich. »Doch sosehr ich Miss Emeline bewundere und obwohl ich mich ihrem Glück unterworfen habe ...«

»Ich habe gar nicht gewusst, dass Sie das getan haben.«

»Es ist mir ein großes Vergnügen«, versicherte Anthony

ihr. »Aber wie ich schon sagte, ich bin heute nicht hierher gekommen, um von ihrer Zukunft zu sprechen.«

Die Erleichterung, die Lavinia fühlte, machte sie beinahe schwindelig. Es schien, als müsste sie doch keine Ausrede finden, um die junge Liebe zu verhindern. Sie entspannte sich und lächelte Anthony an.

»In diesem Fall, Mr Sinclair, worüber wollten Sie mit mir sprechen?«

»Tobias.«

Ein wenig ihrer Erleichterung verschwand wieder.

»Was ist denn mit ihm?«, fragte sie vorsichtig.

»Ich weiß, dass er sich heute Nachmittag mit Ihnen gestritten hat.«

Sie winkte lässig ab. »Sein Temperament ist mit ihm durchgegangen. Was ist schon dabei? Es war wohl kaum das erste Mal.«

Anthony nickte unglücklich. »Tobias hat immer die Tendenz, ein wenig brüsk zu sein, und er hat nie sehr große Geduld mit Dummköpfen gehabt.«

»Ich sehe mich nicht als Dummkopf, Mr Sinclair.«

Entsetzen trat in Anthonys Augen. »Ich hatte nie die Absicht, so etwas anzudeuten, Mrs Lake.«

»Danke.«

»Was ich zu sagen versuche ist, dass in der Natur seiner Verbindung zu Ihnen etwas liegt, das eine ungewöhnlich provozierende Wirkung auf ihn ausübt.«

»Wenn Sie gekommen sind, um mich zu bitten, ihn nicht noch weiter zu ärgern, dann fürchte ich, haben Sie Ihre Zeit verschwendet. Ich versichere Ihnen, ich bin nicht absichtlich darauf aus, ihn zu ärgern. Aber wie Sie ja gerade bereits bemerkt haben, es scheint etwas in der Art unserer Verbindung zu liegen, das ihn stört.«

»In der Tat.« Anthony lief vor ihrem Schreibtisch auf und

ab. »Es ist nur so, dass ich nicht gern möchte, dass Sie ihn zu hart beurteilen, Mrs Lake.«

Jetzt war sie erstaunt.

»Wie bitte?«, fragte sie.

»Ich verspreche Ihnen, dass Tobias unter seinem ein wenig rauen Äußeren ein feiner Mann ist.« Anthony blieb vor dem Fenster stehen. »Niemand kennt ihn besser als ich.«

»Mir ist klar, dass Sie ihn sehr gern mögen.«

Anthony verzog den Mund. »Ich mochte ihn nicht immer so sehr. In der Tat habe ich damals, als meine Schwester ihn geheiratet hat, Tobias sogar eine Weile lang gehasst.«

Lavinia erstarrte. »Aber warum das denn?«

»Weil ich wusste, dass Anne gezwungen war, ihn zu heiraten.«

»In der Tat.« Sie wollte nicht hören, dass Tobias seine Frau geheiratet hatte, weil er sie geschwängert hatte.

»Sie hat ihn um meinetwillen geheiratet und auch um ihretwillen, müssen Sie wissen. Ich habe die Tatsache gehasst, dass sie sich gezwungen fühlte, sich zu opfern. Und eine Zeit lang habe ich in Tobias den Bösewicht gesehen.«

»Ich fürchte, das verstehe ich nicht«, meinte Lavinia.

»Nachdem unsere Eltern gestorben waren, wurden meine Schwester und ich zu einem Onkel und einer Tante gebracht, bei denen wir leben sollten. Tante Elizabeth war gar nicht begeistert darüber, uns bei sich zu haben. Und was Onkel Dalton betrifft, er war ein ekelhafter Kerl, einer, der sich an Zimmermädchen und Gouvernanten heranmachte und an andere hilflose Frauen, die das Pech hatten, ihn kennen zu lernen.«

»Ich verstehe.«

»Der Bastard hat versucht, Anne zu verführen. Sie hat sich gegen seine Annäherungsversuche gewehrt, doch er war sehr aufdringlich. Sie hat es vermieden, ihm zu begegnen, indem sie sich in der Nacht in meinem Schlafzimmer versteckt hat. Wir haben vier Monate lang jeden Abend die Schlafzimmertür verbarrikadiert. Ich glaube, Tante Elizabeth hat gewusst, was geschah, denn sie war entschlossen Anne zu verheiraten. Eines Tages kam Tobias, um meinen Onkel geschäftlich aufzusuchen.«

»Mr March war mit Ihrem Onkel bekannt?«

»Zu dieser Zeit hat Tobias sich seinen Lebensunterhalt als Geschäftsmann verdient. Er hatte eine ganze Anzahl Kunden. Onkel Dalton war kurz davor auch sein Kunde geworden. Tante Elizabeth nutzte Tobias' Besuch als Vorwand, einige der Nachbarn zum Abendessen und einer Partie Karten danach einzuladen. Sie bestand darauf, dass sie die Nacht in ihrem Haus verbrachten, anstatt so spät noch nach Hause zu fahren. Anne glaubte, dass sie mit so vielen Leuten im Haus sicher sein würde, deshalb hat sie die Nacht in ihrem eigenen Zimmer verbracht.«

»Und was ist passiert?«

»Der langen Geschichte kurzer Schluss ist, dass Tante Elizabeth es so eingerichtet hat, dass meine Schwester in einer, wie sie behauptete, kompromittierenden Situation mit Tobias gefunden wurde.«

»Gütiger Himmel. Wie hat sie das denn geschafft?«

Anthony starrte hinaus in den Garten. »Tante Elizabeth hat Tobias das Zimmer neben dem von Anne gegeben. Die beiden Zimmer hatten eine Verbindungstür. Sie war natürlich verschlossen. Doch ganz früh am nächsten Morgen ist meine Tante in Annes Zimmer gegangen und hat die Tür aufgeschlossen. Dann hat sie eine große Szene gemacht, in der sie dem ganzen Haushalt und ihren Gästen erzählte, dass Tobias offensichtlich mitten in der Nacht in Annes Schlafzimmer geschlichen sei und sich über sie hergemacht hätte.«

Lavinia war schrecklich wütend. »Aber das ist doch äußerst lächerlich.«

Anthony lächelte bitter. »Ja, natürlich war es das. Aber jeder wusste, dass Anne in den Augen unserer Nachbarn ruiniert war. Tante Elizabeth hat darauf bestanden, dass Tobias anbot, sie zu heiraten. Ich habe damit gerechnet, dass Tobias sich weigerte. Ich war noch ein kleiner Junge, doch schon damals war mir klar, dass er nicht die Art von Mann war, der sich zu etwas zwingen lässt, was er nicht tun will. Doch zu meiner Überraschung hat er Anne gesagt, sie solle ihre Koffer packen.«

»Sie haben Recht, Mr Sinclair«, stimmte Lavinia ihm sanft zu. »Tobias wäre nicht auf die Forderung Ihrer Tante eingegangen, wenn er nicht dazu bereit gewesen wäre.«

»Die Tatsache, dass er Anne mitgenommen hat, war nicht einmal das Erstaunlichste daran. Das wirklich Erstaunliche war, dass Tobias mir gesagt hat, ich solle auch meine Sachen packen. An diesem Tag hat er uns beide gerettet, auch wenn ich das erst viel später begriffen habe.«

»Ich verstehe.« Lavinia dachte darüber nach, wie es wohl für einen kleinen Jungen gewesen sein musste, von einem Fremden mitgenommen zu werden. »Sie waren sicher sehr verängstigt.«

Anthony verzog das Gesicht. »Nicht um meinetwillen. Soweit es mich betraf, war alles besser, als mit unseren Verwandten zu leben. Aber ich hatte fürchterliche Angst, was Tobias wohl mit Anne machen würde, wenn er sie erst einmal in seiner Macht hatte.«

»Hat Anne sich vor Tobias gefürchtet?«

»Nein. Niemals.« Anthony lächelte in Erinnerung an diese Zeiten. »Für sie war er ihr Ritter in der glänzenden Rüstung, von Anfang an. Ich glaube, sie hatte sich schon in ihn verliebt, als wir noch nicht einmal die Einfahrt des Hauses hinuntergefahren waren, aber ganz sicher, ehe wir auf die Hauptstraße nach London eingebogen waren.«

Lavinia stützte das Kinn in die Hand. »Vielleicht war das einer der Gründe, warum Sie Tobias nicht von Anfang an gemocht haben. Bis zu diesem Tag waren Sie derjenige, dem die Zuneigung Ihrer Schwester gehörte.«

Anthony blickte einen Augenblick nachdenklich vor sich hin, dann runzelte er die Stirn. »Sie könnten Recht haben. Von diesem Standpunkt aus habe ich die Sache noch gar nicht betrachtet.«

»Hat Mr March Ihre Schwester gleich geheiratet?«

»Innerhalb eines Monats. Er muss sich auf den ersten Blick in sie verliebt haben. Wie hätte es auch anders sein können? Sie war sehr schön, innerlich und äußerlich. Sie war die sanfteste Kreatur. Freundlich, anmutig, liebevoll mit einem ausgeglichenen Temperament. Sie war mehr ein Engel als eine Frau aus Fleisch und Blut, denke ich. Sicher zu gut für diese Welt.«

Kurz gesagt, diese Frau war das genaue Gegenteil von mir, dachte Lavinia.

»Aber Tobias fürchtete, dass ihre Gefühle für ihn nur auf Dankbarkeit beruhten und bald wieder verschwinden würden«, sprach Anthony weiter.

»Ich verstehe.«

»Er hat Anne gesagt, dass sie nicht verpflichtet wäre, seine Frau zu werden, und dass er auch nicht von ihr erwartete, die Rolle seiner Geliebten zu spielen. Doch ganz unabhängig von ihrer Entscheidung hat er deutlich gemacht, dass er schon einen Weg finden würde, für uns zu sorgen.«

»Aber sie hat ihn geliebt.«

»Ja.« Anthony betrachtete einen Augenblick lang das Muster des Teppichs, dann sah er mit einem kleinen, traurigen Lächeln zu ihr auf. »Sie hatten noch nicht einmal fünf gemeinsame Jahre, ehe sie und das Baby an einem Fieber im Kindbett starben. Tobias blieb mit einem dreizehnjährigen Schwager zurück.«

»Ihre Schwester zu verlieren war sicher außerordentlich schwierig für Sie.«

»Tobias war sehr geduldig mit mir. Am Ende des ersten Jahres seiner Ehe habe ich ihn verehrt.« Anthony umklammerte die Stuhllehne. »Aber nachdem Anne gestorben war, bin ich ein wenig durchgedreht. Ich habe ihn für ihren Tod verantwortlich gemacht, müssen Sie wissen.«

»Das verstehe ich.«

»Bis zum heutigen Tag ist es ein Wunder für mich, dass er mich nicht wieder zu meiner Tante und meinem Onkel zurückgeschickt hat in den Monaten nach der Beerdigung oder dass er mich nicht wenigstens nach auswärts in die Schule geschickt hat. Aber Tobias hat behauptet, es sei ihm nie in den Sinn gekommen, mich loszuwerden. Er behauptet, dass er sich daran gewöhnt hatte, mich um sich zu haben.«

Anthony wandte den Rücken zum Fenster und schwieg, offensichtlich war er gefangen in seinen Erinnerungen.

Lavinia blinzelte ein paar Mal, um die Feuchtigkeit zu vertreiben, die ihr in die Augen getreten war und die ihre Sicht behinderte. Schließlich gab sie ihre Bemühungen auf und holte ein Taschentuch aus der obersten Schublade. Sie tupfte sich schnell über die Augen und schnüffelte ein wenig.

Als sie sich wieder gefangen hatte, faltete sie die Hände auf dem Schreibtisch und wartete. Anthony machte keine Anstalten, seine Geschichte weiterzuerzählen.

»Haben Sie etwas dagegen, wenn ich Ihnen eine Frage stelle?«, meinte sie nach einer Weile.

»Was für eine Frage?«

»Ich habe mich gefragt, warum Mr March humpelt. Ich

bin ganz sicher, dass er diese Behinderung noch nicht hatte, als ich ihn in Rom getroffen habe.«

Anthony blickte überrascht auf. »Hat er Ihnen denn nicht erzählt, was geschehen ist?« Er verzog den Mund. »Nein, so wie ich Tobias kenne, hat er das nicht getan. Carlisle hat ihm an diesem Abend eine Kugel in das Bein gejagt. Es war ein Kampf auf Leben und Tod. Tobias hat ihn nur knapp überlebt. Er hat einige Wochen gebraucht, um sich von den Auswirkungen der Wunde zu erholen. Ich nehme an, er wird noch lange humpeln, vielleicht sogar den Rest seines Lebens.«

Benommen starrte Lavinia ihn an.

»Ich verstehe«, flüsterte sie schließlich. »Das habe ich nicht gewusst. Gütiger Himmel.«

Wieder gab es ein ausgedehntes Schweigen.

»Warum erzählen Sie mir all das?«, fragte sie schließlich.

Anthony zuckte ein wenig zusammen, dann sah er sie an. »Ich wollte, dass Sie ihn verstehen.«

»Was soll ich verstehen?«

»Er ist nicht wie andere Männer.«

»Glauben Sie mir, das weiß ich ganz genau.«

»Es ist nur so, dass er seinen eigenen Weg in der Welt gehen muss, müssen Sie wissen«, sprach Anthony ernsthaft weiter. »Ihm fehlt der richtige Schliff.«

Lavinia lächelte. »Irgendetwas sagt mir, dass kein Schliff in der Welt den Charakter von Mr March verändern würde.«

»Was ich zu erklären versuche ist, dass er viele ausgezeichnete Charakterzüge besitzt, auch wenn seine Manieren nicht immer so sind, wie sie vielleicht sein sollten, wenn er sich in der Gesellschaft von Damen befindet.«

»Bitte, machen Sie sich nicht die Mühe, mir eine Liste all der ausgezeichneten Charakterzüge von Mr March zu geben. Sie würden uns wahrscheinlich beide langweilen.«

»Ich fürchte, dass Sie sein aufbrausendes Wesen und seinen Mangel an Manieren ab und zu nicht richtig einzuschätzen wissen.«

Lavinia legte die Hände flach auf die Platte des Schreibtisches und stand auf. »Mr Sinclair, ich versichere Ihnen, dass ich mit Mr Marchs Temperament und seinen mangelhaften Manieren recht gut umzugehen weiß.«

»Wirklich?«

»Aber sicher, Sir.« Sie kam hinter ihrem Schreibtisch herum, um ihn zur Tür zu begleiten. »Wie könnte es auch anders sein? Ich selbst besitze genau die gleichen fehlerhaften Charakterzüge. Da können Sie jeden fragen, der mich kennt.«

16. Kapitel

Sie hatte gehofft, dass sie seine Meinung würde ändern können, doch sie war schon zu lange in diesem Geschäft, um eine so glückliche Fügung erwarten zu können. Ihrer Erfahrung nach setzte kaum ein Gentleman eine Affäre fort, wenn er die Verbindung mit seiner Geliebten erst einmal beendet hatte. Die reichen Schwerenöter der Gesellschaft langweilten sich schnell, überlegte sie. Sie suchten immer nach noch modischeren Angehörigen der Gesellschaft, die sie die Halbwelt nannten.

Doch ab und zu begriff ein weiser Mann, dass er es zu eilig gehabt hatte, eine Beziehung zu beenden.

Sally lächelte zufrieden und ließ die Eintrittskarte in die Tasche fallen, die sie in ihren Umhang genäht hatte. Es war ein sehr feiner Umhang, ein Geschenk von ihm. Er war sehr großzügig zu ihr gewesen. Er hatte die Miete ihres hübschen kleinen Hauses gezahlt, in dem sie die letzten Monate gewohnt hatte, und er hatte ihr auch einigen hübschen Schmuck geschenkt. Sie verwahrte das Armband und die Ohrringe an einem sicheren Ort in ihrem Schlafzimmer und wusste sehr gut, dass dieser Schmuck alles war, was zwischen ihr und einer Rückkehr in das Bordell stand, in dem er sie gefunden hatte.

Sie weigerte sich, diesen Schmuck zu verkaufen, um die Miete zu bezahlen. Dies waren ihre besten Jahre, in denen sie arbeiten konnte, und sie würden nicht mehr lange dauern. Sie hatte vor, sehr fleißig zu sein. Ihr Ziel war es, möglichst viele wertvolle Geschenke von reichen Männern zu sammeln. Wenn ihr gutes Aussehen und ihre Jugend verschwunden waren, würde sie diese Andenken dazu nutzen, sich einen gemütlichen Ruhestand zu erlauben.

Sie war stolz darauf, wie geschäftsmäßig sie ihre Finanzen betrachtete. Sie hatte hart gearbeitet, um von den Straßen von Covent Garden wegzukommen, wo man die Kunden in Kutschen oder im nächsten Hauseingang bedienen musste. Das Leben war sehr gefährlich und oft brutal kurz in diesem Beruf. Sie hatte sich in die relative Sicherheit eines Bordells hochgearbeitet, und jetzt war sie in die unteren Ränge der Kurtisanen aufgestiegen. Die Zukunft sah vielversprechend aus. Vielleicht würde sie eines Tages ihre eigene Loge in der Oper besitzen, so wie einige der privilegierten Mitglieder ihres Berufes es taten.

Sie hatte sich in den letzten Tagen diskret nach einem neuen Beschützer umgesehen und hoffte, einen zu finden, ehe ihre Miete am Ende des Monats fällig wurde. Doch sie hatte sich geschworen, dass sie nicht übereilt in eine neue Verbindung flüchten würde, selbst wenn es bedeutete, dass sie aus dem kleinen Haus würde ausziehen müssen. Sie kannte andere Frauen, die den Fehler gemacht hatten, das erstbeste Angebot anzunehmen, um sich finanziell über Wasser zu halten. In ihrer Verzweiflung stimmten sie manchmal Verbindungen mit Männern zu, die sich als gewalttätig herausstellten oder die sie auf eine Art benutzten, von der jeder wusste, dass sie unnatürlich war. Sie erschauerte, als sie an eine Bekannte dachte, die sich mit einem Grafen zusammengetan hatte, der sie zwang, seine Freunde mit sexuellen Gefälligkeiten zu unterhalten.

Sie eilte durch den schattigen Gang und schenkte den unheimlich beleuchteten Ausstellungsstücken zu beiden Seiten nur wenig Aufmerksamkeit. Sie war geschäftlich hier. Sie blickte auf die Szene mit dem Galgen und verzog das Gesicht. Selbst wenn sie in der Stimmung gewesen wäre, sich das Wachsfiguren-Museum anzusehen, war das doch keine Szene, die sie ausgewählt hätte. Ihrer Meinung nach waren diese Ausstellungsstücke alle äußerst bedrückend.

Am Ende des schwach erhellten Raumes fand sie die enge Wendeltreppe. Sie hob ihre Röcke und die langen Falten ihres Umhanges und ging schnell die Treppe hinauf. Die Anweisungen, die sie bekommen hatte, waren sehr genau gewesen.

Die schwere Tür am Ende der Treppe war nicht abgeschlossen. Die Scharniere knarrten, als sie sie aufstieß. Sie trat in den nur schwach erhellten Raum und sah sich um. Obwohl die Ausstellungsstücke hier oben nicht nach ihrem Geschmack waren, war sie doch neugierig. Sie hatte gehört, dass Huggett damit prahlte, eine sehr einzigartige Ausstellung zu besitzen, eine, die nur für Herren zu besichtigen war.

Das Schild in der Nähe des Eingangs war in elegantem Blau und Gold gemalt. Sie trat einen Schritt näher und bückte sich ein wenig, um es in dem schwachen Licht lesen zu können.

SZENEN AUS EINEM BORDELL

»Nun, wenn das kein langweiliges Thema ist«, murmelte sie leise vor sich hin. Aber vielleicht war sie ja auch voreingenommen, weil sie dieses Geschäft kannte.

Sie ging zu dem nächsten erleuchteten Ausstellungsstück und betrachtete die Gestalten eines Mannes und einer Frau, die sich auf einem Bett wanden, gefangen in einer lustvollen Umarmung. Das Gesicht des Mannes war wild und eindringlich, beinahe brutal, während er sich seinem Höhepunkt näherte. Er drängte sich gegen seine Partnerin, die Muskeln in seinem Po und seinem Rücken traten auf sehr realistische Weise vor.

Der Körper der Frau war mit einer üppigen Hingabe modelliert, die zweifellos das Interesse des durchschnittlichen männlichen Betrachters wecken sollte. Große Brüste und wohl gerundete Hüften, die zu einer alten griechischen Statue gepasst hätten, wurden von kleinen, eleganten Füßen vervollständigt. Doch es war das Gesicht der Frau, das Sallys Aufmerksamkeit weckte. Es lag etwas in diesem Gesicht, das ihr bekannt vorkam.

Sie wollte gerade näher treten, um sich das Gesicht genauer anzuschauen, als sie ein leises Kratzen in der Dunkelheit hinter sich hörte. Sie riss ihre Aufmerksamkeit von der Wachsfigur los. »Wer ist da?«

Niemand sprach oder bewegte sich in den dunklen Schatten. Aus einem unerfindlichen Grund begann ihr Herz schneller zu schlagen. Ihre Handflächen wurden kalt und feucht. Sie kannte diese Anzeichen. Von Zeit zu Zeit hatte sie sie in den alten Tagen auf der Straße gefühlt. Einige der Männer, die sich ihr genähert hatten, hatten diese Reaktion in ihr ausgelöst. Sie hatte sich immer auf ihre Intuition verlassen und hatte sich den Männern verweigert, die ihr dieses Gefühl gaben, selbst wenn das bedeutet hatte, einen oder zwei Tage zu hungern.

Doch dies war kein Fremder, der sie in eine dunkle Kutsche locken wollte. Sicher war dies ihr Beschützer, der Mann, der in den letzten Monaten ihre Miete bezahlt hatte. Er hatte nach ihr geschickt und sie gebeten, ihn hier zu treffen. Es bestand kein Grund, Angst zu haben.

Ein leiser Schauer rann durch ihren Körper. Aus irgendeinem Grund erinnerte sie sich plötzlich wieder an den Klatsch, der in dem Bordell erzählt wurde, dass seine vorherige Geliebte Selbstmord begangen hatte. Einige der etwas romantischeren Gefährtinnen hatten behauptet, dass das Herz der Frau gebrochen war, und hatten das alles als eine große Tragödie angesehen. Doch die meisten hatten den Kopf geschüttelt über so viel Dummheit, den gesunden Menschenverstand von den Gefühlen überwältigen zu lassen.

Sie selbst hatte sich die ganze Zeit über darüber den Kopf zerbrochen. Sie hatte seine frühere Geliebte flüchtig gekannt. Alice war ihr nicht vorgekommen wie eine Frau, die den Fehler begeht, sich in ihren Beschützer zu verlieben.

Sie schüttelte die Erinnerung an die arme, dumme Alice ab. Doch wieder erfasste sie ein Hauch der Angst. Es war die Art der Ausstellungsstücke, dachte sie. Sie hatten ihre Nerven angespannt.

Sie hatte gar keinen Grund, alarmiert zu sein. Er spielte nur eines seiner Spielchen mit ihr.

»Ich weiß, dass du hier bist, mein gut aussehender Hengst.« Sie zwang sich zu einem schüchternen Lächeln. »Wie du siehst, habe ich deine Nachricht erhalten. Ich habe dich vermisst.«

Niemand trat aus dem Schatten.

»Hast du mir die Botschaft geschickt, mich hier mit dir zu treffen, damit wir einige dieser Szenen hier nachspielen können?« Sie kicherte ein wenig, so, wie er es mochte. Dann verschränkte sie die Hände hinter dem Rücken und ging den Gang zwischen den Ausstellungsstücken entlang. »Wie böse von dir, mein Hengst. Aber du weißt, dass ich dir immer gehorche.«

Es kam keine Antwort.

Sie blieb vor dem schwach beleuchteten Ausstellungsstück einer Frau stehen, die auf ihren Knien vor einem Mann hockte, dessen Geschlechtsteil der Fantasie des Künstlers zur Ehre gereichte. Sie tat so, als würde sie die hart aufgerichtete Rute voll ernsthafter Nachdenklichkeit betrachten.

»Also, meiner Meinung nach«, erklärte sie, »ist dein Schwanz noch größer als dieser hier.« Natürlich war das eine Lüge, aber einen Kunden anzulügen, war in ihrem Beruf wichtig. »Natürlich kann es sein, dass ich die genauen Maße vergessen habe, aber ich würde mich freuen, ihn noch einmal messen zu können. In der Tat kann ich mir keine faszinierendere Art vorstellen, diesen Abend zu verbringen. Was sagst du dazu, mein herrlicher Hengst?«

Niemand sagte etwas.

Ihr Puls schlug noch immer heftig. Wahrscheinlich sogar noch schneller als zuvor. Ihre Hände waren feucht. Es war unmöglich, genügend Luft in ihre Lungen zu saugen.

Genug. Sie konnte nicht länger gegen die alte Angst der Straße ankämpfen. Etwas stimmte hier nicht.

Jetzt meldete sich ihr Instinkt. Sie hörte auf, sich gegen den Wunsch zu wehren, zu fliehen. Ihr war es gleichgültig, ob ihr früherer Beschützer die Verbindung wieder aufnehmen wollte oder nicht. Sie wollte nur noch weg aus diesem Raum.

Sie wirbelte herum und lief den Gang entlang. In der Dunkelheit war die Tür am anderen Ende der Galerie nicht zu sehen, doch sie wusste, dass sie dort war.

Ganz plötzlich regte sich etwas in dem tiefen Schatten zu ihrer Rechten. Ihr erster, verrückter Gedanke war, dass eine der Wachsfiguren zum Leben erwacht war. Dann erkannte sie den schwachen Schein auf einem Stück schweren Eisens. Der Schrei blieb ihr in der Kehle stecken. Sie wusste, dass sie es nicht bis zur Tür schaffen würde. Sie wandte sich um und hob beide Hände in dem vergeblichen Versuch, den Schlag abzuwehren. Sie stolperte rückwärts. Ihr Fuß traf gegen einen hölzernen Eimer, der auf dem Boden stand. Sie verlor die Balance und fiel. Der Eimer fiel um und schmutziges Wasser lief über den Boden.

Der Mörder kam näher, das schwere Eisen hatte er für seinen mörderischen Schlag erhoben.

In diesem Augenblick begriff Sally, warum die Prostituierte aus Wachs in dem ersten Ausstellungsstück ihr bekannt vorgekommen war. Die Gestalt besaß das Gesicht von Alice.

17. Kapitel

Das *Gryphon* war warm und trocken, aber das war auch schon alles, was man zu den Vorzügen der verrauchten Taverne rechnen konnte. Dennoch fand Tobias, dass das in einer feuchten, nebligen Nacht nicht zu verachten war.

Das Feuer in dem riesigen Kamin brannte fröhlich und erhellte das Lokal mit seinem böse flackernden Licht. Die Dienstmägde waren alle große, dralle, gut gebaute Frauenzimmer. Die Ähnlichkeiten in ihrer Gestalt waren kein Zufall. Smiling Jack, der Eigentümer dieses Lokals, liebte sie so. Tobias hatte sich für diesen Abend umgezogen. In den abgetragenen Hosen eines Dockarbeiters, dem schlecht sitzenden Rock, der formlosen Kappe und den dicken Stiefeln erregte er nur wenig Aufmerksamkeit, als er sich zwischen den groben Gästen des *Gryphon* bewegte. Das ärgerliche Humpeln, wenn er ging, passte zu seiner Verkleidung, fand er. Die meisten der Menschen um ihn herum verdienten ihren Lebensunterhalt mit ihren Verletzungen. Ein Humpeln wie das seine war alltäglich. Genau wie Narben und fehlende Finger. Augenklappen und Holzbeine waren auch zahlreich vertreten.

Eine Dienstmagd mit ausladendem Busen versperrte Tobias den Weg. Sie schenkte ihm ein aufmunterndes Lächeln. »Hallo, gut aussehender Mann, was darf es denn heute Abend sein?«

»Ich habe Geschäfte mit Smiling Jack«, murmelte Tobias. Er hatte es sich zur Gewohnheit gemacht, so wenig wie möglich mit der Bedienung und den Gästen des *Gryphon* zu sprechen. Der raue Akzent der Docks, den er für seine Besuche in diesem Lokal annahm, brachte ihn durch kurze Unterhaltungen. Er war nicht sicher, ob er in einer längeren, eingehenderen Unterhaltung den Akzent richtig würde durchhalten können.

»Jack ist in seinem Zimmer hinten.« Die Dienstmagd deutete zum Ende des Flurs und zwinkerte ihm zu. »Sie klopfen besser an, ehe Sie die Tür öffnen.«

Sie verschwand in der Menge, das Tablett hielt sie hoch über ihrem Kopf.

Tobias bahnte sich einen Weg zwischen den Tischen und Bänken hindurch. Am anderen Ende des Gastraumes betrat er einen düsteren Flur, der zu dem Raum führte, den Smiling Jack sein Büro nannte. Er ging durch den Flur und blieb vor der Tür stehen.

Ein unterdrücktes weibliches Lachen drang durch die dicke Tür bis zu ihm. Tobias klopfte laut.

»Verschwinde, wer auch immer du bist.« Jacks Stimme rumpelte wie eine Ladung Kohlen. »Ich habe Geschäfte zu erledigen.«

Tobias legte eine Hand um den Türgriff und drückte ihn herunter. Die Tür schwang nach innen auf. Er lehnte sich gegen den Türrahmen und sah Smiling Jack.

Der große Eigentümer des *Gryphon* saß hinter einem zerkratzten Schreibtisch. Sein Gesicht hatte er in den großen nackten Busen einer Frau gedrückt, die rittlings auf seinen Schenkeln saß. Die Röcke des Frauenzimmers waren bis zu ihrer Taille hochgezogen und enthüllten ihren nackten Po.

»Ich habe deine Botschaft bekommen«, sagte Tobias.

»Bist du das, Tobias?« Lächelnd hob Smiling Jack den Kopf und blinzelte. »Ein wenig früh, wie?«

»Nein.«

Jack stöhnte auf und gab seiner Gespielin einen leichten Klaps auf ihren nackten Po. »Verschwinde, Mädchen. Mein Freund hier hat es eilig, und ich sehe, dass er heute Abend nur wenig Geduld hat.«

Die Frau kicherte. »Ach, lass nur, Jack.« Sie wackelte mit ihrem Po. »Ich bleibe hier sitzen und mache mit dem weiter, womit wir angefangen haben, während ihr beide über eure geschäftlichen Dinge sprecht.«

»Ich fürchte, das wird nicht möglich sein, Süße.« Jack seufzte bedauernd auf und schob sie sanft von seinem Schoß. »Du lenkst mich ab, leider. Ich kann mich nicht auf meine geschäftlichen Dinge konzentrieren, während du deinen Charme spielen lässt.«

Die Frau lachte noch einmal, sie stand auf und schüttelte die Röcke glatt. Sie zwinkerte Tobias zu und ließ sich Zeit, den Raum zu verlassen. Ihre ausladenden Hüften schwangen hin und her und hatten die ungeteilte Aufmerksamkeit der beiden Männer, bis sich die Tür hinter ihr schloss. Ihr Lachen hallte über den Flur.

»Eine neue Angestellte.« Jack schloss seine Hose. »Ich denke, sie wird ganz gut sein.«

»Sie scheint ein fröhliches Wesen zu haben.« Tobias legte den Akzent der Docks ab. Er und Jack kannten einander dafür viel zu gut.

Tobias kannte zum Beispiel die Geschichte der grotesken Narbe, die dem Mann den Namen Smiling Jack gegeben hatte. Mit mehreren Stichen war die Messerwunde genäht worden, die ihm eine arme Näherin beigebracht hatte. Sie war verheilt und gab Jack das Aussehen eines grinsenden Totenkopfes, denn sie reichte von seinem Mundwinkel bis zu seinem Ohr.

»Aye, das ist wahr.« Jack hievte seinen massigen Körper aus dem Stuhl und winkte Tobias zu, sich auf einen der mit

Leder bezogenen Stühle in der Nähe des Kamins zu setzen. »Setz dich, Mann. Es ist eine schlimme Nacht. Ich bringe dir etwas von meinem guten Brandy, der vertreibt die Kälte aus deinem Körper.«

Tobias griff nach einem der Stühle in der Nähe des Kamins, drehte ihn herum und setzte sich rittlings darauf. Die Arme verschränkte er über der Rückenlehne und versuchte, nicht auf den Schmerz in seinem Bein zu achten.

»Den Brandy trinke ich gern«, sagte er. »Was hast du für Neuigkeiten für mich?«

»Es gibt einige Dinge, die dich interessieren werden. Zuerst hast du mich gebeten, mir einige von Nevilles Frauen anzusehen.« Jack goss Brandy in zwei Gläser. »Ich habe dabei ein oder zwei sehr interessante Dinge herausgefunden.«

»Ich höre.«

Jack reichte eines der Gläser Tobias und setzte sich wieder in den Sessel hinter seinem Schreibtisch. »Du hast mir gesagt, dass sich Neville normalerweise seine Frauen in den Bordellen sucht und nicht aus den Rängen der modischeren erfolgreicheren Frauen. Du hattest Recht.«

»Und was ist mit ihnen?«

»Ich bin mir nicht sicher, warum er sich mit der billigeren Sorte zufrieden gibt, aber eines kann ich dir sagen. Wenn Frauen aus einem Bordell sich in den Fluss werfen, dann nehmen die Behörden davon keine Notiz.« Jack verzog das Gesicht. Dabei verzerrte sich die Narbe zu einer grässlichen Imitation von Belustigung. »Es gibt sogar einige Menschen, die sagen würden, gut, dass sie weg ist. Eine Dirne weniger, die ihre Dienste verkauft.«

Tobias schloss die Finger fester um das Glas. »Willst du damit etwa behaupten, dass mehr als nur eine von Nevilles leichten Mädchen im Fluss gelandet sind?«

»Ich kann nicht sagen, wie viele der Frauen sich ertränkt

haben, nachdem er sie beiseite geschoben hat, aber mindestens zwei von ihnen konnten mit ihrem gebrochenen Herzen nicht weiterleben. Eine Frau mit Namen Lizzy Prather hat sich vor anderthalb Jahren umgebracht. Vor einigen Monaten hat man ein Frauenzimmer mit dem Namen Alice auch aus dem Fluss gezogen. Es gibt Gerüchte, dass noch drei andere sich umgebracht haben.«

Tobias nippte an dem langsam warm werdenden Brandy. »Schwer zu glauben, dass so viele Frauen sich einer so heftigen Melancholie hingegeben haben, nachdem Neville mit ihnen fertig war.«

»Aye.« Jacks Stuhl knarrte, als er sich zurücklehnte. Er ignorierte das warnende Knarren und verschränkte die Hände über seinem vorstehenden Bauch. »Mach keinen Fehler, so etwas passiert ab und zu. Es gibt immer ein paar dumme Mädchen, die wirklich glauben, dass sie bei einem reichen Mann die wahre Liebe gefunden haben, und denen das Herz bricht, wenn die Sache vorüber ist. Aber die meisten der Frauenzimmer wissen, auf was sie sich einlassen, wenn sie mit einem Mann von Nevilles Stand zusammenkommen. Sie nehmen ihn aus und holen so viel Schmuck aus ihm heraus, wie sie nur können, und wenn sie dann feststellen, dass sie ihre Miete wieder allein bezahlen müssen, gehen sie zum nächsten Mann über.«

»Eine geschäftliche Abmachung auf beiden Seiten.«

»Aye.« Jack nahm einen großen Schluck von seinem Brandy, stellte das Glas ab und wischte sich über den Mund. »Hör mir jetzt gut zu, denn jetzt kommt der interessanteste Teil dieser ganz besonderen Sache.«

»Ja?«

»Nevilles letzte Geliebte, Sally, ist auch verschwunden. Seit gestern Nachmittag hat niemand sie mehr gesehen.«

Tobias rührte sich nicht. »Der Fluss?«

»Zu früh, um Genaueres zu sagen. Ich habe noch nicht gehört, dass man eine Leiche aus dem Wasser gezogen hat, aber das kann auch eine Weile dauern. Alles, was ich sagen kann, ist, dass sie verschwunden ist. Und wenn meine Informanten sie nicht finden können, dann kann das niemand.«

»Verdammte Hölle.« Tobias rieb sich sein Bein.

Smiling Jack ließ die Neuigkeit ein wenig wirken, ehe er weitersprach.

»Da ist noch etwas, was du vielleicht wissen möchtest.«

»Über Sally?«

»Nein.« Jack senkte die Stimme, obwohl außer ihnen niemand im Zimmer war. »Es geht um das Blue Chamber. Es gibt da einige Gerüchte.«

Tobias zog die Augen zusammen. »Ich habe dir doch gesagt, dass das Blue Chamber zu Ende ist. Azure und Carlisle sind beide tot. Der dritte Mann ist in den Untergrund gegangen, aber nicht für lange. Ich werde ihn bald haben.«

»Was du sagst, mag ja vielleicht stimmen. Aber was ich auf den Straßen höre, ist, dass ein kleiner Privatkrieg ausgetragen wird.«

»Und wer ist daran beteiligt?«

Jack zuckte mit den Schultern. »Das kann ich nicht sagen, aber ich habe gehört, dass der Gewinner die Kontrolle über das übernehmen will, was von dem Blue Chamber noch übrig ist. Man hört, dass er plant, das Imperium wieder aufzubauen, das nach Azures Tod zusammengebrochen ist.«

Tobias blickte lange ins Feuer und dachte über das nach, was er gehört hatte.

»Ich bin dir für diese Information etwas schuldig«, meinte er schließlich.

»Aye.« Jack lächelte sein grässliches Lächeln. »Das ist wahr. Aber ich mache mir keine Sorgen. Du zahlst deine Rechnungen immer.«

Der Nebel war noch dichter geworden, während er im *Gryphon* gewesen war. Tobias blieb auf der Treppe stehen. Die Lichter des Lokals wurden von dem Nebel auf der Straße zurückgeworfen. Der unheimliche Schein war eigenartig hell, doch er enthüllte nichts.

Nach einem Augenblick überquerte er die Straße und widerstand dem Wunsch, den Kragen seines uralten Mantels über die Ohren zu ziehen. Die dicke Wolle würde ein wenig die Kälte vertreiben, doch sie würde ihm auch die Sicht nach beiden Seiten nehmen und die Geräusche der Nacht dämpfen. In dieser Gegend war es ratsam, all seine Sinne einzusetzen.

Schnell ging er durch den schwachen Schein, den der Nebel warf, und verschwand in der Dunkelheit. Niemand sonst schien unterwegs zu sein. In einer Nacht wie dieser war das wohl kaum überraschend, dachte er.

Als er den unheimlichen Schein des *Gryphon* endlich hinter sich gelassen hatte, konnte er einen kleinen, schwachen Lichtschein erkennen, der hoch über dem Boden hing. Er nahm an, dass es die Laterne einer Kutsche war, und ging darauf zu, dabei hielt er sich auf der Mitte der Straße, so weit wie möglich entfernt von unbeleuchteten Gassen und dunklen Hauseingängen.

Trotz all seiner Vorkehrungen war die einzige Warnung das leise, gleitende Geräusch der Schritte eines Mannes, der schnell hinter ihm herkam. *Ein Straßenräuber.*

Er kämpfte gegen den Instinkt, sich umzudrehen und seinem Angreifer gegenüberzutreten, weil er wusste, dass dies wahrscheinlich nur eine Ablenkung sein würde. Die Straßenräuber von London jagten meistens zu zweit.

Er trat zur Seite und suchte den Schutz der nächsten Mauer in seinem Rücken. Schmerz fuhr durch sein linkes Bein, doch die plötzliche Richtungsänderung hatte ihren Zweck erfüllt. Sie überraschte den Mann hinter ihm.

»Verdammte Hölle, ich habe ihn verloren.«

»Mach die Laterne an. Mach schnell, Mann. Beeil dich, sonst werden wir ihn in diesem verdammten Nebel nie wiederfinden.«

Das beantwortete seine Frage, dachte Tobias. Es waren in der Tat zwei Straßenräuber, die zusammenarbeiteten. Die ärgerlichen Stimmen verrieten ihren Standort.

Er zog die Pistole aus seiner Tasche und wartete.

Der erste Mann fluchte laut und kämpfte mit der Laterne. Als das Licht aufflackerte, nutzte Tobias es als Ziel. Er drückte ab. Der Knall der Pistole hallte in der Straße wider. Die Laterne zerbrach.

Der Straßenräuber schrie auf und ließ die Laterne fallen. Das Öl brannte lichterloh, als es sich über die Pflastersteine ergoss.

»Verdammte Hölle, der Bastard hat eine Pistole«, beklagte sich der zweite Mann.

»Nun, jetzt hat er sein Pulver verschossen, nicht wahr? Sie wird ihm also nichts mehr nützen.«

»Manche Leute haben auch zwei Pistolen bei sich.«

»Nicht, wenn sie keine Schwierigkeiten erwarten.« Er trat in das flackernde Licht, das von dem brennenden Öl auf der Straße ausging, dabei grinste er teuflisch und erhob die Stimme. »Du da, in dem Nebel. Wir sind gekommen, um dir eine Botschaft zu bringen.«

»Es wird nicht lange dauern«, stimmte der andere Mann mit lauter Stimme ein. »Wir wollen nur sichergehen, dass du begreifst, wie ernsthaft die Botschaft ist.«

»Wo ist er? Ich kann verdammt gar nichts mehr sehen.«

»Sei still. Hör doch genau hin, du elender Dummkopf.«

Doch die Kutsche am Ende der Straße war jetzt in Bewegung gekommen. Das Rattern der Räder und das Klappern der Hufe auf den Steinen klang laut in der Nacht. Tobias nutzte den Lärm. Er zog den geflickten Mantel aus und hängte ihn locker über ein Eisengitter in der Nähe.

»Verdammte Hölle, der elende Nachtwächter kommt in unsere Richtung«, rief einer der Straßenräuber.

›Nicht der Wagen des Nachtwächters,‹ dachte Tobias und trat vor, um den näher kommenden Wagen abzufangen. ›Bitte, nur nicht der Wagen des Nachtwächters. Alles andere, nur das nicht.‹

Die schwankende Lampe war ihm jetzt beinahe gegenüber. Die Gestalt auf dem Kutschbock schrie und klatschte mit den Zügeln auf die Hinterhand der Pferde und drängte sie so zu einer schnelleren Gangart. Tobias griff nach dem Wagen, als er vorüberrumpelte.

Der entsetzliche Gestank des Inhaltes des Wagens traf ihn wie ein Schlag. Der Nachtwächter war seiner Arbeit nachgegangen, die privaten Latrinen zu leeren und den Abfall der Haushalte und Geschäfte in der Nachbarschaft zu sammeln. Tobias versuchte, den Atem anzuhalten, als er sich auf den Wagen zog.

»Konntest du keinen anderen Wagen finden«, fragte er, als er sich auf den Sitz neben dem Kutscher fallen ließ.

»Tut mir Leid.« Anthony klatschte noch einmal mit den Zügeln auf den Rumpf des Pferdes. »Als deine Nachricht mich erreichte, hatte ich nicht mehr viel Zeit. Ich konnte keine Mietkutsche finden. In einer Nacht wie dieser sind sie alle besetzt.«

»Da ist er«, hörte Tobias einen der Straßenräuber rufen. »Dort drüben an dem Geländer. Ich sehe seinen Mantel.«

»Ich war gezwungen, zu Fuß loszugehen.« Anthony erhob seine Stimme, damit sie über dem Klappern der Hufe zu hören war. »Ich traf einen Nachtwächter und bot ihm ein wenig Geld für die Benutzung seines Wagens. Ich habe versprochen, ihm den Wagen innerhalb einer Stunde zurückzubringen.«

»Jetzt haben wir dich«, rief der andere der Straßenräuber. Schritte erklangen auf den Pflastersteinen.

»Was zum Teufel? Er ist weg. Er muss auf dem Wagen des verdammten Nachtwächters sein.«

Ein Schuss ertönte in der Nacht. Tobias zuckte zusammen.

»Keine Sorge«, beruhigte ihn Anthony. »Ich bin sicher, du findest einen neuen Mantel, der genauso altmodisch ist wie jener.«

Ein zweiter Schuss ertönte im Nebel. Das Pferd des Nachtwächters hatte genug. Dies war sicher nicht Teil seiner normalen Arbeit. Das Tier legte die Ohren an, sprang vor und raste los.

»Er verschwindet, das sage ich dir. Wir werden nicht für die Arbeit dieser Nacht bezahlt, wenn wir ihn nicht erwischen.« Nachdem die Stimme des Straßenräubers verstummt war, meinte Tobias: »Es schien ein so einfacher, vernünftiger Plan zu sein. Alles, was ich von dir verlangt habe, war eine Mietkutsche und dass du draußen auf der Straße vor dem *Gryphon* auf mich warten solltest, falls es Probleme geben sollte, die mein schnelles Verschwinden notwendig machten.«

»Eine ausgezeichnete Vorsichtsmaßnahme, wenn man sich die Gegend hier ansieht.« Anthony schlug mit den Zügeln und genoss die Rolle des Kutschers voller Begeisterung. »Denk doch nur, was geschehen wäre, wenn du mir nicht die Nachricht geschickt hättest, hier auf dich zu warten?«

»Weißt du, aus irgendeinem Grund ist mir nie der Gedanke gekommen, dass du dazu ausgerechnet den Wagen eines Nachtwächters benutzen würdest.«

»Ein Mann muss mit den Mitteln arbeiten, die ihm zur Verfügung stehen. Du hast mir das beigebracht.« Anthony grinste. »Als ich keine Mietkutsche finden konnte, war ich gezwungen, es irgendwie anders zu machen. Ich habe gedacht, ich hätte die Initiative ergriffen.«

»Initiative?«

»Richtig. Und wohin fahren wir jetzt?«

»Zunächst einmal geben wir diese hervorragende Kutsche ihrem rechtmäßigen Eigentümer zurück und bezahlen ihn dafür, dass wir sie benutzen durften. Dann werden wir sofort nach Hause gehen.«

»Es ist noch nicht spät. Möchtest du nicht mehr in deinen Club gehen?«

»Der Portier würde mich nicht durch die Tür lassen. Falls du es noch nicht bemerkt haben solltest, wir beide brauchen dringend ein Bad.«

»Da könntest du Recht haben.«

Eine Stunde später kletterte Tobias aus der Wanne und trocknete sich vor dem Feuer ab, ehe er seinen Morgenmantel anzog. Er ging nach unten, wo Anthony frisch gebadet in sauberem Hemd und Hose saß, die er sich aus seinem alten Zimmer geholt hatte.

»Nun?« Anthony lümmelte sich in einem Sessel, die Füße hatte er zum Feuer gestreckt. Er wandte sich nicht um, als Tobias das Zimmer betrat. »Erzähl mir alles. Glaubst du, es waren ganz normale Straßenräuber?«

»Nein. Sie haben etwas davon gesagt, dass sie dafür bezahlt würden, eine Botschaft abzuliefern.« Tobias schob die Hände in die Taschen seines Morgenmantels.

»Eine Warnung?«

»Offensichtlich.«

Anthony drehte den Kopf ein wenig. »Von jemandem, der nicht möchte, dass du noch weitere Nachforschungen anstellst?«

»Ich war nicht lange genug in ihrer Nähe, um sie danach

zu fragen. Es ist möglich, dass die Botschaft von jemandem kam, der möchte, dass ich meine Nachforschungen einstelle. Aber es gibt auch noch einen anderen Verdächtigen.«

Anthony warf ihm einen wissenden Blick zu. »Pomfrey?«

»Ich habe Crackenburnes Warnung nicht sehr ernst genommen. Doch er könnte Recht gehabt haben, als er mir gesagt hat, dass Pomfrey sich möglicherweise für das rächen will, was im Theater passiert ist.«

Anthony dachte eine Weile darüber nach. »Das ergibt einen Sinn. Pomfrey ist nicht der Mann, der eine solche Sache auf die ehrenwerte Weise erledigt.« Er hielt inne. »Wirst du Mrs Lake erzählen, was heute Abend passiert ist?«

»Verdammte Hölle, was hältst du von mir? Glaubst du, ich bin verrückt? Natürlich werde ich ihr nichts über mein Abenteuer am heutigen Abend erzählen.«

Anthony nickte. »Ich dachte mir, dass du das sagen würdest. Natürlich möchtest du sie im Ungewissen lassen, weil du nicht willst, dass sie sich zu große Sorgen um deine Sicherheit macht.«

»Das hat damit überhaupt nichts zu tun«, erklärte Tobias heftig. »Ich werde ihr nichts über die Begegnung mit den beiden Männern sagen, weil ich sicher bin, dass sie die Gelegenheit nutzen würde, um mir einen längeren Vortrag zu halten.«

Anthony machte sich gar nicht erst die Mühe, seine Belustigung zu verbergen. »Genauso einen wie den, den du ihr gehalten hast, als du festgestellt hast, dass sie verkleidet als Putzfrau zu Huggett gegangen ist und in Schwierigkeiten geraten ist?«

»Genau. Ich denke, es wäre sehr ärgerlich, wenn ich der Empfänger einer solchen Schimpfkanonade sein würde.«

Lavinia hatte ihr Frühstück beinahe beendet, als sie Tobias im Flur hörte.

»Bemühen Sie sich nicht, Mrs Chilton. Ich kenne mich hier schon aus. Ich kann mich selbst anmelden.«

Emeline griff nach dem Buttermesser und lächelte. »Wie es scheint, haben wir einen frühen Besucher.«

»Er scheint sich hier schon heimisch zu fühlen, nicht wahr?« Lavinia schob eine Gabel voll Rührei in den Mund. »Was zum Teufel kann er denn um diese Zeit schon wollen? Wenn er glaubt, dass ich mir noch eine weitere seiner Belehrungen anhören werde, dass ich keine Bewegung machen darf, ohne ihn vorher darüber zu informieren, dann irrt er sich aber gewaltig.«

»Beruhige dich.«

»Es ist ganz unmöglich, sich zu beruhigen, wenn es um Mr March geht. Er hat ein Talent dafür, Unruhe zu verbreiten.« Lavinia hörte auf zu kauen, als ihr ein Gedanke kam. »Gütiger Himmel, ich frage mich, ob vielleicht etwas Entsetzliches geschehen ist?«

»Unsinn. Mr March klingt, als sei er bei guter Gesundheit.«

»Ich meinte, ich frage mich, ob wohl etwas Schreckliches geschehen ist, was unsere Nachforschungen betrifft.«

»Ich bin sicher, er hätte eine Nachricht geschickt, wenn das der Fall wäre.«

»Darauf solltest du dich nicht verlassen«, erklärte Lavinia düster. »Wie ich dir schon in Italien erklärt habe, Mr March spielt ein dunkles Spiel.«

Die Tür öffnete sich. Tobias betrat das Frühstückszimmer und erfüllte den kleinen, gemütlichen Raum mit der Energie und der Kraft seiner männlichen Anwesenheit. Lavinia schluckte schnell ihre Eier hinunter und versuchte, nicht auf die leise Erregung zu achten, die sich ihrer bei seinem Anblick bemächtigte.

Was hatte er nur an sich, dass er diese kleinen Schauer der

Erregung in ihr wecken konnte? Er war kein großer Mann. Niemand würde ihn als gut aussehend bezeichnen. Er machte sich kaum die Mühe, feine Manieren an den Tag zu legen, die man von einem Gentleman erwartete, und er brauchte ganz sicher einen neuen Schneider.

Außerdem war sie überhaupt nicht sicher, dass er sie besonders mochte, obwohl er auf eine eher derbe Art an ihr interessiert zu sein schien. Es war ja nicht so, als wären sie durch ein ätherisches, metaphysisches Band vereint, überlegte sie. Es lag keine Poesie in ihrer Verbindung; ganz im Gegenteil, es war eine rein geschäftliche Angelegenheit und eine eher spektakuläre Art der Lust. Wenigstens von ihrem Gesichtspunkt aus, überlegte sie schweigend. Sie war ganz und gar nicht sicher, dass ihre Verbindung für Tobias etwas Außergewöhnliches war.

Lavinia fragte sich, ob die eigenartigen Gefühle, die sie immer hatte, wenn Tobias in ihrer Nähe war, etwas mit ihren Nerven zu tun hatten. Das wäre gar nicht überraschend, überlegte sie, wenn man bedachte, unter welcher Anspannung sie in letzter Zeit gestanden hatte.

Irritiert durch diese Möglichkeit, zerknitterte sie heftig die Serviette in ihrem Schoß und warf ihm einen bösen Blick zu. »Was tun Sie hier so früh, Mr March?«

Bei dieser unfreundlichen Begrüßung zog er die Augenbrauen hoch. »Ich wünsche dir auch einen schönen Tag, Lavinia.«

Emeline verzog das Gesicht. »Achten Sie nicht auf sie, Mr March. Meine Tante hat in der letzten Nacht nicht gut geschlafen. Setzen Sie sich doch. Möchten Sie etwas Kaffee?«

»Danke, Miss Emeline. Eine Tasse Kaffee wäre sehr angenehm.«

Lavinia sah, wie vorsichtig er sich auf den leeren Stuhl setzte. Sie verzog das Gesicht. »Haben Sie Ihr Bein gezerrt, Sir?«

»Ich habe mich in der letzten Nacht ein wenig zu sehr angestrengt.« Er lächelte Emeline an und nahm die Tasse in Empfang, die sie für ihn gefüllt hatte. »Kein Grund, sich Sorgen zu machen.«

»Ich habe mir keine Sorgen gemacht«, versicherte ihm Lavinia hochmütig. »Ich war nur neugierig. Was du mit deinem Bein tust, ist ganz allein deine Sache.«

Er warf ihr einen belustigten Blick zu. »Dieser Bemerkung kann ich nur vollkommen zustimmen, Madam.«

Ganz plötzlich blitzte die Erinnerung daran, wie er in der Nacht in der Kutsche seine Beine zwischen ihre geschoben hatte, wieder in ihrer Erinnerung auf. Ihre Blicke trafen sich über den Tisch hinweg, und mit entsetzlicher Deutlichkeit war ihr bewusst, dass auch er an diesen leidenschaftlichen Zwischenfall gedacht hatte.

Sie fürchtete, dass sie vor Verlegenheit rot anlief, deshalb nahm sie schnell noch eine Gabel voll mit Eiern.

Emeline, die von den unterschwelligen Gefühlen nichts bemerkte, lächelte Tobias anmutig an. »Haben Sie gestern Abend getanzt, Sir?«

»Nein«, entgegnete Tobias. »Mein Bein nimmt es mir übel, wenn ich tanze. Ich habe mich anderen Übungen gewidmet.«

Lavinias Finger schlossen sich fester um die Gabel, bis ihre Knöchel weiß hervortraten, und sie fragte sich, ob Tobias wohl gestern Abend bei einer anderen Frau gewesen war.

»Ich habe heute sehr viel zu tun«, erklärte sie brüsk. »Vielleicht würdest du so freundlich sein, uns zu erklären, warum du uns zu einer so frühen Stunde besuchst.«

»Um es genau zu sagen, auch ich habe Pläne für den heutigen Tag. Vielleicht sollten wir uns absprechen.«

»Ich habe die Absicht, mit Mrs Vaughn zu sprechen und sie zu bitten, mir ihre Meinung über die Wachsarbeiten in den oberen Ausstellungsräumen von Mr Huggett zu sagen«, erklärte Lavinia.

»In der Tat.« Tobias schenkte ihr ein höflich fragendes Lächeln. »Und wie hast du dir gedacht, sie in diesen Raum zu schmuggeln, falls sie zustimmen sollte, sich die Figuren anzusehen? Willst du sie als Putzfrau verkleiden?«

Sein herablassendes Benehmen machte sie wütend. »Nein, ich habe mir eine andere Art einfallen lassen, sie in den Ausstellungsraum zu bekommen. Ich glaube, es wird möglich sein, den jungen Mann, der die Eintrittskarten verkauft, zu bestechen.«

»Du meinst das wirklich ernst, nicht wahr?«

Er hatte die Kaffeetasse klirrend auf die Untertasse zurückgestellt. »Verdammt, Lavinia, du weißt sehr gut, dass ich nicht will, dass du allein in diese Ausstellung gehst.«

»Ich werde nicht allein sein. Mrs Vaughn wird mich begleiten.« Sie hielt inne. »Du bist natürlich auch eingeladen, mit uns zu kommen, wenn du das möchtest.«

»Danke«, erklärte er spöttisch. »Ich nehme gern an.«

Es gab ein kurzes Schweigen. Tobias streckte die Hand aus und nahm sich eine Scheibe Toast; Lavinia sah, wie seine Zähne weiß aufblitzten, als er hineinbiss.

»Du hast mir noch nicht gesagt, warum du heute Morgen hierher gekommen bist«, rief sie ihm ins Gedächtnis.

Er kaute nachdenklich. »Ich bin gekommen, um zu fragen, ob du mich begleiten möchtest, während ich Nachforschungen anstelle über eine Frau mit Namen Sally Johnson.«

»Wer ist Sally Johnson?«

»Nevilles letzte Geliebte. Sie ist vorgestern spurlos verschwunden.«

»Das verstehe ich nicht.« Doch er hatte ihre Aufmerksamkeit geweckt. »Glaubst du, dass es einen Zusammenhang mit unseren Nachforschungen gibt?«

»Das kann ich noch nicht sagen.« Tobias' Blick wurde vorsichtig. »Doch ich habe das böse Gefühl, dass es eine Verbindung geben könnte.«

»Ich verstehe.« Lavinia wurde ein wenig freundlicher. »Es war gut, dass du heute Morgen hergekommen bist, um mich über deine Pläne zu informieren und mich zu bitten, mit dir zu kommen.«

»Du meinst wohl, ganz im Gegensatz zu der Heimlichkeit, mit der du gestern deine Nachforschungen bei Huggett betrieben hast?« Tobias nickte. »In der Tat. Aber vielleicht nehme ich mir ja auch unsere Übereinkunft, als *Partner* zu arbeiten, viel mehr zu Herzen als du.«

»Das ist sehr unwahrscheinlich.« Sie klopfte mit der Gabel auf ihren Teller. »Was ist eigentlich los, Tobias? Warum bittest du mich, heute mit dir zu kommen?«

Er aß noch einen Bissen Toast, dann sah er sie eindringlich an. »Der Grund dafür ist der, wenn ich das Glück habe, Sally zu finden, möchte ich mit ihr reden. Ich gehe davon aus, dass sie viel eher mit einer Frau reden möchte als mit einem Mann.«

»Ich habe es doch gewusst.« Lavinia verspürte Zufriedenheit. »Du bist heute Morgen nicht hierher gekommen, weil du als Partner mit mir arbeiten willst, sondern weil du meine Hilfe brauchst, um deine eigenen Nachforschungen anzustellen. Was erwartest du von mir? Soll ich Sally in Hypnose versetzen und sie dazu bringen, frei zu sprechen?«

»Musst du meine Motive denn immer in Frage stellen?«

»Wenn es um dich geht, Sir, ist es mir lieber, wenn ich mit Vorsicht vorgehe.«

Er lächelte schwach, und seine Augen blitzten. »Nicht immer, Lavinia. Ich weiß, dass du bis jetzt ein oder zwei Ausnahmen von der Regel gemacht hast.«

18. Kapitel

Das Haus war sehr schmal, mit zwei Etagen oben und der Küche unten. Die Nachbarschaft war nicht die Beste, dachte Lavinia, doch es war wenigstens weit weg vom Bordell.

Es dauerte nicht lange, um festzustellen, dass Sally Johnson nicht zu Hause war. Tobias hatte sich auf diese Möglichkeit vorbereitet.

Lavinia stand neben ihm vor der Küchentür, die unterhalb des Niveaus der Straße lag, und sah zu, wie er das Ende eines Metallstückes zwischen die Küchentür und den Rahmen steckte.

»Neville scheint Sally gegenüber nicht besonders großzügig gewesen zu sein«, stellte Lavinia fest. »Das ist kein sehr großartiges Haus.«

Holz und Metall ächzten, als Tobias das Metallstück zur Seite bog.

»Neville hat sie aus dem Bordell geholt, da ist ihr dieses Haus sicher wie ein Herrenhaus erschienen«, meinte er.

»Ja, ich denke, das stimmt.«

Die Tür sprang auf.

Lavinia schlang den Umhang noch fester um sich und blickte in den dunklen Flur. »Ich hoffe nur, dass wir nicht noch einmal über eine Leiche stolpern. Davon habe ich genug.« Tobias ging in das Haus voran. »Wenn Sally das gleiche Schicksal erlitten hat wie ihre beiden Vorgängerinnen, wird man ihre Leiche sehr wahrscheinlich im Fluss finden und nicht hier.«

Lavinia erschauerte und folgte ihm über die Schwelle. »Das ergibt keinen Sinn. Warum sollte dein Klient seine Geliebten ermorden?«

»Auf eine solche Frage gibt es keine vernünftige Antwort.«

»Selbst wenn er sich dieser Frauen wirklich entledigt hat, was hat das mit der Todesdrohung zu tun, die Mrs Dove bekommen hat, oder mit dem Blue Chamber?«

»Das kann ich noch nicht sagen. Vielleicht nichts. Vielleicht eine ganze Menge.«

Lavinia blieb mitten in der Küche stehen und rümpfte die Nase beim Geruch nach faulem Fleisch. »Dir ist doch hoffentlich klar, was du da sagst? Dass dein Klient ein Lügner und ein Mörder ist.«

»Ich habe dir doch gesagt, dass alle Klienten lügen.« Tobias öffnete den Gemüsekorb und blickte hinein. »Das ist einer der vielen Gründe, warum es klug ist, einen Vorschuss zu verlangen, wenn man einen Auftrag annimmt.«

»Ich werde in Zukunft daran denken.« Sie öffnete einen Schrank und blickte hinein. »Aber du musst doch eine Theorie haben, warum Neville seine Geliebten umbringt.«

»Eine Möglichkeit wäre die, dass er verrückt ist.«

Sie erschauerte. »Ja.«

»Doch es gibt noch ein anderes mögliches Motiv.« Tobias ließ den Deckel des Korbes wieder fallen und sah Lavinia an. »Ein Mann, der eine Frau weit weg in einem kleinen Haus wie diesem versteckt, tut das, weil er eine ganze Menge seiner Zeit in ihrer Gesellschaft verbringen möchte.«

Lavinia verzog das Gesicht. »Wahrscheinlich viel mehr Zeit, als er in der Gesellschaft seiner eigenen Frau verbringt.«

»Genau.« Tobias warf ihr einen rätselhaften Blick von der Seite zu. »Wenn man bedenkt, dass die meisten Ehen in der höheren Gesellschaftsschicht aus finanziellen und gesellschaftlichen Gründen geschlossen werden, so ist es wohl kaum überraschend, wenn ein Mann feststellt, dass die Beziehung zu seiner Geliebten in vieler Hinsicht wesentlich intimer ist als die, die er mit seiner Frau hat.«

Jetzt endlich begriff Lavinia. Sie wirbelte herum und runzelte die Stirn. »Glaubst du wirklich, dass Neville, wenn er seiner Geliebten überdrüssig wird, sie umbringt, weil er fürchtet, dass sie zu viel über ihn wissen? Was für Geheimnisse hat er denn, die ihn dazu bringen, drei Frauen umzubringen, nur um sich ihres Schweigens zu versichern?«

»Ich will ganz ehrlich zu dir sein.« Tobias schloss eine Schublade und ging dann zu der Treppe, die in den ersten Stock des Hauses führte. »Ich weiß nicht, was ich im Augenblick denken soll. Ich weiß nur, dass die letzten beiden, sehr wahrscheinlich sogar die letzten drei Frauen, mit denen Neville eine sehr enge Beziehung hatte, tot sind. Wahrscheinlich sind sie von eigener Hand gestorben.«

»Selbstmord.« Unsicher sah sich Lavinia in der Küche um, dann lief sie hinter ihm her. »Wir wissen nicht sicher, dass Sally Johnson den anderen beiden in den Fluss gefolgt ist.«

Tobias erreichte den Flur in der ersten Etage und verschwand im Wohnzimmer. »Ich denke, unter den gegebenen Umständen müssen wir mit dem Schlimmsten rechnen.«

Lavinia ging zur Treppe und überließ Tobias die Suche in der ersten Etage. Sie lief die schmale Treppe hinauf und verschwand im Flur der oberen Etage.

Sie brauchte nur zwei Minuten in Sallys Schlafzimmer, um zu entscheiden, dass Tobias sich wenigstens in einem Punkt geirrt hatte. Sie wirbelte herum und lief die Treppe wieder hinunter.

»Tobias.«

Er erschien im Flur und blickte zu ihr auf. »Was ist?«

»Ich weiß zwar nicht, was mit Sally geschehen ist, aber eines kann ich dir sicher sagen. Sie hat ihre Sachen gepackt, ehe sie verschwunden ist. Der Schrank ist leer, und unter dem Bett stehen keine Koffer mehr.«

Ohne einen Kommentar kam Tobias die Treppe hinauf in den Flur, in dem sie stand. Sie trat zur Seite und ließ ihn an ihr vorbei in das Schlafzimmer. Als sie hinter ihm das Zimmer betrat, stand er vor dem leeren Schrank und sah hinein. »Es ist möglich, dass jemand, der sie gekannt hat und der wusste, dass sie vermisst wird, hierher gekommen ist und ihre Sachen gestohlen hat«, meinte er leise. »Es würde mich nicht überraschen, wenn ich erfahren würde, dass Sallys Freunde Opportunisten sind.«

Lavinia schüttelte den Kopf. »Wenn ein Dieb hier gewesen wäre, dann hätte er oder sie wahrscheinlich das Zimmer in heilloser Unordnung hinterlassen. Alles ist viel zu ordentlich. Wer auch immer Sallys Sachen gepackt hat, kannte dieses Zimmer hier sehr gut.«

Tobias betrachtete das Zimmer nachdenklich. »Neville hat dieses Zimmer gut gekannt. Vielleicht wollte er Beweise für einen Mord vertuschen.«

Lavinia ging zum Waschtisch und blickte in die große Schüssel. »Wenn das der Fall gewesen wäre, dann hätte er ganz sicher das blutverschmierte Tuch und das Wasser in dieser Schüssel verschwinden lassen.«

»Was zum Teufel?« Mit drei großen Schritten kam Tobias durch das Zimmer und blickte auf die dunklen Flecken auf dem Tuch und auf das rötlich braune Wasser. »Ich frage mich, ob er sie hier umgebracht und dann versucht hat, sich das Blut von den Händen zu waschen.«

»Es sind sonst keine Blutflecken im ganzen Zimmer. Alles ist sehr ordentlich und sauber.« Lavinia zögerte und dachte nach. »Es gibt noch eine andere Möglichkeit, Tobias.«

»Und die wäre?«

»Vielleicht hat es einen Anschlag auf Sallys Leben gegeben. Und wenn sie diesen nun überlebt hat? Sie könnte zu ihrem Haus zurückgekehrt sein, könnte ihre Wunde versorgt und ihre Sachen gepackt haben und dann verschwunden sein.«

»Du meinst, sie hält sich versteckt?«

»Jawohl.«

Tobias sah sich in dem Raum um. »In einem hast du Recht. Es gibt keine Anzeichen eines Kampfes in diesem Zimmer.«

»Das würde bedeuten, dass sie irgendwo anders angegriffen wurde.« Lavinia erwärmte sich für ihre Theorie und ging schnell zur Tür. »Wir müssen mit den Nachbarn sprechen. Vielleicht hat jemand gesehen, dass Sally nach Hause gekommen und dann wieder gegangen ist.«

Tobias schüttelte den Kopf. »Das wäre Zeitverschwendung. Mein Informant hat mir versichert, dass niemand Sally gesehen hat, seit sie verschwunden ist.«

»Vielleicht hat dein Informant nicht mit jedem in der Nachbarschaft gesprochen. Es ist oft nötig, äußerst gründlich vorzugehen.«

»Jack ist ein sehr gründlicher Mann.«

Lavinia ging zur Treppe. »Ich weiß, du wirst das nur schwer verstehen, Tobias. Aber Männer denken nicht immer an alles.«

Zu ihrer Überraschung widersprach er ihr nicht. Er folgte ihr die Treppe hinunter, und sie verließen das Haus durch die Küchentür.

Lavinia blieb auf der Straße stehen und betrachtete nachdenklich die beiden Reihen kleiner Häuser.

Zu dieser Stunde war es in der Nachbarschaft sehr ruhig. Der einzige Mensch auf der Straße war eine alte Frau, die in einen Umhang gehüllt war. Sie trug einen Korb mit Blumen am Arm. Sie sah Lavinia und Tobias nicht an, als sie an ihnen vorbeitrottete. Ihre Aufmerksamkeit galt einer Unterhaltung, die sie mit einem unsichtbaren Begleiter zu führen schien.

»Die Rosen sind zu rot«, murmelte sie. »Ich sage dir, die Rosen sind verdammt zu blutrot. Rot wie Blut sind sie, rot wie Blut. Blutrot. So rote Rosen kann man nicht verkaufen. Das macht die Leute nervös. Ich kann sie nicht verkaufen, sage ich dir …«

Die arme Frau war wirklich verrückt, dachte Lavinia. Menschen wie sie gab es viele in den Straßen von London.

»Ein Kandidat für das Irrenhaus«, sagte Tobias leise, als die Frau außer Hörweite war.

»Vielleicht. Auf der anderen Seite läuft sie wahrscheinlich nicht herum und ermordet Menschen, so wie dein Klient es offensichtlich tut.«

»Ein ausgezeichnetes Argument. Ich frage mich, was das über Nevilles Geisteszustand sagt?«

»Vielleicht nur, dass er besser in der Lage ist, seinen Irrsinn zu verbergen, als diese arme Frau.«

Tobias biss die Zähne zusammen. »Ich muss dir sagen, dass mir Neville immer sehr vernünftig erschienen ist.«

»Das macht ihn nur noch gefährlicher, findest du nicht?«

»Vielleicht. Wir sprechen von ihm, als wären wir ganz sicher, dass er diese Frauen ermordet hat«, meinte Tobias. »Aber Tatsache ist, dass wir es gar nicht sicher wissen.«

»Du hast Recht. Wir ziehen voreilige Schlüsse.« Lavinia betrachtete die Haustüren. »Die Haushälterinnen und die Dienerinnen sind die besten Informationsquellen. Ich hoffe, du hast genug Münzen mitgebracht.«

»Warum bin ich immer derjenige, der das Geld beisteuern muss, wenn es für eine Nachforschung notwendig ist?«

Lavinia ging mit schnellen Schritten zur ersten Küchentür. »Du kannst es deinem Klienten auf die Rechnung setzen.«

»Es wird immer wahrscheinlicher, dass mein Klient einer der Bösewichte in dieser ganzen Sache ist. Wenn das so ist, so wird es äußerst schwierig sein, Geld von ihm zu bekommen. Wir könnten gezwungen sein, diese Art von Ausgaben *deiner* Klientin in Rechnung zu stellen.«

»Hör auf zu brummen, Tobias.« Lavinia ging die Treppe hinunter. »Das lenkt mich ab.«

Er blieb auf dem Bürgersteig stehen und sah ihr zu. »Noch eines, ehe du anklopfst. Versuche nicht zu offensichtlich zu machen, dass du bereit bist, für Informationen zu bezahlen, falls du nicht das Gefühl hast, etwas Nützliches zu erfahren. Denn sonst werden wir keine Münzen mehr übrig haben, ehe wir das Ende des Häuserblocks erreichen.«

»Ich habe einige Erfahrungen, was das Handeln betrifft, wenn du dich recht erinnerst, Sir.« Sie hob den Türklopfer und ließ ihn dann fallen.

Das Hausmädchen, das die Tür öffnete, war gern bereit, ein wenig Klatsch über die Frau auf der anderen Straßenseite zu erzählen, die die Gewohnheit hatte, in der Nacht einen Gentleman zu empfangen. Aber sie hatte sie in den letzten beiden Tagen nicht mehr gesehen.

Die gleiche Auskunft erhielt Lavinia an der nächsten Tür und auch an der übernächsten.

»Das ist hoffnungslos«, erklärte sie vierzig Minuten später, nachdem sie auch noch mit dem Hausmädchen im letzten Haus der Straße gesprochen hatte. »Niemand hat Sally gesehen, doch ich bin davon überzeugt, dass sie zurückgekommen ist, um ihre Wunden zu versorgen und zu packen.«

»Sie ist vielleicht gar nicht diejenige gewesen, die zurückgekommen ist.« Tobias nahm Lavinias Arm und führte sie die Straße entlang auf Sallys kleines Haus zu. »Vielleicht war es ja Neville, der ihre Sachen abgeholt hat, damit es so aussieht, als wäre sie verreist.«

»Unsinn. Wenn er es hätte so aussehen lassen wollen, als sei sie aufs Land gereist, hätte er die Nahrungsmittel aus der Küche geholt. Keine Frau, die das Haus für längere Zeit verlässt, würde Fleisch und Gemüse zurücklassen, das verderben könnte.«

»Neville ist ein Mann mit Geld. Er hat immer Diener und Haushälterinnen gehabt, die sich um seinen Haushalt gekümmert haben. Er hat wahrscheinlich in den letzten zwanzig Jahren gar keine Küche mehr betreten.«

Lavinia dachte darüber nach. »Du könntest Recht haben. Aber ich glaube noch immer, dass es Sally war, die in der Nacht nach Hause zurückgekommen ist.«

Er umfasste ihren Arm noch fester. »Hast du dir deine Version der Zusammenhänge ausgedacht, weil du dir nicht vorstellen willst, dass Sally vielleicht tot ist?«

»Natürlich.«

»Du kennst diese Frau doch nicht einmal«, erklärte Tobias ihr. »Sie ist eine Prostituierte, die ihren Lebensunterhalt in einem Bordell verdient hat, ehe es ihr gelungen ist, Nevilles Aufmerksamkeit zu erregen.«

»Was hat das denn damit zu tun?«

Er zog leicht den Mundwinkel hoch.

»Gar nichts, Lavinia«, antwortete er sanft. »Überhaupt nichts.«

Abwesend betrachtete Lavinia die verrückte Blumenverkäuferin. Die Frau war vor Sallys kleinem Haus stehen geblieben. Die Unterhaltung mit ihrem unsichtbaren Begleiter war hitziger geworden.

»Kann keine so roten Rosen verkaufen, das sage ich dir.

Rosen, die blutrot sind, kann man nicht verkaufen. Niemand will sie haben, musst du wissen ...«

Lavinia blieb plötzlich stehen und zwang auch Tobias, stehen zu bleiben.

»Die Blumenverkäuferin«, flüsterte sie.

Er warf der alten Frau einen Blick zu. »Was ist mit ihr?«

»Niemand will blutrote Rosen ...«

»Sieh dir nur ihren Umhang an«, forderte Lavinia ihn auf. »Er ist sehr fein, nicht wahr? Dennoch ist sie offensichtlich eine arme Frau.«

Tobias zuckte mit den Schultern. »Jemand hat Mitleid mit ihr gehabt und ihr diesen Umhang geschenkt.«

»Warte hier.« Lavinia befreite ihren Arm aus seinem Griff. »Ich möchte mit ihr sprechen.«

»Was wird das schon bringen«, murmelte er hinter ihr. »Sie ist verrückt.«

Lavinia ignorierte ihn. Langsam ging sie auf die Blumenverkäuferin zu, sie wollte die alte Frau nicht erschrecken.

»Guten Tag«, sagte sie freundlich.

Die Blumenverkäuferin zuckte zusammen und starrte Lavinia an, als hätte sie etwas dagegen, dass ihre einseitige Unterhaltung unterbrochen wurde.

»Habe heute nur blutrote Rosen zu verkaufen«, erklärte sie. »Niemand will blutrote Rosen.«

»Haben Sie die Rosen an die Frau verkauft, die in diesem Haus hier gewohnt hat?«, fragte Lavinia.

»Niemand will blutrote Rosen.«

Wie unterhielt man sich mit einer verrückten Blumenverkäuferin?, fragte sich Lavinia. So verrückt sie auch sein mochte, hatte die alte Frau es doch geschafft, dass man sie nicht ins Irrenhaus gebracht hatte. Das bedeutete, dass sie in der Lage war, ihren Lebensunterhalt mit dem Verkauf der Blumen zu verdienen. Und das wiederum bedeutete, dass sie eine gewisse rudimentäre Fähigkeit besaß, zu handeln.

Lavinia klimperte mit einigen der Münzen, die Tobias ihr gegeben hatte.

»Ich würde gern Ihre blutroten Rosen kaufen«, sagte sie.

»Nein.« Die Frau umklammerte den Korb mit den Blumen fester. »Niemand will sie haben.«

»Ich möchte sie haben.« Lavinia hielt ihr die Münzen hin.

»Niemand will blutrote Rosen kaufen.« Die Augen der Frau blitzten. »Ich weiß, was Sie wollen.«

»Das wissen Sie?«

»Sie sind hinter meinem neuen Umhang her, nicht wahr? Sie wollen die roten Rosen gar nicht. Niemand will blutrote Rosen. Sie wollen meinen blutigen Umhang.«

»Ihr neuer Umhang ist sehr hübsch.«

»Und es ist kaum Blut daran.« Die Blumenverkäuferin lächelte stolz und zeigte eine Anzahl fehlender Zähne. »Nur ein wenig an der Kapuze.«

›Gütiger Himmel‹, dachte Lavinia. ›Bleib ganz ruhig. Verwirr sie nicht mit zu vielen Fragen. Sieh nur zu, dass du den Umhang bekommst.‹

»An meinem Umhang ist gar kein Blut«, erklärte sie vorsichtig. »Warum tauschen wir nicht einfach?«

»Oho, Sie wollen tauschen, wie? Nun, das ist sehr interessant. Sie wollte den Umhang nicht, wegen des Blutes, müssen Sie wissen. Es will auch niemand blutrote Rosen.«

»Ich möchte sie haben.«

»Sie hat immer meine Rosen gekauft.« Die Blumenverkäuferin blickte in ihren Korb. »Aber an diesem Abend wollte sie keine. Es war das Blut, müssen Sie wissen. Sie hat mir gesagt, dass sie nur knapp mit dem Leben davongekommen ist.«

Lavinias Herz schlug schneller. »Sie ist entkommen?«

»Aye.« Die Blumenverkäuferin grinste. »Aber jetzt hat sie Angst. Sie versteckt sich. Sie wollte meinen alten Umhang haben. Es war kein Blut daran, müssen Sie wissen.«

Lavinia griff nach dem Verschluss ihres Umhanges und öffnete ihn. Sie schwang ihn von den Schultern und hielt ihn der Frau hin, zusammen mit den Münzen.

»Ich werde Ihnen diesen ausgezeichneten Umhang und die Münzen für Ihren Umhang geben.«

Die Blumenverkäuferin blickte vorsichtig auf das Kleidungsstück in Lavinias Hand. »Er sieht alt aus.«

»Ich versichere Ihnen, er ist noch sehr gut in Schuss.«

Die Verrückte legte den Kopf ein wenig schief. Dann riss sie Lavinia den Umhang aus der Hand. »Wir wollen uns doch einmal gut ansehen, was Sie mir da anbieten, meine Liebe.«

»Es ist kein Blut dran«, erklärte Lavinia schnell. »Kein einziger Tropfen.«

»Das mag ja sein.« Die Frau schüttelte den Umhang aus und drehte ihn um, damit sie auch die Innenseite sehen konnte. »Aha. Offensichtlich ist hier ein Fleck.« Sie sah genauer hin. »Es sieht so aus, als hätte jemand versucht, ihn herauszuwaschen.«

Lavinia hörte ein unterdrücktes Geräusch, das ein Lachen hätte sein können und das aus Tobias' Richtung kam. Sie bemühte sich, nicht zu ihm hinzusehen.

»Man kann ihn kaum erkennen«, erklärte sie entschlossen.

»Ich habe ihn aber erkannt.«

»Der kleine Fleck auf meinem Umhang ist wesentlich weniger auffällig als der Blutfleck auf Ihrem Umhang«, brachte Lavinia zwischen zusammengebissenen Zähnen hervor. »Sind Sie an einem Tausch interessiert oder nicht?«

Das runzelige Gesicht der Blumenverkäuferin verzog sich

voller Verachtung. »Glauben Sie etwa, ich bin vollkommen verrückt, Liebes? Dieser großartige Umhang, den ich trage, ist viel wertvoller als der, den Sie mir bieten, das ist eine Tatsache.«

Lavinia holte tief Luft und versuchte, ihre Verzweiflung nicht zu zeigen. »Was wollen Sie denn sonst noch?«

Die Blumenverkäuferin lachte meckernd. »Ihren Umhang, die Münzen und Ihre hübschen Halbstiefel, das wird reichen.«

»Meine Halbstiefel?« Lavinia blickte auf ihre Stiefel hinunter. »Aber die brauche ich doch, um nach Hause zu gehen.«

»Keine Angst, Liebes. Sie können meine alten Stiefel dafür haben. Kein Blut daran. Überhaupt keines. Nicht wie an den Rosen.« Der Funken Klarheit verschwand aus den Augen der Verrückten. Der verträumte Nebel legte sich wieder über ihren Blick. »Niemand will Rosen kaufen, an denen Blut klebt, müssen Sie wissen.«

»Ich habe meine Diagnose noch einmal überdacht.« Tobias half Lavinia in die Mietkutsche. »Ich bin nicht mehr davon überzeugt, dass die Blumenverkäuferin vollkommen verrückt ist. Ganz im Gegenteil, ich glaube, du hast deinen Meister gefunden, wenn es ums Handeln geht.«

»Ich bin froh, dass du deinen Spaß hast.« Lavinia sank auf den Sitz und betrachtete mit trübem Blick die abgetragenen alten Schuhe an ihren Füßen. In den Sohlen waren Löcher, und die Nähte waren an einigen Stellen aufgeplatzt. »Meine Halbstiefel waren fast neu.«

»Du bist nicht die Einzige, die bei dem Handel, den du abgeschlossen hast, schlecht abgeschnitten hat.« Tobias stieg in die Kutsche und schloss die Tür. »War es nötig, ihr so viele Münzen zu geben?«

»Ich war der Meinung, da ich meinen Umhang und meine Schuhe verloren habe, dass du auch etwas dazu beitragen solltest.«

»Ich hoffe, du bist zufrieden mit dem Kauf.« Tobias sank auf den Sitz ihr gegenüber und betrachtete den Umhang in ihrer Hand. »Was glaubst du denn, von diesem Kleidungsstück zu erfahren?«

»Das weiß ich nicht.« Lavinia suchte in den Falten des Umhanges. »Die Blumenverkäuferin hatte allerdings Recht, was die Blutflecken betrifft.« Sie drehte das Innere der Kapuze nach außen und zog scharf den Atem ein. »Sieh mal. Die Anzeichen einer Kopfwunde, findest du nicht auch?«

Beim Anblick des getrockneten Blutes zogen sich Tobias' Augen zusammen. »Es scheint so. Eine Kopfwunde blutet immer sehr stark, auch wenn die Verletzung nur gering ist.«

»Also könnte meine Theorie, dass Sally den Angriff überstanden hat und nach Hause zurückgekehrt ist, um ihre Sachen zu holen, ehe sie sich versteckt hat, richtig sein.«

»Es ergibt einen Sinn, dass sie ihren Umhang mit der Blumenfrau getauscht hat«, meinte Tobias nachdenklich. »Sally kam aus dem Bordell, und dort hat sie sich wahrscheinlich auch versteckt. Ein teures Kleidungsstück würde nur ungewollte Aufmerksamkeit in dieser Gegend erregen.«

»Ja. Tobias, ich glaube, wir sind einer großen Sache auf der Spur.«

Lavinia entdeckte die Tasche im Inneren und steckte die Hand hinein. Ihre Finger berührten ein Stück Papier.

»Alles, was wir wissen, ist, dass Nevilles letzte Geliebte dem Schicksal entkommen ist, das die anderen ereilt hat«, meinte Tobias. »Der Umhang hilft uns, die Schlüsse zu bestätigen, die du im Schlafzimmer gezogen hast, aber er gibt uns keine neuen Informationen oder führt uns in eine neue Richtung.«

Lavinia starrte auf die Eintrittskarte, die sie gerade aus der Tasche gezogen hatte.

»Ganz im Gegenteil«, flüsterte sie. »Er führt uns geradewegs zurück zu Huggetts Museum.«

19. Kapitel

»Wut und Schmerz«, sagte Mrs Vaughn ganz leise. »Schmerz und Wut. Erstaunlich.«

Sie hatte diese Worte so leise gesprochen, dass Lavinia sie kaum hören konnte. Sie warf einen Blick zu Tobias, der neben ihr am Ende der nur schwach erleuchteten Galerie stand. Er sagte nichts, seine ganze Aufmerksamkeit richtete sich auf Mrs Vaughn. Huggett stand ängstlich in der Nähe der Tür, ein Skelett, bereit, bei der ersten Gelegenheit in den Schatten zu verschwinden.

»Höchst unanständig«, murmelte Huggett. »Es war nie meine Absicht, dass diese Figuren von anständigen Damen angesehen werden. Diese Galerie war ausschließlich für Gentlemen gedacht, das sage ich Ihnen.«

Sie alle ignorierten ihn. Mrs Vaughn ging langsam zum nächsten Ausstellungsstück weiter und blieb dann stehen, um die Gesichtszüge zu betrachten.

»Ich erkenne die Gesichter dieser Frauen nicht, aber ich kann Ihnen sagen, dass sie aus dem Leben genommen wurden.« Mrs Vaughn zögerte. »Oder vielleicht aus dem Tode.«

»Totenmasken, meinen Sie?«, fragte Tobias.

»Das kann ich nicht sagen. Es gibt drei Arten, eine Ähnlichkeit in Wachs zu erreichen. Die erste, diejenige, die ich anwende, ist es, die Gesichtszüge so zu formen, wie man einen Stein formt oder Ton. Die zweite Art ist es, einen Wachsabdruck vom Gesicht eines lebenden Menschen zu machen und dieses Modell dann für die Skulptur zu verwenden. Die dritte Art ist natürlich die Totenmaske.«

Lavinia betrachtete das Gesicht der Frau in dem nächsten Ausstellungsstück, die sich in Schmerz oder in Ekstase wand. »Würden die Gesichtszüge einer Totenmaske denn nicht weniger, äh, bewegt sein? Eine Leiche würde doch sicher nicht so lebendig aussehen.«

»Ein erfahrener Künstler, der mit Wachs arbeitet, könnte vielleicht eine Totenmaske mit erstarrten Gesichtszügen nutzen und daraus das Abbild eines noch lebendigen Gesichtes formen.«

»Ganz und gar nicht anständig.« Huggett rang seine knochigen Hände. »Damen sollten hier nicht sein.«

Niemand warf ihm auch nur einen Blick zu.

Tobias trat näher an eine der Wachsarbeiten und betrachtete das Gesicht der männlichen Gestalt. »Was ist mit den Männern? Würden Sie sagen, dass sie von lebendigen Gesichtern genommen wurden oder von toten?«

Mrs Vaughn sah ihn mit hochgezogenen Augenbrauen an. »Die Gesichtszüge der männlichen Gestalten stammen alle vom gleichen Modell, ist Ihnen das denn nicht aufgefallen?«

»Nein.« Tobias sah sich eine der Männergestalten genauer an. »Das ist mir nicht aufgefallen.«

Erschrocken blickte Lavinia auf in eines der gewalttätig verzogenen Gesichter einer der männlichen Gestalten. »Ich glaube, Sie haben Recht, Mrs Vaughn.«

»Ich glaube kaum, dass die Männer, die in diesen Raum kommen, viel Zeit damit verbringen, sich die Gesichter der männlichen Ausstellungsstücke anzusehen«, behauptete Mrs Vaughn spöttisch. »Zweifellos gilt ihre Aufmerksamkeit anderen Dingen.«

»Aber die Gesichter der Frauen sind deutlich.« Lavinia

ging zu einer anderen Figur hinüber. »Es sind alles andere Menschen. Alle fünf.«

»Ja«, stimmte Mrs Vaughn ihr zu. »Das würde ich auch sagen.«

Lavinia warf Tobias einen Blick zu.

Er zog eine Augenbraue hoch. »Die Antwort ist nein. Ich erkenne keine von ihnen.«

Sie errötete und räusperte sich dann. »Was ist mit den Gesichtern der Männer?«

Tobias schüttelte entschieden den Kopf. »Ich kenne sie nicht«, erklärte er. Abrupt wandte er sich um und sah zu Huggett. »Wer hat Ihnen diese Arbeiten verkauft?«

Huggett zuckte zusammen. Seine Augen weiteten sich. Er wich zurück, bis er mit dem Rücken gegen die Tür stieß. »Niemand hat sie mir verkauft«, sagte er, und seine Stimme klang sowohl entsetzt als auch gekränkt. »Das schwöre ich.«

»Sie haben sie doch von irgendjemandem bekommen.« Tobias machte einen Schritt auf ihn zu. »Es sei denn, Sie sind der Künstler.«

»Nein.« Huggett schluckte und versuchte, sich unter Kontrolle zu halten. »Ich bin kein Künstler. Und ganz bestimmt habe ich auch nicht diese Figuren modelliert.«

»Wie ist denn der Name des Künstlers, der sie geschaffen hat?«

»Ich weiß es nicht, Sir, und das ist die Wahrheit«, jammerte Huggett.

Tobias trat noch einen Schritt näher. »Wie sind Sie denn daran gekommen?«

»Es gibt da eine Abmachung«, begann Huggett zu erzählen. »Wenn eine neue Figur fertig ist, erhalte ich eine Botschaft und gehe zu einer gewissen Adresse, um sie dort abzuholen.«

»Was ist das für eine Adresse?«

»Es ist nie die gleiche Adresse«, erzählte Huggett. »Normalerweise ist es ein Warenhaus, irgendwo in der Nähe des Flusses, doch es ist nie das gleiche Warenhaus.«

»Und wie bezahlen Sie dafür?«, wollte Tobias wissen.

»Das versuche ich Ihnen ja gerade zu erklären, Sir.« Huggett wand sich. »Ich bezahle sie gar nicht. Die Vereinbarung ist, dass ich sie umsonst bekomme, unter der Bedingung, dass ich sie öffentlich ausstelle.«

Tobias deutete auf die Ansammlung von Figuren. »Welche von diesen war die Letzte, die Sie bekommen haben?«

»Die da.« Mit einem zitternden Finger deutete Huggett auf die Figuren in der Nähe. »Ich habe vor vier Monaten eine Botschaft bekommen, in der es hieß, dass sie fertig waren.«

Lavinia blickte auf die Figur der Frau, erstarrt in dunklem, ekstatischem Entsetzen, und ein Schauer rann ihr über den Rücken.

»Und es hat keine neuen Botschaften von dem Künstler gegeben?«, fragte Tobias.

»Nein«, versicherte ihm Huggett. »Keine.«

Tobias warf ihm einen kalten Blick zu. »Sollten Sie eine weitere Nachricht von dem Künstler bekommen, dann werden Sie mich sofort benachrichtigen. Haben Sie verstanden?«

»Ja, ja«, krächzte Huggett. »Sofort.«

»Ich warne Sie, es geht in dieser Sache um Mord.«

»Ich möchte keinen Anteil an einem Mord haben«, versicherte ihm Huggett. »Ich bin nur ein unschuldiger Geschäftsmann, der versucht, seinen Lebensunterhalt zu verdienen.«

Lavinia und Mrs Vaughn warfen einander einen Blick zu. »Sie haben gesagt, dass ein Künstler mit diesen Fähigkeiten sich wünscht, dass seine Arbeiten öffentlich ausgestellt werden.«

Mrs Vaughn nickte. »Das ist nur natürlich. Offensichtlich ist dieser Künstler nicht dazu gezwungen, einen Profit mit seinen Werken zu machen.«

»Wir suchen also nach einer Person, die gewisse finanzielle Mittel besitzt«, meinte Tobias.

»Das würde ich sagen.« Mrs Vaughn blickte nachdenklich vor sich hin. »Nur jemand, der noch eine andere Einkommensquelle besitzt, kann es sich leisten, so große und gut gearbeitete Wachsarbeiten einfach kostenlos abzugeben.«

»Eine letzte Frage noch, wenn Sie so freundlich sein würden«, bat Lavinia.

»Natürlich, meine Liebe.« Mrs Vaughn strahlte. »Das macht mir überhaupt nichts aus. In der Tat war es für mich eine sehr interessante Erfahrung.«

»Glauben Sie, dass der Künstler, der diese Wachsarbeiten geschaffen hat, der gleiche sein könnte, der die Todesdrohung gemacht hat, die ich Ihnen gezeigt habe?«

Mrs Vaughn blickte zu dem gequälten Gesicht der Figur in ihrer Nähe. Ein Schatten fiel über ihr Gesicht.

»Oh ja«, flüsterte sie. »Ja, in der Tat. Ich denke, es ist sehr gut möglich, dass die beiden Künstler die gleichen sind.«

Tobias lehnte sich gegen einen der steinernen Pfeiler, die das Dach der kunstvoll entworfenen gotischen Ruine hielten, und blickte hinaus in den überwucherten Garten.

Die Ruine war vor einigen Jahren errichtet worden. Der Architekt hatte zweifellos die Absicht gehabt, eine anmutige Ergänzung zu dieser abgelegenen Gegend des großen Parks zu schaffen. Einen Ort der friedlichen Einkehr in der beruhigenden Stille der Natur.

Doch dieser Teil des ausgedehnten Parks war in der Öffentlichkeit nie sehr beliebt gewesen. Als Ergebnis davon waren die Ruine, die sie umgebende Hecke und die Gärten verwildert. Die unkontrollierte Natur war wild gewuchert und hatte einen natürlichen Schleier geschaffen, der die Ruine vor den Blicken eines jeden schützte, der vielleicht zufällig in diesen isolierten Teil des Parks spazierte.

Tobias war vor langer Zeit über diese versteckte Ruine gestolpert. Er kam manchmal hierher, wenn er über etwas nachdenken wollte, ohne dabei abgelenkt zu werden. Dies war das erste Mal, dass er jemand anderen an diesen Ort mitgebracht hatte, den er als seinen persönlichen Rückzugsort ansah.

Es hatte seit einiger Zeit aufgehört zu regnen, doch die Bäume tropften noch. Die Mietkutsche, die sie erwischt hatten, nachdem sie Huggetts Museum verlassen hatten, wartete auf einem Weg in einem anderen Teil des Parks.

Wenigstens hoffte er, dass sie dort wartete. Der Gedanke, den ganzen Weg zurück zu Lavinias Haus zu Fuß gehen zu müssen, gefiel ihm gar nicht. Sein Bein schmerzte heute.

»Wir haben einige scheinbar unzusammenhängende Dinge hier«, meinte er. »Die Todesfälle oder das Verschwinden einiger von Nevilles Geliebten, die Wachsarbeiten und die Gerüchte um den Krieg, der angeblich über das ausgebrochen ist, was von dem Blue Chamber noch übrig ist. Irgendwo muss es eine Verbindung geben.«

»Ich stimme dir zu.« Lavinia stand in der Nähe eines der anderen Pfeiler, die Arme hatte sie vor der Brust verschränkt. »Ich denke, die Verbindungen sind offensichtlich.«

»Unsere Klienten.«

»Beide haben uns von Anfang an angelogen.«

Tobias nickte. »Das ist richtig.«

»Beide haben versucht, uns für ihre geheimen Zwecke zu benutzen.«

»Offensichtlich.«

Sie warf ihm einen Blick zu. »Ich denke, die Zeit ist gekommen, um sie mit diesen Dingen zu konfrontieren.«

»Ich würde vorschlagen, wir beginnen mit deiner Klientin.«

»Ich habe befürchtet, dass du das sagen würdest.« Sie seufzte. »Ich glaube nicht, dass Mrs Dove erfreut sein wird. Sie wird mich sehr wahrscheinlich entlassen.«

Tobias richtete sich auf und griff nach ihrem Arm. »Wenn es dich tröstet, ich erwarte nicht, irgendwelches Geld von Neville zu bekommen.«

»Ich hoffe, ich kann noch eine weitere meiner Statuen verkaufen, um die Miete zu bezahlen und den Lohn von Mrs Chilton, den sie alle drei Monate bekommt«, meinte Lavinia.

»Eines der Dinge, die ich an dir bewundere, Lavinia, ist es, dass dir immer etwas einfällt.«

Joan Dove saß so still auf dem gestreiften Sofa, dass man sie für eine von Mrs Vaughns elegant modellierten Wachsarbeiten hätte halten können.

»Wie bitte?«, fragte Joan in dem eisigen Ton einer Frau, die es nicht gewohnt ist, ausgefragt zu werden. »Was wollen Sie damit sagen?«

Tobias schwieg. Er sah Lavinia an und ließ sie so wissen, dass er ihr zutraute, mit der unangenehmen Situation allein fertig zu werden. Dies war ihre Klientin.

Lavinias Blick begegnete dem seinen, dann stand sie von ihrem Stuhl auf. Sie stellte sich an eines der Fenster des Salons. Ihr rotes Haar bildete einen lebhaften Kontrast zu dem Dunkelgrün der Samtvorhänge.

»Ich dachte, meine Frage sei recht deutlich«, erklärte sie ruhig. »Ich habe Sie gefragt, ob Sie eine Affäre mit Lord Neville gehabt haben. War er derjenige, der Sie vor zwanzig Jahren verführt und dann achtlos fallen lassen hat?«

Joan antwortete nicht. Das erstarrte Schweigen, das von ihr ausging, schien den ganzen Raum zu unterkühlen.

»Verdammte Hölle, Joan.« Lavinia wirbelte herum und sah sie mit blitzenden Augen an. »Verstehen Sie denn nicht, was hier auf dem Spiel steht? Wir haben gute Gründe zu glauben, dass Neville mindestens zwei seiner früheren Geliebten ermordet hat. Vielleicht sogar noch mehr. Die letzte Geliebte könnte noch leben, doch wenn das so ist, dann hat sie das nur einem Glücksfall zu verdanken.«

Joan sagte nichts.

Lavinia begann, unruhig auf und ab zu laufen. »Wir wissen, dass Sally Johnson kurz vor ihrem Verschwinden Huggetts Museum besucht hat. Es gibt dort einen speziellen Ausstellungsraum, in dem einige hervorragend ausgeführte Wachsarbeiten ausgestellt sind. Die Drohung, die man Ihnen geschickt hat, war von einem hervorragenden Künstler gearbeitet. Wir glauben, dass der Künstler, der diese Arbeiten gemacht hat, ein und derselbe ist. Also, was ist hier um Himmels willen los?«

»Das reicht.« Joan presste die Lippen zusammen. »Sie brauchen mich nicht anzuschreien, Lavinia. Ich bin Ihre Klientin, haben Sie das vergessen?«

»Beantworten Sie meine Fragen.« Lavinia blieb mitten im Zimmer stehen. »Hatten Sie eine Affäre mit Neville?«

Joan zögerte. »Ja. Sie haben Recht. Er war der Mann, der mich vor so vielen Jahren verführt und mich dann im Stich gelassen hat.«

Einen Augenblick lang sagte keiner im Raum ein Wort.

Dann stieß Lavinia heftig den Atem aus. »Ich wusste es.« Sie sank auf den nächsten Stuhl. »Ich wusste, dass es irgendwo eine Verbindung geben musste.«

»Ich kann nicht erkennen, welche Bedeutung diese alte Indiskretion für diesen Mordfall haben sollte«, meinte Joan.

Tobias sah sie an. »Wie es scheint, ist Neville dabei, all seine früheren Geliebten beiseite zu schaffen. Mindestens zwei Frauen, mit denen er in den letzten beiden Jahren intim war, sind bereits tot. Von drei weiteren wird behauptet, dass sie tot sind, und eine wird vermisst.«

Joan runzelte die Stirn. »Warum um alles in der Welt sollte er sie umbringen?«

»Wir wissen es nicht sicher«, meldete sich Tobias. »Aber wir glauben, dass er sich davor fürchtet, dass sie zu viel über ihn wissen.«

»Was könnten sie denn schon wissen, dass er glaubt, er müsse sie umbringen?«

»Ich will ganz deutlich werden, Mrs Dove«, erklärte Tobias. »Ich bin ziemlich sicher, dass Neville Mitglied einer kriminellen Organisation war, die Blue Chamber heißt. Die Bande hat viele Jahre im Geheimen gearbeitet und war sehr mächtig. Sie wurde von einem Mann kontrolliert, der sich selbst Azure nannte, und von seinen beiden Leutnants.«

»Ich verstehe.« Joan beobachtete ihn mit ausdruckslosem Gesicht. »Wie eigenartig.«

»Die Organisation Blue Chamber begann nach Azures Tod vor einigen Monaten auseinander zu fallen. Einer der beiden Leutnants, Carlisle, ist vor drei Monaten in Italien gestorben.«

Joan runzelte die Stirn. »Wissen Sie das ganz sicher?«

Tobias lächelte kalt. Er ließ den Blick nicht von ihrem Gesicht. »Ja. Ich bin absolut sicher, dass er tot ist.«

Joan warf Lavinia einen flüchtigen Blick zu. »Also ist jetzt nur noch ein Mitglied des Blue Chamber übrig, und Sie glauben, dass dieser Mann Lord Neville ist.«

»Jawohl«, stimmte ihm Lavinia zu. »Tobias hatte gehofft, dass das Tagebuch des Kammerdieners ihm den Beweis dafür liefern würde.«

»Doch das Tagebuch wurde zerstört, ehe jemand es lesen konnte«, sprach Tobias weiter.

Lavinia betrachtete ihre Fingerspitzen. »Es ist möglich, dass Neville Holton Felix umgebracht, das Tagebuch zerstört und es dann so eingerichtet hat, dass Tobias es fand. Aber es ist genauso gut möglich, dass jemand anderes all das getan hat.«

»Wer?«, fragte Joan.

Lavinia sah ihr in die Augen. »Sie.«

Einen Augenblick lang herrschte schockiertes Schweigen.

»Das verstehe ich nicht«, flüsterte Joan. »Warum sollte ich solche Dinge tun?«

»Weil Sie verzweifelt versucht haben, ein ganz besonderes Geheimnis zu verbergen, das dieses Tagebuch offenbart hätte«, erklärte Lavinia.

»Die Tatsache, dass ich eine Affäre mit Neville hatte?« Aus Joans Augen blitzte verächtliche Belustigung. »Ich gebe zu, ich wünsche mir sehr, dass diese Verbindung geheim bleibt, aber ich würde dafür sicher keinen Mord begehen.«

»Es ist nicht der Klatsch über Ihre Verbindung mit Neville, der Sie stört«, meinte Lavinia. »Es ist die Tatsache, dass Ihr Mann Azure war.«

Joan starrte sie an. »Sie sind verrückt.«

»Sie haben ihn sehr geliebt, nicht wahr?«, sprach Lavinia beinahe freundlich weiter. »Sie müssen entsetzlich erschrocken gewesen sein, als sie den ersten Erpresserbrief von Holton Felix bekommen haben, in dem stand, dass Fielding Dove der Anführer einer geheimen kriminellen Organisation gewesen ist. Sie würden alles tun, um diese Information geheim zu halten, nicht wahr? Die Ehre Ihres Mannes und sein guter Name stehen auf dem Spiel.«

Einige Sekunden lang wich alle Farbe aus Joans Gesicht. Dann aber lief ihr Gesicht vor Zorn hochrot an.

»Wie können Sie es wagen, anzudeuten, dass mein Mann sich mit diesem ... diesem Blue Chamber eingelassen hat? Wer sind Sie eigentlich, dass Sie es wagen, einen solchen Vorwurf auch nur *anzudeuten?*«

»Sie haben mir erzählt, als Ihr Ehemann starb, wurden Sie plötzlich mit einem äußerst komplizierten finanziellen Durcheinander konfrontiert. Sie haben erwähnt, dass Sie noch immer dabei sind, die einzelnen Fäden zu entwirren«, erklärte Lavinia.

»Ich habe erklärt, dass er ein ausgezeichneter Investor war.«

»Ein Mann mit vielen geschäftlichen Investitionen könnte sehr gut seine kriminellen Tätigkeiten dahinter verborgen haben«, meinte Tobias leise.

Joan schloss die Augen. »Sie haben Recht. Holton Felix hat mir einen Brief geschickt, in dem er mir gedroht hat, Fieldings Rolle als Kopf eines ausgedehnten kriminellen Imperiums öffentlich zu machen.« Sie hob den Blick, und in ihren Augen lag Entschlossenheit. »Aber diese Drohung basierte auf einer Lüge.«

»Sind Sie da sicher?«, fragte Lavinia vorsichtig.

»Es ist nicht möglich.« Tränen glänzten in Joans Augen. »Fielding und ich waren zwanzig Jahre zusammen. Ich hätte es gewusst, wenn er kriminell gewesen wäre. So etwas hätte er nicht eine so lange Zeit vor mir verbergen können.«

»Viele Frauen haben ihr ganzes Eheleben lang keine Ahnung von den finanziellen Aktivitäten ihrer Männer«, erklärte Lavinia. »Ich kann Ihnen nicht sagen, wie viele Witwen nach der Beerdigung große Schwierigkeiten haben, weil sie ihre eigenen Finanzen nicht verstehen.«

»Ich weigere mich zu glauben, dass Fielding dieser Azure gewesen sein soll, von dem Sie gesprochen haben«, erklärte Joan mit ausdrucksloser Stimme. »Haben Sie Beweise?«

»Überhaupt keine«, stimmte ihr Tobias sofort zu. »Und da sowohl Azure als auch Ihr Ehemann tot sind, habe ich auch kein Interesse daran, diese Sache weiterzuverfolgen. Aber ich würde sehr gern Neville zur Strecke bringen.«

»Ich verstehe«, flüsterte Joan.

»Vorzugsweise, bevor er Sie auch noch ermordet«, stimmte ihm Lavinia zu.

Joans Augen weiteten sich. »Glauben Sie wirklich, dass er es war, der mir die Morddrohung geschickt hat?«

»Das ist sehr wahrscheinlich«, meinte Tobias. »Er ist kein Künstler, aber er hat vielleicht jemanden damit beauftragt, das kleine Bild zu schaffen, das Sie bekommen haben.«

»Aber warum sollte er mich vor seinen Absichten warnen?«

»Der Mann scheint ein Mörder zu sein«, meinte Lavinia. »Wer kann schon sagen, was in seinem Kopf vorgeht? Vielleicht will er Sie quälen oder auf irgendeine Art bestrafen.« Tobias wandte sich vom Fenster ab. »Es ist wahrscheinlicher, dass er Sie in eine Situation bringen will, in der Sie verletzlicher sind. Sie haben eine kleine Armee um sich versammelt, Mrs Dove. Ihre Lakaien sind offensichtlich dafür ausgebildet, mehr zu tun, als nur Gläser mit Champagner auf silbernen Tabletts zu tragen.«

Sie seufzte. »Mein Mann war sehr wohlhabend, Mr Mach. Er hat nur Männer eingestellt, die uns und unseren Besitz beschützen können.«

»Es ist möglich, dass Neville Ihnen die Morddrohung geschickt hat, um Ihre Nerven zu strapazieren«, meinte Lavinia. »Er hofft vielleicht, dass Sie Angst bekommen, unvorsichtig werden und etwas Dummes tun, was es ihm ermöglicht, Sie in seine Macht zu bekommen.«

»Aber er hat doch gar keinen Grund, mich umzubringen«, erklärte Joan hartnäckig. »Selbst wenn er ein Krimineller ist, so hatte ich keine Ahnung von seinen Aktivitäten vor zwanzig Jahren. Das muss er doch wissen.«

Tobias sah sie an. »Wenn wir Recht haben, wenn Sie in der Tat mit Azure verheiratet waren, dann hat Neville Gründe genug zu befürchten, dass Sie viele seiner Geheimnisse kennen.«

Joan verkrampfte die Hände im Schoß. »Mein Mann war nicht Azure, das sage ich Ihnen doch.«

Doch diesmal hatte sie nicht mehr in einem so überzeugenden Ton geleugnet, dachte Lavinia.

»Wir nehmen an, dass er es war«, sagte sie. »Und wenn wir Recht haben, dann befinden Sie sich in großer Gefahr.«

Joan wurde ruhiger. Sie öffnete die Hände wieder. »Glauben Sie wirklich, dass Neville diese Frauen umgebracht hat?«

»Es sieht so aus«, meinte Tobias. »Ich glaube langsam, dass er die Wachsarbeiten in Huggetts Galerie in Auftrag gegeben hat, als eine Art makabre Erinnerung an die Morde.«

Joan erschauerte. »Welcher Künstler würde wohl solche Arbeiten schaffen?«

»Einer, dem man eine genügend große Summe gezahlt hat, stellt vielleicht nicht so viele Fragen«, behauptete Lavinia. »Oder einer, der um sein eigenes Leben fürchtet. Denken Sie daran, Madame Tussaud wurde dazu gezwungen, diese Totenmasken zu schaffen, während sie in Frankreich im Gefängnis war.«

Ein kurzes Schweigen senkte sich über den Raum.

»Ich habe vor, heute Abend Nevilles Haus zu durchsuchen«, meinte Tobias nach einer Weile. »Diese Sache muss zu einem Ende kommen, und zwar schnell. Ich brauche Beweise für seine Verwicklung in kriminelle Aktivitäten, und ich kann sie nur bei ihm zu Hause bekommen. Bis diese Sache beendet ist, dürfen Sie kein Risiko eingehen. Ich würde vorschlagen, dass Sie hier bleiben, in der Sicherheit Ihres Hauses.«

Joan zögerte, dann schüttelte sie den Kopf. »Heute Abend ist der Colchester-Ball. Es ist das einzige Ereignis in der Saison, das ich nicht verpassen kann.«

»Sicher können Sie doch mit Bedauern absagen?«

»Ganz unmöglich. Lady Colchester wird sehr beleidigt sein, wenn ich nicht komme. Ich habe Ihnen doch gesagt, sie ist die Großmutter des Verlobten meiner Tochter, und sie ist ein Tyrann in ihrer Familie. Wenn sie über mich verärgert ist, wird sie sich dafür an Maryanne rächen.«

Tobias entdeckte das mitleidige Verständnis in Lavinias Augen und stöhnte innerlich auf. Er wusste, dass Lavinia die Gefahren und Fallstricke bestens kannte, die damit verbunden waren, eine gute Partie zu machen. Schließlich war sie selbst mit einer ähnlichen Sache beschäftigt. Er wusste, noch bevor Lavinia den Mund öffnete, dass er diesen kleinen Kampf verloren hatte.

»Gütiger Himmel«, sagte Lavinia. »Glauben Sie denn, dass Lady Colchester so weit gehen könnte, Maryannes Verlobten dazu zu zwingen, die Verbindung wieder zu lösen?«

Joans Gesicht spannte sich an. »Das kann ich nicht sagen. Ich weiß nur, dass ich Maryannes Zukunft nicht aufs Spiel setzen möchte, nur weil ich mich fürchte, heute Abend auf einen Ball zu gehen.«

Lavinia wandte sich schnell an Tobias. »Mrs Dove wird in der Gesellschaft ihrer Lakaien sein, wenn sie zu dem Ball und später wieder nach Hause fährt. Und wenn sie erst einmal im Haus der Colchesters ist, wird sie von vielen Menschen umgeben sein. Dort müsste sie eigentlich in Sicherheit sein.«

»Es gefällt mir nicht«, hielt er dagegen, wusste jedoch, dass er nur seine Zeit verschwendete.

Lavinia begann zu strahlen. »Ich habe eine Idee.«
Tobias zuckte zusammen und rieb abwesend sein Bein. »Natürlich hast du das«, meinte er. »Verdammte Hölle.«

20. Kapitel

Lavinias Haus war leer und still, als Tobias ihr kurze Zeit später durch den Flur folgte. Das war auch besser so, denn er hatte vor, ihr eine ernste Predigt zu halten.

»Mrs Chilton ist heute Nachmittag bei ihrer Tochter«, erklärte Lavinia und hängte ihre Haube an einen Haken. »Emeline ist bei einem Vortrag über Antiquitäten, zusammen mit Priscilla und Anthony.«

»Das weiß ich. Anthony hat etwas davon gesagt, dass er die beiden zu diesem Vortrag begleiten würde.« Er legte seinen Hut und die Handschuhe auf den Tisch und sah sie an. »Lavinia, ich möchte mit dir sprechen.«

»Möchtest du nicht ins Arbeitszimmer kommen?« Sie war schon den halben Weg durch den Flur gegangen. »Wir können ein Feuer anmachen. Eine angenehme, gemütliche Atmosphäre ist einem unserer kleinen Streits angemessen, findest du nicht auch?«

»Verdammt.« Er konnte nicht anders. Er folgte ihr in das Arbeitszimmer. Sie hatte Recht. In dem kleinen Raum ließ es sich bei weitem besser streiten als im Flur. Er stellte fest, dass er sich in diesem behaglichen, mit Büchern angefüllten Zimmer sehr wohl fühlte. Immer wenn er es betrat, hatte er das eigenartige Gefühl, nach Hause zu kommen.

Völliger Unsinn natürlich.

Er sah, wie Lavinia sich auf den Stuhl hinter ihrem Schreibtisch setzte. Die außerordentlich zufriedene Laune, die sie ausstrahlte, war beinahe mit Händen zu greifen.

Er hockte sich vor den Kamin und zuckte zusammen, als der Schmerz durch sein Bein fuhr, dann zündete er das Feuer an.

»Du scheinst sehr erfreut über deinen unmöglichen Plan, nicht wahr?«, sagte er.

»Komm schon, Tobias. Mrs Dove vorzuschlagen, dass Emeline und ich sie zu dem Colchester-Ball begleiten, war doch die vernünftigste Lösung für dieses schwierige Dilemma. Es war doch offensichtlich, dass sie entschlossen war, an dem Ball teilzunehmen. Auf diese Art können wir sie wenigstens im Auge behalten.«

Er lächelte freudlos. »Was für ein Glück für dich, dass Mrs Dove kein Problem darin gesehen hat, noch einige Einladungen für Freunde aus Bath zu besorgen, die sie zufällig besucht haben.«

»Du hast doch gehört, was sie gesagt hat. Selbst wenn sie diese zusätzlichen Einladungen nicht bekommen hätte, wäre es kein Problem gewesen, zwei Begleiterinnen mitzubringen. Der Colchester-Ball ist ein so riesiges Ereignis, dass niemand zwei zusätzliche Gäste bemerken wird.«

»Könntest du ein wenig versuchen, nicht so zu strahlen? Es ist sehr irritierend.«

Sie warf ihm einen unschuldigen Blick zu. »Ich mache mir diese ganze Mühe, um meine Klientin zu beschützen.«

»Versuche nicht, so zu tun, als hättest du dieses Angebot nur gemacht, um Joan Dove im Auge zu behalten.« Sein Bein protestierte noch einmal, als er versuchte, wieder aufzustehen. »Ich kenne dich zu gut, Madam. Du hast die Gelegenheit genutzt, um für deine Nichte eine Einladung zu dem Ball zu bekommen.«

Sie lächelte zufrieden. »Es ist wirklich ein unglaublicher Glücksfall, nicht wahr? Stell dir nur vor, heute Abend wird Emeline an einem der wichtigsten gesellschaftlichen Ereignisse der Saison teilnehmen. Warte nur, bis Lady Wortham davon hört. Dann kann sie sich all die Bemerkungen sparen über die *Gefallen,* die sie Emeline tut.«

Tobias war trotz seiner schlechten Laune beinahe belustigt. »Erinnere mich daran, dass ich mich niemals zwischen eine Kupplerin und eine Einladung zu einem wichtigen gesellschaftlichen Ereignis stelle.«

»Komm schon, Tobias. Wenigstens wissen wir, dass Mrs Dove heute Abend in Sicherheit sein wird.« Lavinia hielt inne. »Dabei glaube ich nicht, dass Neville versuchen wird, sie während des großartigsten Balles der ganzen Saison zu ermorden.«

Tobias dachte genauer darüber nach. »Mir scheint es wirklich eine ungewöhnliche Gelegenheit, um einen Mord zu begehen. Aber dennoch, wenn man bedenkt, wie zurückgezogen Mrs Dove lebt und dass sie immer in Begleitung dieser riesigen Lakaien ist, wenn sie das Haus verlässt, so könnte ein verzweifelter Mörder vielleicht glauben, dass er keine andere Wahl hat.«

»Mach dir keine Sorgen, Tobias. Ich werde sie auf dem Colchester-Ball nicht aus den Augen lassen.« Lavinia beugte sich vor und stützte ihr Kinn in die Hand. Der Ausdruck ihrer Augen wurde nachdenklich. »Hast du das wirklich ernst gemeint, als du ihr gesagt hast, du wolltest heute Abend Nevilles Haus durchsuchen?«

»Jawohl. Wir brauchen schnell einige Antworten, und ich weiß nicht, wo ich sie sonst finden könnte.«

»Aber was ist, wenn er zu Hause ist?«

»Das ist der Höhepunkt der Saison«, erklärte Tobias. »Bei ihrem gesellschaftlichen Stand werden Neville und seine Frau beinahe jeden Abend aus dem Haus sein. Ich weiß, dass Neville kaum einmal vor der Morgendämmerung nach Hause kommt, nicht einmal in den ruhigeren Monaten.«

Lavinia zog die Nase kraus. »Es ist wohl offensichtlich, dass Neville und seine Frau die Anwesenheit des anderen nicht gerade genießen.«

»In dieser Hinsicht haben sie sehr viel mit anderen Paaren der höheren Gesellschaft gemein. Aber wie dem auch sei, meiner Erfahrung nach schleicht sich auch viel Personal aus dem Haus, wenn die Diener wissen, dass ihre Arbeitgeber den größten Teil des Abends nicht da sind. Wenn ich Glück habe, wird das Haus heute Abend fast leer sein. Die wenigen Mitglieder der Dienerschaft, die im Haus bleiben, werden wahrscheinlich in ihren eigenen Räumen beschäftigt sein. Es sollte einfach sein, unbeobachtet ins Haus zu kommen.«

Lavinia sagte nichts.

Er sah sie an. »Nun? Was ist?«

Sie nahm einen Federkiel in die Hand und klopfte damit in ihre Handfläche. »Dein Plan gefällt mir nicht, Tobias.«

»Warum denn nicht?«

Sie zögerte, dann legte sie den Federkiel wieder beiseite. Sie stand auf und sah ihn an, Unbehagen lag in ihrem Blick.

»Das ist nicht das Gleiche, als würdest du Sally Johnsons kleines Haus durchsuchen«, erklärte sie ruhig. »Wir sind zu dem Schluss gekommen, dass Neville ein Mörder ist. Der Gedanke, dass du in der Nacht allein durch sein Haus schleichst, beunruhigt mich sehr.«

»Deine Sorge ist rührend, Lavinia. Und außerdem überrascht sie mich. Ich hatte ja keine Ahnung, dass du so sehr um meine Sicherheit besorgt bist. Ich hatte eher den Eindruck, dass ich für dich so eine Art Ärgernis bin.«

Ohne Vorwarnung wurde sie wütend. »Du sollst dich nicht darüber lustig machen. Wir haben es hier mit einem Mann zu tun, der wahrscheinlich einige Frauen ermordet hat.«

»Und der wohl auch den Mord an Bennett Ruckland in Auftrag gegeben hat«, stimmte er ihr zu.

»Ruckland? Der Mann, der in Italien umgebracht wurde?«

»Jawohl.«

»Aber du hast doch gesagt, Carlisle sei für den Mord an ihm verantwortlich gewesen.«

»Neville und Carlisle kannten einander sehr gut, wegen ihrer Verbindung zum Blue Chamber. Ich nehme an, dass Neville ihm einen großen Betrag dafür gezahlt hat, dass er dafür sorgte, dass Ruckland nie wieder nach England zurückkehrte.«

»Du bist so sehr darauf bedacht, die Informationen zu finden, die du haben willst, dass ich befürchte, du wirst jedes Risiko eingehen. Vielleicht solltest du Anthony mitnehmen. Er könnte als dein Leibwächter dienen.«

»Nein. Ich möchte, dass Anthony mit euch zum Colchester Ball geht. Er kann dir helfen, Joan Dove zu bewachen.«

»Ich bin selbst in der Lage, Joan im Auge zu behalten. Ich finde, Anthony sollte mit dir gehen.«

Er lächelte matt. »Es ist sehr nett von dir, so sehr um mich besorgt zu sein, Lavinia. Aber tröste dich mit dem Gedanken, dass es ganz allein mein Fehler sein wird, wenn etwas schief läuft. Wie es ja deiner Meinung nach immer der Fall ist.«

»Verdammt, Sir, du versuchst, das Thema zu wechseln.«

»Nun ja, das tue ich wirklich. Ich finde, dass die Unterhaltung unnütz ist.«

»Tobias, hör auf, mich zu provozieren, denn sonst werde ich für meine Taten nicht mehr verantwortlich sein.«

Lavinias geballte Fäuste und ihr stürmischer Blick sagten ihm sofort, dass sein Versuch, die Unterhaltung ein wenig aufzulockern, gescheitert war.

»Lavinia …«

»Hier geht es nicht darum, jemandem einen Vorwurf zu machen. Wir sprechen hier von gesundem Menschenverstand.« Er nahm ihr Gesicht in beide Hände. »Ist dir eigentlich noch gar nicht aufgefallen, Madam, dass der gesunde Menschenverstand ausgeschaltet ist, wenn es um dich und mich geht?« Sie umklammerte seine Handgelenke. »Versprich mir, dass du heute Abend außergewöhnlich vorsichtig sein wirst, Tobias.«

»Darauf gebe ich dir mein Wort.«

»Versprich mir, dass du das Haus erst gar nicht betrittst, wenn es ein Anzeichen dafür gibt, dass Neville zu Hause ist.«

»Ich versichere dir, Neville wird ganz sicher heute Abend nicht zu Hause sein«, erklärte er. »In der Tat ist es sehr gut möglich, dass er und seine Frau auf dem Colchester-Ball erscheinen. Du wirst wahrscheinlich mehr von ihm zu sehen bekommen als ich.«

»Das genügt mir nicht. Versprich mir, dass du nicht in das Haus gehen wirst, wenn jemand zu Hause ist?«

»Lavinia, das kann ich nicht.«

Sie stöhnte auf. »Ich habe befürchtet, dass du das sagen würdest. Versprich mir …«

»Ich habe dir für den Augenblick bereits genug versprochen. Ich würde dich viel lieber küssen.«

Ihre Augen blitzten, war es nun Zorn oder Leidenschaft, das konnte er nicht feststellen. Er hoffte allerdings, dass es das Letztere war.

»Ich habe die Absicht, eine ernsthafte Unterhaltung zu führen«, behauptete sie.

»Möchtest du mich küssen?«

»Darum geht es hier gar nicht. Wir reden davon, dass du deinen Hals riskierst.«

Er strich mit dem Daumen über ihr Kinn. Ihre sanfte glatte Haut bezauberte ihn.

»Küss mich, Lavinia.«

Sie legte beide Hände auf seine Schultern und grub die Finger tief in seinen Rock. Er konnte nicht sagen, ob sie ihn wegstoßen oder noch näher ziehen wollte.

»Versprich mir, dass du vernünftig sein wirst«, bat sie.

»Nein, Lavinia.« Er hauchte einen Kuss auf ihre Stirn und dann auf ihre Nase. »Das kannst du nicht von mir verlangen. Es liegt nicht in meiner Natur, ich kann das nicht versprechen.«

»Unsinn. Natürlich kannst du das.«

»Nein.« Er schüttelte ein wenig den Kopf. »Ich bin nicht mehr vernünftig gewesen, seit ich dich zum ersten Mal auf einer Straße in Rom gesehen habe.«

»Tobias.« Ihr stockte der Atem. »Das ist verrückt. Wir mögen einander noch nicht einmal sehr.«

»Du sprichst nur für dich selbst, Madam. Ich allerdings stelle fest, dass ich dich sehr mag, trotz deiner Fähigkeit, mich so schnell wütend zu machen.«

»*Mögen?*« Ihre Augen weiteten sich. »Du *magst* mich?«

Ein leichtes Zucken ging durch seinen Körper. Er hörte beinahe, wie Anthony ihm einen Vortrag hielt.

»Mögen ist vielleicht unter diesen Umständen nicht das richtige Wort.«

»Mögen ist ein Wort, das man benutzt, wenn man die Gefühle für einen guten Freund beschreibt oder eine liebevolle Tante oder … einen kleinen Hund.«

»Dann ist es ganz sicher das falsche Wort«, schloss er. »Weil meine Gefühle für dich gar keine Ähnlichkeit haben mit den Gefühlen für Freunde, Tanten oder Hunde.«

»Tobias …«

Er berührte die bezaubernde Stelle in ihrem Nacken, wo

sich ein paar vorwitzige Haarsträhnen aus den Haarnadeln gelöst hatten. »Ich will dich, Lavinia. Ich kann mich nicht daran erinnern, dass ich eine Frau schon einmal so sehr gewollt habe. Es ist ein Schmerz in meinem Inneren, der nicht mehr weggeht.«

»Wundervoll, ich verursache dir Bauchschmerzen.« Sie schloss die Augen. Ein Schauer rann durch ihren Körper. »Ich habe immer davon geträumt, einen Mann auf so erregende Art zu beeinflussen.«

»Anthony hat gesagt, dass ich nicht sehr gut darin bin, mit Frauen zu sprechen. Vielleicht würde es alles wesentlich einfacher machen, wenn du aufhören würdest zu reden und mich küsst.«

»Du bist ein unmöglicher Mann, Tobias March.«

»Dann passen wir wirklich gut zusammen. Du bist sicher die unmöglichste Frau, die ich in meinem ganzen Leben kennen gelernt habe. Wirst du mich küssen?«

Etwas blitzte in ihren Augen auf. Es hätte Wut sein können oder Frustration oder Leidenschaft. Sie nahm die Hände von seinen Schultern und legte sie um seinen Nacken. Dann stellte sie sich auf Zehenspitzen und küsste ihn.

Er öffnete den Mund, schmeckte sie, suchte nach der Wildheit, die er in dieser Nacht in der Kutsche gefühlt hatte. Sie erschauerte und schlang die Arme noch fester um ihn. Ihr Verlangen weckte die Glut in seinem Blut.

»Tobias.« Sie fuhr mit den Fingerspitzen durch sein Haar und küsste ihn mit wachsender Leidenschaft.

»Du hast etwas an dir, das mir das Gefühl gibt, in den Fängen einer mächtigen Droge zu sein«, flüsterte er. »Ich fürchte, dass ich abhängig werde.«

»Oh, *Tobias.*«

Diesmal kam sein Name als ein erstickter Schrei aus ihrem Mund, den sie an seinen Hals presste.

Er schloss die Hände um ihre Rippen, gleich unter ihren Brüsten, dann hob er sie hoch. Sie stieß ein leises, erotisches Stöhnen aus, das die Glut in seinem Inneren noch mehr anfachte.

Er ging ein paar Schritte mit ihr auf seinem Arm. Sie legte die Hände wieder auf seine Schultern und bedeckte sein Gesicht mit feuchten, heißen, kleinen Küssen.

Als er an ihrem Schreibtisch angekommen war, ließ er sie vorsichtig herunter, bis sie auf der Schreibtischkante saß. Mit einer Hand hielt er sie fest, mit der anderen öffnete er seine Hose. Als sein Glied befreit war, streckte sie die Hand aus und umschloss es mit ihren sanften Fingern.

Er schloss die Augen und biss die Zähne zusammen, um sein Verlangen zu zügeln. Als er sich wieder unter Kontrolle hatte, öffnete er die Augen und sah, dass ihr Gesicht vor Erregung gerötet war.

Er schob ihre Beine auseinander und legte seine Hand auf die weiche nackte Haut über ihren Strümpfen. Dann kniete er vor ihr nieder und küsste die Innenseite ihrer Schenkel. Immer weiter wagte er sich vor, kam seinem Ziel immer näher. »Tobias.« Sie krallte die Finger in sein Haar. »Was tust du …? Nein, nein, du kannst mich nicht dort küssen. Um Himmels willen, Tobias, du darfst nicht …«

Er ignorierte ihren erstickten Protest. Als er die sanfte, empfindsame Knospe mit der Zunge berührte, erstarb ihr letzter Protest in einem erstickten Aufkeuchen.

Er schob einen Finger in sie hinein und vertiefte seinen Kuss. Sie kam beinahe schweigend, als hätte sie keinen Atem mehr. Er fühlte, wie sich die Anspannung in ihr in einer Serie von kleinen Schauern löste.

Als der Höhepunkt der Erregung vorüber war, stand er wieder auf und hielt sie in seinen Armen. Sie sank in sich zusammen und lehnte sich an ihn.

»Hast du das in Italien gelernt?«, murmelte sie an seinem Hals. »Man sagt, es gäbe nichts Besseres als eine ausgedehnte Reise, um die Erziehung zu vervollständigen.«

Er fand nicht, dass eine Antwort nötig war. Und das war wohl auch besser so. Er glaubte nicht, dass er in diesem Zustand eine vernünftige Unterhaltung würde führen können. Er drängte sich zwischen Lavinias Schenkel und legte eine Hand um ihren wohl gerundeten Po. Sie nahm die Hände von seinen Schultern und lächelte sanft. Ihre Augen waren tausend Meilen tief und voll warmer, verlockender Versprechungen. Er hätte nicht wegblicken können, auch wenn er es versucht hätte.

»Die Augen eines Hypnotiseurs«, flüsterte er. »Du hast mich wirklich in Trance versetzt.«

Mit der Fingerspitze berührte sie sein Ohrläppchen. Dann legte sie den Finger auf seinen Mundwinkel. Sie lächelte, und er versank noch tiefer in ihrem Zauber.

Er bereitete sich darauf vor, tief in sie einzudringen.

Das Geräusch der Haustür, die geöffnet wurde, und von gedämpften Stimmen im Flur ließ ihn erstarren, gerade als er tief in Lavinias warmen Körper eindringen wollte.

Sie erstarrte in seinen Armen. »Oje«, flüsterte sie erschrocken. »Tobias ...«

»Verdammte Hölle.« Er legte ihre Stirn gegen seine. »Sag nicht ...«

»Ich glaube, Emeline ist früher als erwartet nach Hause gekommen.« Panik lag in Lavinias Stimme. Sie schlug nach ihm. »Wir müssen uns sofort herrichten. Sie wird gleich hier sein.«

Der Zauber war gebrochen.

Er trat einen Schritt zurück und machte sich an seiner Hose zu schaffen. »Beruhige dich, Lavinia. Ich glaube nicht, dass sie irgendetwas bemerken wird.«

»Wir brauchen etwas frische Luft hier drinnen.«

Lavinia sprang von dem Schreibtisch, schüttelte ihre Röcke aus und lief zum Fenster. Sie öffnete es weit. Kalte, feuchte Luft drang in das Arbeitszimmer. Das Feuer flackerte heftig. Tobias war belustigt. »Falls du es noch nicht bemerkt haben solltest, es regnet.«

Sie wirbelte herum und warf ihm einen bösen Blick zu. »Diese Tatsache ist mir nicht entgangen.«

Er lächelte. Dann hörte er eine bekannte Stimme im Flur. »Ich fand den Teil von Mr Halcombs Vortrag, der sich mit den Ruinen von Pompeji befasste, recht schwach«, hörte man Anthony sagen.

»Da stimme ich dir zu. Ich bezweifle sehr, dass er bei seinen Forschungen weiter als ins Britische Museum gekommen ist.«

Lavinia erstarrte. »Was glauben die beiden wohl? Gütiger Himmel, wenn jemand von den Nachbarn gesehen hat, dass sie zusammen ein leeres Haus betreten haben, dann wäre Emeline ruiniert. Vollkommen ruiniert.«

»Äh, Lavinia …«

»Ich werde mich schon darum kümmern.« Sie ging zur Tür des Arbeitszimmers und öffnete sie. »Was ist denn hier los?« Anthony und Emeline, die gerade durch den Flur gingen, blieben stehen.

»Guten Tag, Mr March«, begrüßte Emeline Tobias.

»Miss Emeline.«

Anthony blickte vorsichtig. »Stimmt etwas nicht, Mrs Lake?«

»Besitzt ihr denn überhaupt keinen Verstand?«, fragte sie wütend. »Emeline, es ist gut und schön, wenn du Mr Sinclair erlaubst, dich bis an die Haustür zu begleiten, aber du darfst ihn nicht einladen, mit ins Haus zu kommen, wenn niemand zu Hause ist. Was um alles in der Welt hast du dir nur dabei gedacht?«

Emeline sah verwirrt aus. »Aber Lavinia ...«

»Was ist, wenn jemand der Nachbarn dich gesehen hat?«

Anthony und Emeline warfen einander einen Blick zu. Dann trat ein wissender Blick in Anthonys Augen.

»Ich möchte sichergehen, dass ich das auch verstanden habe«, meinte er. »Sie machen sich Sorgen, dass ich Miss Emeline in ein Haus begleitet habe, in dem es niemanden gibt, der als Anstandsdame fungieren könnte. Richtig?«

»Genau.« Lavinia stützte die Hände in die Hüften. »Zwei unverheiratete junge Leute, die zusammen in ein Haus gehen? Was sollen die Nachbarn wohl denken?«

»Darf ich dich auf einen kleinen Fehler in deiner Logik aufmerksam machen?«, murmelte Emeline.

Lavinia warf ihr einen bösen Blick zu. »Und was sollte das wohl für ein Fehler sein?«

»Das Haus ist nicht leer. Du und Mr March, ihr seid beide hier. Man könnte doch wohl kaum eine passendere Anstandsdame wählen.«

Es gab ein kurzes, angespanntes Schweigen, während diese Bemerkung langsam in Lavinias Bewusstsein drang.

Tobias gelang es, sein Lachen zu unterdrücken. Er warf Lavinia einen Blick zu und fragte sich, wann sie endlich begreifen würde, dass sie völlig überreagiert hatte.

Manchmal wirkte es sich so auf die Nerven aus, wenn man gerade noch einmal davongekommen war, überlegte er.

Lavinia stotterte, ihr Gesicht lief hochrot an, dann nahm sie Ausflucht zum einzigen Argument, das ihr noch blieb.

»Das ist ja alles schön und gut, aber ihr habt nicht *gewusst*, dass wir hier waren, Emeline.«

»Was das betrifft«, erklärte Anthony bescheiden, »wir *haben* gewusst, dass Sie zu Hause sind. Der Lakai von Lady Wortham hat Miss Emeline zur Tür gebracht. Als sie die Tür mit ihrem Schlüssel aufgeschlossen hat, hat sie Tobias' Hut und seine Handschuhe gesehen und Ihren Umhang. Sie hat Lady Wortham versichert, dass Sie beide zu Hause sind, und die gute Lady hat die Erlaubnis gegeben, dass ich das Haus mit Miss Emeline betrete, ehe sie und Miss Priscilla weitergefahren sind.«

»Ich verstehe«, erklärte Lavinia matt.

»Offensichtlich habt ihr nicht gehört, dass wir in Lady Worthams Kutsche angekommen sind«, meinte Emeline. »Und ihr habt auch nicht gehört, wie ich ihr gesagt habe, dass ihr zu Hause seid.«

»Ah, nein.« Lavinia räusperte sich. »Wir haben nichts gehört. Wir waren im Arbeitszimmer beschäftigt.«

»Ihr müsst mit wichtigen Dingen beschäftigt gewesen sein«, meinte Anthony mit einem verräterisch unschuldigen Lächeln. »Immerhin haben wir einen ziemlichen Lärm gemacht, nicht wahr, Miss Emeline?«

»Ganz bestimmt«, stimmte ihm Emeline zu. »Ich kann mir gar nicht vorstellen, dass uns jemand nicht gehört haben könnte.«

Lavinia öffnete den Mund, doch kein Wort kam heraus. Schnell schloss sie ihn wieder. Ihr rosig angehauchtes Gesicht wurde noch röter.

Spott blitzte in Emelines Augen auf. »Was war das denn nur für ein faszinierendes Thema, über das du dich mit Mr March unterhalten hast, dass du uns nicht gehört hast, als wir gekommen sind?«, wollte sie wissen.

Lavinia holte tief Luft. »Poesie.«

21. Kapitel

Lavinia stand zusammen mit Joan in dem Schutz einer Nische und betrachtete den überfüllten Ballsaal. Sie war hin und her gerissen zwischen ihrer Sorge um Tobias und dem Gefühl des Triumphes. Da sie gegen Ersteres nichts unternehmen konnte, erlaubte sie es sich, ihren neuesten gesellschaftlichen Coup zu genießen.

Der Colchester-Ball war alles, was sie sich als Hintergrund für Emeline nur hatte wünschen können. Der Ballsaal war im chinesischen Stil geschmückt, mit einer Mischung aus etruskischen und indischen Motiven. Spiegel und Vergoldung waren in glänzendem Überfluss eingesetzt worden, um den Effekt noch zu verstärken. Gekleidet in ein türkisfarbenes Kleid, das Madame Francesca für eine solche Gelegenheit angeraten hatte, das dunkle Haar zu einer eleganten Frisur hochgesteckt und geschmückt mit kleinen Ornamenten, sah Emeline genauso exotisch aus wie ihre Umgebung.

»Meinen Glückwunsch, Lavinia«, murmelte Joan. »Der junge Mann, der Emeline gerade auf die Tanzfläche führt, wird einmal einen Titel erben.«

»Landgüter?«

»Einige, denke ich.«

Lavinia lächelte. »Er scheint sehr charmant zu sein.«

»Ja.« Joan beobachtete die Tänzer. »Glücklicherweise kommt der junge Reginald nicht auf seinen Vater. Aber das ist unter diesen Umständen ja auch nicht überraschend.«

»Was soll das heißen?«

Joans Lächeln war kalt. »Reginald ist der dritte Sohn Bollings. Den ersten hat man tot in einer Gasse hinter einem Bordell gefunden. Man nimmt an, dass er von einem Straßenräuber ermordet wurde, den man nie gefunden hat.«

»Ich nehme an, Sie glauben dieses Märchen nicht?«

Joan hob eine Schulter in einer anmutigen Bewegung. »Es war kein Geheimnis, dass er eine Vorliebe für ganz junge Mädchen hatte. Es gibt Leute, die glauben, dass er von einem Verwandten eines seiner jungen unschuldigen Opfer erstochen worden ist, das er gerade entehrt hatte. Vielleicht von einem älteren Bruder.«

»Wenn das der Fall ist, so kann ich mit Bollings erstem Erben kein Mitleid haben. Was geschah mit dem zweiten Sohn?«

»Er hatte es sich zur Angewohnheit gemacht, sehr viel zu trinken und dann in die Bordelle zu gehen, um sich dort Unterhaltung zu suchen. Eines Nachts wurde er mit dem Gesicht nach unten in der Gasse vor einer verrufenen Spielhölle gefunden. Man sagt, er sei in nur wenigen Zentimetern Wasser ertrunken.«

Lavinia erschauerte. »Keine glückliche Familie.«

»Niemand hätte es sich je träumen lassen, dass der junge Reggie einmal den Titel erben würde, ganz sicher nicht Lady Bolling. Als sie ihre Pflicht erfüllt hatte und ihrem Ehemann einen Erben und noch einen Nachfolger geboren hatte, ging sie nach der Geburt ihres zweiten Sohnes ihre eigenen Wege.«

Lavinia warf ihr einen Blick zu. »Sie nahm sich einen Geliebten?«

»Jawohl.«

»Wollen Sie etwa behaupten, dass dieser Geliebte der Vater von Reginald ist?«

»Ich denke, das ist sehr wahrscheinlich. Er hat das braune

Haar und die dunklen Augen seiner Mutter, deshalb ist es unmöglich, sicher zu sagen, wer sein Vater ist. Aber ich erinnere mich, dass die ersten beiden Söhne Bollings beide helles Haar und helle Augen hatten.«

»Also wird der Titel wahrscheinlich an den Nachkommen eines anderen Mannes gehen.«

So etwas passierte viel öfter, als irgend jemand wusste, überlegte Lavinia.

»Ehrlich gesagt ist das meiner Meinung nach in diesem Fall für alle das Beste«, meinte Joan. »Es liegt etwas im Blut der Männer der Linie Bollings, das nicht ganz in Ordnung ist. Von ihnen wird behauptet, dass sie immer wieder durch ihre eigene Schwäche ein schlimmes Ende nehmen. Bolling selbst ist hoffnungslos dem Mohn verfallen. Es ist ein Wunder, dass er noch nicht an einer Überdosis umgekommen ist.«

Lavinia warf ihr einen schnellen, prüfenden Blick zu. Dies war nicht die erste Klatschgeschichte, die sie heute Abend von ihrer Begleiterin gehört hatte. Vielleicht war es Langeweile, die Joan dazu gebracht hatte, ihr so viele Gerüchte und Geheimnisse über die anderen Gäste zu erzählen. Lavinia hatte in der letzten Stunde mehr über die Eigenheiten und Skandale der gehobenen Gesellschaft erfahren als in den vergangenen drei Monaten.

»Für eine Dame, die nicht sehr oft auf Gesellschaften geht«, meinte Lavinia vorsichtig, »scheinen Sie aber außergewöhnlich gut über die Leute, die sich in den höchsten Kreisen bewegen, informiert zu sein.«

Joan umklammerte ihren Fächer ein wenig fester. Sie zögerte nur einen kurzen Augenblick, ehe sie den Kopf ein wenig senkte. »Mein Mann hat es sich zur Gewohnheit gemacht, Informationen und Gerüchte herauszufinden, von denen er glaubte, dass sie für seine finanziellen Transaktionen einmal wichtig sein könnten. Zum Beispiel hat er sich sehr gründlich mit dem Hintergrund von Colchesters Erben befasst, ehe er die Bitte um Maryannes Hand angenommen hat.«

»Natürlich«, stimmte Lavinia ihr zu. »Das Gleiche würde ich auch tun, wenn ein junger Mann starkes Interesse an meiner Nichte zeigen würde.«

»Lavinia –«

»Ja?«

»Glauben Sie wirklich, dass es möglich ist, dass mein Mann die Wahrheit über seine kriminellen Aktivitäten all diese Jahre vor mir verborgen gehalten haben könnte?«

Der wehmütige Ton von Joans Frage trieb Lavinia einen Hauch von Feuchtigkeit in die Augen. Sie blinzelte schnell, damit sie wieder deutlich sehen konnte.

»Ich denke, dass er sich große Mühe gegeben hat, seine Geheimnisse vor Ihnen zu verbergen, weil er Sie so sehr geliebt hat, Joan. Er hätte nicht gewollt, dass Sie die Wahrheit erfahren. Vielleicht hat er auch geglaubt, dass Sie sicherer sein würden, wenn Sie nichts davon wüssten.«

»Mit anderen Worten, er wollte mich beschützen?«

»Ja.«

Joan lächelte traurig. »Das hätte Fielding sehr ähnlich gesehen. Sein erster Gedanke galt immer dem Wohlergehen seiner Frau und seiner Tochter.«

Anthony tauchte plötzlich aus der Menschenmenge auf. In jeder Hand hielt er ein Glas Champagner. »Mit wem zum Teufel tanzt Emeline da?«

»Mit Bollings Erben.« Lavinia nahm ihm eines der Gläser ab. »Kennen Sie ihn?«

»Nein.« Anthony sah über seine Schulter zur Tanzfläche. »Ich nehme an, die beiden wurden einander ordentlich vorgestellt?«

»Natürlich.« Sie hatte Mitleid mit ihm. »Machen Sie sich keine Sorgen. Sie hat doch den nächsten Tanz Ihnen versprochen. Ich bin sicher, sie wäre begeistert, mit Ihnen tanzen zu können.«

Anthonys Gesichtsausdruck veränderte sich sofort. »Glauben Sie?«

»Ich bin mir ziemlich sicher.«

»Danke, Mrs Lake. Ich bin Ihnen sehr dankbar.« Anthony wandte sich um, um die Tanzfläche abzusuchen.

Joan sprach so leise, dass nur Lavinia sie über dem Klang der Musik hören konnte. »Ich dachte, ich hätte gehört, dass Emeline den nächsten Tanz Mr Proudfoot versprochen hat.«

»Ich übernehme die volle Verantwortung. Ich werde sagen, ich hätte einen Fehler gemacht, als ich die Namen für Emeline aufgeschrieben habe.«

Joan betrachtete Anthony, der seine ganze Aufmerksamkeit den Tänzern widmete. »Verzeihen Sie mir, wenn ich Ihnen einen Rat gebe, Lavinia, aber ich finde, ich sollte deutlich machen, dass Sie Mr Sinclair keinen Gefallen tun, wenn Sie ihn ermuntern, mit Emeline zu tanzen, falls Sie ihn als zukünftigen Mann für Emeline unpassend finden.«

»Ich weiß. Er hat kein Geld, keinen Titel und auch keine Landgüter, aber ich muss zugeben, ich mag ihn. Außerdem sehe ich, wie glücklich er und Emeline sind, wenn sie zusammen sind. Ich bin entschlossen, meiner Nichte eine Saison oder zwei zu bieten und die Chance, einige begehrenswerte junge Männer kennen zu lernen. Aber am Ende wird sie ihre eigene Entscheidung treffen.«

»Und wenn sie Mr Sinclair wählt?«

»Die beiden sind wirklich klug, müssen Sie wissen. Irgendetwas sagt mir, dass sie niemals werden Hunger leiden müssen.«

Das große Haus war in Dunkelheit gehüllt, bis auf ein kleines Feuer, das unten brannte, dort, wo Tobias die Küche vermutete. Er stand im Schatten im hinteren Teil des großen Flurs und lauschte einen Augenblick. Er hörte unterdrücktes Kichern und das betrunkene Lachen eines Mannes in einiger Entfernung. Zwei Mitglieder der Dienerschaft hatten etwas gefunden, das unterhaltsamer war, als das Haus zu verlassen.

Ihre Anwesenheit unten im Haus würde kein Problem für ihn sein, entschied er. Er hatte keinen Grund, diesen Teil des Hauses zu durchsuchen. Ein Mann von Nevilles Format würde nur wenig Interesse für das Reich seiner Dienerschaft haben. Ihm würde sicher niemals der Gedanke kommen, seine Geheimnisse in einem Bereich zu verbergen, den er selten oder gar niemals betrat.

Tatsache ist, dachte Tobias, als er durch den düsteren Flur ging, Neville hat überhaupt keinen Grund, sich großartig zu bemühen, in diesem Haus überhaupt etwas zu verstecken. Warum sollte er sich die Mühe machen? Immerhin war er hier der Herr und Meister.

»Verdammte Hölle«, sagte Lavinia zu Joan. »Ich habe gerade Neville und seine Frau in der Menschenmenge gesehen.«

»Das ist nicht überraschend.« Joan schien geradezu belustigt über Lavinias gerunzelte Stirn zu sein. »Ich habe Ihnen doch gesagt, jeder, der Rang und Namen hat, wird heute Abend hier erscheinen, oder er wird riskieren, Lady Colchester zu beleidigen.«

»Ich kann noch immer nicht glauben, dass die süße alte Dame, die uns an der Tür begrüßt hat, die Macht hat, alle in der Gesellschaft in Angst und Schrecken zu versetzen.«

»Sie regiert mit eiserner Faust.« Joan lächelte. »Aber sie scheint meine Tochter sehr zu mögen. Und so soll es auch bleiben.«

Lady Colchester würde sicher nicht die große Erbschaft verlieren wollen, die Maryanne in die Schatzkisten der Colchesters bringen würde, dachte Lavinia. Aber sie entschied sich, diese offensichtliche Tatsache nicht zu erwähnen. Je höher man in der Gesellschaft stieg, desto höher waren die Einsätze bei einer Eheschließung. Während sie versuchte, genügend Geld zusammenzukratzen, um Emeline eine wirkliche Saison zu bieten, und während sie hoffte, einen jungen Mann anzulocken, der ihre Nichte komfortabel ernähren könnte, hatten Joans Pläne eher die Ausmaße einer Staatsaffäre.

Noch einmal entdeckte sie Neville in der Menge und entschied, dass es gut war, dass er hier war. Das bedeutete, dass er nicht zu Hause war, wo Tobias ihm durch Zufall begegnen konnte.

Sie fragte sich, was Neville wohl damals an sich gehabt haben mochte, was Joans Aufmerksamkeit erweckt hatte.

Als hätte sie ihre Gedanken gelesen, beantwortete Joan ihre Frage. »Ich weiß, dass er das unangenehme Aussehen eines Lebemannes besitzt, der zu viele Jahre damit verbracht hat, bedeutungslosen Freuden nachzujagen, aber ich versichere Ihnen, als ich ihm das erste Mal begegnete, war er ein sehr schneidiger, sehr gut aussehender und äußerst charmanter Mann.«

»Ich verstehe.«

»Wenn ich jetzt zurücksehe, dann hätte ich den Anflug von Gier und Selbstsüchtigkeit unter der Oberfläche sehen müssen. Ich bin stolz darauf, eine intelligente Frau zu sein. Aber wie dem auch sei, ich habe seinen wahren Charakter erst erkannt, als es zu spät war. Selbst jetzt noch kann ich mir kaum vorstellen, dass er all die Frauen umgebracht haben soll.«

»Aber warum?«

Joan zog mit einem kleinen, nachdenklichen Stirnrunzeln die Augenbrauen zusammen. »Er ist nicht die Art Mann, der sich die Hände schmutzig macht.«

»Es ist oft schwierig, in die Herzen anderer Menschen zu sehen, wenn man sehr jung ist und nicht viel Erfahrung hat.« Lavinia zögerte. »Macht es Ihnen etwas aus, wenn ich Ihnen eine sehr persönliche Frage stelle?«

»Was für eine Frage?«

Lavinia räusperte sich. »Ich weiß, dass Sie nicht sehr oft in Gesellschaft gehen, aber offensichtlich gibt es Gelegenheiten, bei denen Sie Neville in der Öffentlichkeit begegnen müssen. Wie verhalten Sie sich in diesen Augenblicken?« Joan lächelte, wie es schien, war sie sehr belustigt. »Sie werden schon sehr bald die Antwort auf diese Frage erfahren. Lord und Lady Neville kommen in unsere Richtung. Soll ich Sie ihnen vorstellen?«

Nichts.

Frustriert schloss Tobias das Buch mit den Haushaltsausgaben und ließ es in die Schublade des Schreibtisches fallen. Er trat einen Schritt zurück und hob die Kerze höher, damit das Licht tief in die Schatten des Arbeitszimmers fallen konnte. Er hatte jede Ecke des Raumes abgesucht, doch hatte er keinerlei Anzeichen für Mord oder Verschwörung gefunden.

Neville hatte Geheimnisse. Sie mussten irgendwo in diesem Hause sein.

Es war sehr eigenartig, wenn man einem Mörder vorgestellt wurde. Lavinia ließ sich von Joan leiten. Ein kühles Lächeln und einige gemurmelte Worte, die sich gelangweilt anhörten. Sie stellte jedoch fest, dass Neville es vermied, Joans vorsichtigem Blick zu begegnen.

Constance, offensichtlich in glücklicher Ahnungslosigkeit der gemeinsamen Vergangenheit, die ihr Mann mit Joan teilte, begann sofort eine fröhliche Unterhaltung.

»Ich beglückwünsche Sie zur Verlobung Ihrer Tochter«, wandte sie sich voller Wärme an Joan. »Es ist eine ausgezeichnete Verbindung.«

»Mein Mann und ich waren sehr erfreut«, antwortete Joan. »Ich bedaure zutiefst, dass Fielding nicht mehr auf ihrer Hochzeit tanzen kann.«

»Das verstehe ich.« Mitleid blitzte in Constances Augen auf. »Aber immerhin hatte er die Befriedigung zu wissen, dass ihre Zukunft gesichert ist.«

Lavinia betrachtete Nevilles abgewandtes Gesicht, während sie Joan und Lady Neville zuhörte. Er sah jemanden an, begriff sie. Es lag ein unangenehmer Ausdruck in seinen Augen. Sehr diskret wandte sie den Kopf, um seinem Blick zu folgen.

Voller Erschrecken zog sich ihr Magen zusammen, als sie feststellte, dass er Emeline betrachtete, die in einiger Entfernung zusammen mit Anthony und einer Gruppe junger Leute stand. Als hätte er die Gefahr gefühlt, warf Anthony ihr einen Blick zu. Seine Augen zogen sich zusammen, als er Neville entdeckte.

»Was für ein hübsches Kleid, Mrs Lake.« Constance lächelte. »Es sieht aus wie eine der Schöpfungen von Madame Francesca. Ich schwöre, ihre Arbeiten sind einzigartig, nicht wahr?«

Lavinia gelang ein Lächeln. »Sicher. Ich nehme an, Sie sind auch Kundin von ihr?«

»In der Tat. Ich bin schon seit Jahren Kundin in ihrem Laden.« Constance warf ihr einen höflich fragenden Blick zu. »Sie sagen, Sie sind auf Besuch aus Bath?«

»Ja.«

»Ich bin sehr oft dorthin gereist, um das Wasser zu genießen. Eine charmante Stadt, nicht wahr?«

Lavinia glaubte, sie würde durchdrehen, wenn sie diese verrückte Unterhaltung noch fortführen müsste. Wo war Tobias? Er hätte längst auf dem Ball erscheinen müssen.

Das Kichern und das Gelächter von unten konnte man hier oben nicht hören, in der Etage, in der Nevilles Schlafzimmer lag. Tobias stellte die Kerze auf die Anrichte. Schnell und methodisch begann er Schubladen und Schränke zu öffnen und wieder zu schließen.

Zehn Minuten später fand er den Brief in einer kleinen Schublade, die in einem der Schränke versteckt war. Er holte ihn hervor und trug ihn hinüber zu der Anrichte, wo seine Kerze stand.

Der Brief war an Neville gerichtet und von Carlisle unterschrieben. Er enthielt Ausgaben, Kosten und Gebühren für den Auftrag, den er in Rom angenommen und ausgeführt hatte.

Tobias wurde klar, dass er auf eine geschäftliche Abmachung blickte, die das Todesurteil für Bennett Ruckland gewesen war.

Neville nahm den Arm seiner Frau. »Wenn die Damen uns bitte entschuldigen wollen, ich glaube, ich habe Bennington dort drüben gesehen, in der Nähe der Treppe. Ich möchte gern mit ihm reden.«

»Ja, natürlich«, murmelte Joan.

Neville führte seine Frau schnell durch die Menge davon. Lavinia sah ihm nach und versuchte, das Paar im Auge zu behalten. Schon bald wurde deutlich, dass Neville nicht in Richtung Treppe ging. Stattdessen führte er Constance zu einer kleinen Gruppe von Frauen, die sich in der Nähe des

Eingangs zum Buffet unterhielten, und ging dann zur anderen Seite des Raumes hinüber.

»Verzeihen Sie mir«, murmelte Lavinia, »aber ich frage mich die ganze Zeit, ob Sie wirklich so weit gegangen sind, Neville und seine Frau zum Verlobungsball Ihrer Tochter einzuladen.«

Zu ihrer Überraschung lachte Joan. »Fielding hat mir gesagt, dass es nicht nötig sein würde, Lord und Lady Neville eine Einladung zu schicken. Er war ganz glücklich darüber, Neville nicht auf die Gästeliste zu setzen.«

»Das kann ich verstehen.«

»Nun«, meinte Joan, »jetzt haben Sie gesehen, wie man mit dem ärgerlichen Problem fertig wird, in der Gesellschaft einem früheren Geliebten zu begegnen, der sehr gut ein Mörder sein könnte.«

»Sie tun so, als sei nichts geschehen.«

»Ganz genau.«

Tobias steckte den Brief in seine Jacke, blies die Kerze aus und ging dann durch den Raum zur Tür. Er lauschte einen Augenblick. Als er im Flur draußen kein Geräusch hörte, verließ er das Schlafzimmer.

Die schmale Treppe, die für die Dienstboten gedacht war, lag am anderen Ende des Flurs. Er fand sie und ging hinunter in die tiefen Schatten.

Als er das Erdgeschoss erreicht hatte, blieb er noch einmal stehen. Von unten hörte er nur Schweigen. Die beiden Menschen, die er zuvor gehört hatte, waren entweder eingeschlafen oder sie hatten eine andere Beschäftigung gefunden, bei der nicht gekichert und gelacht wurde. Er nahm eher das Letztere an.

Er hatte gerade die Tür des Wintergartens geöffnet, als einer der riesigen Schatten im Flur sich von der Wand löste. Es gab gerade genug Mondlicht, um zu sehen, dass in der Hand des Mannes eine Pistole glänzte.

»Halt, Dieb!«

Tobias ließ sich auf den Boden fallen, er rollte durch die Öffnung und stieß hart gegen einen Pflanzenkübel aus Stein. Schmerz durchzuckte sein linkes Bein, doch der Schmerz kam nicht von einer Kugel, es war der ihm so wohl bekannte Protest seiner alten Wunde, deshalb ignorierte er ihn.

»Ich habe mir doch gedacht, dass ich jemanden auf der Hintertreppe gehört habe.«

Die Pistole ging los, ein Tontopf in der Nähe zersplitterte. Tobias warf einen Arm vor sein Gesicht, um seine Augen zu schützen.

Der Mann ließ die leere Pistole fallen und warf sich durch die Tür auf ihn. Tobias kam wieder auf die Beine, nur knapp entkam er dem Mann. Ein weiterer heftiger Schmerz warnte ihn, ehe sein Bein unter ihm nachgab. Er fiel nach vorn und versuchte, sich abzustützen.

Der Mann war wieder auf den Beinen. Die riesigen Hände an seinen ausgestreckten Armen sahen aus wie Klauen.

»Es wird keine Tricks mehr geben.«

Tobias gelang es, sich an der Kante einer Werkbank festzuhalten. Seine Fingerknöchel berührten einen großen Topf, in dem ein riesiger Farn wuchs. Mit beiden Armen hob er den schweren Topf hoch.

Der Mann war nur noch zwei Schritte entfernt, als Tobias den Topf mit dem Farn gegen seine Schulter und die Seite seines Kopfes warf. Er ging zu Boden wie ein gefällter Baum.

Eine unheimliche Stille legte sich über den Wintergarten. Tobias stützte sich gegen die Werkbank und lauschte. Es gab keine Schritte. Keine Alarmrufe.

Nach einem Augenblick stieß er sich von der Werkbank ab und humpelte zu der Tür, die sich zu dem großen Garten hin öffnete. Kurze Zeit später erreichte er die Straße. Es war weit und breit keine Mietkutsche zu sehen.

Wieder einmal sein verdammtes Glück. Es würde ein langer Weg werden bis zum Colchester-Herrenhaus. Aber immerhin regnete es nicht.

22. Kapitel

»Verdammte Hölle, wo ist er?« Lavinia stand auf Zehenspitzen und versuchte, über die Köpfe der Menschenmenge zu blicken. »Ich kann Neville nicht sehen. Emeline?«

Emeline brauchte sich nicht auf die Zehenspitzen zu stellen, um etwas zu sehen. »Nein. Vielleicht ist er in den Raum gegangen, in dem das Buffet steht.«

»Noch vor einem Augenblick sprach er mit einem der Lakaien.« Lavinias Handflächen prickelten. »Jetzt ist er weg. Er könnte das Haus verlassen haben.«

»Was ist denn daran so überraschend?«, fragte Joan. »Neville hat zweifellos die Absicht gehabt, nur kurz hier auf diesem Ball zu erscheinen. Solche Veranstaltungen sind für die meisten Gentlemen äußerst langweilig. Wahrscheinlich ist er jetzt längst auf dem Weg in eine Spielhölle oder vielleicht sogar ein Bordell, um nach einer neuen Geliebten zu suchen.«

Ein lebhaftes Bild von dem Blut auf der Kapuze von Sallys Umhang blitzte in Lavinias Kopf auf. »Was für ein schrecklicher Gedanke.«

»Beruhigen Sie sich.« Joan sah sie mit einem betroffenen Gesichtsausdruck an. »Sie sind seit einiger Zeit ängstlich.«

Weil ich nicht aufhören kann, mir Sorgen um Tobias zu machen, dachte Lavinia. Aber es hatte keinen Zweck, ihre Ängste laut auszusprechen. Es gab auch keinen Grund, über Nevilles plötzliches Verschwinden aus dem Ballsaal übermäßig besorgt zu sein. Joan hatte zweifellos Recht in ihrer Einschätzung der Situation.

Dennoch machte es sie unsicher, dass sie ihr Ziel aus den Augen verloren hatte.

Anthony stand plötzlich vor ihr, diesmal hatte er ein Glas Limonade in der Hand. Er reichte es Emeline.

Lavinia sah ihn mit gerunzelter Stirn an. »Haben Sie Neville gesehen, in dem Raum, in dem das Buffet steht?«

»Nein.« Anthony wandte sich um und blickte über die Menge. »Lady Neville habe ich auf meinem Weg hierher gesehen, aber ihren Mann nicht. Ich dachte, Sie wollten ihn im Auge behalten, während ich die Limonade holte.«

»Er ist verschwunden.«

Anthonys Gesicht spannte sich an. Sie wusste, dass er über diese Neuigkeit genauso wenig glücklich war wie sie.

»Sind Sie sicher?«, fragte er.

»Ja. Das gefällt mir nicht«, erklärte Lavinia ihm leise. »Es ist beinahe halb zwei. Tobias hätte mit seiner Arbeit längst fertig sein müssen und mittlerweile hier sein sollen.«

»Da stimme ich Ihnen zu«, meinte Anthony ernst.

»Ich habe ihm *gesagt,* dass er Sie heute Abend mitnehmen sollte.«

Anthony nickte. »Das haben Sie heute Abend schon zwei oder drei Mal erwähnt.«

»Er hört nie auf mich.«

Anthony zuckte zusammen. »Wenn es Sie tröstet, Tobias tut immer nur das, was er will.«

»Das ist auf keinen Fall eine Entschuldigung. Wir sind in dieser Sache Partner. Er sollte auf mich hören, wenn ich meine Meinung sage und ihm einen Rat gebe. Ich werde ihm einige Dinge zu sagen haben, wenn er sich endlich entscheidet, hier zu erscheinen.«

Anthony zögerte. »Vielleicht hat er unterwegs in seinem Club Halt gemacht, um sich mit einem Freund zu unterhalten.«

»Und wenn er nicht dort ist?«

»Wir müssen vernünftig sein. Die Suche hat vielleicht länger gedauert, als Tobias erwartet hat.« Anthony hielt inne und runzelte die Stirn. »Ich könnte mir eine Mietkutsche suchen und an dem Haus vorbeifahren, um nachzusehen, ob alles ruhig ist. Wenn er nicht dort ist, könnte ich in seinem Club nach ihm suchen.«

Sie war nicht die Einzige, die sich mittlerweile Sorgen machte, überlegte Lavinia. Anthony versuchte, einen kühlen Kopf zu bewahren, doch auch er war unsicher.

»Ein ausgezeichneter Gedanke«, meinte sie. »Wenn man bedenkt, wie viele Menschen hier heute Abend sind, dann wird es sicher irgendwo auf der Straße eine Mietkutsche geben, die auf Kunden wartet.«

Anthony schien erleichtert zu sein, dass sie eine Entscheidung getroffen hatte.

»Also, dann verschwinde ich hier.« Er wandte sich ab.

Emeline legte eine Hand auf seinen Arm, in ihren Augen lag Besorgnis. »Du wirst vorsichtig sein?«

»Natürlich.« Er nahm ihre Hand und beugte sich galant darüber. »Du sollst dir meinetwegen keine Sorgen machen, Emeline. Ich werde sehr vorsichtig sein.« Er wandte sich an Lavinia. »Ich bin sicher, dass alles in Ordnung ist, Mrs Lake.«

»Es wird gar nichts in Ordnung sein für Mr March, wenn ich feststelle, dass er in seinen Club gegangen ist, anstatt sofort hierher zu kommen.«

Anthony lächelte ironisch, dann verschwand er in der Menge.

Joan runzelte die Stirn. »Glauben Sie wirklich, dass bei Mr Marchs Suche etwas schief gegangen ist?«

»Ich weiß nicht, was ich glauben soll«, gestand ihr Lavinia. »Aber die Tatsache, dass er zu der festgesetzten Zeit nicht hier ist, zusammen mit Nevilles plötzlichem Verschwinden macht mir äußerste Sorgen.«

»Ich verstehe gar nicht, wie Sie die beiden Dinge miteinander verbinden können. Neville kann doch auf keinen Fall wissen, dass Mr March in diesem Augenblick in seinem Haus ist.«

»Es ist die Art, wie Neville verschwunden ist, nachdem er vor einigen Augenblicken mit dem Lakai gesprochen hat, die mir Sorgen macht«, erklärte Lavinia nachdenklich. »Es ist beinahe so, als hätte er eine Botschaft bekommen und darauf reagiert.«

»Das Warten wird schrecklich sein«, meinte Emeline. »Es muss doch etwas geben, was wir tun können.«

»Das gibt es«, erklärte Joan bestimmt. »Wir müssen so tun, als wäre nichts Außergewöhnliches passiert. Sie haben den nächsten Tanz Mr Geddis versprochen, nicht wahr? Er kommt gerade in unsere Richtung.«

Emeline stöhnte auf. »Tanzen ist das Letzte, woran ich im Augenblick denken möchte. Ich kann mit Mr Geddis keine höfliche Unterhaltung führen, während ich mir Sorgen um Anthony mache.«

»Die Gerüchte behaupten, dass Mr Geddis ein Einkommen von beinahe fünfzehntausend Pfund im Jahr hat«, erklärte Joan spöttisch.

Lavinia hätte sich beinahe an ihrem Champagner verschluckt. Als sie sich wieder erholt hatte, lächelte sie Emeline an. »Es wird nicht schaden, mit Mr Geddis zu tanzen. In der Tat ist es sogar notwendig, dass du das tust.«

»Warum?«, wollte Emeline wissen.

»Um so zu tun, als wäre nichts geschehen, genau wie Mrs Dove es vorgeschlagen hat.« Lavinia machte eine kleine Bewegung mit den Händen, als wolle sie Emeline wegscheuchen. »Geh und tanz mit ihm. Du musst dich genauso benehmen, wie jede andere junge Dame sich bei einer solchen Gelegenheit benehmen würde.«

»Wenn du darauf bestehst.«

Emeline lächelte den gut aussehenden jungen Mann tapfer an, der in diesem Augenblick vor sie getreten war um sie zum Tanzen aufzufordern.

Lavinia trat noch einen Schritt näher zu Joan. »Fünfzehntausend im Jahr, sagen Sie?«

»Das habe ich gehört.«

Lavinia sah zu, wie Geddis Emeline zur Tanzfläche führte. »Er scheint ein sehr netter junger Mann zu sein. Gibt es schlechtes Blut in der Familie?«

»Nicht, dass ich wüsste.«

»Das ist gut.«

»Ich denke, er hat keine Chance gegen den jungen Anthony«, meinte Joan.

»Ich glaube, Sie haben Recht.«

Der Walzer endete ein paar Minuten später, und Emeline und ihr Partner standen am anderen Ende der Tanzfläche. Lavinia warf einen Blick auf die winzige Uhr, die an ihrer Handtasche befestigt war, während sie darauf wartete, dass das Paar zu der Nische zurückkehrte.

»Beruhigen Sie sich«, riet ihr Joan leise. »Ich bin ganz sicher, dass Mr March nichts zugestoßen ist. Er scheint sehr gut in der Lage zu sein, auf sich selbst aufzupassen.«

Lavinia dachte an Tobias' linkes Bein. »Auch er hat sich schon einmal geirrt.«

Joan sah nachdenklich aus. »Sie machen sich wirklich Sorgen um ihn, nicht wahr?«

»Mir hat sein Plan, Nevilles Haus zu durchsuchen, nicht gefallen«, gestand Lavinia ihr. »In der Tat war ich sehr ...« Sie hielt inne, als sie sah, wer sich Emeline und Mr Geddis in den Weg gestellt hatte. »Verdammte Hölle.«

»Was ist? Was ist passiert?«

»Pomfrey. Sehen Sie ihn doch nur an. Ich glaube, er versucht Emeline dazu zu bringen, mit ihm zu tanzen.«

Joan folgte Lavinias Blick zu Emeline und Mr Geddis, vor denen Pomfrey stand. Sie presste die Lippen zusammen. »Ich hoffe nur, dass er nicht betrunken ist. Pomfrey ist unberechenbar, wenn er etwas getrunken hat.«

»Das ist mir sehr gut bekannt. Ich kann nicht zulassen, dass er noch eine Szene macht. Nicht hier in Colchesters Ballsaal.« Lavinia schloss ihren Fächer und trat aus der Nische. »Ich muss dem ein Ende bereiten. Ich bin gleich wieder hier.«

»Versuchen Sie, ruhig zu bleiben, Lavinia. Ich versichere Ihnen, dass Lady Colchester nicht zulassen wird, dass sich jemand in ihrem Ballsaal ungebührlich benimmt.«

Lavinia antwortete nicht. Sie schob sich so diskret wie möglich durch die Menschenmenge. Einige Male verlor sie ihr Ziel aus den Augen, wenn große Menschen sich vor sie schoben.

Als sie schließlich ein wenig atemlos auf der anderen Seite der Tanzfläche angekommen war, stellte sie fest, dass Emeline die Dinge in die Hand genommen hatte. Pomfrey wandte sich bereits ab. Er bemerkte Lavinia gar nicht, die auf ihn losgehen wollte.

Emelines Augen blitzten belustigt auf. »Es ist alles in Ordnung. Pomfrey wollte sich nur für den Vorfall im Theater entschuldigen.«

»Das sollte er auch.« Lavinia warf Pomfrey einen wütenden Blick nach.

Emeline lächelte den ein wenig verwirrt aussehenden Mr Geddis an. »Danke, Sir.«

»Es war mir ein Vergnügen.« Geddis riss sich zusammen, er beugte sich über ihre Hand und verschwand dann schnell in der Menschenmenge.

Lavinia sah ihm nach. »Er schien sehr nett zu sein.«

»Versuch doch bitte, nicht so wehmütig auszusehen«, ermahnte Emeline sie. »Das ist ja peinlich.«

»Komm, wir müssen zurückgehen in die Nische, in der Mrs Dove auf uns wartet.«

Sie führte Emeline um die Tanzfläche herum und bahnte sich einen Weg durch die Menschenmenge. Emeline folgte ihr. Doch als sie sich durch die Menschenmenge geschoben hatten, stellten sie fest, dass die Nische leer war, bis auf einen Lakai, der auf einem Tablett leere Gläser einsammelte.

Lavinia blieb stehen, Panik stieg in ihr auf. »Sie ist weg.«

»Ich bin sicher, sie ist in der Nähe«, beruhigte Emeline sie. »Sie wäre nicht hier weggegangen, ohne dir zu sagen, wohin sie geht.«

»Sie ist weg, ich sage es dir.« Lavinia griff nach einem Stuhl in der Nähe und stieg darauf. »Ich kann sie nirgendwo sehen.«

Der Lakai starrte sie entsetzt an.

Emeline wandte sich um und suchte die Menschenmenge ab. »Ich kann sie auch nirgendwo entdecken. Vielleicht ist sie ins Kartenzimmer gegangen.«

Lavinia nahm die Röcke in die Hand und sprang von dem Stuhl herunter. Sie warf dem Lakai einen eindringlichen Blick zu. »Haben Sie eine Dame in einem silbergrauen Kleid gesehen? Sie hat noch vor wenigen Minuten hier gestanden.«

»Jawohl, Ma'am. Ich habe ihr eine Nachricht überbracht, und sie ist gegangen.«

Lavinia und Emeline warfen einander einen Blick zu. Dann traten sie beide vor den Lakai.

»Was für eine Botschaft war das?«, verlangte Lavinia von ihm zu wissen.

Der arme Lakai war offensichtlich entsetzt. Schweiß trat auf seine Stirn. »Ich weiß nicht, was in der Nachricht stand,

Ma'am. Sie war auf ein Stück Papier geschrieben. Ich habe sie nicht gelesen. Man hat mir gesagt, ich solle sie ihr geben, und das habe ich getan. Sie hat einen Blick darauf geworfen und ist sofort gegangen.«

Lavinia machte noch einen Schritt auf ihn zu. »Wer hat Ihnen die Nachricht gegeben, die Sie ihr überbringen sollten?«

Der Lakai schluckte. Sein nervöser Blick ging von Lavinia zu Emeline und dann wieder zurück zu Lavinia.

»Einer der Lakaien, die für den heutigen Abend eingestellt wurden, hat mir die Nachricht gegeben. Ich kenne ihn nicht. Er hat mir auch nicht gesagt, von wem er die Nachricht bekommen hatte.«

Lavinia wandte sich an Emeline. »Ich suche auf dieser Seite des Raumes, du auf der anderen. Wir treffen uns am anderen Ende.«

»Ja.« Emeline wollte sich abwenden.

»Emeline.« Lavinia griff nach ihrem Arm, um ihre Aufmerksamkeit auf sich zu ziehen. »Verlass den Ballsaal nicht, unter keinen Umständen, hast du mich verstanden?«

Emeline nickte und verschwand dann in der Menschenmenge.

Lavinia wirbelte herum und bahnte sich dann einen Weg durch die Menschen auf der Seite des langen Ballsaales, an dem die Terrasse lag. Sie hatte bereits den halben Weg bis zum Buffet zurückgelegt, als ihr der Gedanke kam, dass sie einen viel besseren Überblick über den Ballsaal haben würde, wenn sie auf der Galerie stände, die um den ganzen Raum herum ging.

Sie änderte die Richtung und schob sich zu der Treppe. Einige Menschen zogen die Augenbrauen hoch, als sie sich entschlossen an ihnen vorbeidrängte. Es gab auch ein paar unhöfliche Bemerkungen, doch die meisten Menschen ignorierten sie einfach.

Sie erreichte die Treppe und zwang sich, nicht loszurennen. Als sie die Galerie erreicht hatte, umklammerte sie das Geländer und blickte nach unten.

Es gab kein Anzeichen von Joans silbergrauem Kleid unter den Hunderten von leuchtenden Kleidern aus Satin und Seide unter ihr. Sie zwang sich, logisch zu denken. Was wäre, wenn die Botschaft Joan irgendwie dazu gebracht hätte, den Ballsaal zu verlassen?

Sie wandte sich um zu dem Fenster, von dem aus man den riesigen Garten überblicken konnte. Sie öffnete das Fenster und beugte sich hinaus. Die Hecken und das Gebüsch in der Nähe des Hauses waren von Licht überflutet, das durch die Terrassentüren aus dem Ballsaal fiel. Doch das Licht reichte nicht weit. Der größte Teil des dicht bewachsenen Gartens lag in Dunkelheit. Sie konnte gerade noch die Umrisse eines großen steinernen Monuments erkennen. Zweifellos ein Tribut an Lady Colchesters verstorbenen Ehemann.

Eine Bewegung in der Nähe der Hecke weckte ihre Aufmerksamkeit. Sie wandte schnell den Kopf und entdeckte den Zipfel eines Seidenrockes. Im Schatten war es unmöglich, die Farbe des Kleides zu erkennen, auch das Gesicht der Frau konnte sie nicht sehen, aber etwas an dem langen Schritt und an der Tatsache, dass die Dame allein war, sagte Lavinia alles, was sie wissen musste.

Sie dachte daran, der davoneilenden Gestalt etwas zuzurufen, doch sie bezweifelte, dass Joan sie über all dem Gelächter und der Musik würde hören können.

Sie wirbelte herum, entdeckte eine kleinere Treppe am Ende der Galerie und lief darauf zu. Ein Lakai mit einem Tablett voller Canapés erschien, gerade als sie die Treppe hinunterlaufen wollte.

»Kann ich von hier aus hinaus in den Garten?«, fragte sie ihn.

»Jawohl, Ma'am. Am Fuße der Treppe ist eine Tür.«

»Danke.« Sie hielt sich am Geländer fest und lief nach unten. Sie fand die Tür am Ende der schmalen Treppe, öffnete sie und trat hinaus in die kalte Dunkelheit. Niemand war zu sehen. Die Gäste, die etwas frische Luft schnappen wollten, waren auf der Terrasse geblieben.

Wenn die Frau in dem blassen Kleid weiter in die gleiche Richtung ging, überlegte Lavinia, dann würde sie an dem Monument ankommen. Das Denkmal aus Stein wäre der beste Platz für ein Treffen in dem riesigen Garten.

Sie hob die Röcke und lief weg von den Lichtern auf das Monument zu. Das Lachen und die Musik wurden leiser, als sie tiefer in den Garten lief, zwischen den gestutzten Hecken und den Pflanzen hindurch. Der mit Kies bestreute Weg führte in die Dunkelheit. Sie fühlte die kleinen Steinchen durch die dünnen Sohlen ihrer Tanzschuhe.

Sie bog um die Ecke einer Hecke, die einige Zentimeter höher war als sie, und entdeckte das Monument. Sein höhlenartiges Inneres lag in tiefer Dunkelheit. Etwas bewegte sich in seinem Inneren. Mit dem Flügelschlag einer riesigen Fledermaus verschwand es.

Sie öffnete den Mund, um Joan etwas zuzurufen, doch dann hielt sie inne, noch bevor ein Wort aus ihrem Mund kam.

Der Umriss der Fledermaus, den sie gesehen hatte, könnte genauso gut ein Mantel gewesen sein. Wer auch immer sich im Inneren des Monumentes verbarg, war ganz sicher keine Frau.

Sie blieb einige Sekunden im dichten Schatten der Hecke stehen und bemerkte erst jetzt, wie kalt es war. Aus den Augenwinkeln entdeckte sie den Schein des Mondes auf blasser Seide.

Joan kam aus dem dichten Bewuchs am Rande des Monumentes. Sie blieb an einem der großen Pfeiler stehen. Dann ging sie auf den dunklen Eingang zu.

»*Joan, nein!*« Lavinia lief auf sie zu. »*Gehen Sie nicht da rein.*«

Erschrocken wandte Joan sich um. »Lavinia? Was tun Sie …« Am Eingang des Monumentes gab es eine plötzliche Bewegung.

»*Vorsicht!*« Lavinia packte Joan am Arm und zog sie von dem Pfeiler weg.

Eine Gestalt, gekleidet in einen Mantel und einen Hut, kam aus dem Monument gelaufen und verschwand in der Dunkelheit des riesigen Gartens. Das Mondlicht schien einen Augenblick auf etwas, das wie ein Stück Eisen aussah.

»Ich würde nicht einmal daran denken, ihm nachzulaufen, wenn ich Sie wäre«, meinte Joan. »Irgendetwas sagt mir, dass Mr March damit nicht einverstanden wäre.«

23. Kapitel

»Es gibt natürlich nur einen Grund, warum ich in den Garten hinausgegangen bin, ohne auf Sie zu warten, um Ihnen zu sagen, was geschehen war, Lavinia«, erklärte Joan erschöpft. »Ich habe eine Nachricht bekommen, in der behauptet wurde, das Leben meiner Tochter sei in Gefahr und dass ich den Überbringer der Botschaft sofort an dem Monument im Garten treffen sollte, ohne dass mir weitere Einzelheiten mitgeteilt wurden. Ich fürchte, ich bin in Panik geraten.«

»Ist Ihnen denn nicht der Gedanke gekommen, dass die Nachricht ein Lockmittel war, das sie aus der Sicherheit des Ballsaales wegholen sollte?«, fragte Tobias.

Lavinia, die auf dem Samtkissen ihm gegenüber saß, warf ihm einen scharfen Blick zu. Er ignorierte ihn. Er wusste sehr gut, dass seine Stimme ein wenig barsch geklungen hatte, doch es scherte ihn nicht, dass er Joan womöglich verletzt hatte.

Er war in keiner guten Stimmung. Als er zusammen mit Anthony in den Ballsaal der Colchesters gekommen war und festgestellt hatte, dass sowohl Joan als auch Lavinia verschwunden waren, war er bereit gewesen, das ganze Haus auseinander zu nehmen. Emeline war es gewesen, die ihn davon abgehalten hatte, eine wahrhaft unvergessliche Szene zu machen. Sie hatte vom Balkon aus nach Lavinia und Joan Ausschau gehalten und hatte die beiden gerade entdeckt, wie sie sich durch den Garten schlichen.

Tobias hatte sie sofort alle weggebracht, er hatte Joans elegante Kutsche herbeigerufen, und sie waren ohne Abschied verschwunden. Joan hatte nicht protestiert, als er sie zusammen mit Lavinia, Emeline und Anthony in die Kutsche gesetzt hatte.

Erst nachdem sie alle sicher im Inneren der Kutsche waren, hatte Lavinia ihm schnell eine zusammengefasste Version der Ereignisse im Ballsaal und im Garten gegeben. Die Befriedigung, die er empfunden hatte, nachdem er den Brief in Nevilles Schrank gefunden hatte, war augenblicklich verschwunden.

Alles, woran er in diesem Augenblick denken konnte, war, dass Joan nicht nur sich selbst in dem überwucherten Garten in Gefahr gebracht hatte, sie hatte auch Lavinia dazu veranlasst, sich in große Gefahr zu begeben.

Abwesend bewegte er die Hand auf seinem Oberschenkel hin und her und versuchte, den dumpfen Schmerz in seinem Bein zu lindern. Joans elegante, gut gefederte Kutsche war wesentlich komfortabler als die Mietkutsche, die Anthony herbeigerufen hatte, um ihn von der Straße aufzulesen, doch die weichen Kissen trugen nicht dazu bei, seine Laune zu verbessern.

»Ich bin keine dumme Frau, Mr March.« Joan sah aus dem Fenster der Kutsche. »Mir war klar, dass diese Nachricht ein Köder sein konnte. Aber sie bedeutete auch eine Bedrohung für meine Tochter. Ich hatte gar keine andere Wahl, als auf die Nachricht zu reagieren. Ich war in der Tat sehr verzweifelt.«

»Eine vollkommen verständliche Reaktion«, erklärte Lavinia schnell. »Jede Mutter hätte das Gleiche getan. Und nicht nur jede Mutter, würde ich behaupten.« Sie warf Tobias einen bedeutungsvollen Blick zu. »Was hättest du getan, Sir, wenn du eine Nachricht bekommen hättest, die angedeutet hätte, dass Anthony in großer Gefahr ist?«

Anthony stieß ein eigenartiges Geräusch aus, das auch ein Ausdruck von Belustigung hätte sein können.

Tobias unterdrückte einen Fluch. Die Antwort auf ihre Frage war für sie alle offensichtlich. Was hätte er getan, wenn er eine Botschaft bekommen hätte, die besagte, dass Lavinia in Gefahr war? Auch die Antwort auf diese Frage kannte er.

Es hatte keinen Zweck, so weiterzuargumentieren, dachte er. Lavinia stand fest auf der Seite ihrer Klientin.

»Es scheint sehr deutlich«, meinte Lavinia in der offensichtlichen Absicht, das Thema zu wechseln, »dass Neville die Bühne für all die Ereignisse an diesem Abend vorbereitet hat. Ich wäre nicht überrascht herauszufinden, dass er sogar Pomfrey dazu gebracht hat, sich bei Emeline zu entschuldigen, weil er mich ablenken wollte.«

Emeline zog die Augenbrauen zusammen und sah betroffen aus. »Glaubst du, dass er sich auch selbst eine Nachricht geschickt hat und nicht nur Mrs Dove?«

»So sieht es wenigstens aus, nicht wahr? Es gab ihm die perfekte Entschuldigung, den Ballsaal zu verlassen. Wenn jemand Nachforschungen anstellt, dann wird es zweifellos einige Menschen geben, die bezeugen können, dass er eine Nachricht bekam und gezwungen war zu gehen.«

»Aber er hat das Haus durch die Vordertür verlassen«, meinte Anthony.

»Das bedeutet, dass einer seiner Lakaien ihm seinen Mantel und seinen Hut gebracht hat«, meldete sich Lavinia leise. »Es erlaubte ihm auch, in seine Kutsche zu gehen, um den Feuerhaken zu holen oder was auch immer es war, das er als Waffe bei sich trug.«

Emeline nickte. »Ja, das ergibt einen Sinn. Es wäre einfach genug für ihn gewesen, ungesehen in den Garten von Colchester einzudringen. Das Gelände ist ziemlich weitläufig.

Es muss einige Stellen geben, wo man über die Mauer klettern kann.«

»Wenn meine Leiche dann endlich entdeckt worden wäre, hätte es nichts gegeben, was Neville mit dem Mord in Verbindung gebracht hätte«, sagte Joan leise.

Tobias sah, dass ein kleiner, aber unübersehbarer Schauer durch Lavinias Körper lief.

»Es passt alles zusammen«, meinte Anthony. »Neville hat heute Abend versucht, Sie umzubringen, genau wie er all die anderen Frauen umgebracht hat. Vielleicht hatte er die Absicht, auch Ihren Körper in den Fluss zu werfen. Er hätte ihn sehr leicht in seiner Kutsche dorthin bringen können.« Joan warf ihm einen eigenartigen Blick zu. »Was haben Sie doch für eine lebhafte Vorstellungskraft, Sir.«

Anthony grinste verlegen. »Entschuldigung.«

Joan verzog spöttisch den Mund. »Man muss sich fragen, ob er die Absicht hatte, seinem privaten Künstler den Auftrag zu geben, eine Totenmaske von mir zu machen. Stellen Sie sich doch nur vor, meine Gesichtszüge könnten bei einer der erotischen Statuen in Huggetts Museum landen.«

Einen Augenblick lang sagte niemand mehr ein Wort.

Joan wandte sich an Tobias, ihre Augen blickten grimmig und ernst. »Es scheint, dass Sie und Lavinia die Sache richtig einschätzen, Sir. Ich bin gezwungen anzunehmen, dass Neville ein Mörder ist und sehr wahrscheinlich auch ein Mitglied des Blue Chamber, wie Sie es behauptet haben. Ich kann nur sehr schwer begreifen, dass mein Mann das Haupt einer kriminellen Organisation war, aber alles andere ergibt keinen Sinn. Offensichtlich glaubt Neville, dass ich zu viel weiß, und er möchte mich zum Schweigen bringen.«

Kurze Zeit später setzte sich Lavinia hinter ihren Schreibtisch, während Anthony vor dem Kamin hockte, um ein Feuer anzuzünden. Emeline setzte sich in einen der Lesesessel. Tobias öffnete den Schrank, in dem der Sherry verwahrt wurde.

Lavinia sah ihm zu, wie er zwei Gläser Sherry eingoss. Etwas an der Art, wie er sich bewegte, verriet ihr, dass sein Bein sehr schmerzte. Kein Wunder. Er hatte es heute Abend sehr angestrengt.

»Glaubt ihr, dass Joan Dove die Wahrheit sagt, wenn sie behauptet, dass sie nicht gewusst hat, dass ihr Mann Azure war?«, fragte Anthony in den Raum.

»Wer kann das schon sagen?« Tobias stellte ein Glas auf den Schreibtisch vor Lavinia und nahm dann einen Schluck aus seinem Glas. »Die Gentlemen der höheren Gesellschaft diskutieren kaum über ihre Angelegenheiten mit ihren Frauen, seien es nun finanzielle oder andere Dinge. Wie Lavinia schon sagte, Witwen sind meist die Letzten, die Einzelheiten über das Vermögen der Familie erfahren. Es ist ganz sicher möglich, dass Dove seine Frau über seine kriminellen Aktivitäten im Dunkeln gelassen hat.«

»Sie hat es gewusst«, sagte Lavinia leise.

Es gab eine erstaunte Pause. Alle sahen sie an.

Sie zuckte mit den Schultern. »Sie ist eine sehr intelligente Frau. Sie hat ihn tief geliebt, und die beiden verband ein sehr enges Band. Sie musste wissen, oder zumindest musste sie annehmen, dass Fielding Dove Azure war.«

Emeline nickte. »Da stimme ich dir zu.«

»Wie auch immer es gewesen sein mag, sie wird es sicher nicht zugeben«, meinte Tobias.

»Dafür kann man ihr wohl kaum einen Vorwurf machen«, sagte Lavinia. »An ihrer Stelle würde ich alles tun, um die Wahrheit zu verbergen.«

»Aus Angst vor Klatsch?«, fragte Tobias interessiert.

»Nein«, widersprach Lavinia. »Mrs Dove ist sehr wohl in der Lage, einem Sturm an Gerüchten zu widerstehen.«

»Da hast du Recht«, stimmte ihr Tobias zu.

»Es gibt andere Gründe, warum eine Frau alles tun würde, um den guten Namen ihres Mannes zu schützen«, behauptete Lavinia.

Tobias zog eine Augenbraue hoch. »Und was sind das für Gründe?«

»Liebe. Zuneigung.« Sie betrachtete den Sherry in dem Glas vor ihr. »Solche Dinge.«

Tobias sah in die Flammen. »Ja, natürlich. Solche Dinge.«

Wieder gab es ein längeres Schweigen. Diesmal war es Emeline, die es brach. »Sie haben uns noch gar nicht erzählt, was Sie heute Abend in Nevilles Haus gefunden haben, Mr March«, sagte sie.

Er lehnte sich gegen den Kaminsims. »Ich habe einen Brief gefunden, der Neville mit dem Tod von Bennett Ruckland in Verbindung bringt. Wie es scheint, hat er Carlisle eine große Summe Geld gezahlt, damit dieser dafür sorgte, dass Ruckland in Rom ermordet wurde.«

Anthony pfiff leise durch die Zähne. »Also ist endlich alles vorbei.«

»Beinahe.« Tobias nahm noch einen Schluck von seinem Sherry.

Lavinia runzelte die Stirn. »Was willst du damit sagen? Was ist hier eigentlich los?«

Tobias sah sie an. »Es ist an der Zeit, dass ich dir noch ein wenig mehr vom Hintergrund dieser Geschichte erzähle.«

Sie zog die Augen zusammen. »Los, Sir.«

»Bennett Ruckland war ein Forscher und ein Student der Antiquitäten. Während des Krieges hat er eine ganze Zeit in Spanien und Italien verbracht. Sein Beruf hat ihm manchmal Gelegenheit gegeben, Informationen zu bekommen, die für die Krone nützlich waren.«

»Was für Informationen?«

Tobias schwenkte den Sherry in seinem Glas. »Im Verlauf seiner Arbeit hat er manchmal Einzelheiten über französische Schifffahrtsrouten erfahren, hat Gerüchte gehört über die Verlegung von Militärgütern und Truppen. Solche Dinge.«

Emeline sah ihn neugierig an. »Mit anderen Worten, er hat als Spion gearbeitet?«

»Jawohl.« Tobias hielt einen Augenblick inne. »Sein Kontakt in England, der Mann, an den er seine Informationen weitergeleitet hat, war Lord Neville.«

Lavinia erstarrte. »Oje.«

»Die Informationen, die Ruckland Neville über eine Kette von Kurieren übermittelt hat, sollten dann an die richtigen Stellen weitergeleitet werden. Und in der Tat geschah das auch mit den meisten Nachrichten.«

»Aber nicht mit allen?«

»Nein. Aber Ruckland hat die Wahrheit erst nach dem Krieg herausgefunden. Vor ungefähr einem Jahr ging er zurück nach Italien, um seine wissenschaftlichen Forschungen fortzusetzen. Während er dort war, hat ihm einer seiner alten Informanten einige Gerüchte über das Schicksal einer ganz besonderen Schiffsladung von Gütern erzählt, die von den Franzosen gegen Ende des Krieges von Spanien geschickt wurden. Das beabsichtigte Ziel war Paris. Ruckland hatte damals Einzelheiten über die geheime Route bekommen und sie an Neville weitergeleitet.«

»Militärische Ausrüstungsgüter?«, fragte Emeline.

Tobias schüttelte den Kopf. »Antiquitäten. Napoleon war sehr versessen auf solche Dinge. Als er zum Beispiel in Ägypten einmarschiert ist, hat er eine ganze Reihe Gelehrter mitgenommen, die dort die Tempel und die Kunstgegenstände studieren sollten.«

»Das weiß doch jeder. Immerhin war der Rosetta-Stein

unter diesen Kunstgegenständen, und den haben wir jetzt, sicher und heil«, meinte Anthony.

»Erzähl weiter«, forderte Lavinia ihn auf. »Was für Antiquitäten waren das denn in der Schiffsladung, von der du gesprochen hast?«

»Viele sehr wertvolle Sachen. Darunter war eine Kollektion altertümlicher Juwelen, die Napoleons Männer in einem Versteck in einem Kloster in Spanien gefunden hatten.«

»Und was ist passiert?«

»Die Ladung aus Juwelen und Antiquitäten ist auf dem Weg nach Paris verschwunden«, erklärte Tobias. »Ruckland hat angenommen, dass Neville es so eingerichtet hatte, dass die Ladung abgefangen und nach England gebracht wurde. Und genau das ist auch geschehen.«

Lavinia runzelte die Stirn. »Wie meinst du das?«

»Die Antiquitäten sind wie geplant verschwunden«, berichtete Tobias. »Aber nachdem er im letzten Jahr mit seinem alten Informanten in Italien gesprochen hatte, vermutete Ruckland, dass Neville diese Ladung sich selbst unter den Nagel gerissen hatte. Er begann, Nachforschungen anzustellen. Eine Frage führte zu der nächsten.«

Lavinia stieß langsam den Atem aus. »Ruckland hat etwas über das Blue Chamber herausgefunden, nicht wahr?«

»Ja. Vergiss nicht, dass er große Erfahrung als Spion hatte. Er wusste, wie man unauffällig nachforscht. Er hatte auch ein ganzes Netzwerk alter Informanten, noch aus dem Krieg. Er hat Steine herumgedreht und hat Schlangen gefunden.«

Lavinia nippte an ihrem Sherry. »Und eine Schlange trug den Namen Lord Neville?«

»Ruckland hat erfahren, dass Neville nicht nur einige wertvolle Ladungen während des Krieges gestohlen hatte, er hatte auch sein Land bei verschiedenen Gelegenheiten betrogen, indem er britische militärische Informationen an Frankreich verkaufte.«

»Neville war ein Verräter?«

»Jawohl. Und er hatte gute Verbindungen zu vielen Kriminellen, wegen seiner Verbindung zum Blue Chamber. Er besaß auch seine Informanten. Vor ein paar Monaten hat er erfahren, dass Ruckland Nachforschungen über seine Aktivitäten anstellte und der Wahrheit schon ziemlich nahe gekommen war. Er traf Vereinbarungen mit dem anderen noch lebenden Mitglied des Blue Chamber, Carlisle, um Ruckland loszuwerden.« Tobias biss die Zähne zusammen. »Die Geschichte hat Neville zehntausend Pfund gekostet.«

Lavinia sah ihn mit offenem Mund an. »Zehntausend Pfund? Um einen Mann umzubringen? Aber das ist ja ein Vermögen. Wir wissen doch beide, dass es jede Menge Straßenräuber gibt, in jeder Stadt in Europa einschließlich Rom, die für eine Hand voll Münzen einen Mord begangen hätten.«

»Die Zehntausend waren nicht die Kosten für den Mord«, erklärte Tobias mit ausdrucksloser Stimme. »Es war eine Prämie, die wegen Nevilles heikler Position verlangt wurde. Carlisle wusste, dass Neville jeden Preis für sein Schweigen zahlen würde.«

»Ja, natürlich«, murmelte Lavinia. »Ein Krimineller erpresst einen anderen. Darin liegt doch wohl eine Art Ironie, nicht wahr?«

»Vielleicht«, stimmte Tobias ihr zu. »Auf jeden Fall muss Neville sehr erleichtert gewesen sein, als die ganze Sache abgeschlossen war. Nachdem Ruckland tot war, konnte er seinen Plan weiterverfolgen, die Kontrolle hier in England über das zu übernehmen, was von der Organisation des Blue Chamber noch übrig war.«

Anthony sah Lavinia an. »Aber was Neville nicht wusste

war, dass Ruckland seine Vermutungen bereits an einige hoch gestellte Männer weitergegeben hatte. Als er in Rom ermordet wurde, wussten sie sofort, dass es sehr wahrscheinlich kein zufälliger Mord gewesen war.«

»Hah.« Lavinia schlug mit beiden Handflächen auf ihren Schreibtisch und sah Tobias grimmig an. »Ich wusste es. Ich wusste, dass noch mehr dahinter steckte, als du mir erzählt hast. Neville war in Wirklichkeit gar nicht dein Klient, nicht wahr?«

Tobias stieß langsam die Luft aus. »Nun, es kommt darauf an, von welcher Seite man die Situation sieht.«

Sie deutete mit einem Finger auf ihn. »Versuch nur nicht, dich um die Wahrheit herumzudrücken. Wer hat dich eingestellt, um Rucklands Tod aufzuklären?«

»Ein Mann mit Namen Crackenburne.«

Lavinia wandte sich an Emeline. »Ich habe dir doch gesagt, dass Mr March ein Spiel mit uns spielt, nicht wahr?«

Emeline lächelte ein wenig spöttisch. »Ja, Tante Lavinia. Du hast so etwas gesagt.«

Lavinia richtete ihre Aufmerksamkeit wieder auf Tobias. »Wie ist deine Verbindung zu Neville entstanden?«

»Als kurz nach Carlisles Tod Gerüchte über das Tagebuch des Kammerdieners auftauchten, habe ich eine Chance gesehen, das Netz um Neville enger zu spannen. Ich bin in meiner Stellung als Geschäftsmann und Opportunist auf ihn zugegangen und habe ihm von dem gefährlichen Klatsch erzählt. Ich habe ihm meine Dienste angeboten, um das Tagebuch zu finden.«

»Neville war verzweifelt daran interessiert, das Tagebuch zu finden«, erklärte Anthony. »Er wusste nicht genau, was in dem Tagebuch stand, aber er fürchtete sich davor, dass es ihn entlarven könnte.«

»Ich nehme an, dass Neville, kurz nachdem er mich angeheuert hatte, das Tagebuch zu finden, selbst einen von Holton Felix' hübschen kleinen Erpresserbriefen bekommen hat«, meinte Tobias. »Er ist Felix zu seiner Wohnung gefolgt, genau wie du und ich es getan haben, Lavinia, aber er war zuerst da, hat ihn umgebracht und dann das Tagebuch an sich genommen.«

»Das konnte er dir wohl kaum erklären, also hat er zugelassen, dass du deine Nachforschungen weiterführst, und als er dann meinte, dass der richtige Zeitpunkt gekommen war, hat er dich das verbrannte Ding finden lassen«, schloss Lavinia.

»Jawohl.«

Sie sah ihm in die Augen. »Tobias, wenn Lord Neville heute Nacht nach Hause kommt, wird er erfahren, dass ein Eindringling in seinem Haus gewesen ist. Dieser Wachmann, gegen den du gekämpft hast, wird es ihm sagen.«

»Zweifellos.«

»Er wird vermuten, dass du es warst. Er könnte zu dem Schluss kommen, dass du zu viel weißt. Du musst diese Sache jetzt beenden. Sofort, Tobias.«

»Eigenartig, dass du das jetzt erwähnst.« Tobias trank seinen Sherry aus und stellte dann das Glas ab. »Ich habe die Absicht, genau das zu tun.«

24. Kapitel

Eine Gaslaterne hing über der Eingangstür des Bordells. Der schwache Lichtkreis war in der nebligen Dunkelheit kaum zu sehen. Tobias stand im Schatten und sah, wie sich die Tür öffnete.

Neville kam heraus. Er blieb lange genug stehen, um den Kragen seines Mantels bis zu den Ohren hochzuschlagen, dann ging er die Treppe hinunter, ohne nach rechts oder links zu sehen. Mit großen Schritten ging er zu der Kutsche, die auf der Straße wartete. Der Kutscher, in einen schweren Mantel mit vielen Kragen gekleidet, wartete unbeweglich und schweigend.

Tobias trat aus dem Schatten und blieb ein paar Schritte vor Neville stehen. Dabei war er vorsichtig bemüht, außerhalb des kleinen Lichtkreises der Lampe zu bleiben.

»Ich habe Ihre Nachricht bekommen«, sagte er.

»Was zum Teufel?« Neville zuckte heftig zusammen und wirbelte herum. Seine Hand ging zur Tasche seines Mantels. Als er Tobias erkannte, schwand ein Teil seiner Anspannung. »Verdammte Hölle, March, Sie haben mich erschreckt. Sie sollten es doch besser wissen, als sich in diesem Teil der Stadt von hinten an einen Mann heranzuschleichen. Sie könnten dabei erschossen werden.«

»Auf diese Entfernung und in diesem schwachen Licht ist es sehr unwahrscheinlich, dass Ihre Pistole das Ziel treffen würde, ganz besonders, wenn Sie versuchen würden, durch die Tasche Ihres Mantels zu schießen.«

Neville verzog ärgerlich das Gesicht, doch nahm er die Hand nicht aus der Tasche. »Ich habe Ihre Nachricht bekommen, doch ich habe geglaubt, Sie würden mich in meinem Club treffen. Worum geht es überhaupt? Haben Sie Neuigkeiten? Haben Sie die Person gefunden, die Felix umgebracht und das Tagebuch an sich genommen hat?«

»Ich bin dieses Spiel leid«, sagte Tobias. »Sie haben auch keine Zeit mehr, es zu spielen.«

Neville sah ihn böse an. »Wovon zum Teufel reden Sie überhaupt, Mann?«

»Es endet alles hier. Heute Abend. Es wird keine Morde mehr geben.«

»Was soll das? Werfen Sie mir etwa *Mord* vor?«

»Mehrere Morde«, sagte Tobias. »Einschließlich dem an Bennett Ruckland.«

»Ruckland?« Neville trat einen Schritt zurück. Er riss die Hand aus der Tasche und hielt eine Pistole auf Tobias gerichtet. »Sie sind verrückt. Ich hatte mit seinem Tod nichts zu tun. Ich war hier in London, als er starb. Das kann ich beweisen.«

»Wir wissen beide, dass Sie seinen Mord in Auftrag gegeben haben.« Tobias blickte auf die Pistole, die Neville auf ihn gerichtet hatte, dann blickte er dem Mann wieder ins Gesicht. »Wenn Sie heute Abend nach Hause zurückkommen, werden Sie erfahren, dass ein Eindringling in Ihrem Haus war, während Sie weg waren.«

Neville runzelte die Stirn. Dann weiteten sich seine Augen vor Wut. »Sie.«

»Ich habe einen gewissen Brief gefunden, der eine Menge Beweise gegen Sie liefert.«

Neville sah ihn benommen an. »Einen Brief.«

»An Sie adressiert und von Carlisle unterschrieben. Darin werden die Vereinbarungen für Rucklands Tod noch einmal ganz deutlich zusammengefasst.«

»Nein. Unmöglich. Absolut unmöglich.« Neville erhob die Stimme, um den Kutscher zu rufen. »Sie da, auf dem Kutschsitz. Holen Sie Ihre Pistole heraus. Und behalten Sie diesen Mann im Auge. Er bedroht mich.«

»Aye, Sir.« Der Kutscher schob seinen Mantel beiseite. Das Licht leuchtete auf den Lauf einer Waffe.

Die Pistole in Nevilles Hand wurde ruhiger. Er fühlte sich jetzt sicherer, weil er wusste, dass der Kutscher bereit war, ihn zu verteidigen.

»Lassen Sie mich diesen Brief sehen, den Sie angeblich gefunden haben«, fuhr Neville Tobias an.

»Ich bin neugierig«, sagte Tobias und ignorierte seine Aufforderung. »Wie viel haben Sie an dem Handel mit den Franzosen während des Krieges verdient? Wie viele Männer sind gestorben wegen der Informationen, die Sie an Napoleon verkauft haben? Was haben Sie mit der Unmenge an Juwelen gemacht, die Sie aus dem spanischen Kloster gestohlen haben?«

»Sie können nichts beweisen. *Nichts.* Sie versuchen nur, mich einzuschüchtern. Es gibt keine Unterlagen über meine Geschäfte mit den Franzosen. Sie sind vernichtet worden, zusammen mit dem Brief, den Sie gefunden zu haben behaupten. Er existiert nicht mehr, das sage ich Ihnen.«

Tobias lächelte ein wenig. »Ich habe ihn an einen sehr hoch stehenden Gentleman weitergegeben, der großes Interesse daran gezeigt hat.«

»Nein.«

»Sagen Sie mir, Neville, haben Sie wirklich geglaubt, Sie könnten Azures Stellung als Herrscher über das Blue Chamber übernehmen?«

Etwas in Nevilles Gesichtsausdruck veränderte sich. Wut flammte auf. »Verdammt zur Hölle, March. Ich *bin* der Herrscher über das Blue Chamber.«

»Sie haben Fielding Dove umgebracht, nicht wahr? Diese

plötzliche Krankheit, die er bei seinem letzten Besuch auf seinen Besitzungen bekommen hat – Gift, nehme ich an?«

»Ich musste ihn loswerden. Dove hat damit begonnen, Nachforschungen durchzuführen, nachdem der Krieg zu Ende war, müssen Sie wissen. Ich weiß nicht, wie es kam, dass meine Geschäfte mit den Franzosen seine Aufmerksamkeit erregten, aber er war schrecklich wütend, als er davon erfuhr.«

»Er leitete eine ausgedehnte kriminelle Organisation, aber im Herzen war er ein treuer Engländer, war es nicht so? Bei Hochverrat hat er die Grenze gezogen.«

Neville zuckte mit den Schultern. »Aber während des Krieges hatte er nichts dagegen, wenn Carlisle oder ich selbst gewisse Gelegenheiten nutzten, wenn sie sich boten. Man konnte eine Menge Geld machen, wenn man das Militär mit Waffen, Ausrüstung, Weizen und Frauen belieferte. Und dann waren da noch die eigenartigen Schiffladungen mit gestohlenem Gold und Juwelen, die man bekommen konnte, wenn man gewisse Informationen besaß.«

»Geschäft war Geschäft. Aber Azure hätte es niemals toleriert, britische Geheiminformationen zu verkaufen. Er hat entdeckt, was Sie getan hatten.«

»Jawohl.« Neville umfasste die Pistole fester. »Glücklicherweise habe ich beizeiten erfahren, dass er meinen Tod befohlen hatte, deshalb habe ich gehandelt. Ich hatte keine andere Wahl, als ihn umzubringen, und zwar schnell. Es ging um mein eigenes Leben.«

»In der Tat.«

»Ich hatte den Vorteil der Überraschung, müssen Sie wissen. Er hat niemals gewusst, dass ich gewarnt war. Dennoch wäre es wahrscheinlich vor zehn oder fünfzehn Jahren nicht so einfach gewesen, ihn loszuwerden. Aber Azure wurde alt. Er begann, die Kontrolle zu verlieren.«

»Haben Sie wirklich geglaubt, Sie könnten eine Organisation wie das Blue Chamber führen?«

Neville reckte sich. »Ich bin jetzt Azure. Unter meiner Führung wird das Blue Chamber noch mächtiger werden als zu Doves Zeiten. In einem oder zwei Jahren werde ich der mächtigste Mann in Europa sein.«

»Napoleon hatte eine ähnliche Vision. Sie haben ja gesehen, wohin ihn das gebracht hat.«

»Ich werde nicht den Fehler machen, mich in die Politik einzumischen. Ich werde mich an die Geschäfte halten.«

»Wie viele Frauen haben Sie umgebracht?«

Nevilles Körper spannte sich an. »Sie wissen von den Huren?«

»Ich weiß sehr gut, dass Sie versucht haben, ein paar noch ausstehende Dinge zu erledigen, und dabei haben Sie einige unschuldige Frauen umgebracht.«

»Bah. Sie waren nicht unschuldig. Sie waren Dirnen. Sie hatten keine Familien. Niemand hat es bemerkt, als sie gestorben sind.«

»Sie wollten nicht, dass sie vollständig verschwinden, nicht wahr? Sie wollten Trophäen Ihrer Arbeit haben. Wie ist der Name des Künstlers, den Sie damit beauftragt haben, die Wachsarbeiten anzufertigen, die in der Galerie im ersten Stock von Huggett stehen?«

Neville lachte laut auf. »Sie wissen von den Wachsarbeiten? Sehr belustigend, nicht wahr? Ich muss schon sagen, ich bin beeindruckt von Ihrer Gründlichkeit, March. Ich hatte keine Ahnung, dass Sie in Ihrem Geschäft so gut sind.«

»Es war nicht nötig, sie umzubringen, Neville. Sie waren keine Bedrohung für einen Mann in Ihrer Position. Niemand hätte auf sie gehört. Niemand hätte ihr Wort gegen das eines *Gentleman* gestellt.«

»Ich kann es mir nicht leisten, Risiken einzugehen. Einige

dieser leichten Mädchen sind ein wenig schlauer, als gut für sie ist. Es ist möglich, dass sie während unserer Verbindung zu viel über mich erfahren haben.« Neville verzog den Mund. »Ein Mann wird manchmal redselig, wenn er ein paar Flaschen Wein getrunken hat und sich dann bei einer lüsternen jungen Frau wiederfindet, die ihn bereitwillig befriedigt.«

»Sie mussten sie nicht alle zum Schweigen bringen. Haben Sie in letzter Zeit noch mal von Sally gehört?«

»Diese Hündin ist entkommen, aber ich werde sie finden«, schwor Neville. »Sie kann sich nicht ewig in den Bordellen verstecken.«

»Sie ist nicht die Einzige, die Ihnen entkommen ist. Auch Joan Dove hat den Anschlag überlebt, den Sie gegen sie verübt haben.«

Diese Bemerkung ließ Neville innehalten. Er umklammerte seine Pistole noch fester. »Also wissen Sie auch von ihr? Sie haben aber sehr tief gegraben. So tief, in der Tat, dass Sie sich dabei Ihr eigenes Grab geschaufelt haben.«

»Sie haben Recht, wenn Sie sich vor ihr fürchten, Neville. Ganz im Gegensatz zu den anderen Frauen ist sie klug, mächtig und gut beschützt. Sie war heute Abend unvorsichtig. Beinahe hätten Sie sie erwischt. Aber den gleichen Fehler wird sie nicht noch einmal machen.«

Neville grunzte verächtlich. »Joan ist nicht besser als all die anderen. Sie war eine Dirne, als ich mit ihr fertig war, und noch nicht einmal eine gute. Ich bin sie in nur wenigen Monaten leid geworden. Ich konnte es kaum glauben, als Dove sie geheiratet hat. Mit seinem Reichtum und seiner Macht hätte er die Wahl unter allen anständigen Erbinnen gehabt.«

»Er hat sie geliebt.«

»Sie war seine einzige wirkliche Schwäche. Deshalb muss ich sie auch loswerden, Sie verstehen. Es ist sehr wahrscheinlich, dass sie in den zwanzig Jahren ihrer Ehe erfahren hat, dass er der Führer des Blue Chamber war. Ich muss annehmen, dass sie eine ganze Menge von der Arbeitsweise der Organisation weiß.«

»Sie haben gar keine Zeit mehr, sich Sorgen darüber zu machen, was Joan Dove weiß«, meinte Tobias. »Für Sie ist die ganze Sache beendet. Und wenn Sie jetzt nichts dagegen haben, mein Partner und ich müssen jetzt gehen.«

»*Ihr Partner?*«

»Hier oben«, rief Anthony leise. »Auf dem Kutschbock.«

Neville stieß einen rauen Schrei aus. Er wirbelte so schnell herum, dass er stolperte und beinahe die Balance verlor. Er wollte den Lauf der Pistole auf sein neues Ziel richten, doch er erstarrte, als er die Waffe in Anthonys Hand entdeckte, die auf ihn gerichtet war.

Tobias zog die Pistole aus der Tasche seines Mantels.

»Wie es scheint, haben Sie zwei Möglichkeiten, Neville«, erklärte er ruhig. »Sie können nach Hause gehen und auf einige sehr hoch gestellte Gentlemen warten, die während des Krieges auf höchster Ebene gedient haben und die Sie morgen besuchen werden, oder Sie können noch heute Nacht aus London fliehen und nie wieder zurückkehren.«

Anthony hielt seine Pistole ganz ruhig. »Eine interessante Wahl, nicht wahr?«

Neville bebte vor Wut. Sein Blick ging zwischen den beiden Pistolen, die auf ihn gerichtet waren, hin und her.

»Bastard.« Man konnte ihn kaum noch verstehen. »Sie haben mich von Anfang an in dieser Sache hintergangen. Sie waren darauf aus, mich zu zerstören.«

»Ich hatte einige Hilfe«, meinte Tobias.

»Damit werden Sie nicht durchkommen.« Nevilles Stimme bebte. »Ich bin der Führer des Blue Chamber. Ich habe mehr Macht als Sie es sich vorstellen können. Dafür werden Sie sterben.«

»Ich hätte wesentlich mehr Angst vor dieser Möglichkeit, wenn ich nicht wüsste, dass Sie morgen früh selbst tot sind oder auf dem Weg nach Frankreich.«

Neville schrie vor Wut laut auf. Er wandte sich um und verschwand in der Nacht. Der Klang seiner Stiefel auf den Pflastersteinen tönte noch nach.

Anthony sah Tobias an. »Soll ich ihm nachlaufen?«

»Nein.« Tobias schob die Pistole in seine Tasche. »Er ist jetzt Crackenburnes Problem, nicht mehr das unsere.«

Anthony sah zu der Stelle, an der Neville im Nebel verschwunden war. »Als du ihm seine Möglichkeiten erklärt hast, hast du eine vergessen. Die meisten Gentlemen in seiner Lage würden sich die Pistole an die Schläfe setzen, um ihre Familien vor dem Skandal einer Verhaftung und einer Verurteilung zu schützen.«

»Ich bin ganz sicher, dass Crackenburnes Freunde, wenn sie Neville morgen zu Hause antreffen, ihm diesen Vorschlag in unmissverständlichen Worten machen werden.«

Crackenburne ließ die Zeitung sinken, als Tobias sich in den Sessel ihm gegenüber fallen ließ. »Er war nicht zu Hause, als Bains und Evanstone ihn heute Morgen besuchen wollten. Man sagte, Neville hätte die Stadt verlassen, um seine Besitzungen auf dem Land zu besuchen.«

Tobias zog die Augenbrauen hoch bei dem grimmigen Ton, den er in Crackenburnes Stimme hörte. Er sah in die alten Augen und entdeckte darin den stahlharten, eiskalten Blick, den nur sehr wenige Menschen je unter seinem gutartigen, ein wenig abwesenden Benehmen entdeckt hatten.

Tobias streckte seine Beine dem Feuer entgegen. »Beruhigen Sie sich, Sir. Irgendetwas sagt mir, dass Neville schon bald wieder auftauchen wird.«

»Verdammt. Ich habe Ihnen doch gesagt, dass mir Ihr

Plan nicht gefallen hat, ihn gestern Abend zu konfrontieren. Warum war es nötig, den Bastard zu warnen?«

»Ich habe Ihnen doch gesagt, die Beweise gegen ihn sind sehr dürftig. Ein einziger Brief, von dem er noch behaupten könnte, dass er gefälscht ist. Ich wollte von seinen eigenen Lippen eine Bestätigung hören.«

»Nun, Sie haben Ihr Geständnis, aber wir haben ihn, verdammt, verloren. Als Nächstes werden wir hören, dass er in Paris oder Rom oder Boston ein herrliches Leben führt. Exil ist nicht genügend Bestrafung für seine kriminellen Taten, das sage ich Ihnen. Hochverrat und Mord. Bei Gott, der Mann ist ein Teufel.«

»Es ist vorbei«, behauptete Tobias. »Und das ist alles, was zählt.«

25. Kapitel

Die winzige Kate hinter dem alten Warenhaus sah aus, als wäre sie seit Jahren nicht mehr benutzt worden. Das Haus war nicht gestrichen, die Fenster waren voller Schmutz, und es sah aus, als würde es jeden Augenblick zusammenbrechen. Das einzige Anzeichen, dass jemand regelmäßig kam und ging, war das Schloss an der Tür. Es war nicht verrostet.

Lavinia rümpfte die Nase. Der Geruch des Flusses war hier in der Nähe der Docks stark und unangenehm. Der Nebel, der um das alte Warenhaus wogte, stank. Sie betrachtete das heruntergekommene Gebäude vor ihnen.

»Bist du sicher, dass es die richtige Adresse ist?«, fragte sie.

Tobias betrachtete die kleine Karte, die Huggett für ihn gezeichnet hatte. »Dies ist das Ende der Straße. Es gibt hier nichts mehr außer dem Fluss. Das muss das richtige Haus sein.«

»Also gut.«

Sie war erstaunt gewesen, als Tobias vor ihrer Tür gestanden und ihr erklärt hatte, dass er eine Nachricht von Huggett bekommen hatte. Die Nachricht war kurz und knapp gewesen.

> *Mr M.*
> *Sie haben gesagt, Sie würden für Informationen bezahlen, die etwas mit einem gewissen Künstler zu tun haben, der in Wachs arbeitet. Bitte besu-*

chen Sie diese Adresse, sobald es Ihnen möglich ist.
Ich glaube, Sie werden Ihre Antworten von dem augenblicklichen Bewohner des Hauses bekommen. Sie können den Betrag, den Sie mir versprochen haben, bei meiner Geschäftsadresse abliefern.
Ihr
P. Huggett

Tobias faltete das Stück Papier wieder zusammen und ging zu der Tür. »Es ist nicht abgeschlossen.« Er zog eine kleine Pistole aus der Tasche seines Mantels. »Tritt zur Seite, Lavinia.«

»Ich bezweifle, dass Mr Huggett uns in eine Falle locken würde.« Dennoch tat sie, was er von ihr verlangte, sie ging zur linken Seite, damit sie kein Ziel für jemand war, der vielleicht in dem Haus auf sie wartete. »Er ist viel zu sehr darauf aus, das Geld zu bekommen, das du ihm versprochen hast.«

»Ich neige dazu, dir zuzustimmen, doch ich habe nicht die Absicht, noch mehr Risiken einzugehen. Ich habe die Erfahrung gemacht, dass in diesem Fall gar nichts so ist, wie es scheint.«

Einschließlich dir, dachte Lavinia. Du, Tobias March, warst die erstaunlichste Überraschung von allen.

Tobias stellte sich flach gegen die Wand, dann streckte er die Hand aus und öffnete die Tür. Stille und ein unheimlich bekannter Geruch nach Tod drangen ihnen aus dem Haus entgegen.

Lavinia zog den Umhang, den sie sich von Emeline geliehen hatte, noch fester um sich. »Oh, verdammt. Ich hatte so sehr gehofft, dass es in diesem Fall keine Leichen mehr geben würde.«

Tobias blickte in das Haus hinein, dann senkte er die Pistole. Er schob sie in seine Tasche, stieß sich von der Wand ab und trat dann durch die Tür. Zögernd folgte Lavinia ihm.

»Du brauchst nicht hereinzukommen.« Tobias drehte sich nicht um.

Sie schluckte, weil ihr der Geruch des Todes in die Nase stieg. »Ist es Lord Neville?«

»Jawohl.«

Sie sah, wie er noch weiter in das Haus ging. Er wandte sich nach links und verschwand in den Schatten.

Lavinia ging bis zur Schwelle, doch sie betrat das Haus nicht. Von dort, wo sie stand, konnte sie genug sehen. Tobias hockte neben einer dunklen, zusammengesunkenen Gestalt auf dem Boden. Unter Nevilles Kopf war eine Lache aus getrocknetem Blut. Eine Pistole lag auf dem Boden neben seiner rechten Hand. Eine Fliege summte.

Schnell wandte Lavinia den Blick ab. Sie entdeckte eine Plane, die ein großes, unförmig aussehendes Objekt in einer Ecke des Raumes bedeckte. »Tobias.«

»Was ist?« Er sah auf und runzelte die Stirn. »Ich habe dir doch gesagt, du brauchst nicht hereinzukommen.«

»Dort drüben in der Ecke steht etwas. Ich glaube, ich weiß, was es ist.«

Sie ging in das Haus und dann über den Holzfußboden zu der verdeckten Gestalt. Tobias sagte nichts. Er sah ihr aufmerksam zu, als sie die Plane wegzog.

Sie blickten beide auf die halb beendete Wachsarbeit vor ihnen. Die grob modellierte Gestalt einer Frau, die in einem anstößigen sexuellen Akt mit einem Mann versunken war, ähnelte unverwechselbar den Skulpturen im ersten Stock von Huggetts Museum. Das Gesicht der Frau war noch nicht vollendet.

Die Werkzeuge des Künstlers waren sorgfältig auf einer

Werkbank in der Nähe aufgereiht. Die erloschene Kohle im Kamin zeugte davon, dass noch vor kurzem ein Feuer angezündet worden war, um das Wachs weich zu machen.

»Sehr sauber und ordentlich, nicht wahr?« Tobias stand mit steifen Bewegungen wieder auf. »Der Mörder und Verräter ist von eigener Hand gestorben.«

»So sieht es aus. Aber was ist mit dem geheimnisvollen Künstler?«

Tobias betrachtete die unfertige Wachsarbeit. »Ich denke, es wird keine neuen Arbeiten in der nur den Männern zugänglichen Ausstellung von Huggett geben.«

Ein Schauer rann durch Lavinias Körper. »Ich frage mich, was für eine Macht Neville über den Künstler hatte? Glaubst du, dass es vielleicht eine seiner früheren Geliebten sein könnte?«

»Ich denke, es ist sehr wahrscheinlich, dass wir die Antwort auf diese Frage niemals erfahren werden. Vielleicht ist es auch besser so. Diese Sache muss endlich abgeschlossen werden.«

»Also ist es endlich zu Ende.« Joan Dove sah Lavinia an, die auf der anderen Seite des blaugoldenen Teppichs saß. »Ich bin erleichtert, das zu hören.«

»Mr March hat mit seinem Klienten gesprochen, der ihm versichert hat, dass der Skandal auf ein Minimum beschränkt werden wird. Es wird in gewissen Kreisen bekannt gemacht werden, dass Neville in letzter Zeit einige ernsthafte finanzielle Verluste erlitten und sich in einem Anfall von Depression selbst das Leben genommen hat. Für seine Frau und seine Familie wird es nicht einfach sein, doch solcher Klatsch ist sicher Gerüchten von Hochverrat und Mord vorzuziehen.«

»Ganz besonders, wenn man herausfindet, dass Lord Nevilles finanzielle Rücklagen gar nicht so ernsthaft betroffen waren, wie er es glaubte, als er sich die Pistole an die Schläfe setzte«, erklärte Joan spöttisch. »Etwas sagt mir, dass Lady Neville sehr erleichtert sein wird, wenn sie feststellt, dass sie doch nicht dem Ruin ins Auge sehen muss.«

»Zweifellos. Doch außerdem hat Mr Marchs Klient deutlich gemacht, dass der Skandal auch noch aus anderen Gründen unterdrückt werden wird als nur aus dem, Nevilles Frau und seine Familie zu schützen. Es scheint, dass einige sehr hoch gestellte Herren nicht wollen, dass bekannt wird, dass sie während des Krieges einem Verräter vertraut haben. Sie möchten so tun, als wäre die ganze Sache niemals geschehen.«

»Genau das, was man von hoch gestellten Herren annehmen würde, nicht wahr?«

Lavinia musste trotz allem lächeln. »In der Tat.«

Joan räusperte sich. »Und was ist mit den Gerüchten, dass mein Mann der Anführer eines kriminellen Imperiums gewesen sein soll?«

Lavinia sah sie eindringlich an. »Wenn ich Mr March glauben kann, so sind diese Gerüchte zusammen mit Neville gestorben.«

Joans Miene hellte sich auf. »Danke, Lavinia.«

»Ach, lassen Sie nur. Das gehört alles zum Service.«

Joan griff nach der Teekanne. »Wissen Sie, ich hätte nie geglaubt, dass Neville ein Mann ist, der sich die Pistole an die eigene Schläfe setzt, nicht einmal um die Ehre seines Familiennamens zu schützen.«

»Man kann nie wissen«, meinte Lavinia, »zu was ein Mann unter extremem Druck fähig ist.«

»Sehr wahr.« Joan goss mit eleganter Anmut den Tee ein. »Und ich nehme an, die hoch gestellten Herren, die von Nevilles Hochverrat erfahren haben, übten sehr großen Druck auf ihn aus.«

»Jemand scheint das wirklich getan zu haben.« Lavinia stand auf und strich ihre Handschuhe glatt. »Nun, das war es also. Sie werden mir verzeihen, aber ich muss gehen.«

Sie wandte sich zur Tür.

»Lavinia.«

Sie blieb stehen und sah sich um. »Ja?«

Joan sah sie vom Sofa aus an. »Ich bin sehr dankbar für alles, was Sie für mich getan haben.«

»Sie haben mir mein Honorar gezahlt und haben mich außerdem Ihrer Schneiderin empfohlen. Ich finde, dass ich reichlich entschädigt wurde.«

»Trotzdem«, erklärte Joan entschieden. »Ich stehe in Ihrer Schuld. Wenn es je etwas gibt, das ich tun kann, um mich zu revanchieren, dann hoffe ich, dass Sie mich ohne zu zögern aufsuchen werden.«

»Einen guten Tag, Joan.«

Sie las gerade Byron, als er sie am nächsten Tag besuchen kam. Er bat sie, einen Spaziergang im Park mit ihm zu machen. Sie stimmte zu, schloss den Gedichtband und legte ihn beiseite. Sie holte ihre Haube und ihren langen Mantel, dann verließen sie zusammen das Haus.

Sie sprachen nicht, bis sie die verborgene gotische Ruine erreichten. Er setzte sich neben sie auf die Steinbank und blickte in den überwucherten Garten. Der Nebel hatte sich gelichtet, und die Sonne wärmte den Tag angenehm. Er fragte sich, wo er wohl anfangen sollte. Lavinia war es, die zuerst sprach.

»Ich bin heute Morgen zu ihr gegangen und habe sie besucht«, sagte sie. »Sie war sehr kühl, als wir über den Fall sprachen. Sie hat sich natürlich anmutig bei mir dafür bedankt, dass ich ihr das Leben gerettet habe. Und sie hat mich bezahlt.«

Tobias legte die Unterarme auf die Oberschenkel und verschränkte die Hände locker zwischen seinen Knien. »Crackenburne hat angeordnet, dass mein Honorar auf mein Bankkonto gezahlt wird.«

»Es ist immer schön, wenn man seine Bezahlung rechtzeitig bekommt.«

Tobias betrachtete das Durcheinander von Blumen und leuchtend grünen Blättern in dem wilden Garten. »In der Tat.«

»Jetzt ist es wirklich zu Ende.«

Tobias sagte nichts.

Sie warf ihm einen schnellen Blick von der Seite zu. »Stimmt etwas nicht?«

»Die Sache mit Neville ist zu Ende, wie du es gesagt hast.« Er sah sie an. »Aber ich denke, dass einige Dinge zwischen uns noch ungeklärt sind.«

»Wie meinst du das?« Ihre Augen zogen sich ein wenig zusammen. »Schau, wenn du unzufrieden mit dem Honorar bist, das du von deinem Klienten bekommen hast, dann ist das deine Sache. Du warst derjenige, der den Handel mit Crackenburne abgeschlossen hat. Du kannst doch sicher nicht von mir erwarten, dass ich meine Bezahlung von Mrs Dove mit dir teile.«

Es war zu viel. Er wandte sich um und fasste sie an den Schultern. »Verdammte Hölle, Lavinia, hier geht es nicht um Geld.«

Sie blinzelte ein paar Mal, doch machte sie keine Anstalten, sich von ihm zu lösen. »Bist du da auch ganz sicher?«, fragte sie.

»Ganz sicher.«

»Nun, was ist das denn für eine ungeklärte Sache, die zwischen uns stehen soll?«

Er bewegte die Hände auf ihren Schultern und genoss das

Gefühl der sanften Rundung, dann versuchte er, die richtigen Worte zu finden. »Ich fand, dass wir als Partner sehr gut zusammengearbeitet haben«, sagte er.

»Das haben wir, nicht wahr? Ganz besonders, wenn man die äußerst schwierigen Probleme bedenkt, die wir zu überwinden hatten. Wir hatten einen ziemlich bösen Beginn, wenn du dich recht erinnerst.«

»Die Begegnung bei Holton Felix' Leiche?«

»Ich dachte eher daran, wie du mein kleines Geschäft in Italien zerstört hast.«

»Meiner Meinung nach waren die Vorfälle in Rom ein kleines Missverständnis. Das haben wir aber schließlich geklärt, nicht wahr?«

Ihre Augen blitzten. »Das kann man so sagen. Ich war gezwungen, mir wegen dieses kleinen Missverständnisses einen neuen Beruf zu suchen. Aber ich muss zugeben, mein neuer Beruf ist weitaus interessanter als der alte.«

»Es ist dein neuer Beruf, über den ich heute mit dir sprechen möchte«, meinte Tobias. »Ich nehme an, du hast vor, ihn trotz meiner Bedenken weiter auszuüben?«

»Ich habe ganz sicher vor, bei meiner neuen Beschäftigung zu bleiben«, versicherte sie ihm. »Sie ist sehr anregend und aufregend, ganz zu schweigen davon, dass sie ab und zu auch sehr erträglich ist.«

»Aber dann, und das wollte ich gerade sagen, werden wir wahrscheinlich gelegentlich feststellen, dass eine zukünftige Zusammenarbeit von uns beiden sehr nützlich sein könnte.«

»Findest du?«

»Ich denke, es ist sehr wahrscheinlich, dass wir einander nützlich sein könnten.«

»Als Kollegen?«

»In der Tat. Ich würde vorschlagen, dass wir darüber nachdenken, noch einmal als Partner zusammenzuarbeiten, wenn sich die Gelegenheit dazu ergibt«, erklärte er und war entschlossen, ihr eine zustimmende Antwort zu entlocken.

»Partner«, meinte sie mit einer vollkommen ausdruckslosen Stimme.

Eine Frau wie sie konnte einen Mann verrückt machen, dachte er. Aber er behielt die Kontrolle über sich. »Wirst du über meinen Vorschlag nachdenken?«

»Ich werde sehr ernsthaft darüber nachdenken.«

Er zog sie näher an sich. »Das werde ich für den Augenblick akzeptieren«, flüsterte er an ihrem Mund.

Sie legte beide Hände um sein Gesicht. »Wirst du das?«

»Ja.«

»Ich sollte dich warnen, dass ich die Absicht habe, alles zu tun, um dich davon zu überzeugen, mir irgendwann einmal eine zustimmende Antwort zu geben.«

Er öffnete die Bänder ihrer Haube und legte sie beiseite. Dann nahm er eine ihrer Hände nach der anderen und zog ihr die Wildlederhandschuhe aus. Er hob ihre Hände an seine Lippen und küsste die zarte Haut der Innenseite ihrer Handgelenke.

Sie flüsterte seinen Namen so leise, dass er ihn kaum hören konnte, dann vergrub sie die Finger in seinem Haar. Sie küsste ihn auf den Mund. Er zog sie fest an sich und fühlte, wie sie reagierte, lebhaft und ruhelos, als die Leidenschaft zu brennen begann. Sie drängte sich an ihn und erfüllte ihn mit einer großen, eindringlichen Leidenschaft.

Er legte sich auf die Steinbank und zog sie auf sich. Dann hob er ihre Röcke, damit er den Anblick ihrer Beine in den Strümpfen genießen konnte. Sie öffnete seine Krawatte und machte sich dann an den Knöpfen seines Hemdes zu schaffen. Als sie ihre warmen Handflächen auf seine nackte Brust legte, holte er tief Luft.

»Ich liebe es, dich zu fühlen«, sagte sie. Sie senkte den

Kopf und küsste seine Schulter. »Es ist sehr belebend, dich zu berühren, Tobias March.«

»*Lavinia.*« Er zog die Haarnadeln aus ihrem Haar und hörte, wie sie auf den Steinboden fielen.

Sie knabberte eine Weile an seiner Haut und flößte ihm so den Gedanken ein, dass er, wenn er einen Federkiel und Tinte hätte, wahrscheinlich in der Lage sein würde, ein Gedicht zu schreiben.

Als es ihm endlich gelang, seine Hose zu öffnen, bebte sie in seinen Armen. Und als er sie dann sanft von der Bank auf den Boden legte, schlang sie ihre schlanken Beine um ihn. Er war nicht länger in Versuchung, Gedichte zu schreiben.

Es gab keinen Weg, eine so die Seele anrührende Erfahrung wie diese in Worte zu fassen.

Sie bewegte sich an ihm und hob den Kopf. »War es das, was du gemeint hast, als du sagtest, du würdest alles tun, um mich zu überzeugen, dass wir zukünftig als Partner zusammenarbeiten sollen?«

»Mmm, ja.« Er schob die Hände in ihr zerzaustes feuerrotes Haar. »Glaubst du, dass ich ein überzeugendes Argument angebracht habe?«

Sie lächelte, und er fühlte, wie er plötzlich in die tiefen, verlockenden Seen ihrer Augen eintauchte. »Was du da geboten hast, war äußerst überzeugend. Wie ich schon sagte, ich werde über die Angelegenheit sehr ernsthaft nachdenken.«

26. Kapitel

Lavinia betrachtete ihr Bild in dem Spiegel im Ankleidezimmer mit kritischem Blick. »Finden Sie nicht, dass der Ausschnitt ein wenig zu tief ist?«

Madame Francesca verzog unwillig das Gesicht. »Der Ausschnitt ist perfekt. Er ist so geschnitten, um Madams Busen anzudeuten.«

»Eine ziemlich offensichtliche Andeutung.«

»Unsinn. Es ist ein äußerst diskreter Hinweis in die richtige Richtung.« Madame Francesca zupfte an dem Band, das das Mieder verzierte. »Wenn man bedenkt, dass Madams Busen nicht so großartig ist, so habe ich das Kleid entworfen, um Fragen aufzuwerfen, und nicht, um sie zu beantworten.«

Lavinia spielte unsicher mit ihrem silbernen Anhänger. »Wenn Sie sicher sind.«

»Ich bin ganz sicher, Madam. Sie müssen mir in diesen Dingen vertrauen.« Madame Francesca sah die junge Näherin, die auf dem Boden neben Lavinia hockte, mit gerunzelter Stirn an. »*Non, non, non,* Molly. Du hast die Zeichnung, die ich gemacht habe, nicht aufmerksam genug studiert. Es soll nur eine Reihe Blumen am Saum geben, nicht zwei. Das wäre für Mrs Lake viel zu viel!. Es wäre zu überwältigend. Sie ist eher klein, wie du sehen kannst.«

»Ja, Madam«, murmelte Molly, die den Mund voller Stecknadeln hatte.

»Geh und hol mir mein Skizzenbuch«, befahl Madame

Francesca. »Ich werde dir meinen Entwurf noch einmal zeigen.«

Molly kam auf die Beine und eilte davon.

Lavinia betrachtete sich im Spiegel. »Ich bin zu klein, und mein Busen ist nicht gerade großartig. Wirklich, Madame Francesca, ich finde es erstaunlich, dass Sie überhaupt bereit sind, mir Ihre Zeit zu widmen.«

»Das tue ich natürlich für Mrs Dove.« Madame Francesca legte dramatisch eine Hand auf ihren ausladenden Busen. »Sie ist eine meiner wichtigsten Kundinnen. Ich würde alles tun, um ihr einen Gefallen zu tun.« Sie zwinkerte Lavinia zu. »Außerdem sind Sie eine Herausforderung an meine Fähigkeiten, Mrs Lake.«

Molly kam in den Ankleideraum zurück, das schwere Buch hatte sie in der Hand. Madame Francesca nahm es ihr ab, öffnete es und begann, darin zu blättern.

Lavinia entdeckte ein ihr bekanntes grünes Kleid. »Warten Sie. Das war das Kleid, das Sie für Mrs Dove entworfen haben für den Verlobungsball ihrer Tochter, nicht wahr?«

»Dieses hier?« Madame Francesca hielt inne, um ihre Skizze zu bewundern. »Ja. Hübsch, nicht wahr?«

Lavinia betrachtete das Kleid ausgiebig. »Dort sind ja drei Reihen Rosen, nicht nur zwei.«

Madame Francesca seufzte auf. »Ich bin noch immer der Meinung, dass Mrs Dove bei ihrer eleganten Größe sehr gut alle drei Reihen Rosen hätte tragen können. Aber sie hat darauf bestanden, dass eine Reihe entfernt werden musste. Was kann man schon tun, wenn eine so wichtige Kundin sich durchsetzen will? Man muss nachgeben.«

Erregung und ein Schauer der Angst erfassten Lavinia. Sie wirbelte herum. »Bitte, helfen Sie mir aus diesem Kleid, Madame Francesca. Ich muss sofort weg. Es gibt jemanden, mit dem ich sofort reden muss.«

»Aber Mrs Lake, wir sind doch noch gar nicht fertig mit der Anprobe.«

»Holen Sie mich aus diesem Kleid.« Lavinia kämpfte mit dem Verschluss des Mieders. »Ich werde ein anderes Mal zur Anprobe kommen. Darf ich bitte ein Stück Papier und eine Feder von Ihnen erbitten? Ich muss meinem, äh, Partner eine Nachricht schicken.«

Es regnete wieder einmal. Nirgendwo war eine Mietkutsche zu bekommen. Es dauerte beinahe eine Dreiviertelstunde, um den Weg zur Half Crescent Lane zurückzulegen.

Lavinia blieb vor Mrs Vaughns Haustür stehen und hob den Türklopfer. Sie musste ganz sicher sein, dachte sie, als sie laut an die Tür klopfte. Es durften keine weiteren Fehler mehr gemacht werden. Ehe sie und Tobias in diesem gefährlichen Geschäft den nächsten Schritt machten, musste sie mit dem einzigen Menschen reden, der schon die ganze Zeit über Recht gehabt hatte.

Es schien eine Ewigkeit zu dauern, ehe die halb taube Haushälterin die Tür öffnete. Sie blinzelte und blickte in die ungefähre Richtung, in der sie Lavinia vermutete.

»Aye?«

»Ist Mrs Vaughn zu Hause? Ich muss sofort mit ihr sprechen. Es ist sehr wichtig.«

Die Haushälterin streckte ihr die Hand entgegen. »Sie müssen eine Eintrittskarte kaufen«, erklärte sie laut.

Lavinia stöhnte auf und griff in ihre Handtasche. Sie fand einige Münzen und legte sie in die von der Arbeit raue Hand. »Hier. Bitte sagen Sie Mrs Vaughn, dass Lavinia Lake hier ist.«

»Ich bringe Sie in die Ausstellung.« Die Haushälterin führte sie durch den dunklen Flur und lachte fröhlich. »Mrs Vaughn wird gleich da sein.«

Die Haushälterin blieb vor der Tür der Ausstellung stehen und öffnete sie mit einer ausladenden Handbewegung. Schnell ging Lavinia in den dämmrigen Raum. Die Tür schloss sich hinter ihr. Sie hörte noch ein unterdrücktes Lachen im Flur, dann war alles still.

Lavinia zögerte und ließ ihre Augen sich an die nur schwach erleuchtete Umgebung gewöhnen. Ein Gefühl des Unbehagens beschlich sie. Sie rief sich ins Gedächtnis, dass dies genau das gleiche, beunruhigende Gefühl war, das sie auch schon beim letzten Mal gehabt hatte. Sie sah sich um und zwang sich dazu, ruhig zu bleiben.

Der Raum sah fast genauso aus wie beim letzten Mal, als sie zusammen mit Tobias hier gewesen war. Die unheimlich realistischen Wachsarbeiten standen um sie herum, erstarrt in ihren verschiedenen Posen. Sie ging an dem Mann mit der Brille vorbei, der lesend in seinem Sessel saß, und blickte zu dem Klavier.

Eine Gestalt saß auf der Klavierbank und starrte eindringlich auf ein Blatt mit Noten, die Hände verharrten über den Tasten. Aber die Skulptur war die eines Mannes in einer altmodischen Hose. Eine Wachsfigur, dachte Lavinia, nicht Mrs Vaughn, die als eine ihrer eigenen Schöpfungen posierte. Vielleicht liebte es die Künstlerin ja, ihre kleinen Späße zu variieren.

»Mrs Vaughn?« Sie bahnte sich einen Weg durch die Figuren hindurch und betrachtete dabei die Gesichter aus Wachs. »Sind Sie hier? Ich weiß, Sie lieben dieses Spiel, und es ist auch sehr beeindruckend. Aber leider habe ich heute nicht die Zeit für ein Spiel. Ich möchte Sie noch einmal wegen einer beruflichen Angelegenheit sprechen.«

Keine der Wachsfiguren bewegte sich oder sprach.

»Es ist äußerst dringend«, sprach Lavinia weiter. »Ich denke, es ist eine Sache auf Leben und Tod.«

Sie blickte zu einer Figur, die vor einem Herd stand. Eine neue Figur, dachte sie, sie erinnerte sich nicht daran, sie schon gesehen zu haben. Es war die Figur einer Frau in der Schürze einer Haushälterin und einer riesigen Haube, deren Rüschen ihr Profil verbargen. Sie war in der Hüfte ein wenig gebeugt und trug einen Feuerhaken in der Hand, als wäre sie gerade dabei, die Funken eines ersterbenden Feuers zu schüren.

Das ist nicht Mrs Vaughn, dachte Lavinia. Sie ist viel zu groß und bei weitem nicht rund genug um die Hüften.

»Bitte, Mrs Vaughn, zeigen Sie sich, wenn Sie hier sind. Ich kann es mir nicht leisten, meine Zeit zu verschwenden.« Lavinia ging um ein Sofa herum und blieb dann plötzlich stehen, als sie eine Gestalt mit dem Gesicht nach unten auf dem Teppich entdeckte. »Lieber Gott.«

Die schlaffen Glieder zeigten, dass dies hier keine Wachsfigur war, die vielleicht umgefallen war. Ein schrecklicher Gedanke nahm Lavinia den Atem.

»Mrs Vaughn.«

Sie sank auf die Knie, zog einen Handschuh aus und berührte den Hals von Mrs Vaughn. Erleichtert stellte sie fest, dass noch Leben in der Gestalt war.

Mrs Vaughn lebte, doch sie war bewusstlos. Lavinia sprang auf, in der Absicht, zur Tür zu laufen und Hilfe zu holen. Ihr Blick ging zu der Wachsfigur der Haushälterin, die sich zu dem Herd beugte. Ihr Hals wurde ganz trocken.

Die Schuhe der Figur waren voller Lehm.

Einen Augenblick lang konnte Lavinia nicht atmen. Der einzige Weg aus dem kleinen Raum würde sie in die Schlagrichtung des Feuerhakens bringen. Zu schreien würde nichts nützen, denn die Haushälterin von Mrs Vaughn war halb taub. Ihre einzige Hoffnung war, dass Tobias ihre Nachricht bekommen hatte und schon bald hier sein würde. In der Zwischenzeit musste sie den Mörder ablenken.

»Ich sehe, Sie sind noch vor mir hierher gekommen«, sagte Lavinia ruhig. »Wie haben Sie das nur geschafft, Lady Neville?« Die Figur am Herd zuckte zusammen und richtete sich mit einer plötzlichen Bewegung auf. Constance, Lady Neville, wandte sich zu Lavinia um, den schweren Feuerhaken hob sie hoch über den Kopf. Sie lächelte.

»Ich bin doch kein Dummkopf. Ich wusste, dass Sie noch immer ein großes Problem sind, Mrs Lake. Ich habe einen Mann abgestellt, der Sie beobachtet hat.« Constance machte einen Schritt zur Tür, um ihr den Weg zu verstellen. »Er hat den Jungen auf der Straße abgefangen, den Sie zu Mr March geschickt haben. Er hat den Jungen gut dafür bezahlt, dass er ihm die Nachricht gegeben hat, und er ist damit gleich zu mir gekommen. Sie brauchen keine falschen Hoffnungen zu hegen, Mrs Lake. Es ist keine Hilfe unterwegs.«

Lavinia trat einen Schritt zurück und versuchte, das Sofa zwischen sich und die andere Frau zu bringen. Sie legte die Hand auf den Anhänger, den sie unter ihrem Schultertuch trug. »Sie waren das die ganze Zeit, nicht wahr? Sie sind die Künstlerin. Ich habe Ihre Figuren in Huggetts Ausstellung im ersten Stock gesehen. Sie sind wirklich äußerst ungewöhnlich.«

»Ungewöhnlich?« Constance sah sie verächtlich an. »Sie haben keine Ahnung von Kunst. Meine Arbeiten sind brillant.« Lavinia zerrte fest an dem Anhänger. Er löste sich, und sie nahm ihn in die Hand. Sie hielt ihn so vor sich, dass das helle Silber das schwache Licht des Raumes einfing.

»Brillant wie mein Anhänger, meinen Sie?«, fragte sie mit sanfter, beruhigender Stimme. »Ist er nicht hübsch? Sehen Sie doch nur, wie er glänzt. So hell. So hell. So hell.«

Constance lachte. »Glauben Sie, Sie könnten Ihr Leben mit diesem Schmuckstück erkaufen? Ich bin eine sehr reiche Frau, Mrs Lake. Ich habe Schränke voller Juwelen, die wesentlich wertvoller sind. Ich will Ihren Anhänger gar nicht.«

»Er ist so hell, finden Sie nicht auch?« Sie ließ den silbernen Anhänger sanft hin und her schwingen. Er glänzte und glitzerte, während er sich in einem Bogen hin und her bewegte. »Meine Mutter hat ihn mir geschenkt. So hell.«

Constance blinzelte. »Ich habe Ihnen doch gesagt, mir liegt nichts an so billigen Sachen.«

»Wie ich schon sagte, Ihre Wachsarbeiten sind äußerst ungewöhnlich, aber meiner Meinung nach fehlt ihnen die lebensechte Ausstrahlung, die Mrs Vaughn in ihren Figuren erreicht.«

»Sie sind ein Dummkopf. Was wissen Sie denn schon?« Wut blitzte in Constances hübschem Gesicht auf. Sie blickte auf den hin und her schwingenden Anhänger und runzelte die Stirn, als würden die Funken des Lichts sie ärgern. »Meine Wachsarbeiten sind bei weitem besser als diese alltäglichen Skulpturen. Im Gegensatz zu Mrs Vaughn fürchte ich mich nicht davor, die dunkelsten, außergewöhnlichsten Leidenschaften in meiner Arbeit einzufangen.«

»Sie haben die Morddrohung an Mrs Dove geschickt, nicht wahr? Das ist mir endlich heute Nachmittag klar geworden, als ich die Zeichnung der Schneiderin von der ursprünglichen Version des grünen Kleides gesehen habe. Sie haben Ihre kleine Wachsarbeit nach dieser Vorlage geformt und nicht nach dem fertigen Kleid. Als Kundin von Madame Francesca hatten Sie die Gelegenheit, den Entwurf zu betrachten. Sie haben die endgültige Version des Kleides allerdings nie gesehen, weil Sie auf den Verlobungsball nicht eingeladen waren. Wenn Sie sie gesehen hätten, dann wüssten Sie, dass am Saum nur zwei Reihen Rosen waren und nicht drei.«

»Das interessiert mich nicht länger. Sie ist eine Schlampe, nicht besser als all seine anderen Frauen. Auch sie wird sterben.«

Constance trat einen Schritt näher.

Lavinia hielt den Atem an, doch sie bewegte noch immer den Anhänger hin und her, änderte den Rhythmus seiner Schwünge nicht.

»Sie haben es auch eingerichtet, dass Fielding Dove vergiftet wurde, nicht wahr?«, fragte sie mit sanfter, beruhigender Stimme.

Constance blickte auf den Anhänger, dann sah sie wieder weg. Als könne sie nicht anders, sah sie wieder hin und folgte den Bewegungen mit ihrem Blick. »Ich habe alles geplant, jede Einzelheit. Ich habe es für Wesley getan, müssen Sie wissen. Alles habe ich für ihn getan. Er brauchte mich.«

»Aber er hat nie wirklich Ihre Klugheit und Ihre unverbrüchliche Treue zu schätzen gewusst, nicht wahr? Er hat sie als selbstverständlich hingenommen. Er hat Sie wegen Ihres Geldes geheiratet und ist dann wieder zu seinen anderen Frauen gegangen.«

»Die Frauen, die er als Gefäße für seine Lust benutzt hat, waren nicht wichtig. Was wichtig war, ist, dass Wesley mich gebraucht hat. Er hat das verstanden. Wir waren Partner.«

Lavinia zuckte zusammen und hätte beinahe den Rhythmus ihres schwingenden Anhängers verändert. *Konzentriere dich, du Dummkopf. Dein Leben hängt davon ab.* »Ich verstehe.« Der Anhänger fuhr fort, in sanftem Bogen zu schwingen. »Partner. Aber Sie waren der kluge Teil.«

»Ja. *Ja.* Ich bin diejenige, die begriffen hat, dass Fielding Dove Nachforschungen über Wesleys Aktivitäten während des Krieges anstellte. Ich habe gesehen, dass Dove alt und schwach wurde. Ich wusste, dass es Zeit war zu handeln. Als Dove erst einmal tot war, stand Wesley nichts mehr im Weg.

Nur noch ein paar Dinge, die erledigt werden mussten. Ich habe immer solche Dinge für ihn erledigt.«

»Wie viele seiner Geliebten haben Sie denn umgebracht?«

»Vor zwei Jahren habe ich endlich begriffen, dass es nötig war, diese billigen Huren umzubringen.« Constance starrte auf den sich bewegenden Anhänger. »Ich habe angefangen, sie ausfindig zu machen. Es war nicht einfach. Bis jetzt habe ich mich um fünf von ihnen gekümmert.«

»Sie haben diese Wachsarbeiten in Huggetts Ausstellung geschaffen, um Ihre Fähigkeiten als Mörderin zu verherrlichen, nicht wahr?«

»Ich musste der Welt die Wahrheit über diese Frauen zeigen. Ich habe mein Talent benutzt, um zu demonstrieren, dass es am Ende nur Schmerz und Qual für die Frauen gibt, die zu Huren werden. Es gibt keine Leidenschaft, keine Poesie, keine Freude für sie. Nur Schmerz.«

»Aber die letzte ist Ihnen entkommen, nicht wahr?«, fragte Lavinia. »Wie ist das denn passiert? Haben Sie einen Fehler gemacht?«

»Ich habe keinen Fehler gemacht«, schrie Constance. »Irgend so eine blöde Putzfrau hat einen Eimer mit Seifenwasser in der Nähe der Tür stehen gelassen. Ich bin gestolpert und gefallen, und die Hure ist mir entkommen. Aber früher oder später werde ich sie schon erwischen.«

»Wer ist denn das Modell für den Mann in Ihren Skulpturen, Constance?«, fragte Lavinia ruhig.

Constance sah verwirrt aus. »Der Mann?«

Lavinia schwang den Anhänger hin und her. »Das Gesicht des Mannes in all den Ausstellungsstücken ist das gleiche. Wer ist er, Constance?«

»*Papa.*« Constance schlug mit dem Feuerhaken nach dem Anhänger, als wolle sie ihn aus der Luft schlagen. »Papa ist der Mann, der den Huren so viel Schmerzen bereitet.« Sie schlug noch einmal mit der Spitze des Feuerhakens nach dem Anhänger. »Er hat mir Schmerzen bereitet. Verstehen Sie? *Er hat mir so viel Schmerzen bereitet.*«

Zwei Mal musste Lavinia dem Feuerhaken ausweichen. Dies lief alles nicht sehr gut. Es gelang ihr, den Anhänger in Bewegung zu halten, aber sie wusste, dass es an der Zeit war, das Thema zu wechseln. »Die Dinge gingen gut, bis Holton Felix das Tagebuch in die Hand bekam und damit begann, seine kleinen Erpresserbriefe zu verschicken«, sagte sie.

»Felix hat aus dem Tagebuch erfahren, dass Wesley Mitglied des Blue Chamber war.« Constance war jetzt ruhiger. Ihre Augen folgten dem Anhänger. »Ich musste ihn umbringen. Das war einfach. Er war ein Dummkopf. Zwei Tage nachdem wir den Brief bekommen hatten, habe ich ihn gefunden.«

»Sie haben ihn umgebracht und das Tagebuch an sich genommen.«

»Ich habe es getan, um Wesley zu schützen. *Ich habe alles für ihn getan.*«

Ohne Vorwarnung schwang Constance den Feuerhaken zu einem heftigen Schlag. Lavinia sprang zurück, nur knapp gelang es ihr, dem Schlag zu entkommen. Das gebogene Eisen traf den Kopf einer Wachsfigur in der Nähe. Die Figur fiel auf den Teppich, der Kopf war zerstört.

Lavinia stellte sich schnell hinter die Figur der schüchternen Frau mit dem Fächer in der Hand und brachte sie so zwischen Constance und sich. Sie streckte den Arm zur Seite und begann wieder, den Anhänger hin und her zu schwingen.

Constance blickte offensichtlich irritiert auf das blitzende Silber. Sie sah weg, doch immer wieder kehrte ihr Blick zurück. Sie war noch nicht vollständig in Trance, begriff Lavinia, doch es war ihr gelungen, sie mit dem Anhänger abzulenken.

»Erst nachdem Sie das Tagebuch gelesen haben, haben Sie festgestellt, dass Mrs Dove und Ihr Ehemann Geliebte waren, nicht wahr? Das hat für Sie alles geändert. Sie konnten seine anderen Frauen ignorieren, aber Sie konnten ihm diese Affäre nicht verzeihen.«

»Die anderen zählten nicht.« Constance kam auf sie zu, ihr Gesicht war verzerrt. »Es waren billige Dirnen. Er hat sie sich aus den Bordellen geholt, hat sich eine Weile mit ihnen vergnügt und sie dann zurück auf die Straße geschickt. Aber Joan Dove ist anders.«

»Weil sie mit dem Führer des Blue Chamber verheiratet war?«

»*Ja.* Sie ist nicht wie die anderen. Sie ist wohlhabend und mächtig, und sie weiß alles, was Azure wusste. Als ich das Tagebuch gelesen habe, habe ich begriffen, dass Wesley mich nicht mehr brauchen würde, wenn er die Stellung von Azure als Führer des Blue Chamber einnehmen würde.«

»Sie haben geglaubt, dass er dann Joan haben wollte?«

»Sie konnte ihm all das geben, was Azure gehabt hatte, nicht wahr? Seine Kontakte, seine Verbindungen, die Einzelheiten, wie er seine finanziellen Angelegenheiten geführt hatte und auch das Blue Chamber selbst.« Constances Stimme erhob sich zu einem verzweifelten Jammern. »Was konnte ich ihm im Vergleich dazu schon bieten? Außerdem hatte Wesley schon einmal nach ihr verlangt, so wie er niemals nach mir verlangt hatte.«

»Also haben Sie entschieden, dass sie sterben musste.«

»Wenn er sie bekommen hätte, hätte er mich nicht länger gebraucht, nicht wahr?«

Wieder schlug Constance mit dem Feuerhaken zu. Doch diesmal schien sie nach dem schwingenden Anhänger zu schlagen. Lavinia schob die Figur der Frau mit dem Fächer auf sie zu. Der Feuerhaken traf die Figur und zerstörte den Kopf, die Figur fiel zu Boden.

»Aber ich wollte, dass sie so litt, wie ich gelitten hatte«, flüsterte Constance, und ihr Blick folgte dem Anhänger. »Also habe ich ihr die Wachsarbeit geschickt, in der ihr eigener Tod dargestellt war. Ich wollte, dass sie eine Weile darüber nachdenken sollte, ich wollte, dass sie sich fürchtet.«

Sie zerrte den Feuerhaken aus dem wächsernen Kopf und hob ihn wieder hoch über ihren Kopf. Doch es schien Lavinia, als sei ihre Bewegung langsamer geworden.

»Warum haben Sie Ihren Mann umgebracht?« Langsam wich Lavinia zurück, eine Hand streckte sie aus, um Hindernisse auf ihrem Weg zu ertasten.

»Ich hatte keine andere Wahl. Er hatte alles ruiniert.« Constance umklammerte den Feuerhaken mit beiden Händen. »Dummer Mann. Dummer, dummer, dummer, lügnerischer Mann.« Ihr Busen hob und senkte sich heftig, weil sie so schwer atmete. Ihre Augen richteten sich auf den Anhänger und dann wieder auf Lavinias Gesicht. »Tobias March hat ihm eine Falle gestellt, und Wesley ist sofort hineingetappt. Ich war zu Hause, als er zurückkam, in der Nacht, in der March ihn gestellt hat. Wesley hatte einen nervösen Zusammenbruch. Er hat seinem Kammerdiener befohlen, seine Sachen zu packen, und hat behauptet, dass er aus dem Land fliehen müsste.«

Lavinias Finger berührten das Klavier. Sie hielt inne. »Da wussten Sie, dass all Ihre Arbeit umsonst gewesen war.«

»Ich habe so getan, als wolle ich ihm bei seiner Flucht helfen. Ich bin mit ihm zu den Docks gegangen, wo ein Mann, den er kannte, versprochen hatte, sich mit ihm zu treffen und ihn an Bord eines Schiffes zu bringen. Ich habe Wesley vorgeschlagen, dass wir in der Kate warten sollten.«

»Und da haben Sie ihn erschossen.«

»Es war das Einzige, was ich tun konnte. Er hatte alles zerstört.« Constances Mund verzog sich. »Ich wollte ihn fest schlagen, so wie ich diese Dirnen geschlagen hatte, aber ich wusste, dass es so aussehen musste, als hätte er sich selbst das Leben genommen. Denn sonst wären March und die anderen niemals zufrieden gewesen.«

»Haben Sie vor, jetzt die Führerin des Blue Chamber zu werden?«

»Ja. Jetzt werde ich Azure sein.« Constance starrte auf den schwingenden Anhänger.

»Natürlich werden Sie das. Hell, hell. Azure.«

Lavinia warf plötzlich den Anhänger auf die nächste Wachsfigur. Constance folgte dem glänzenden Silber mit den Augen.

Lavinia packte den Kandelaber auf dem Klavier und warf ihn auf Constance. Er traf sie seitlich am Kopf. Sie schrie auf, ließ den Feuerhaken fallen und sank in die Knie. Sie legte die Hände an den Kopf und jammerte.

Lavinia stieg über den leblosen Körper von Mrs Vaughn, sprang auf das Sofa, dann über die Rückenlehne, dann rannte sie zur Tür.

Sie wurde aufgerissen, gerade als sie nach der Türklinke griff. Tobias stand in der Tür. Er sah sehr gefährlich aus. »Was zum Teufel?« Er fing sie auf, hielt sie fest und sah dann an ihr vorbei.

Schnell drehte sich Lavinia in seinen Armen um. Constance lag noch immer auf den Knien, jetzt schluchzte sie.

»Sie war es also?«, fragte Tobias ruhig.

»Ja. Sie hat geglaubt, dass sie und Neville eine Partnerschaft hätten. Am Ende hat sie ihn umgebracht, weil sie glaubte, dass er bereit war, die Bedingungen ihrer Übereinkunft zu brechen.«

27. Kapitel

»Sie wusste, dass er sie nicht geliebt hat, aber sie hat geglaubt, dass ein viel wichtigeres, viel haltbareres Band sie miteinander verband«, erzählte Lavinia.

»Eine metaphysische Verbindung?« Joan zog verächtlich die Augenbrauen hoch. »Mit einem Mann wie Neville? Die arme Frau hatte wirklich sehr große Illusionen.«

»Ich weiß nicht, ob sie ihre Übereinkunft vor dem Hintergrund der Metaphysik gesehen hat.« Lavinia stellte ihre Teetasse ab. »Ich bezweifle das eher. Sie sprach von einer Partnerschaft.«

»Verdammte Hölle.« Tobias, der es sich in dem großen Lehnsessel bequem gemacht hatte, warf ihr einen düsteren Blick zu. »Dieses Wort musste sie wohl benutzen.«

»Sie hat geglaubt, dass sie sich für ihn unentbehrlich gemacht hat und dass er begriffen hätte, dass er sie brauchte.« Lavinia legte die Hände auf die gebogene Lehne ihres Sessels und sah Joan in die Augen. »Sie hat sich selbst als die führende Intelligenz dieser Partnerschaft gesehen. Sie hat die Strategie entworfen. Sie hat alle Dinge geregelt.«

»Sie hat Fielding vergiftet.« Joan sah in ihren Tee.

»Wie Sie schon gesagt haben, sie war ziemlich verrückt«, murmelte Lavinia.

»In der Tat.« Tobias legte die Fingerspitzen zusammen. »Deshalb hat ihre Familie sie auch in ein Asyl für Verrückte gegeben. Sie wird ihr Leben lang eingesperrt bleiben. Niemand wird mehr auf ihr Toben und ihr Gerede hören.«

Joan sah von ihrem Tee auf. »Sie war diejenige, die einige von Nevilles abgelegten Geliebten ermordet und versucht hat, mich an diesem Abend auf dem Colchester-Ball umzubringen?«

»Seit Jahren war sie gezwungen, Nevilles Affären zu ertragen«, erklärte Lavinia. »Sie hat sich selbst eingeredet, dass sie bedeutungslos für ihn waren.«

Joan verzog das Gesicht. »Das waren sie ja in der Tat auch.«

»Ja«, antwortete Lavinia. »Ich denke, sie hat sich selbst davon überzeugt, dass ihre Verbindung mit Neville die Lust übertraf, die er für andere Frauen fühlte. Lust ist doch eine so flüchtige Sache. Und, so glaube ich, für sie bedeutete das nur Schmerz. Sie wollte seine Leidenschaft gar nicht.«

Tobias murmelte etwas Unverständliches. Sie sah ihn fragend an, doch er machte sich nicht die Mühe, seine Worte zu wiederholen. Er blickte mit dunklem, rätselhaftem Gesichtsausdruck ins Feuer. Sie wandte sich wieder Joan zu.

»Wenn man hinter die ganze Sache blickt«, meinte Lavinia, »so glaube ich, dass Constance die anderen Frauen doch gehasst hat. Als sie ihre Strategie entwarf, Neville als den Führer des Blue Chamber aufzubauen, hatte sie plötzlich die beste Entschuldigung, einige von ihnen loszuwerden. Sie erklärte Neville ganz einfach, dass sie eine potenzielle Bedrohung seines Aufstieges seien.«

»Neville hat gewusst, was sie tat«, meinte Tobias. »Doch er war damit einverstanden. Er hat zweifellos ihre Gründe für die Morde akzeptiert. Er fand die Skulpturen sogar sehr belustigend. Wenn ich an unser Treffen zurückdenke in der Nacht, in der ich ihn dazu bringen wollte, ein Geständnis abzulegen, begreife ich jetzt, dass er eigentlich gar nicht gestanden hat, der Mörder zu sein, sondern nur, zu wissen, dass diese Frauen umgebracht wurden.«

»Diese Dinge hat er Constance überlassen.« Lavinia sah ins Feuer. »Sie war glücklich, die kleinen Einzelheiten für ihn zu erledigen. Doch als sie das Tagebuch gelesen und festgestellt hat, dass Joan einmal eine Affäre mit ihm gehabt hatte, konnte sie ihre Furcht und ihre Wut nicht länger kontrollieren.«

Joan schüttelte in traurigem Bedauern den Kopf. »Wie ich schon sagte, diese Frau ist wirklich eine Verrückte.«

»Verrückte erfinden ihre eigene Logik«, rief ihr Lavinia ins Gedächtnis. »Immerhin fand sie, dass Sie eine ernsthafte Bedrohung ihrer Verbindung mit Neville waren. Sie hat gefürchtet, dass Sie beide Ihre intime Verbindung wieder aufnehmen würden, wenn Neville die Kontrolle über das Blue Chamber übernommen hätte.«

Ein leiser Schauer rann durch Joans Körper. »Als hätte ich diese Art Verbindung mit diesem entsetzlichen Mann wieder aufnehmen wollen.«

»Sie hat ihn auf ihre Art geliebt«, erklärte Lavinia. »Sie konnte sich nicht vorstellen, dass Sie ihn nicht auch haben wollten.«

Tobias bewegte sich, er streckte seine Beine dem Feuer entgegen. »In ihrem wirren Verstand waren Sie die einzige seiner früheren Geliebten, die ihn von ihr wegholen konnte, weil Sie ihm alles bieten konnten, was sie ihm bot, und noch mehr.«

Joan schüttelte den Kopf. »Das ist alles so traurig.«

Lavinia räusperte sich. »In der Tat. Als sie die Nachricht gelesen hat, die ich heute Nachmittag Tobias geschickt habe, wurde ihr klar, dass ich meine Nachforschungen noch nicht eingestellt hatte. Sie ist ein paar Minuten vor mir in Mrs Vaughns Ausstellung angekommen, weil sie ihre eigene Kutsche zur Verfügung hatte. Ich musste wegen des Regens zu Fuß gehen. Sie hat es geschafft, Mrs Vaughn bewusstlos zu schlagen.«

»Es ist ein Glück, dass sie die Künstlerin nicht umgebracht hat«, meinte Joan.

»Mrs Vaughn hat mir gesagt, dass ihr dichtes Haar und die Haube den Schlag gewissermaßen abgefangen haben. Sie fiel benommen auf den Boden, doch besaß sie genügend Verstand, so zu tun, als sei sie tot. Ich bin kurz darauf gekommen und habe den zweiten Schlag verhindert.«

Joan sah Tobias an. »Wie kam es denn, dass Sie noch gerade rechtzeitig in Mrs Vaughns Ausstellung angekommen sind, Lavinias Nachricht hat Sie doch nie erreicht.«

Tobias lächelte. »Doch, ich habe sie bekommen. Der Junge hat zuerst die Nachricht an den Spion von Lady Neville verkauft, doch da er ein kluger junger Geschäftsmann ist, hat er anschließend mich aufgesucht. Leider bedeutete das, dass ich die Nachricht fast zu spät bekam.«

»Ich verstehe.« Joan stand auf und zog ihre Handschuhe zurecht. »Das ist dann also das Ende. Ich bin sehr froh, dass Sie unverletzt sind, Lavinia. Und ich bin äußerst dankbar für alles, was Sie und Mr March für mich getan haben.«

»Gern geschehen«, antwortete Lavinia und stand auf.

Joan lächelte. »Was ich Ihnen gestern gesagt habe, gilt noch immer. Ich stehe in Ihrer Schuld. Wenn es irgendetwas gibt, das ich für einen von Ihnen tun kann, dann bitte ich Sie, zu mir zu kommen.«

»Danke«, antwortete Lavinia. »Aber ich kann mir nicht vorstellen, dass es nötig sein wird, Ihre Hilfe in Anspruch zu nehmen.«

»Ich auch nicht.« Tobias war ebenfalls aufgestanden. Er ging zur Tür, um sie für Joan zu öffnen. »Aber wir beide wissen Ihr großzügiges Angebot sehr zu schätzen.«

Joans Augen blitzten vor geheimer Belustigung. Sie ging durch die Tür und blieb dann im Flur noch einmal kurz stehen. »Ich wäre sehr enttäuscht, wenn Sie mich nicht in einige Ihrer zukünftigen Nachforschungen mit einbeziehen, müssen Sie wissen. Ich denke, ich würde das sehr unterhaltsam finden.«

Lavinia starrte sie sprachlos an. Tobias sagte kein Wort.

Joan senkte den Kopf, um sich zu verabschieden, dann wandte sie sich um und ging den Flur entlang zur Haustür, wo Mrs Chilton schon wartete, um sie hinauszulassen.

Tobias schloss die Tür des Arbeitszimmers und ging zu dem Schrank, in dem Lavinia den Sherry verwahrte, dort goss er zwei Gläser ein. Eines davon reichte er ohne ein Wort Lavinia, dann setzte er sich wieder in den großen Sessel.

Lange saßen sie schweigend nebeneinander und sahen den tanzenden Flammen im Kamin zu.

»In der Nacht, in der ich den Brief von Carlisle gefunden habe, der Neville beschuldigte, habe ich mich vom Glück begünstigt gefühlt«, begann Tobias nach einer Weile die Unterhaltung. »Aber mir ist auch der Gedanke gekommen, dass es eine Fälschung gewesen sein könnte, die man an einen Ort gelegt hat, wo jeder, der ernsthaft danach suchen würde, ihn finden könnte.«

»Nur jemand, der Neville zerstören wollte, hätte so etwas tun können.«

»Es ist möglich, dass Lady Neville den Brief an einen Ort gelegt hat, wo er entdeckt werden könnte«, meinte Tobias.

»Am Anfang dieser Sache wollte Lady Neville nur, dass Mrs Dove sterben sollte. Sie wollte nicht, dass ihr Mann starb, bis es offensichtlich war, dass er all ihre Pläne zerstört hatte.«

»Es gibt noch jemand, der gewusst hat, dass ich in dieser Nacht Nevilles Haus durchsuchen wollte. Jemand, der durchaus die richtigen kriminellen Verbindungen hatte, die man braucht, um einen gefälschten Brief in das Herrenhaus zu schmuggeln und ihn in Nevilles Schlafzimmer zu verstecken.«

Lavinia erschauerte. »In der Tat.«

Sie schwiegen beide.

»Erinnerst du dich daran, dass ich die anderen Gerüchte erwähnt habe, die mir von Smiling Jack im *Gryphon* erzählt wurden?«, fragte Tobias nach einer Weile. »Die Gerüchte über einen Kampf der Unterwelt um die Kontrolle des Blue Chamber?«

»Ich erinnere mich.« Lavinia nippte an ihrem Sherry und stellte dann das Glas ab. »Aber ich nehme an, die fantastische Geschichte, die Jack dir erzählt hat, war nicht mehr als wilder, unbegründeter Klatsch von den Straßen und aus den Bordellen.«

»Ich bin sicher, dass du Recht hast.« Tobias schloss die Augen, legte den Kopf zurück in die Kissen und massierte abwesend sein Bein. »Aber um uns zu belustigen, lass uns sagen, dass wirklich ein Funke Wahrheit an den Gerüchten über einen Krieg der Kriminellen war. Man könnte über den Ausgang eines solchen Konfliktes sehr interessante Schlüsse ziehen.«

»In der Tat.« Lavinia zögerte einen Augenblick. »Von all denen, die irgendeine Verbindung zum Blue Chamber hatten, ist Joan Dove die Einzige, die noch übrig geblieben ist.«

»Ja.«

Wieder folgte ihren Worten ein langes Schweigen.

»Sie hat das Gefühl, dass sie uns noch etwas schuldet«, erklärte Tobias mit ausdrucksloser Stimme.

»Sie möchte, dass wir uns an sie wenden, wenn es irgendetwas gibt, was sie für uns tun kann.«

»Sie findet, es könnte *unterhaltsam* sein, Teil unserer Nachforschungen zu sein.«

Die Flammen im Kamin knisterten fröhlich.

»Ich glaube, ich brauche noch ein Glas Sherry«, erklärte Tobias nach einer Weile.

»Ich auch.«

28. Kapitel

Am nächsten Nachmittag betrat Tobias Lavinias Arbeitszimmer mit einem großen Koffer auf seinen Armen. Lavinia runzelte die Stirn beim Anblick dieses Koffers. »Was hast du denn da?«

»Ein kleines Andenken an unsere gemeinsame Zeit in Italien.« Er stellte den Koffer auf den Teppich und machte sich daran, ihn zu öffnen. »Ich hatte schon immer vor, dir das hier zu geben, aber in letzter Zeit waren wir zu beschäftigt. Jetzt ist es mir wieder eingefallen.«

Sie stand auf und kam neugierig geworden um ihren Schreibtisch herum. »Einige der Statuen, die ich damals zurücklassen musste, hoffe ich.«

»Keine Statuen.« Tobias hob den Deckel des Koffers und trat zurück. »Etwas anderes.«

Lavinia eilte vor, um in den Koffer zu blicken. Sie entdeckte Stapel ordentlich verpackter, ledergebundener Bücher. Große Freude erfasste sie. Sie kniete neben dem Koffer nieder und griff hinein.

»Meine Gedichtbände.« Mit der Fingerspitze fuhr sie über die geprägten Buchstaben eines der Einbände.

»Ich habe Whitby am nächsten Tag in deine Wohnung geschickt. Wegen des verdammten Beines konnte ich nicht selbst gehen. Er hat deine Bücher eingepackt.«

Lavinia stand auf und drückte eine Ausgabe von Byron an ihre Brust. »Ich weiß gar nicht, wie ich dir danken soll, Tobias.«

»Unter diesen Umständen war das doch das Mindeste, was ich tun konnte. Wie du bei den verschiedensten Gelegenheiten so überdeutlich betont hast, war schließlich alles ganz allein mein Fehler.«

Sie lachte leise. »Sehr wahr. Dennoch bin ich dir dankbar.«

Er nahm ihr Gesicht in beide Hände. »Ich möchte deine Dankbarkeit gar nicht. Weitaus mehr bin ich daran interessiert, über die Fortführung unserer Partnerschaft mit dir zu diskutieren. Hast du über meinen Vorschlag nachgedacht, den ich dir vor ein paar Tagen gemacht habe?«

»Dass wir bei einigen Nachforschungen zusammenarbeiten sollten? Ja, das habe ich wirklich getan, ich habe sehr gründlich über dieses Thema nachgedacht.«

»Und wie ist deine Meinung?«, wollte er wissen.

Sie hielt den Gedichtband fest in beiden Händen. »Meine Meinung ist, dass jede weitere Verbindung zwischen uns beiden von hitzigen Meinungsverschiedenheiten und lautem Streit beherrscht werden wird, ganz zu schweigen von einer großen Frustration.«

Er nickte, seine Augen blickten ernst. »Ich muss dir zustimmen. Aber ich muss zugeben, dass ich unsere hitzigen Argumente und lauten Streitereien äußerst stimulierend finde.«

Sie lächelte und legte das Buch auf den Schreibtisch. Ihre Blicke hielten einander gefangen, als sie die Arme um seinen Nacken schlang.

»Das finde ich auch«, flüsterte sie. »Aber was ist mit der Frustration, die ich erwähnt habe?«

»Ah, die Frustration. Glücklicherweise habe ich dagegen ein Mittel.« Er berührte mit der Daumenspitze ihren Mundwinkel. »Ich gebe zu, das Mittel hilft nur vorübergehend, aber es kann immer wieder angewendet werden, so oft es nötig ist.«

Sie begann zu lachen.
Er küsste sie, bis sie aufhörte. Und dann küsste er sie noch eine sehr lange Zeit.

BLANVALET

ZAUBERHAFTE LEIDENSCHAFT
BEI BLANVALET

Lassen Sie sich von unwiderstehlich sinnlichen Romanen betören.

A. Quick. Im Sturm erobert
35093

S. Busbee. Zauber der Leidenschaft
35119

J. Feather. Die geraubte Braut
35173

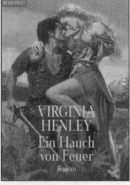

V. Henley. Ein Hauch von Feuer
35155

BLANVALET

FEUERWERK DER LEIDENSCHAFT BEI BLANVALET

Lassen Sie sich von aufregend sinnlichen Romanen betören.

K. Martin. Bei Tag und Nacht
35143

S. Cameron. Verbotenes Paradies
35086

O. Bicos. Riskantes Spiel
35120

S. Forster. Gefährliche Unschuld
35057

BLANVALET

GROSSE ERZÄHLERINNEN BEI BLANVALET

*Mitreißende Familiengeschichten
von Liebe und Haß, Eifersucht und Schuld.*

J. Krantz. Wenn das Herz schweigt
35168

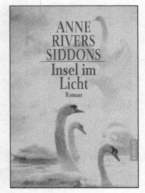

A. Rivers Siddons. Insel im Licht
35092

B. Taylor Bradford. Des Lebens bittere Süße
35001

S. Howatch. Die Sünden der Väter
35062